非随机犯罪

马拓 著

湖南文艺出版社
HUNAN LITERATURE AND ART PUBLISHING HOUSE

博集天卷
CS-BOOKY

图书在版编目（CIP）数据

非随机犯罪 / 马拓著 . -- 长沙：湖南文艺出版社，2022.4

ISBN 978-7-5726-0613-7

Ⅰ . ①非… Ⅱ . ①马… Ⅲ . ①长篇小说－中国－当代

Ⅳ . ① I247.5

中国版本图书馆 CIP 数据核字（2022）第 039355 号

上架建议：悬疑小说

FEISUIJI FANZUI

非随机犯罪

作　　者：马　拓
出 版 人：曾赛丰
责任编辑：吕苗莉
监　　制：邢越超
策划编辑：刘　筝
特约编辑：尹　晶
营销支持：周　茜
版式设计：梁秋晨
封面设计：潘雪琴
内文排版：百朗文化
出　　版：湖南文艺出版社
　　　　　（长沙市雨花区东二环一段 508 号　邮编：410014）
网　　址：www.hnwy.net
印　　刷：三河市鑫金马印装有限公司
经　　销：新华书店
开　　本：700mm×1000mm　1/16
字　　数：303 千字
印　　张：18.5
版　　次：2022 年 4 月第 1 版
印　　次：2022 年 4 月第 1 次印刷
书　　号：ISBN 978-7-5726-0613-7
定　　价：49.80 元

若有质量问题，请致电质量监督电话：010-59096394
团购电话：010-59320018

目录　Ｃ ｏ ｎ ｔ ｅ ｎ ｔ ｓ

第 一 章

梦境追凶

一个神秘莫测的女子，告诉孙小圣等人她梦到了自己失踪的父亲死在了铁轨边的无人区。随后，警察们在她梦境的"指引"下，真的挖掘到了她父亲的尸体……

1

一个阳光充足但寒冷刺骨的冬日里，古城北邵镇郊外的某座废弃的砖厂里，挖掘出一具白骨化的尸体。尸体被藏在一座杂草丛生的废旧砖窑中，看上去至少有七八年之久了。尸体呈半蜷缩状，身长大概一米七，头发还未完全降解，能大致看出是一头短发；一身看上去是秋衣秋裤的装束，脚穿人造革皮鞋，颜色均已经辨别不清。现场的法医根据尸体的盆骨和耻骨大致推断出死者为二十至三十岁的男性。

"能判断出尸体被埋了多久吗？"勘查现场的刑侦支队探长刘洵问身边戴着大口罩的法医。

女法医丁雁心支开面前咔咔拍照的技术员，半蹲着观察了一会儿说："这个我不能跟你确定，只能从肉眼观察到的脱钙程度跟你说个大概。"

"你说吧。"刘洵皱着眉头，看着狭小砖窑里塞满了穿着不同警种制服的同事，觉得有点儿胸闷气短。

"大概——七到十年？"丁雁心拢了拢鬓边的头发，拨弄了一下死者身上的衣服，"这挺奇怪的，死者穿着秋衣秋裤和皮鞋。一般来说，如果凶手想要消灭证据，不应该把衣服、鞋都脱光吗？为什么只脱了外套？"

"两种情况，"刘洵也蹲下，深沉地盯着尸体，"一种是死者死前就是这身装束，如果是这样，就能推断出他很可能是在居住地遇害，熟人作案的可能性大。再有一种情况，"刘洵指了指死者的头颅，"你看看舌骨，是不是有骨折的现象？"

丁雁心确认技术员已经给尸体照完了相后，小心地拿起死者的头颅，仔细观察，然后使劲朝刘洵点头："没错，舌骨骨折。死因很可能是机械性窒息！哇！刘队你可以啊，怎么判断出来的？"

刘洵面目严肃："凶手只剥去死者的外衣，说明死者外套肯定不是血衣，否则发生了洇透，内衣肯定也要一并被处理。而外套不是血衣，也就说明死者身上可能没有外伤，那机械性窒息的可能性就比较大。"

"现在怎么办？"一边刘洵的助手小白问。

正说着，技术员吴良睿挤到尸体跟前，对着尸体右脚穿的一只皮鞋仔细查看。小白侧眼望去，发现那鞋底似乎嵌着一个亮晶晶的东西。

"这是什么？"

"不好说。"刘洵戴好手套，微微翻动着鞋底仔细察看。

之后，刘洵没再言语，大步走出了狭窄的砖窑，发现外面已经停满了属地派出所、法医中心、刑侦支队的警车。一些附近闻讯而来的居民也慢慢聚集起来，在警戒线外伸着脖子往砖窑方向观望，叽叽喳喳地议论不休。要搁以往，这几座破砖窑除了充当流浪汉的窝棚和小孩们的堡垒，根本引不起这些群众的一点儿关注。刘洵鼻边隐隐传来的尿臊味儿仿佛也告诉了他一个道理，物极必反，某地如果冷清到了极致，那么很可能有一天它就成了千万双眼睛的聚焦点。

2

刑侦支队副支队长王艺花一口气签了十个人的年假申请单，老大不情愿地向代理探长孙小圣翻白眼："你们探组集体歇假这事，给我低调点儿听见没有！回头传到外面去，市局听说我这么给你们批假，非找我谈话不可。"

"遵命！"

二十七岁的孙小圣探长看起来瘦而不弱，尖下巴、招风耳，虽然有点儿贼眉鼠眼，却又不失阳光洒脱。这次他美其名曰为手下谋福利，其实主要目的还是为了犒劳自己的金牌搭档李出阳。李出阳不仅是他依赖的搭档，也是他的老同学。想来，他们两人从组合到现在，也已经快一年了。李出阳总能在案子陷入"瓶颈"时进行疯狂的脑力输出，助他拨开第一层迷雾，直到找出凶手，还原真相。虽然大帅哥李出阳有时候脸臭又毒舌，但为了能尽快破案，他都忍了。因为前一阵探组加班加点过甚，他怕把李出阳的脑细胞用超支了，便趁着最近组里不忙，向领导申请了这次集体休假，准备带着组员们到海南给精神吸吸氧、给心灵松松绑。

面前的王艺花算是他们的老领导。此人年过不惑，至今未婚，心血都洒在了公安事业上。平心而论，王队长算是不忘初心的典范，年少时就立下从警誓言，几十年过去，除了身材疏于管理略显健硕，精神头还像当年那个敢打敢杀的小姑娘一般旺盛。

王艺花语重心长地提点孙小圣："你们也得感谢一下你们刘洵刘探长，要不是他拨出自己组里一半人来，还真排不开这班了。而且他手头还忙着一个无名尸的案子呢，能做到这步真是不容易。"

刘洵是隔壁探组的探长，也是孙小圣经常合作和揶揄的对象。孙小圣和李出阳总是笑话刘大探长经常摆出一副高深莫测的模样，实际上思考的都是一些小儿科的问题。

"哦，您是说一周前北邵砖窑那个藏尸案？我看电视上都播了呢，现在有什么进展了吗？"孙小圣问。

"你问那么多干什么，你们下个班就飞海南了，告诉你你也管不了事。赶紧回去准备吧，玩好了回来给我好好加班，一大堆事等着你们呢。"

"唉！"

孙小圣出了王艺花办公室，发现自己探组里众人都在楼道里等他。黑咪小声问他："都搞定了？"黑咪今年刚满三十岁，却已经是一名经验丰富的老侦查员了，他因为皮肤黝黑外加常年佩戴一副黑框眼镜而得此雅号。

孙小圣说："都签了。"

两个女组员王木一和灿灿姐做了一个胜利的手势。王木一年初刚刚从实习侦查员转正，看起来是个软妹，实际上是跆拳道黑带选手，外表与实力反差极大；灿灿姐则是老内勤，当然也会在人手不够时跟着大家出外勤做笔录——万能胶一枚。

孙小圣问李出阳："你管酒店吧？都订好了吗？"

李出阳耷拉着眼皮，懒洋洋地说："没有。"

"你大爷！"

"有别墅还住什么酒店？"李出阳掏出电话，"那你一个人住酒店吧，我尽量给你找一个离我们不太远的，现在给你订。"

孙小圣去夺手机，樊小超、苏玉甫在旁起哄。这两个人是探组的"技术流"，主要负责操作日益复杂的办案系统平台，以及一些大数据筛查工作。几人闹着往办公室走，刚回办公室，孙小圣就接到了刘洵的电话。今天是刘洵值班，他说自己正在外面干活，想让孙小圣帮忙去小火垡村出一个现场。有个女的报案，说自己的母亲被人打了，肇事者有可能是她家街坊。那女的姓阮，孙小圣和她简短地联系了一下，得知她母亲还处于昏迷状态，她自己则在旁陪床。孙小圣想了想，决定和李出阳先去事发地访问一下，再去医院给阮女士做笔录。

"嘿，要搁以往我真不管他，这不是咱们度假时还得指着他帮着顶班呢嘛。"孙小圣一边发动汽车一边解释。

"你愿意管就管呗，"李出阳伸了一个懒腰，看着窗外的雪景，"邻里纠纷而已，反正也不是什么大案。"李出阳知道孙小圣心里虽然抵触，却也拉不下脸拒绝，只能装作无所谓的样子给他台阶下。

昨天中午古城下了场大雪，车窗外白茫茫一片，路上堵车堵成了长龙。他们在路上开了一个多小时才来到小火垡村。这村还挺有名的，按市电视台的说法，属于社会主义新农村，新千年以来开发建设得非常好，村里住户基本都达到小康水平了，村里超市、医院、学校一应俱全，眼看就要奔着社区化发展了。但汽车开到村子深处，孙小圣才发现这里显然没有达到电视上宣传的文明程度。家家户户基本还是农村的模样，路上停车、违建甚至是杂物堆都显得杂乱无章，路边市政给配备的健身器材上也晾满了各种衣物。村民们也基本各扫门前雪，大路上积雪都脏成了烂泥也没见有人清理。

孙小圣和李出阳按图索骥，找到了报案人所说的自家胡同。

他们访问的第一个对象是胡同里一家诊所的负责人。负责人是个大爷，姓徐，自称是医生，还有行医资格证呢。徐大夫把他们请进屋里，一边靠着暖气一边告诉他们，昨天一大早他忽然听见有人砸门，开门之后发现门口台阶上躺着一个女人。仔细一看，这女人他还认识，就是她的街坊高玉荣。高玉荣好像是晕倒了，后脑勺上还有少量血迹，任凭他怎么叫怎么摆弄都不省人事。他便知大事不好，赶紧给高玉荣测了血压和心跳，发现都低得吓人，自己诊所根本抢救不了，便赶紧拨打了120，让急救车把人拉到医院去了。

随后他打电话联系高玉荣的丈夫阮崇刚，却一直打不通，便只能又联系了高玉荣的女儿，也就是本案的报案人阮女士。

"昨天早上？也就是说，这是昨天的事？"

"是呀。可能是昨天医院里事情太多，她没第一时间报案吧。也理解，小岚常年不在家，说是在南方工作，很忙的，昨天她还是临时坐飞机赶回来的。"

"那你怎么也没第一时间报案？"

"我问小岚用不用报案呀，小岚说，要报也是她来报，我就没再深管。"

"小岚就是高玉荣的女儿？"

"是的。"

"既然高玉荣是受伤后躺在你家台阶上，那你前天晚上或者昨天凌晨，除了敲门声，还听见胡同里有什么异常的动静了吗？"

"说来也奇怪呢，根本没有。"

李出阳想到小岚说怀疑是街坊伤害的高玉荣，于是问："高玉荣在这条胡同里和哪家有矛盾吗？"

徐大夫一听这话，立刻变得吞吞吐吐起来："哎呀，警官您要问这个我就……这话我都没法接啊。"

"有什么不好接的，实事求是地说呗。"

李出阳猜测是胡同人际关系复杂，徐大夫怕祸从口出，便转而问他："高玉荣被打伤后躺在你家台阶上，你不觉得奇怪吗？"

"奇怪呀，不过我估计可能是她被打了后躺在路边，被街坊或者过路的人发现，人家把她抬到我家诊所门口的。"

孙小圣说："既然高玉荣是被人抬到你家门口的，那这个人也很奇怪，他既不拨打120，也不在敲门后露脸，你不想想这说明什么吗？"

"说明什么？"

"说明这个人怕被别人发现他的身份。那很可能是这样：这个人便是作案人，至少是作案人之一。而且这个人你认识，或者再说得透一些，他就是你们胡同里的人。他因为一时冲动和高玉荣起了争执，伤害了高玉荣，事后又怕她死掉事情闹大，于是把昏迷的她拖到了你家诊所门前，想让你来帮忙医治一下。"孙小圣快言快语地给他认真分析道。

"我明白了我明白了，"徐大夫意识到了事情的严重性，皱着眉头仰着脸，一副绞尽脑汁的样子，"你说高玉荣平时跟谁怎么样，哎呀，其实她家跟谁家都有点儿矛盾。主要是她这个人实在不好相处，平时得罪的人实在是不少。"徐大夫说着，忽做恍然大悟状，"啊，我想起来了，前天傍晚，她好像跟她家对门那户又干起来了。"

据徐大夫透露，高玉荣家对门的人姓刘，男主人叫刘玉立，三年前去世了，家里只剩下他爱人王萍和儿子刘雨泽。刘雨泽今年二十五岁，还没结婚，自己在外面带着一个装修队四处做工，有时候很晚才回家。一年前刘雨泽给自己家大门下面砌了个水泥台阶，高玉荣却说这台阶占了门口的路，她爱人阮崇刚的小汽车驶进驶出很不方便。两家为这个吵过几回，梁子就这么结下了。

前天傍晚时候，王萍一个人在家，高玉荣不知哪根筋搭错了，忽然扛着个铁锹从自家出来，不管三七二十一就去砸刘家的台阶。王萍出来跟她理论，两个女人当街互骂半天，直到王萍犯了心绞痛才作罢。

徐大夫边说边叹气摇头："这个高玉荣啊，脾气真的是太怪了，她和她老公自从搬到我们村来，一天都没消停过。她老公阮崇刚在外面办了个钢管厂，据说效益一直不好，纯靠砸钱强撑着，三天两头有人上他们家来催款。高玉荣平时根本不跟邻里来往，就是来往，也都是争吵。不是嫌这家扰民了，就是骂那家没拴狗，好容易不跟外人打架了，他们两口子自己又干起仗了，吵得可凶了，叮叮当当的，第二天扔出一堆碎碗碎盘子。这个阮崇刚也真是倒霉，娶了这么个老婆，本来自己身体就不好，在外面还强撑着一个厂子，搁我早就自杀了，唉！"

3

孙小圣和李出阳往高玉荣家大门走，还没走近，就听见一连串急促的狗叫声。两人赶紧止步，远远地望去，发现高玉荣家大门旁边的铁笼子里拴着一只大黑狗。那狗一看便是典型的中华田园犬，又大又虎，面孔凶狠，仿佛是给地狱看门的，下一秒就要变身成妖怪了。

孙小圣和李出阳二人硬着头皮走到门前，发现大门紧锁，对面一家也是街门紧闭。看样子，这家应该就是高玉荣的老对头刘家。

孙小圣和李出阳敲响了刘家大门。

半晌，终于有个裹着大棉袄的中年妇女打开门，看样子就是王萍。王萍面无表情地告诉孙小圣和李出阳，家里只有她一人，儿子刘雨泽去外地给一家公司做装修了。

"他是什么时候走的？"孙小圣试探着往院里看，王萍却全然没有请他们进门的意思。

"大前天就走了，不在家了！"

李出阳问："前天晚上，高玉荣和您起了冲突，有这事吧？"

王萍一怔，随即冷笑道："有，气得我都犯病了，在家躺了整整一天一宿！我跟你说警察同志，恶人自有恶人磨，多行不义必自毙，这话你们听说过吧！结的怨太多，总有人不会放过她！"

孙小圣还想着怎么才能进刘家大门一探究竟，李出阳却抢先道："行，那我们先走了，您好好休息。"

回去的路上，孙小圣怪李出阳太武断。高玉荣很可能是刘雨泽伤的，为什么不吓唬吓唬王萍，先把刘雨泽揪出来？

"现在的证据不好找。因为报案迟了一天，又下了大雪，胡同里足迹呀、血迹呀，估计都没了，咱们要好好理一理。如果真能找到指向性线索，那到时候再去掏刘雨泽也不迟。毕竟跑得了和尚跑不了庙嘛。哎呀，真冷，快上车！"李出阳一边哈着气一边使劲搓手。

两人随后来到高玉荣就诊的医院，在护士的带领下，来到了特护病房。

一个面目清秀的姑娘给他们开了门。女孩看上去二十六七岁，长发披肩，妩媚动人，身上还有淡淡的香气。不知为什么，李出阳似乎觉得姑娘看上去有点儿眼熟。孙小圣也明显愣了一下神，然后才醒过味儿来，赶紧给她看了自己的工作证。

姑娘看了孙小圣一眼，又去看孙小圣手中展开的证件，忽然抬高声音："孙小圣？你是孙小圣？"

孙小圣这才敢再次正视姑娘的面庞，然后似乎想起了什么，惊呼道："你不会是阮岚岚吧？"

"是我。"姑娘说，看上去有点儿百感交集。

"我的天哪，"孙小圣也激动得话多了起来，"咱们，咱们得十年没见了吧！你这没什么变化啊，还是那么漂亮！"

阮岚岚明显有些不好意思，孙小圣趁这当口儿又拉着她给李出阳介绍："这是我发小，我们俩是初中同学，还做过同桌呢，后来她转学了！"

李出阳盯着阮岚岚，有点儿纳闷地说："我看着你也有点儿眼熟……"

孙小圣拍了李出阳后腰一下："拉倒吧你，想套近乎换一招！"

李出阳想起来了："我好像在最近的新闻里看见过你。你是不是那个'桦树园'的创始人啊？"

阮岚岚有点儿意外地说："你也看我们公众号啊？"

"你们那么有名，想不知道都难。而且——"李出阳顿了一下，说，"怎么，你也是古城人吗？我还真是没想到。"

"是的，我初中之前一直生活在古城。"

孙小圣还没好好和美女同学叙旧呢，顺势插话道："什么是'桦树园'啊？卖木材的？"

李出阳说："是这两年来特别火的一个微信公众号，受众主要是女性，单篇阅读量基本在十万次以上，总能引起社会热议，据说一篇文的价格就有五十万。"

阮岚岚赶紧做了一个"打住"的手势，苦笑着说："哪有那么多，根本没有，现在的媒体都是捧杀。"

李出阳暗自思忖，也没准儿她说的是真的。如果她真像媒体说的那样日进斗金，父母怎么可能还住在老家的小村里，早应该住别墅去了。不过"桦树园"一直就是一个很有争议的公众号，里面有的文章观点过于独特，措辞也非常犀利，再加上早期为了拼流量博出位，用了很多"标题党"和"半写实"的手法，为很多精英人士和学生党所不齿，他们觉得"桦树园"是在贩卖毒鸡汤、恶炒社会矛盾、三观不正等等。但所谓越黑越火，越火就越有人黑，"桦树园"也一直在这种循环中卖力跋涉，直到最近惹上了几起抄袭和盗图的官司，消耗了不少公信力，被媒体广泛报道成"大型脱粉现场"，公众号的代言人阮岚岚也面临人设崩塌的危险。

所以说这个时期，基本也可以算是"桦树园"的低谷期。这也是刚才李出阳欲言又止的原因。

"那你也非常有名了，我一年前就看过你的专访。"

"都是他们发来几个问题，我随手用手机回的，不知怎么就被写成专访了。"

孙小圣一看，这俩倒聊得挺欢，把自己这个正宗老同学晾一边了，于是赶紧把话题往案情上引。随后阮岚岚可能也觉得自己跑题了，便赶快跟他们说了案发后自己的所见所闻。

她说自己的传媒公司在广州，公司事务繁多，成天不是开选题会就是见客户，常常脚不沾地，尤其是近两年，过年都抽不出时间来和父母团聚。昨天一大早她忽然接到了父母的老街坊，也就是那个徐大夫的电话，说母亲因伤入院了，她才赶坐中午的一班飞机飞回古城。到了医院她发现母亲的伤势比想象中还要严重，医生说母亲的后脑遭到过钝器重击，脑内挫伤和颅内血肿严重，可能会长时间昏迷，医生们需要在会诊后再决定是保守治疗还是对其进行开颅手术。

病床上，一个头发花白的妇人双目紧闭，插着鼻管打着点滴，身边摆着各种医疗仪器。此人便是高玉荣。高玉荣比孙小圣想象得更加苍老，头发几乎全白，脸上布满了皱纹，面庞上还有星星点点的老年斑。看上去似乎已经年过花甲了。

"一回来就这样了，真是太突然了。我……"阮岚岚刚才的职场气息荡然无存，很无助地抽泣起来。

"你也别太伤心，现在病情不是还很稳定吗，你先跟我们说一下，事发前你父母有没有跟你联系过？有没有跟这事相关的蛛丝马迹？"

"我爸妈总跟我说对门的刘家欺负人。他们家和我家积怨已久，一开始其实还是很好的，我家现在的那只看门狗还是刘雨泽送的，后来因为盖房和挖排水沟的事，两家人三番五次地起争执。后来刘雨泽在门口用水泥砌了个大台阶，搞得我爸开车进出家门很不方便，我妈让他们拆掉他们也不拆。我爸脾气好，总拦着我妈去和别人干架，我妈就告诉我，想趁着我爸不在家时，和刘雨泽他妈，也就是那个叫王萍的女人斗一斗。"

李出阳和孙小圣对视一眼。李出阳问："所以前天晚上你爸不在家，你妈就直接去找王萍打架了？"

"前天晚上我就觉得不对劲，给我妈打了两个电话她都没接，谁知道她真的去找对门打架去了。没想到这台阶没拆成，自己倒被人暗算了。"阮岚岚唉声叹气道。

"你的意思是指……"

阮岚岚愣了一下，随即反应过来什么似的正色道："哦，你们别误会，我不是现场亲历者，也没有证据，所以也不敢说这事是谁干的。我只是猜测我妈受伤有可能和这件事有关。毕竟在时间上都是前后脚，要说没关联，也实在是太巧合了。"

孙小圣说："刘家只有王萍和刘雨泽两个人。白天王萍一个人在家，在和你母亲的争执中没有占到便宜，还自称犯了心脏病，那会不会是晚上刘雨泽回家后，听说母亲吃了亏，心生恨意，去报复了你母亲？"

阮岚岚蹙眉思考着，不置可否。

李出阳说："我倒觉得有点儿奇怪。她母亲是早上五点被诊所的徐大夫发现的，当时还有人敲了门，也就是说她受伤起码在昨天凌晨五点以前。难道刘雨泽是进到家里对高玉荣实施的侵害吗？然后又把受伤的她从家里拖出来，放到诊所门口？这对一个预谋犯罪的人来说，实在是一个太扯的计划了。"

阮岚岚打断道："我母亲有晨练的习惯，尤其她睡眠不好时，会起得很早，然后去河边遛弯。"

孙小圣点点头："所以凶手有可能埋伏在胡同里，趁着你母亲晨练出门，从后面袭击了她，然后又把她拖到了诊所门口。"

李出阳想起什么，问："对了，前天晚上你父亲不在家吗？"

阮岚岚看着李出阳，脸色忽然变得特别难看："我父亲开了一个钢管厂，厂子里事情特别多，经常开会、加班、见客户，所以不回家也是正常的。但从昨天到现在，我也联系不上我父亲了。我……"

阮岚岚脸上露出了非常惶恐和困惑的奇怪表情。

孙小圣觉得有些不对劲："怎么了？"

阮岚岚呼吸急促了几秒，慢慢镇定下来："没事……"

"你父亲失联，你去他的厂子里找他了吗？"

"电话联系过，厂办主任说他也在找我父亲，可一直联系不上。"

李出阳也觉得事情不太对："什么意思？是你父亲阮崇刚在这件事之后

就失踪了？"

"是的。"阮岚岚的一只手紧紧拽着病床的床单。

事情似乎变得复杂起来了。孙小圣看了一眼李出阳，又问阮岚岚："你仔细想想，事发之前，跟父母联系的时候，他们有什么不对劲吗？有没有跟你透露过些什么？"

阮岚岚的思绪似乎已经僵化，呆呆地看着病房一隅，不知道是在发愣还是在思考。慢慢地，她眼里又有了泪水，看了看身边昏迷不醒的母亲，似乎欲言又止。

孙小圣明白了什么，按铃叫来了护士。然后他给护士看了工作证，对护士说，能不能帮忙照看一下高玉荣，自己和同事有些话要在病房外单独询问一下高玉荣家属。

虽然窗户外银装素裹，但楼道里的光线还是有些昏暗。银光顺着窗子照进走廊，把阮岚岚身上的毛衣提高了一个色度，也令她的双颊显得异常苍白。她嘴边的白气随着呼吸悠悠吐出，耳朵似乎也冻得有些发红。十分钟里，她就站在走廊的窗边，出神地望着窗外白皑皑的雪景，说不出一句话。

李出阳和孙小圣站在不远处，等着她缓神。孙小圣想上前安慰她两句，被李出阳拦住。李出阳撕开一支棒棒糖放进嘴里，含混不清地说："别看人长得漂亮点儿你就饶舌。我觉得这女孩肯定有事情瞒着咱们，要不然说话怎么这么遮遮掩掩的。"

孙小圣说："没有吧，她家里出了这么大的事，肯定一时接受不了，思维上有些混乱也是正常的吧？"

李出阳把糖从嘴里抽出来："你也不看看她是谁。自己跟人家是初中同学都不知道她在网上有多大名气，有多少人质疑她、声讨她甚至骂她。她的心理素质可不是一般强大，否则'桦树园'也不会一直坚持到今天。"

"是吗？"从不看微信公众号的孙小圣很诧异，"公众号不就是每天给订阅的读者推送文章吗，为什么会有人骂她？不喜欢她的文章，取关了不就好了吗？"

"是价值观不同吧。"李出阳似乎也不太好形容，明明之前在新闻里看人家分析得头头是道、酣畅淋漓，此时却想不太起来了。"'桦树园'这个公众号受众群体主要是女性读者，而且是年轻的女性读者，所以内容上对她们的迎合度非常高，但也会夹带一些特别……特别刁钻的'私货'，触碰到社会热点时，也过于写实，有贩卖焦虑的嫌疑。不过现在很多公众号其实都是这个路数，大家喜欢看嘛，只不过'榉树园'做得更大一些。"

孙小圣边听边皱着眉滑动手机屏幕："叫什么？'榉树园'是吧？搜出来了……是这个吧？"

李出阳叼着棒棒糖看过去。

"你看着点儿，哈喇子别掉我屏幕上！"

两人正说着，忽然看见阮岚岚从窗口转过身，向他们款款走来。她背对着阳光，长发披肩，整个人好像一片随风飘动的剪纸，细腻、单薄，虽然脆弱，却美感十足。

孙小圣和李出阳停住手上的动作，有些发愣地看着她。

"孙小圣，李警官，有些事我想告诉你们，你们能听一下吗？"阮岚岚一副不再纠结的样子。

"当然可以。是有关你母亲受伤，或者你父亲失踪的线索吗？"孙小圣反问。

"我想，我爸可能已经死了。"阮岚岚忽然语出惊人。

"为什么？"孙小圣和李出阳都有些猝不及防。

"因为我昨晚做了一个梦，梦见我爸爸告诉我，他被人杀了，尸体就埋在六公口的一处铁轨旁。"

4

阮岚岚的这个梦，信息量说大不大，说小又不小。可以肯定的是，托梦的人是她的父亲阮崇刚，托梦的内容就是告诉她自己遇害了，却没有告诉她自己是被谁杀害的，只说被人埋到荒郊野外了。阮岚岚在梦中一度还看到了那个埋着父亲尸体地点的画面，那是一处非常荒凉的平地，杂草丛生，人迹罕至，远处有一条南北向的铁轨。阮岚岚说，现在回想起来，那里很像古城郊外的六公口。

孙小圣听了，先看了看李出阳，见他没什么反应，才开口说："那个……岚岚，我知道你现在的心情，思想压力肯定挺大的，这个我特理解，我们好多事主都这样，不管是醒着还是睡着，大脑特别活跃，都跟惊弓之鸟似的。托梦这事吧，真挺不靠谱的，我们还是相信你爸爸没事……"

"你不相信我？"

孙小圣有点儿词穷："呃，其实我觉得你现在需要休息，阿姨也更需要你的陪伴。要不这样，你回头再仔细回忆回忆……"

阮岚岚有些失望地看着他，然后又看了一眼一直没有表态的李出阳："那算了，你们先回去吧。这些话当我没说。"

孙小圣的脑子这回算是彻底乱了。他从没见过这样的事主，一本正经地跟警察聊自己的一个梦。更何况，这个事主还是自己多年的老熟人。这算什么？报案？求助？还是提供线索？尽管所有人都知道这是无稽之谈，但结合阮岚岚的自身处境，又不能回应得过于轻率。再怎么说，她现在也是一个遭遇变故的可怜女孩。可怜女孩做个倒霉的梦太正常了，这绝不能成为她被无视甚至是嘲笑的理由。

孙小圣口中无言，只是叹气。

阮岚岚见状，眼里的神采转瞬即逝，扭身便走。

忽然李出阳开了腔："等一下。"

阮岚岚回身，看着李出阳。

"既然你说你父亲给你托梦了，那我们就带你去找一找他。你去问一下医生，看看能不能暂时离开半天左右，然后咱们一起去六公口。"李出阳不徐不疾地说道。

孙小圣吃惊地看着他，不知道他是不是疯了，刚想打断，阮岚岚已微微点头说："好。"随后她脚下生风地去找医生，留下一脸凌乱的孙小圣和面目严肃的李出阳在原地。

孙小圣不可思议地瞪着李出阳。

李出阳使劲把嘴里的糖嚼碎："这个女的有问题。"

一个半小时后，孙小圣探组的所有成员都在六公口最南边的干枯河岸会合了。这六公口可以说是古城郊区中最荒芜的一个，几十里土地，只有屈指可数的几个自然村落，剩下的不是荒原就是坟地，现在大雪刚过，放眼望去，更是一片白茫茫的无人区景象。不过好在经过分析，孙小圣发现，从六公口经过的铁轨只有一条，而且正是南北向的，顺着这条河岸往东一些就能看到。

但就这样算，铁轨在六公口内的长度至少也有十几里，就凭他们这七八个人，给他们半年时间也不可能排查清楚。所以孙小圣不停地问阮岚岚还能不能提供一些稍微具体点儿的信息，比如"梦"里的地势特征，周围有没有什么明显的建筑之类的。

苏玉甫和黑咪往羽绒服里缩着脖子，像打量精神病人一样打量着阮岚岚。王木一和灿灿姐则很八卦地看着手机网页上阮岚岚的新闻照片，一边和真人比对一边小声议论着什么。

阮岚岚仔细想了想，说："别的我没看清，但在梦里，好像那个地点附近有一个高塔一样的……东西。"

"什么样子的高塔？是建筑吗？"樊小超觉得太不靠谱了，这周围别说高塔了，连个窝棚都没有。

"我也说不好，很细很高的那种。"阮岚岚语焉不详地形容着。

"我想问一下，"黑咪叼着烟，打量着一望无际的雪地，"你在梦里看到的，是下雪之前的景象，还是现在下完雪的景象？"

"下雪之前的。"这一点阮岚岚倒是很笃定。

队员们面面相觑。

孙小圣招呼大家："那这样吧，我看地图上铁轨边上是有一条也是南北向的路的，咱们先沿着那条路开，把铁轨大概经过的路段摸一下，看看有没有她说的那种比较高的建筑。"说着他又看向阮岚岚，"这一路你也注意一下，看看有没有和你梦境相似的地方。"

阮岚岚说："好。"

众人坐着两辆车一路北上，开了半个小时左右，只找到了两个高架建筑。一个是已经废弃的水塔，十几米高，矗立在离铁轨大概二百米的西侧；还有一个是手机信号塔，在铁轨东侧一百多米的一处高地上。两个建筑离得倒是不太远，水塔在北面，信号塔在南面，直线距离大约有二里地。

孙小圣等人把车停在路边，下车合计着下一步动作。樊小超根据地图推算，再往北走就超出了六公口的范围，进入了城北开发区的区域。开发区是座新近建设的卫星小镇，周围地势平坦，公路环绕，还有一些小型工厂和市集，规划得颇有秩序，俨然已经不是阮岚岚描述的荒野景象。众人在车外七嘴八舌地议论半天，都没了章程，然后全在雪地里搓手跺脚地等孙小圣拿主意。

孙小圣带着众人在两处附近都走了走，发现阮岚岚在不停地看手机，便问她："你觉得这两处哪里和你梦里的景象比较像？"

阮岚岚想了想说："水塔那里好像更接近一些，不过我也不太确定。"

孙小圣也不管三七二十一了，吩咐大家到车上拿好工具，地毯式排查水塔周围的土地。

黑咪等人从车上取下扫把、铁锹等物，在雪上又扫又铲，想尽力查看积雪下面的土壤有没有异常状况。因为周围地势复杂，面积又过于庞大，结合道路的方位和方向，李出阳凭经验分析出一些凶手可行的移尸、抛尸途径，然后根据这些途径大概固定了几个可能性较大的埋尸地点，大大提高了排查的效率。

但大家挥锹抢镐地忙活了半天，除了每个人蓬头垢面一身泥水，没有任何成果。这里的冻土又硬又实，别说埋尸了，估计埋个骨灰盒都得大费周章。孙小圣和李出阳等人把可疑地点清理一遍之后，在这冰天雪地里大汗淋漓、气喘吁吁。

苏玉甫在孙小圣身后发牢骚："我说孙队，这女的你确定不是精神有问题？做个梦也至于当回事？咱这么扫雪也不是办法啊，知道的是警察办案，不知道的以为居委会党支部公益劳动呢！"

"公益劳动也没有在这儿劳动的呀，我宁愿去金融街扫雪，人民群众也看得见呀。"黑咪在一边擦汗道。

孙小圣站在被扫得七零八落的雪地中央，看了一眼附近一棵树下的阮岚岚。此刻她还在四处观望，迷茫无措，忧心忡忡，除了偶尔看一眼手机，眼中没有一丝杂念。她戴着一顶挺潮的毛线帽子，长发顺着帽檐而下，仿佛还是十年前那个初中女孩的模样。远远看去，就像一个初中女生在熟悉的树下，寻找父亲下班归来的身影。不过老实说，她比初中时美多了，面庞已经脱离了那时娃娃脸的轮廓，妆容也描画得浑然天成。孙小圣看得恍如隔世，不觉想起曾经跟岚岚同窗时的种种往事。想起了管她借涂改液，想起了跟她学编手链，想起了考试时找她打小抄，想起了放学回家时跟她借一块钱买一瓶橘子汽水。那时候阮岚岚可以说是孙小圣唯一的女性朋友。她不像班里其他女生一样扎堆结伙地搞小团体，对各色男生拜高踩低，也不像很多女生一样多心而早熟。阮岚岚是一个朴实无华的存在，在别人眼里她可能只是个默默无闻的小透明，但在孙小圣眼里，她是自己青春岁月里无法取代的一股清流。

想着想着，孙小圣几乎不忍心再对她进行质疑和揣度了。

半个小时后，探组众人转移到手机信号塔附近。

孙小圣在探组的微信群里跟大家保证，一会儿回到城里请大家吃炸鸡。

还是按之前的方案，李出阳划定了几个可能性较大的埋尸地点，然后统一把大伙叫过来一一说明。众人发现这里其实比刚才的水塔附近更加荒芜，虽然离铁轨较近，但连棵树都没有，四处还有扎在杂草中的白色塑料袋；一些石头堆、土疙瘩仿佛多年都没被人动过，看样子都要列入非物质文化遗产了。

探组众人正聚在一起看李出阳的手机，这时不远处忽然传来一阵阵轰鸣。那声音由远及近，在空旷的平原中显得立体而隆重。孙小圣循声望去，好像是一辆列车由远及近而来。可能是由于离他们极近，这动静竟然有点儿排山倒海的气势。

不知为什么，孙小圣忽然感觉不太好。这种感觉很复杂，短短几秒钟就从脚到头将他浑身的神经贯穿。他抬眼看李出阳，发现李出阳也在看他。两人这一刹那的对视，仿佛互相都明白了什么。但他们二人的反射弧在这一瞬间似乎都显得有点儿长，所以当脚下的摇摇欲坠和崩塌袭来之时，他们还都停留在那种云里雾里的疑惑中。等到他们真正意识到危机时，险情已经不可阻挡地发生了。

"哗啦——"

孙小圣只觉得大地震动，重心失控，脑子里出现了大片的空白。

他们脚下的地面忽然出现了大面积塌陷！孙小圣、苏玉甫和灿灿姐脚下的土地塌陷程度有限，地表只是出现了一定角度的倾斜，他们连滚带爬地跑到了塌陷点的外侧。等他们反应过来，才发现刚才几个人所站之处已经出现了一个大坑，坑上雪和尘土混杂在一起，成了一片飞扬的迷雾。周围的土地也出现了不同程度的龟裂，几条大的地缝连接着中心的坑洞，仿佛是有什么天外来物一下子砸进了这块土地。

孙小圣撅着屁股从地上爬起来之后才发现似乎少了几个人。

李出阳、黑咪、王木一和樊小超。

5

王木一猝然摔进坑洞里，只觉得右侧胳膊一阵酥麻，随即便是钻心地疼。鼻腔里钻进一股有点儿刺鼻的发酸的味道，然后她耳边传来了黑咪和李出阳的大声呼叫。

她的第一反应是地震了。

这时她才敢睁开眼睛看周围，没想到睁眼看到的第一件东西，便是一截骨头。那骨头又黑又细，赫然出现在她视线的最右侧，离她鼻子尖只有几厘米之隔。虽然她不懂医学，但凭借着那股腐败而诡异的气息，她下意识判断，这八九不离十是截人骨。

伴着王木一一声刺耳的惊叫，李出阳也逐渐恢复了意识。他发现四周是一片漆黑的空间，只能借着头顶坑洞外的一丝阳光分辨出身边有一些砖石碎片，身下是一层厚厚的浮土。不远处一个坐着的身影在大声咳嗽，李出阳辨认半天才看出是樊小超，他身边还歪坐着黑咪。他们看上去意识尚存，但不知是受了伤还是不敢轻举妄动，半天都没有起身的意思。

李出阳缓了一会儿神，试着动了动四肢，发现身体机能还算正常，应该没有骨折。他晕晕乎乎地猜测，他们定是掉进了什么防空设施或者自然坑洞。虽然事发突然，但这个空间好像除了漆黑一片，也没什么生化毒物或者恐怖生物。只是这里的味道太难闻了，他觉得都要窒息了。

头顶的洞口离他们并不远，可见他们掉落的高度并不很大。外面传来孙小圣和灿灿姐等人的呼喊。樊小超激动地回应，这时不知外面是谁踩到了坑洞边缘，一块巨大的土疙瘩掉下来，吓得黑咪尖叫连连。孙小圣在外面手忙脚乱地指挥，好像是让苏玉甫去车上找什么工具。

不知是洞口变大光线充足的缘故，还是李出阳已经有点儿适应了这种黑暗，他逐渐看清了自己周围环境的状况。首先映入眼帘的，是自己身侧一块挺大挺结实的矩形石头。那石头半米多高，看上去上面还有依稀可辨的接缝，可见是人工打造的什么工具。再往上看，便是一个横向的黑乎乎的大型物体。李出阳睁大眼睛从左至右使劲打量那物体，也没发现什么端倪，直到他想起兜里还有一个叫手机的东西，才把它掏出来，按了手电筒功能朝那物体照射过去。

黝黑，斑驳，甚至还带一点儿不那么中规中矩的流线型，像是一口电视里才能见到的大棺材。

李出阳整个人像被电麻了一样愣住。他知道他们应该是掉进了某座古墓中。

一刻钟之后，洞里洞外都消停了一些。里面的李出阳等人确认这的确是座墓，但墓远没他们想得大，用手机照明观察，整个墓室也就十几平方米，他们的掉落点就在棺床附近。不远处墓室的墙上似乎有个通道，看上去像墓道，但是已经被填住，用手电照过去，发现里面灌满了土。估计也塌陷了。

这座墓看上去似乎已经被盗掘过了，棺床上的棺材虽然尚存，但棺材板已经被劈开了大半，还有一些木片木屑扔在附近。他们脚下的一些疑似人骨的组织可能也是偷盗贼在盗墓时扔出的墓主人尸骨。由于棺床较高，棺材也挺宽大，他们还没办法一睹棺木内墓主人的真容。不过估计也不会像盗墓小说里那样出现什么"粽子""尸蟞"之类的怪物。这仿佛只是一个古代中产阶级的普通墓穴，比那些直接埋在土里的寻常人体面一些罢了。更何况还被人盗过，就更没什么神秘感了。

外面的孙小圣也没闲着，他一边跟洞里面的队员沟通，一边琢磨着把人拽出来的办法。从外面看，这个墓室有两到三米深，他们没带梯子，只有一条粗麻绳。后来孙小圣想了一个办法，就是把坑洞朝一个方向彻底踩塌，然后把绳子一头扔给里面的人，外面的人拽着另一头，让里面的人顺着墓室的砖墙攀上来。

这个办法还是比较可行的。除了王木——侧胳膊受了点儿伤，攀爬比较费力，李出阳、樊小超和黑咪上来得都很顺利。最后出来的是李出阳，孙小圣把绳子扔给他时，他还让孙小圣少安毋躁，弄得孙小圣都对这个墓室很是神往，一直问他在里面搞什么名堂。最后李出阳上来之后，喘着粗气扔给孙小圣一样东西。

孙小圣一看，是一个对讲机。

"这不是咱们的对讲机，是这里面的？"

"对，我估计是盗墓贼落下的。怎么着，有兴趣破个盗墓案不？"

孙小圣嗤笑一声，不屑地看着那对讲机，发现它已经没电了，然后再看李出阳，他已经走到不远处惊魂未定的阮岚岚身前了。

李出阳使劲盯着阮岚岚，看她的神色。阮岚岚一开始显得有些局促，但很快调整过来，也不卑不亢地看着他。

"你想跟我们说的就是这个地方？下面那棺材里的，就是你爸？"李出阳不无调侃地说。

"不是。"阮岚岚平静地回答。

"你真是有点儿本事啊，"李出阳不自觉地笑了，"有点儿意思。"

阮岚岚想了想，依旧面目平和："真的很对不起，我也不知道这是怎么回事。但我真的是带你们来找我父亲的，我也不知道怎么会遇到这种状况。"

这时候孙小圣凑过来，一边安抚地拍着李出阳肩膀上的尘土一边说："哎，我觉得有可能是个巧合，这块地方我以前听老人说就是乱坟岗，这么多年了，有个墓很正常。而且以前又不是没出过活人不小心掉到坟圈子里的事。好在你们不是也没什么事嘛……"

"我们是没事，"李出阳扭头看着孙小圣，目光如炬，"但你不觉得这也太巧合了吗？天底下有这么巧的事吗？"

孙小圣有点儿头大，把李出阳往一边拽。

李出阳虽然声音略有放低，但依旧振振有词："你自己好好想想，一个人，说自己亲人托梦给自己，说他在哪儿遇害了，这已经很邪乎了。咱们陪着她出来找尸体，怎么就那么寸，能在她说的这块地方，掉进这么个玩意儿里？而且这古墓，怎么早不塌晚不塌，偏偏她一带咱们来，就塌了？你不觉得奇怪吗？"

"她也不是很确定尸体就埋在这里吧……咱们不是也在排查吗？"

李出阳沉沉地吐出一口气，扭头望了一眼阮岚岚的身影，自言自语道："真是太他妈奇怪了。"

"有个节目《撒贝宁时间》你没看过吗？央视播的呢，主持人就是撒贝宁，有一期讲的就是一个姐姐跟警察说，她做梦梦见自己的弟弟被人杀害了，然后埋在了哪里，警察让她根据那个梦带路去找尸体，结果真找到了。"孙小圣点了一根烟说。

李出阳没看过那期节目，似乎也没什么兴趣："你是因为看了那期节目相信了这种事，还是因为她？"

孙小圣想了想，从另一个角度劝李出阳："如果没找到她爸的尸体，不是证明那确实就是一个梦吗？再说了，"孙小圣瞥他一眼，"找尸体本来就是你答应她的，又不是我下的命令。"

李出阳回头看看探组众人，灿灿姐正站在不远处发呆，苏玉甫则在坑边一脸好奇地往里观望，黑咪蓬头垢面地打电话，樊小超帮王木一正骨，搞得她龇牙咧嘴尖叫连连。早晨还意气风发准备好好度假的队员们此刻竟然变成如此画风，他觉得荒诞极了。最初答应帮着阮岚岚找阮崇刚的尸体，他只是觉得此人话语间有太多的闪烁其词，好像隐瞒着什么不可告人的事情。尤其是结合她"知性网红"的身份，她不应该是那种信口开河怪力乱神的人。所以当她向警察说出了托梦这件事，就一定有蹊跷。要么是想借此透露什么不便直说的线索，要么就是想搞什么阴谋诡计。现在看来，很可能是后者。

此刻李出阳却在阮岚岚的行为举止中越陷越深。他们这一下午匪夷所思的遭遇到底是巧合还是必然？如果阮岚岚在这当中有什么谋求算计，那她的动机又是什么？难不成，她和这座古墓有关系，说是寻父，实际上是想让他们关注这起盗墓案？可这样说来，她为什么不直接向我们表明身份和目的？

不知是用脑过度还是刚才遭受了撞击，李出阳感到头钻心地痛。孙小圣赶忙说："要不今天就到这儿吧，先收队，这墓的事回头我跟花姐汇报一下，估计这也不归咱们管，得移交市局文保处。"

李出阳斜眼看了一下不远处的阮岚岚，问孙小圣："她呢？"

"她？让她先回医院照顾她妈吧，回头我再让黑咪他们把刘雨泽传唤过来，赶紧把这事了了，咱们好安心歇假去。"

阮岚岚似乎觉察到了大家对她的微词，脸上浮现出些许不自然，微微低下了头，躲避着众人的目光。一阵微风拂过，吹得她鬓角几根头发微微飘动，她眨眨眼睛，又皱着眉头望向远方，目光里依然闪烁着若隐若现的忧虑。

"有问题，还是有问题。"李出阳看着她，声音不大地说道。

　　孙小圣刚想说点儿什么转移话题，忽然听见不远处一直未开腔的灿灿姐叫他们。孙小圣和李出阳走过去之后，见灿灿姐指着面前的一处雪地说："你们看这里，有点儿奇怪。"

　　孙小圣和李出阳顺着她的手指头看去，那只是一块光秃秃的雪地，上面既没有什么脚印痕迹，和周围比较也没什么地形上的差别。他们二人均有些不明就里。

　　灿灿姐眉头紧皱地盯着面前这块雪地，手撑在膝盖上半蹲下来，问他们："你们再仔细看看，这里的雪，跟其他地方的雪，是不是有什么不同？"

　　此时正是下午一点多，阳光最充足的时候。李出阳睁大眼睛仔细看着面前这块区域，跟玩"找不同"似的和周围雪地进行对比，可还是没有结论。孙小圣则想换个位置观察，被灿灿姐拽住，让他不要乱跑，就在原地分辨即可。孙小圣一开始以为灿灿姐所谓"和其他雪地的不同点"在于这里的雪是否被人翻动过，然后又掩人耳目地人工铺上了一层雪。但他看了半天，似乎不存在这个问题。这里的雪和周围的雪完美接壤，也没有什么可疑的脚印以及其他人为的触碰痕迹，看上去就是再自然不过的积雪。

　　探组里的其他人也凑过来跟着他们一起观察。阮岚岚也鬼使神差地走了过来。

　　"好像，这里的雪化得比较快？"樊小超说。

　　"还真是。"孙小圣同时也发现了这个特点。面前这块区域的雪地虽然从雪量上看和周围雪地别无二致，但不知怎的，就是显得更薄一些。再仔细辨别，就会发现最上面的一层冰晶已经出现了密集的水滴化，经过漫反射后，给人一种略微刺眼的感觉。而这块区域附近的积雪虽然也有一些融化的迹象，但程度并没有这里深。虽然这些差别是比较细微的，但经过不同方位和不同角度的太阳光照反光度对比之后，还是能显现出来的。

　　这块区域大概有一张单人床面积那么大。虽然大家还没搞清楚上面的积雪为何如此诡异，但都隐隐有种不太好的预感。阮岚岚更是瞪大眼睛盯着这块地方，慢慢地，她眼底升起一股散发着阵阵寒意的恐惧。

　　"挖。"孙小圣咬着嘴唇，终于下令道。

　　十几分钟后，雪下的土壤已经慢慢被大家铲了起来。因为刚才都挖了半天土，所以大家心里对这里土壤的坚硬程度都大概有数。但从这块区域挖下去，大家都能明显感到这里的土壤比他们之前挖过的松软，这是一种很明显的被填埋过的迹象。大家心照不宣地继续深挖，不大会儿工夫，就听黑咪率先惊叫起来。

在他锹下，已经显露出一条穿着黑色羽绒服的胳膊。众人继续合力挖土，在保证不损害尸体的情况下加快了速度，很快土下一具仰面男尸的上半身就重见了天日。那男尸在冰天雪地中还未见明显的腐败，灰白的面孔异常扭曲，唇部、鼻孔、眼睑里填满了泥土，一条胳膊搭在胸口，一条胳膊在身边呈抓握姿势。看上去此人的腹部还受了重伤，黑色羽绒服下摆处有着明显的黑色血迹，已经和泥土粘连在一起，伤口位置一时难以辨别。

李出阳死死地盯住这具男尸，扭头看了一眼站在远处不敢靠近的阮岚岚。阮岚岚似乎已经感觉到了什么，整个人微微战栗，整张脸毫无血色。

孙小圣叫了阮岚岚一声，没得到回应。他走上前去，扶了一下她的胳膊，她整个人好像要散架一般，几乎摔倒在地。

"你过去看一眼……"孙小圣扶住老同学，轻声说。

阮岚岚呼吸急促，腿像灌了铅一般，在孙小圣的搀扶下，机械地朝尸体处移动。在离尸体还有两三米远的时候，她仿佛已经大致看清了尸体的样貌，整个人像被雷击中一样浑身僵直，再也无法动弹。然后众人就听到了她歇斯底里的哭声。

6

这具雪地里挖出来的男尸被确认为阮岚岚的父亲阮崇刚。阮崇刚今年六十一岁，在开发区附近经营一家钢管厂，失踪三日，原因不明。法医对尸体进行初步检验，发现其胸部有一处明显的刀伤，这处刀伤虽然不浅，但并没有伤及心脏，只刺破了胸膜。按理说胸膜破裂之后会形成血气胸，血气胸会压迫肺脏及肾脏，给伤者造成生命危险，但这需要一定过程；也就是说，这处刀伤在短时间内应该不致命，死者受伤后应该还有一定的行动力。与此同时，法医发现阮崇刚口唇和指甲均出现了明显的青紫现象，这符合机械性窒息的特点，结合死者气管和食管中发现的沙石土粒，可以判断出死者被埋时应该还有生命体征。也就是说，死者在被埋入尸坑中时还有自主呼吸，他是因为沙土填埋时挤压了胸腹部，被压制呼吸死亡的，就是普通人讲的"活埋"。

通过尸斑和尸僵程度等来推断，阮崇刚的死亡时间应该是前天晚上六点到九点左右。

值得一提的是，尸坑里还挖出了一把大概二十厘米长的沾有血迹的弹簧自锁刀。目测那刀刃形状和尺寸，疑似为死者伤口的致伤刀，很可能是凶手作案的凶器。技术队说会提取刀身上的血迹和死者衣物上的血迹进行比对，以做进一步证实。另外，他们也会尽量在刀上提取残留的指纹。他们在死者身上还发现了些许现金、一串钥匙和一部国产手机。钥匙包含家门钥匙和工厂大门、办公室、保险柜的钥匙，手机则呈关机状态。孙小圣也已拜托信通科同事看看是否能够追踪死者生前的通信记录。

至于其他发现，便是在尸坑不远处，技术队提取到了两个烟头。在排除是孙小圣等人的杰作之后，技术队认为有可能是作案人遗留下来的，于是塑封起来准备在日后进行 DNA 比对。技术队还判断说，因为案发后下了一场大雪，几乎掩盖了可能出现的所有痕迹，所以一时还无从判断埋尸地及其附近是否为第一现场。

他们归队之后已是夜晚，阮岚岚的丧父之事坐实，她涕泗横流了一路，被灿灿姐送回了高玉荣就诊的医院。李出阳则在办公室和孙小圣展开了激烈的争执。

李出阳认为，阮岚岚行为非常可疑，应该立即传唤，严加审查。孙小圣坐在椅子上，阴沉着脸一根接一根地抽烟。他始终认为，不管从动机上还是时间上，阮岚岚都没有作案的可能性。他说通过机场分局的协查，发现阮岚岚确实是昨天中午十二点半才到达的古城，而且这是两年内阮岚岚唯一一次出入古城的记录。她自己也说，两年都没有回过老家了。

"如果不是乘坐飞机，而是乘坐其他交通工具呢？如果是开车或者打租车呢？"李出阳不以为然道。

"你的意思是，她杀了她爸，然后晚上租个汽车回广州，第二天早上再登机，坐飞机飞过来？从咱们这儿开车到广州，怎么也得二十个小时吧！时间上根本来不及。"

"我的意思是你说得太绝对，很多事情表面是一个样子，背地里其实有很多操作的可能性。就拿你说的作案动机，你凭什么认为她不会仇恨自己的亲爹？你当刑警这么长时间了，什么样的家族仇恨没有遇见过，手刃双亲的案子就算没亲自办过，听也听过不少了吧？怎么碰上一个初中女同学就五迷三道了，弄得跟多了解人家似的，"李出阳说着说着毒舌本质又显露出来了，"人家当互联网大 V 这么多年了你都不知道。何况要是这事不出，你孙小圣是哪根葱说不定人家都想不起来了！"

孙小圣被说得有点儿抬不起头。李出阳继续分析道："这案子太古怪了，那个破古墓是怎么回事？怎么那么巧就在埋尸地附近？难不成这阮崇刚是盗墓贼之一，因为分赃不均，被团伙其他成员干掉了？那也奇怪呀，明明可以把尸体扔到墓坑里一走了之，怎么可能又费劲挖一个坑去埋他？这不是脱了裤子放屁吗？"

"墓的事我跟花姐汇报了，文保处下午不是已经去人了吗，他们大概观测了一下，说像个明代墓，规格很一般的那种，而且已经被盗过了——哦，那个对讲机我也给他们了。回头他们要是查出什么线索，我一定及时跟您汇报啊。"孙小圣无奈地撇嘴。

"高玉荣那边呢？刘雨泽掏不掏？"

说到这个，孙小圣倒是一挺腰板坐了起来："哎李政委，你说有没有这样一种可能：刘雨泽因为恨透了阮崇刚夫妇，先是在六公口把阮崇刚杀了，然后又回到家门口，想把高玉荣也杀了？"

"有点儿扯吧？王萍和高玉荣吵架的时间，跟阮崇刚死亡的时间非常近吧？从小火堡村开车到六公口，怎么也得一个半小时，那从事发到预谋再到实施杀人，刘雨泽的效率也太高了吧？就算六公口不是第一现场，那他又为什么这么区别对待这夫妻二人啊，一个刀捅一个棍敲，生生活埋并没有参与吵架的阮崇刚，又给吵架的元凶高玉荣一条生路，扔在诊所门口？"

"你听我说呀，"孙小圣说得头头是道，"高玉荣和王萍发生争执是在晚上六点钟左右，阮崇刚遇害是晚上六点钟到晚上九点钟，随后高玉荣遇袭是次日清晨五点钟左右。"孙小圣找出一张古城的地图贴在办公室的白板上，用笔勾画出阮崇刚的工厂位置、被埋尸的位置和家的位置，"你看，阮崇刚的工厂距离埋尸地是比较近的。而高玉荣和王萍发生争执时刘雨泽是在外面，王萍给儿子打电话告状，那假设刘雨泽其实就在阮崇刚工厂附近，那他完全有可能把阮崇刚从工厂约出来乘其不备杀掉，埋到附近，然后凌晨回来打算继续干掉高玉荣。"孙小圣嘴巴都说干了，使劲咽了一口口水，回应了李出阳的最后一个质疑，"而且现在咱们也断定不了到底是谁把晕倒的高玉荣放在诊所门口。很有可能就是刘雨泽在胡同里把她打晕，这时候恰巧有人经过，他便逃跑了，然后路过的人把高玉荣放在了诊所门口。"

李出阳想了想，觉得虽然这个推断逻辑上是成立的，但细想起来，还有很多牵强之处。但他也没精力和孙小圣辩论了，今天干了一下午的体力活，思维上又高度紧张，早就身心俱疲了。他和孙小圣商定，利用明天休息的时间再加一天班，组织大家一早过来开案件分析会。

第二天上午，探组七人就在办公室集结完毕，准备对案件做进一步梳理。开会之前，王艺花忽然推门而入，看样子像刚从刘洵探组那边过来，正闲得没事挨屋串呢。孙小圣刚要接驾，王艺花随即摆手，让他们继续，不要管她，她这回不做指导，只听听进程。李出阳心里明镜似的：估计她是琢磨着两天后这帮人就去海南度假了，要是还没拿出个实质性进展的话，还不如直接交给别的组去办，没准儿还能早些破案，所以她现在是摸底来了。

孙小圣这会儿手机响了，拿起来一看，是阮岚岚，便告诉花姐报案人有电话来，他去接一下稍后就回来。众人便在办公室里边跟花姐尬聊边等着孙小圣回来主持大局。

其实是孙小圣先给阮岚岚打的电话，阮岚岚这会儿刚回过来。孙小圣的意思是，想问她什么时候过来队里做一堂笔录，他们将全力调查阮崇刚被害一案，早日揪出真凶，告慰她父亲的在天之灵。阮岚岚在电话那头显得疲惫不堪，话也说得有气无力的。她说现在只想一心配合医生对母亲的治疗，让母亲早日醒来，别无他求。至于公安这边，她当然也会尽量配合，但母亲实在离不开人，自己又是单打独斗，就算叫自己公司的员工过来帮忙或者雇人，也不是一时半刻就能解决的。昨天她消失了半天，错过了一次院方给母亲的会诊，今后如果为了案情纠缠不清，不知道还会在母亲的治疗上耽误多少事呢。

孙小圣说："那我去医院找你做笔录吧。"

阮岚岚说："行，但可以明天吗？医生跟我说，昨天中午你们有技术人员来医院检查过我妈的伤口，虽然她现在昏迷着，但我也不想她一直被打扰。"

孙小圣这才想起来昨天技术员和法医已经去过医院了，赶紧说："好。"

阮岚岚那头沉默了两秒，说："孙小圣，我知道你们在顾虑什么。我可以跟你以人格起誓，我没做任何伤害我爸的事。虽然我理解你们的想法，但如果把这种怀疑加在已经很受打击的我身上，是非常残忍的。"

"我知道，我……"孙小圣心里莫名一阵难受，不知如何措辞了。

"我的公众号火了之后，每天都有人质疑我，骂我，甚至有人知道了我们公司的地址，还到楼下堵我，攻击我。但不管怎么艰难，我都没有像现在这样伤心过。尤其想起我自己两年没回家这件事，我恨的不是凶手，而是自己。"后半句阮岚岚已经明显有了哭腔，再往后已然说不下去了。

孙小圣觉得自己好像陷入了一个情绪上的黑洞。一天之前他还没有过这种困惑，但自从和阮岚岚重逢之后，他的所想所念就总是被她牵动着。她的一颦一笑、举手投足，都像放电影似的在他脑中反反复复。他总觉得阮岚岚是一个好女孩，只是不知道这种感觉是直觉，还是那种经过岁月验证的结论。

他想靠近她，为她分忧和解惑。他想在制度允许的范围内，提供给她一切能提供的便利。往道义上说，这是帮助；往情感上讲，这是呵护。孙小圣一直自诩"情感战胜理智"的情况到死都不会出现在自己身上，这回虽然也没达到"战胜"的惨烈程度，但也已经有了"占据"的迹象。他脑子里好像已经没有别的空闲地方来琢磨除了阮岚岚的人和事了。

回到办公室后，他脑子里还在想着怎么能多帮帮阮岚岚。是放下手头的工作去医院帮她照看一下高玉荣，还是反其道行之，加紧破案，找出害她父母的真凶？以至于坐在座位上半天，他都没想起自己还要主持案情分析会这件事。

连王艺花在内，众人都看着他，等他像以往那样跟话痨似的拿起碳素笔，在白板上歪七扭八地写上各个涉案人员的名字，然后各种画圈和画箭头，说得云里雾里却又有板有眼。但这回他没有，他只是皱着眉头在椅子上若有所思。大家知道，这回的孙小圣和他们以往认识的不大一样了。

李出阳看出端倪，知道孙探长是算计着怎么还桃花债呢，又看了一眼有点儿烦躁的花姐，只得硬着头皮上阵，站起身走到白板前："我来说吧。"

队员们都拿好笔记本，做认真状。王艺花又看了一眼孙小圣，最后把目光落在李出阳身上。

李出阳分析完涉案人员的大致关系和信息，又带来了几条很关键的信息，都来自技术队。一条是技术队通过对阮崇刚埋尸地附近的土壤进行分析，得出了一个很惊人的结论：埋阮崇刚尸体的土，和周围其他地带的黏质土有很大不同。砂质土热容量小，导热性差，表土白天通过阳光吸热后，土温上升，热量向下传导很慢，所以白天的土温比较高，夜晚则反之；而黏质土热容量大，导热性好，昼夜温差不大，所以白天的土温会比砂质土低一些。这就能解释为什么阮崇刚的埋尸点表面的积雪比其他地方的融化得快了。

但这同样也向队员们抛出了另一个问题：同为露天的荒芜之地，为什么会出现两种不同的土壤？而且砂质土还恰巧是刚刚能填满尸坑的量？

队员们你看看我，我看看你，都没什么思路。

李出阳继续说第二条信息。技术人员和法医中午去了高玉荣就诊的医院，经过医生的许可，技术员和法医大致查看了高玉荣后脑部的伤口，发现伤口虽然不大，并且被医生小心清理过了，但在其伤口周围的头发缝里，发现了一些很细小的碎屑。这种碎屑颜色非常浅，不仔细分辨，很容易被误认为是头皮屑。

经过技术员的仔细比对，认为这些碎屑是木皮的一种。

"什么是木皮？"灿灿姐问。

"是一种家居装修品的原料。"黑咪略懂一些，替李出阳答道。

"哎，那个刘雨泽不是装修队的队长吗？"王木一问。

"是，我还没说完呢。"李出阳看了一眼记录本，继续说了技术队的第三个新发现。

技术队于昨天下午对高玉荣家院子进行了勘查，他们小心地扫去了院子里的积雪，一进院两米左右的院内水泥甬道上，发现了两滴血迹。经过化验，可以确定是高玉荣的血。

"这就可以基本确认院子是高玉荣遇害的第一现场。"李出阳据此分析道。

"那也很奇怪，"樊小超说，"假设这个'木皮'能指向凶手就是刘雨泽，那刘雨泽为了报复，夜里进到高玉荣家对她进行攻击，然后在把她击晕后，又费劲巴拉地把她拖出门，放六七十米开外的诊所门口，让她得到医治，不至于死去？这刘雨泽也太拧巴了吧？"

"所以我认为转移高玉荣的不是凶手，而是另有其人。"李出阳说。

"那会是什么人呢？"苏玉甫说，"试想一下，不管这个凶手是不是刘雨泽，他在伤了高玉荣之后，势必会逃离现场。而逃离现场之后，他必然会把高玉荣的家门关上。并且从时间上来说，这个时候阮崇刚已经遇害了，阮岚岚也还没有到古城，阮家应该没有其他人回家了，那受伤的高玉荣是怎么被人发现的呢？"

"我听说阮家养了一条特别厉害的看门狗，总不能是忠狗为了救主人干的吧？"黑咪半开玩笑地说。

王艺花觉得此时开这种玩笑非常不严肃，又不想表现得特别教条，只是说："狗要真想救主，当时把凶手咬死不就行了，它又不是木头。"

王艺花话音刚落，一直沉默着的孙小圣眼睛忽然亮了一下："狗？"说着他腾地站起来，"对啊，之前怎么没想到啊？走走走！"说着他一面去衣架上抓羽绒服，一面不顾现场局面地冲众人指挥。

队员们发蒙，王艺花也傻了眼："走哪儿去？"

"我想到了一个问题，需要向胡同里的其他居民确认一下。现在我们要去小火堡村做访问！"

大家听罢，很欣慰孙小圣的智商还在线。尤其是李出阳，已经穿好了衣服在门口等着了。队里其他人见状也雷厉风行地收拾东西，准备重装上阵。花姐看这孙小圣风一阵雨一阵的样子，心里多少有些没底，想了一下说："那我也跟你们一块儿去吧，反正我下午也不开会！"

临近中午，孙小圣等人来到了小火堡村。他把车停在高玉荣家的胡同口，率众人走进胡同，然后走到高玉荣家门口。门依旧是锁着的，估计是技术队勘查现场完毕后帮忙锁上的。门口铁笼子里那只大狗依旧在，面目狰狞，龇牙咧嘴，朝着孙小圣等人不住狂吠。孙小圣想，要不是这狗看上去实在凶恶没人敢招惹，就冲这扰民的劲头，估计早该有人趁着阮家没人给它毒死了。

狗的食盆里放着大量狗粮，应该是阮岚岚怕它饿着给它留下的。孙小圣从怀里拿出一根事先准备好的火腿肠扔给它，它不仅不看不闻，反而叫得更加厉害了。

"哟嗬，还挺训练有素的。"李出阳已经明白了孙小圣的用意，随口说道。

王艺花用小胖手拍着胸脯说："好可怕的狗，这应该是我见过的最凶的狗了。"

接下来孙小圣安排了队员们的工作。内容基本一致，就是去胡同里除了徐大夫和刘雨泽家的几户，问一下案发当晚住户们听没听见什么异常动静，尤其是狗叫声。队员们"领旨"后迅速散开，到各自分配的住家门口去拍门。王艺花身份尴尬，由孙小圣带着回车上休息。

在车上等信儿的当口儿，花姐还专门问了一下关于阮岚岚的事情。孙小圣耐着性子答了，花姐又没话找话地说："孙小圣啊，'托梦'那事，你回去琢磨了没有？我还是觉得不大可能。而且我也听说，你和这个阮岚岚早就认识，是同学。但这个人，身份上就值得我们关注，你别看她看起来弱不禁风的，实际上可是个风口浪尖上的人。经常上网的人谁不知道她啊？从她的公众号就能看出，这人不是善茬，起码不是你记忆中和看到的那样单纯。所以你一定得留心。"

孙小圣一听，这话跟李出阳对他表达的意思如出一辙，心想莫不是李出阳跑到花姐那里给自己"上眼药"去了？孙小圣想了想，如实说了自己的想法："王队，不是我对她有什么主观想法，是我们实在还没有找到什么线索指向她。她的不在场证明也很确凿。"但孙小圣也知道，不在场证明可以伪造，也不能完全排除她参与作案的可能性，于是便又拿出撒贝宁讲的那期节目说事："之前电视上播过一期节目您没看过吗？叫《梦境擒凶》，说的就是这种事啊，警察根据托梦找到了尸体，最后也证明报案人真的只是单纯被托梦了而已。"

花姐使劲把头靠在座椅上，不知道该继续跟他说什么。现在谁也没心思和精力用一个不相干的电视节目来论证摆在自己面前的血案。而且花姐觉得孙小圣这回的表现的确很反常。尽管他以前也有感情用事的时候，有时也会有些奇思怪想，但他起码不固执，也就是说，他以前的"脱线"程度都在一个可控的范围内。但这回的他不仅听不进去别人的意见，好像还刻意在营造一种很玄乎很迷离的氛围，以帮阮岚岚自圆其说。

谁都知道，"托梦"这事邪门。哪怕有人宁可信其有不可信其无，也是经历了一大圈的调查取证之后没取得任何成果的托词。但孙小圣作为代理探长好像一上来就信了，这令花姐很是担心。

车里的气氛正尴尬着，队员们逐渐有了访问成果，一个个来到车内跟孙小圣汇报。汇总之后，大家发现，几乎所有住户在案发当晚都没有听到阮岚岚家传来可疑的动静，狗叫当然更是没有。其中一个老头非常笃定，说一整晚都没有听见狗叫。他还跟王木一大放厥词，说早就恨死那只狗了，要不是自己腿脚不方便，真想给那狗下点儿耗子药。他猜那狗就是只疯狗，看见个麻雀飞过去都要叫唤半天，自己这一年多来都快被它弄得精神衰弱了，现在听见那狗的叫声自己都有应激反应了，所以他很清楚那狗什么时候叫了、什么时候没叫。

孙小圣长长地吐出一口气，说："现在可以把刘雨泽列为重大嫌疑人了。"

花姐问："为什么？"

孙小圣说："阮岚岚跟我说过，她家那只大狗是自己家和刘家关系好时刘雨泽送的。那狗刚才您也看见了，估计是那种除了自己主人逢人必叫的狗。也就是说，如果有生人想进入阮家的院子，必然会引起它的大声吼叫。而案发那晚并没有人听见狗叫，这就说明，狗认识那个作案人，并且信任他。"

"可是，如果是作案人给狗投喂了什么食物，甚至在食物里下了迷药迷晕了它呢？"王木一发问。

"你也看见了，刚才孙小圣给它喂食，它闻都不闻。这就说明这狗不吃生人的东西，还挺有原则的。"李出阳答道。

"所以，到底是什么样的人能做到这一点呢？我猜，应该是这个人在这只狗很小的时候就喂过它，让它打小就对他亲近。那这个人，八成就是它小时候的主人，刘雨泽。"孙小圣继续分析。

"啊，我明白了，"黑咪继续说，"也不一定光是在它很小的时候。既然这只狗是刘雨泽送给阮家的，那刘雨泽对它肯定有不一样的感情，两家离得这么近，刘雨泽出门进门都能看见它，肯定还会没事就投喂它，哪怕是两家交恶之后，刘雨泽也对这只狗非常好，出来进去给它喂食。所以这只狗除了阮家人，唯一不防备的，可能就是刘雨泽。"

"有一定道理，凭这点，结合'木皮'的碎屑，再加上事发之前两家闹了矛盾，可以把刘雨泽先传来问话。现在刘雨泽人在哪里？"花姐问。

"刚才大概了解了一下，从前天到现在，刘雨泽好像根本就没回家。"

队员们又去了一趟刘雨泽家，发现情况的确如街坊所说，刘雨泽借工作之名，两天都不曾回过小火堡村。独自一人在家的王萍依旧守口如瓶，坚称儿子在外忙碌，和高玉荣受伤一事无关。孙小圣跟王萍磨了半天嘴皮子，动之以情晓之以理，终于说动王萍当场给刘雨泽打了个电话。电话接通后，孙小圣跟刘雨泽开门见山，表示要给他做堂笔录。刘雨泽当即回绝，并直接挂断电话。

刘雨泽显然把事情想得过于简单了。黑咪等人已经通过村里的社会关系网，查到了几个平时和他熟识的青年，又经过一阵工作，摸出了几个刘雨泽可能的去处。花姐要求队员们不要声张，先行归队，等到下午或者晚上制定好详细的方案后再开始抓捕行动。

大家回到队里，刚下车还未上楼时，李出阳忽然想起什么，跟孙小圣说："对了，阮岚岚那边，我觉得还是得把笔录补上。如果她不方便过来，那我下午去一趟也行。"

孙小圣边锁车边说："明天吧，明天我去吧。"

花姐本来已经快走出停车场了，听见孙小圣这样说，不觉回了一下头，冲孙小圣说："你就让李出阳下午过去吧，明天你还不见得有时间呢。"

"那我就明天派别人过去。"孙小圣心不在焉地应付道。

没想到这话一出，花姐愣了，其他人也暗觉不对，目光都投向他们三人。

李出阳率先打破僵局："啊，我也没别的意思，正好下午这段时间空着，我也知道高玉荣病房在哪儿，去一趟轻车熟路。"

孙小圣的脸色忽然很难看："什么轻车熟路？你是怕她跑了，还是怕我去了给她放跑了？我跟你说，她不会撂下她妈不管的。更何况，"孙小圣眼里忽然出现了少见的冰冷，"她没你想得那样龌龊。"

"我什么时候说她龌龊了？"

"好，你没有，是我说的，"孙小圣不耐烦地朝他比画了一个休战的手势，"你现在说完了吗？"

"孙小圣！"花姐听不下去了，"老毛病又犯了吧？一根筋绷不住，就要上天了吧？"

孙小圣瞥了眼面面相觑的队员，有点儿上火地说："花姐，你要信他的，你就让他跟你说说，阮岚岚除了做了一个梦，还有什么疑点？是作案时间，还是作案动机？还是咱们找到了什么证据证明她杀了自己的亲爹？"

"就算真的没证据，你也给我细细查过之后再这么说！"花姐掷地有声。

李出阳站在两人中间，完全不知道该说什么，还要尴尬地迎接这两人不时扫到自己脸上的目光。

孙小圣忽然冷笑一声："谁还没做过预知梦啊。我昨晚上还梦见有人到领导那儿给我'上眼药'了呢！"

"孙小圣！你要这样干脆回避了算了！"花姐发出最后通牒。

没想到孙小圣不仅不吃这套，反而解脱地看着花姐："行，我也明白您什么意思了，不干就不干，谁能耐让谁上吧！"

说着孙小圣竟然大手一挥，扭头出了停车场，大步流星地走出了支队大院。

他撂挑子了。

7

花姐没想到孙小圣竟然真的撇下众人不管不问了，气急败坏的同时，又有点儿没了方寸。但事已至此，只能先让李出阳牵头顶上，当务之急是先把刘雨泽抓到，别的事再从长计议。

下午李出阳带着探组众人做了详细的抓捕计划。本来李出阳是想让信通科定位刘雨泽的手机，没想到分析结果还没出来，黑咪就接到了一条来自线人的比较靠谱的情报，说经过他的联络，获悉刘雨泽很可能在离小火垡村十公里外的一个城乡接合部的出租房里。那间房是刘雨泽手下一个工人的老乡的出租屋，整栋建筑是房东违规盖起来的自建房，阳台上晒满了各种女人的内衣和男人的裤衩，远远看去"彩旗飘飘"，走到内部又会觉得浑浊混乱。李出阳带队把门踹开时刘雨泽正躺在床上玩抖音，旁边的小桌板上还有一盒刚刚泡的方便面。

刘雨泽不是惯犯，心理防线比较薄弱，坐在讯问室的椅子上没多久就供认了袭击高玉荣的前后经过。

他说那晚母亲给他打来电话，说对面的高玉荣又发疯了，扛着铁锹要砍死她。母亲把自己的遭遇和委屈大肆渲染了一通，令他气血上涌，次日凌晨就回来准备向高玉荣实施报复。他凌晨三点左右从县城开车回的家，到家之后发现高玉荣家大门从外面锁着，家中看似无人。回家之后他一直睡不着，坐在院子里边抽烟边发呆。不知过了多久，他忽然听见外面有脚步声，透过门缝一看，胡同里出现一个推着电动车的人影，那人影由远及近，分明就是高玉荣。

高玉荣好像很疲惫的样子，推车边走边喘着粗气，走得很慢。此时天还未亮，胡同里只有高玉荣一人，刘雨泽心想这是个机会，他完全可以让这恶毒的老女人吃点儿哑巴亏。想罢他顺手抄起院子角落里一根搞装修时富余出来的条状三合板，最初的想法只是趁她开门时给她一下子，然后逃之夭夭，这样不仅事情不至于闹大，她还没证据指认自己。

没想到他拿好家伙偷偷从家溜出来时，高玉荣已经进了家门。但可能因为当时天快亮了，高玉荣并没有关门。刘雨泽一不做二不休，干脆跟着高玉荣进了院子，抢起板子照着高玉荣上半身就是一击。他自称是照着高玉荣肩膀抡过去的，没想到因为光线过暗，导致他观测出现偏差，板子竟然击在高玉荣的后脑勺上。高玉荣登时失去意识，来不及哼一声就趴倒在地。

刘雨泽吓坏了，怕高玉荣有生命危险，赶紧把她拖到了徐大夫的诊所门前，又拍了拍诊所大门，然后脚底抹油，跑了。

李出阳想了想，他交代的内容大部分细节都能对上，包括三合板的主要构成物就是"木皮"，说明刘雨泽对于作案过程没有隐瞒。但是有一点他还没想通，就是关于高玉荣被放到诊所门口这一点。

乍一听，刘雨泽交代的话并没什么逻辑上的问题。但仔细一琢磨，这里面存在一个悖论：一般来讲，决定逃跑的作案人，都是想办法延后案件曝光的时间，以给自己的跑路留出充分的余地。而刘雨泽自述他在高玉荣昏迷后就把她放在胡同里并拍响了诊所的门，这就说明他想让别人第一时间就发现高玉荣受伤的事。那徐大夫或者高玉荣的家属一定会马上报案，刘雨泽的逃逸就会变得很鸡肋，失去了绝大部分的意义。

所以最后决定跑路的刘雨泽最可能的做法是：在高玉荣受伤晕倒后，他不知高玉荣何时会醒来，甚至不知道她是否会归西，一定是把高玉荣扔在院子里，然后锁好高玉荣的院门，让她自生自灭。如果高玉荣死掉了，自己则已经逃得不见人影了；如果高玉荣自己醒来，他也能观望着是否可以打道回府。

假设他真是失手把高玉荣打成重伤，然后选择了送高玉荣就医，就完全没有必要再隐藏自己的身份，随后逃跑。这样逃也逃不彻底，还会以最快的速度暴露自己作案人的身份。

队员们觉得李出阳分析得有道理。但不管接下来大家怎么讯问刘雨泽，他都说高玉荣就是自己拖到诊所门口的，这是悔改的体现，也属于补救措施，他应该被从轻发落。因为一时找不到别人站出来承认此事，也暂时没有证据证明刘雨泽就是扔下了重伤的高玉荣逃跑，大家只得暂时接受他的这个说法。

至于谋害阮崇刚一事，刘雨泽更是撇得干干净净。

这事刘雨泽倒说得更为理直气壮："我为什么要杀阮崇刚？我完全没有动机呀，首先跟我妈干架时他又不在，其次这些年虽然我们家跟他家有点儿矛盾，但这些事都是因为高玉荣而起，我跟阮崇刚可以说从来没起过直接的冲突，连我砌的台阶影响了他车进出门这件事，也一直都是高玉荣找我家打架的，他从来没出面过。事实上他平时也很少在家，据说厂子快倒闭了，自己都自顾不暇呢，哪有工夫跟我起矛盾呀。"

李出阳看了一眼法医划定的阮崇刚死亡时间的范围，问刘雨泽当时在什么地方，刘雨泽抠着鼻了想了想，说："当时……当时我在县城自己租的房子里歇着。本来那晚我没想回家，是我妈跟我说她受欺负了我才决定回去的。"

"你在县城里自己还租了一套房子？"

"是啊，那里离哪儿都方便些。而且我没活时要是老在家待着，我妈就会念叨我，让我干这干那的，我就干脆自己在县里租个房子，周末才回我妈那儿。"

"你当时在自己出租房里这件事，还有谁能证明？"

"这个……"刘雨泽有点儿焦虑了，"我当时是一个人待着，就看电视来着。因为刚干完一个活，挺累的，我就让大家都歇两天。"

也就是说，对于阮崇刚被害一案，刘雨泽拿不出不在场证明。

众人熬了一宿，第二天一早又得到一个消息：信通科从运营商那里调出了阮崇刚手机的通信记录，发现案发当日，记录里并没有刘雨泽的手机号。对于这一点大家并不觉得意外，毕竟很多有预谋的作案人和被害人进行联络时，会转用别的电话。但大家把案发前一周阮崇刚的通话记录梳理了一遍之后，也没发现什么可疑的号码。阮崇刚的大多数通话都是业务往来，剩下为数不多的是和厂里下属的通话。有几个没存在通讯录里的号码被黑咪拨过去，对方开口就问阮崇刚什么时候打款，一听就是债主。听闻阮崇刚死了，债主们要么不信要么大惊，骂骂咧咧、叽叽歪歪，都不是善茬。

"这个阮崇刚的厂子好像一直亏损，强撑着有几年了，估计现在还欠着几百万的外债呢。会不会是因为他老欠钱不还，被追杀了？"黑咪猜测道。

"可是债主要是把他杀了，上哪儿去要钱啊？这是讨债界的大忌啊。"灿灿姐觉得不太靠谱。

"对了，看一下案发前几个小时，阮崇刚有和谁联系过吗？"李出阳问。

"没有，只和一个厂里员工联系过，我们确认了，是他们厂的车间主任。"

"也没和高玉荣或者阮岚岚联系过？"

王木一仔细翻着通话记录单，摇摇头说："他最后一次和高玉荣联系还是案发前一天，和阮岚岚的通话就更远一些了，是四五天之前吧。不过这也不能完全排除案发前他和这两人，或者其他咱们没发现的人联系的可能性，毕竟除去手机的通话功能，微信、QQ什么的也有语音通话功能。"

"能调取吗？"

王木一摇摇头："估计悬，阮崇刚的手机有密码，这些软件登录也需要密码，想看的话可能得联系软件运营公司。不过我觉得这种可能性不大吧，一个六十多岁的人，手机套餐里流量可能都没多少，放着电话不打，何必用网络通话呢。"

李出阳点点头："也是，郊区网络还不稳定。"随即他又想起了一个问题，扭头问负责人苏玉甫："技术队那边提取出刀上的指纹了吗？"

苏玉甫说："哦，技术队说了，刀埋进深土里，再加上挖的时候混进雪水，本身已经很难提取到有效指纹了，他们弄了一天，凑合刷出了半枚阮崇刚自己的指纹，和另外一个不属于阮崇刚本人的指纹外廓。正在做报告，估计也就这样了。"

"那这个只有外廓的指纹应该就是嫌犯的了。"

"我觉得就应该从阮崇刚的债主里挨个排查！"黑咪振振有词。

李出阳正坐在桌子上思考，听到此话，忽然想到一个问题，手一拍桌子："完了，百密一疏，坏了菜了！"然后他跳下桌子满屋转圈，"快给我查查阮崇刚工厂的地址！"

8

孙小圣离队之后，在街上晃了一圈，随后脚像不听使唤似的来到了高玉荣所在的医院楼下。但他没有直接上去，而是在甬道的长椅上又坐了半天。这半天他想了很多事情。比如初中的一些往事，比如现在阮岚岚父亡母危的可怜境地。孙小圣以前见过很多惨剧，虽然也替那些人痛心疾首，但代入感从没有这一回这样强烈。可能是因为两人以前有过一大段很相似的人生轨迹，有过很多两小无猜的共同回忆，才令他觉得阮岚岚所遭遇的种种，竟然在自己身上也刻骨铭心起来。

过多的共情心，一般都能激起人的保护欲。

但孙小圣同样存在困惑。他不是被感情冲昏了头，他知道这案子还有太多的谜团需要解开。首要的就是阮岚岚的那个梦。孙小圣觉得最大的可能性是，阮岚岚知晓内情，但没有参与作案，所以才会以这种方式把埋尸地点透露给他们。可如果是这样的话，她又出于什么缘故，要拿做梦当借口，跟整个事件撇清关系呢？最关键的是，她知道大概的埋尸地点，就多半应该知道内情，也就多半知道凶手是谁。这就是说，她知道谁和自己有杀父之仇。那么她为什么不能以最直接的方式，向警方举报这个人呢？是因为害怕对方，还是因为自己也涉事其中？可尸体被发现后，案件真相大白，最初的担心不还是会变成现实吗？

阮岚岚不是一个轻率浮躁的人。她做的每一件事，说的每一句话，都不会给自己挖坑。这件事哪怕逻辑再不通，她也能往"托梦"上靠。这就是她的厉害之处。

虽然她很不对头，但双亲被害是血淋淋的现实。孙小圣脑子里有两股声音一直在吵架，一股声音让他尽快查明真相，一股声音又在不断强调现在的阮岚岚处在一个多么无助和绝望的境地。孙小圣的各种思路不断被这些声音打断，令他感到无比聒噪。他觉得此刻唯一能够令自己冷静和专注起来的方式，就是走近阮岚岚，走到这个谜一般的矛盾体身边来，近距离地观察她、探索她，想她所想，和她感同身受。这样才有可能一探她的初衷。

阮岚岚给他开门之前，正在护工的帮助下帮母亲擦拭手脚。看见门外是孙小圣，她先是愣了一下，然后弯腰从床下搬出一个凳子让他坐下。

护工要帮忙，被阮岚岚婉拒。她客气又温柔，一点儿也不像网络上那个行文犀利、遣词尖锐的暴走写手。

孙小圣有点儿局促，坐下之后不知首先该说什么。倒是阮岚岚先指着母亲问他："你以前见过她吧？初中时她接过我下学。"

"哦，没有，啊，也可能我不记得了，"孙小圣慌不择言，"不过我是见过你爸爸的。他……变化挺大的。"

"老了。"

"啊。"

场面冷了一会儿，孙小圣想起一个话题："对了，要不是遇见你我都不知道，你是怎么把公众号做得那么大的呀？初中时就知道你作文写得好，没想到日后还靠着这个发大财了。回头教教我呗，我觉得自己也挺有文采的。"

阮岚岚笑了："挖热点，追话题，说别人不敢说的，写别人不敢写的。粉丝想看什么，想宣泄什么，你都帮他们写出来，替他们发声，替他们挨骂。不管遭受多大的非议，心态都不能崩溃，还要继续冲击更大的网络旋涡，你能做到吗？"

孙小圣想了想："够呛。"

"那你火不了。这两年多来，我一直过着一种特别拧巴的生活。每天想的、写的都不是自己真正想创作的内容——或者那根本就称不上创作，而是像一种流水线的作业，机械而枯燥。你能想象吗？我们开选题会，列出的全是各种话题和新闻的流量数据，然后从中抓取最能引爆网络的切入点。我要为文章配上最令人瞠目结舌的标题、最能引起广泛热议的措辞，以及各种网络流行语堆砌起来的修饰词。我要让这些东西像模像样地成为爆文，带动成千上万的流量，最终这些流量也将变现成为广告费，然后撑起公司的日常开销。"

孙小圣难以置信地看着她，完全想不到在一个普普通通的公众号的背后，是这种血与汗的狼狈交织。他很理解地点了一下头："一直以为你是躺着挣钱的，没想到也这么辛酸啊。"

阮岚岚微微一笑："我在非常早的时候写过一篇文章，叫《穷男友，想说爱你不容易》，虽然题目起得挺拜金，但实际上内容是表达我们这一代压力巨大的年轻人在生存上的窘迫。当时我的粉丝还不多，但不知道被哪个大V带节奏地转发了，我的后台收到了三四千条谩骂和侮辱的留言。骂我是绿茶婊，是金钱的奴隶，只配坐在宝马车里哭什么的。当时把我吓坏了，我的本意不是这样呀，我只是起了一个更具争议的标题而已啊，要不然网上这么多文章，读者凭什么点进这篇来看呀。我委屈极了，但第二天再一看后台，涨粉三万多人，还有很多公关公司找我写软文的留言。一夜之间！虽然我知道这里面有很多黑粉，但我高兴极了。而且我觉得那帮骂我的人就是一帮小丑，他们虽然大义凛然地批判我，站在道德制高点上俯视我，但最终的胜利者还是我。"

"网友们有时候好像不是为了对错来跟你争论，他们只是必须表达自己的看法。他们同样不爱听你的解释，在网络上，其实你根本没有解释的机会，你成为热点时，其实已经被盖棺论定了。"孙小圣说。

"对，当我发现我是一个让网友们陈述观点或者相互争吵的靶子时，我自己也豁然开朗了。大家骂得高兴，我也留得住流量，大家各取所需，这就够了。那时候我写文章的风向才开始真正改变。我开始故意找一些话茬来博大家的眼球，毕竟你得把他们那些按捺许久的神经挑动起来，才能发动一场场网络狂欢。"阮岚岚看了一眼窗外，平铺直叙地说着这些在孙小圣听来非常有冲击力的话。

"你知道为什么现在传统文学带不动流量了吗？不是因为它不好，是因为它太好了，它是所有人心中的美好所向，是大家公认的经典和精品。这些东西就引不起争议，炒不起热点，所以不管我想好好写作的愿望有多么强烈，我也不可能实现。因为我要吃饭，要养活员工，我需要流量。"

孙小圣叹了一口气，随后才意识到自己是时候表个态了："其实我也是刚刚关注你的公众号的，我以前从来不看任何公众号文章。但不管我看没看过，我都不会像那些骂你的人一样。我觉得发表什么观点是个人自由，谁也不能强加给谁观点。"

阮岚岚"噗"的一声笑了："所以我靠你挣不了钱。要都是你这样，说不定我已经饿死了。"

孙小圣意识到自己马屁拍到马蹄上了："哈哈，那我也往好的方向给你带节奏。"

阮岚岚笑着笑着停住了，然后很认真地看着孙小圣："孙小圣，谢谢你。我虽然很不幸，但不幸中的万幸是这次有你。"

孙小圣忽然感觉到俩耳朵根忽地一热，整个人跟发烧似的犯起晕来。

这时阮岚岚的手机响了，她接起一听，忽然神色大变，飞快应付几句之后，跟护工交代了一下，起身就要出门。孙小圣问怎么了，她飞快答道："我爸去世的消息不知怎么散出去了，好多债主跑到我爸工厂闹事去了！"

债主其实没多少，不超过十个，但他们都带了很多下属和帮手，聚在阮崇刚的钢管厂门口大声跟保安争吵。保安只有两三个，一个风烛残年、两个黄口小儿，眼看就要支撑不住了。厂里因为削减开支早就没了保卫处，车间主任只能硬着头皮跑到门口跟众人解释，说阮厂长的事他也是最近刚刚获悉，万分悲痛的同时也会尽量处理好厂内事务，包括欠各位的各种款项。他刚才已经联系了两位副厂长，准备紧急开个碰头会，好好商量出一个方案，以给各位妥善的答复。

债主们将信将疑，有人要求他现场给副厂长们拨电话。主任硬着头皮拨了，结果两个副厂长一个也不接。债主们急了，有的要冲击保安队伍，有的要翻大铁门，高喊口号说没人还钱就进去搬设备。

主任正要报警，就见一辆出租车停在厂门口，从里面走出一名行色匆匆的妙龄女子和一个全神戒备的护花使者。

阮岚岚飞快走到人群后面，大喊："各位，我求你们别再闹了。我是厂长的女儿，我向你们保证，你们的钱不会打水漂的！"

大家一听，多数愣了，有几个人走到她面前，仔仔细细地上下打量。孙小圣下意识地往阮岚岚身边靠了靠。

"你是阮崇刚的女儿？真的假的？叫什么？有身份证吗？"其中一个五大三粗的男子皱着眉头问她，又扭头去问车间主任，"许主任，你认识这女的吗？这女的别是趁着这乱乎劲，来这儿蒙东西的吧！"

许主任多年没有见过阮岚岚了，刚才联系她还是从厂长办公室里贴着的通信录中找到的电话，此刻相见自然是百感交集，他赶紧把阮岚岚拉到前面，冲众人说："诸位，这位的确是阮厂长的女儿。阮厂长的家人还在，就一定会把这事负责到底的，你们不要闹。"

"你说说，怎么负责？啊？是今天给结账，还是现在就让我们进去搬东西？"

"你一小姑娘懂这里头的事吗？你爸爸给你看过账本吗？"

"不用跟她说那么多，她也不懂！"

众人并不买账，一门心思要进去扫荡。有人又开始带头冲击大门："再不给开门，我们可就翻墙了！"

阮岚岚堵着门口，一边阻拦一边喝止，但声音很快被盖了过去。孙小圣挤过去，只觉得身上被无数双手拽着、揪着，让他进退不得。众人好像都是奔着抢东西来的，孙小圣估计这里头还有很多浑水摸鱼者，说是追欠款来了，其实就是趁火打劫的，反正已经死无对证了，得到消息过来边起哄边捞一笔。债务纠纷中最不缺的就是这种人。

有个挺肥实的妇女忽然推了孙小圣一把，孙小圣脑袋撞在铁栅栏上，一时间眼冒金星。孙小圣边回头边指着那妇女大骂，那妇女却狡诈地嚷嚷说不是自己所为。这时不知道从哪儿飞过来一个石块，正击在阮岚岚的额头左侧，阮岚岚惨叫一声，赶紧捂住面部。

紧接着孙小圣看到一条红色细线从阮岚岚头发下面缓缓延伸下来。孙小圣赶忙过去护住阮岚岚，对着众人大吼："都他妈给我住手！"

但场面越发混乱，众人马上就要把大门彻底攻破。

正值胶着之际，忽然人群后方警笛大作，孙小圣回头一看，是队里的两辆警车横在了他们身后。李出阳带着众队员从车里出来，边向闹事者出示工作证边大声制止他们的行为。

之前那个男子又跳出来，指着李出阳的鼻子说自己在追款，警察管不着。李出阳大声道："就算厂子不还你款，依法你也是去法院起诉。谁给你的权利跑这儿带头闹事！"

"我没闹事！我找他们理论！"

"没看见这门关着呢吗？"

男子急了，向后面的人挥手："把他们推开，咱们要钱天经地义！"

话音未落，李出阳和黑咪一把把男子撂倒在地，给他戴上手铐："那我就依照《治安管理处罚法》传唤你，第二十三条，你涉嫌扰乱单位秩序，跟我回公安机关！"

别的债主看傻了眼，都下意识地停下手上动作。有个女声还不嫌乱地叫着："手续呢？刑警就能红口白牙地抓人？"

"口头传唤！要不你也试试？"

那女的假装低头看手机，再不吭声。

男子被黑咪和樊小超推上了车，其他债主你看看我我看看你，都低调了很多，围着许主任七嘴八舌地诉说着自己的情况。孙小圣先让王木一找了个创口贴帮阮岚岚处理伤口，又怕再出乱子，就站在许主任身边帮他打下手，还给债主们编好号，然后一个一个地叫。许主任此时也没有什么办法，只得先把这些人的电话号码一一记下，承诺回头让公司财务好好核实，确定解决方案之后尽快与大家联系。

债主们争先恐后地跟许主任说话，李出阳随手拽住一个老保安，问他阮崇刚被害当晚是谁在门房当值。老保安赶紧叫来了一个理着平头的小保安，说那天是他的班。

"你有印象那天你们厂长是什么时候从厂子里走的吗？"李出阳问。

"有的，"小保安诚惶诚恐地说，"我们厂长那天五点多钟就离厂了。"

"是吗？你记得这么清楚？"

"是啊，"小保安紧张得赶紧解释，"后来他又回来了。"

"回来做什么？"

"因为一开始他是开着自己的尼桑车走的，大概半个小时之后，他又开着自己的车回来了，我当时还在门房问他怎么了，他说车子离合器老毛病又犯了，转速特别高，他晚上还得去玉川一个厂子见客户，怕耽误事，就换了我们厂里一辆货车开出去了。"

李出阳想了想，应该是阮崇刚没说实话，但据说阮崇刚的车确实是尼桑的老款车，如果在这冰天雪地里闹了毛病，仿佛也合情合理，又问："那后来呢？这辆货车去哪儿了？"

"后来，后来……"小保安左看右看，似乎有什么难言之隐，吭吭哧哧语不成句。

李出阳把他拽离人群，一脸正色："说吧，这儿没人。"

"我吃晚饭时，喝了点儿白酒，七点多就睡着了，直到第二天早上，我发现那货车停在院子里，以为是厂长办完事，把车送回来了，就没多想。"小保安跟犯了什么弥天大错似的低头道。

"七点多就睡着了？"李出阳一扬眉毛。

"是，不过我之前把大门锁好了！我们厂子晚上也没啥事，我就早早地锁门了。我以为厂长他夜里肯定不会回来了，即使回来，也是后半夜了，而且他自己有厂子大门的钥匙。"

"那他自己的车呢？"

"一直就在我们厂的院里，现在还在。"

小保安七点多就睡着了，就是说那辆货车被开回来的时间段是从晚上七点多一直到第二天凌晨。阮崇刚的死亡时间推定是晚上六点到九点，那么这辆车是阮崇刚自己开回来的，还是别人开回来的，就大有文章了。但从阮崇刚遗体衣兜里找到了工厂大门的钥匙，就说明他自己这把钥匙应该没被人盗用过。凶手不太可能有把他杀死后，先把他的车开回厂里，再返回作案地点埋尸这种举动。

"大门有被破坏过的痕迹吗？"

"没有。"

"除了你们厂长有大门钥匙，还有谁有？"

"剩下的……就是我们保安室有了。"

李出阳点点头，抬眼观察了一圈，发现大门旁边的墙头上安着一个摄像头，问保安："这个摄像头开着呢吗？"

"我们厂里的监控，只有两个车间里的还开着，这个早就坏了，一直也没人来修过。"小保安唯唯诺诺。

李出阳无奈地点点头，正在思考之际，忽然听见身后有人叫自己"李警官"。回头一看，正是刚刚处在旋涡中心的阮岚岚。阮岚岚的伤口此刻已经处理完毕，脸上的血迹也擦拭干净了，额上贴了一枚创口贴，看起来并不算严重。

李出阳走上前去："怎么了？"

阮岚岚说："没怎么，今天谢谢你。"

"哦，没事。"

"要不是你，今天我估计就回不去了。"

"没那么严重吧。"

"当然有，"阮岚岚轻描淡写地一笑，"把我爸去世这件事告诉债主们，你说后果怎么可能不严重呢？"

李出阳也笑了："哦，你说的是这个啊，这个我没义务替你们瞒着。欠债还钱天经地义，早知如此何必当初。"

阮岚岚听罢笑容依旧，点点头，转身就要离去。

"对了，我还想提醒你一句，"李出阳叫住她，还特意把声音放低，"别以为自己多聪明。我迟早会把你查清楚的。"

阮岚岚转过半个身子，很不屑地看了眼李出阳："行呀。那就看看你有多大本事。"

正说着，孙小圣从阮岚岚身后走过来，见两人好像杠上了，赶忙把黑咪叫过来，问他能不能先开车把阮岚岚送回医院去。黑咪看了看这表情各异的三人，赶紧点点头说没问题。

孙小圣看见阮岚岚跟着黑咪走向汽车了，才把李出阳拉到一边："是不是你那边调查阮崇刚通信记录时说漏嘴了？"

李出阳说是。

孙小圣瞪了他一眼，又飞快叹了口气："我说，咱能不能上点儿心，这么敏感的事，你说出去不就等于把她推到风口浪尖了吗？"

"我能力有限啊，"李出阳做无奈状，"就这点儿本事。当时你要在，不就没这事了吗？"

孙小圣沉着脸看向远处："花姐说得对，这案子我应该回避。"

"回避也不是这么个回避法，你这是当着领导面甩咧子，你想挨处分？"

"反正我请了年假了。"

李出阳掏出根烟，点上，深深吸了一口，也看着远方那在阳光下闪闪发亮的积雪，有点儿无可奈何地说："你知道吗，咱们去不了海南了。这个案子远远比我想象得复杂，花姐的意思也是让咱们把休假往后调调，这个活，没人能帮咱们接。"

孙小圣知道他意有所指，干脆把话挑明了："你还是怀疑阮岚岚有问题。"

李出阳看了他一眼，确定没有捕捉到任何烦躁或者抵触情绪之后，终于承认："对。我想从阮岚岚小时候的生活轨迹从头摸起。访问一些她的老师同学，或者儿时的伙伴，看看能不能找出一些线索。我觉得她的家庭有问题。"

"你的意思是说她和她父亲的关系不正常呗？"

李出阳见周围人多眼杂，便搂着孙小圣的肩膀走到一个更偏僻的角落："你看过她在公众号上写的一篇叫作《被强暴的女人为何中途放弃抵抗》的文章吗？那篇文章是用半写实的写法，写一个女孩子在家里遭到了亲戚的猥亵，她本来是有机会呼救，让家人街坊们救自己于水火之中的。但她后来放弃了，她默默承受了这种罪，因为她觉得一旦把事情公之于众，她比那个可恶的亲戚还要没脸。文章描述了女性在遭受性侵犯时，因为惧怕世人的眼光，内心的顾虑和焦灼，旨在警醒大家实现性别平等是多么重要的一件事。这篇文章是阮岚岚早期写的，字里行间流露着非常非常强烈的倾诉和表达欲，心理活动也特别真实动人。所以我就猜，这会不会和她个人的经历有关。"

"你的意思是，她曾经遭受过性侵犯？……她父亲，阮崇刚？"

李出阳没说话。

"这怎么可能？你不能这么不着边际地瞎猜！"孙小圣觉得李出阳这回简直是大失水准，"我知道这个案子有很多疑点，但你也得一点点查，别急别慌，凭着线索去还原事实，哪能凭一篇文章自己瞎开脑洞呀！她自己都说，写这些触目惊心的文章，是为了赚流量，哪像你说得这么有故事！"

"你看看你，我还没说两句呢，就开始数落我。"

"都说这么一大通了，还叫没说两句？"

王木一和灿灿姐等人坐在警车里，看着远处墙根下面孙小圣和李出阳像往常一样互不相让地说悄悄话，心里都倍感安慰。看来孙探长和李政委远远没到决裂的程度嘛。

孙小圣看着李出阳，陷入了深深的回忆："说个不怕你笑话的事。初二的时候，我看了一部韩国的恋爱电影，当时整个人都被里面那种浪漫的氛围感动了，于是我给阮岚岚写了一封情书。当然也不是那种特正式的，就是一张小字条，塞在她的课本里。结果她看到后，竟然告诉她爸了。后来你知道她爸，也就是阮崇刚是什么反应吗？"

"揍了你一顿？"

"她爸特意来到学校接她放学，然后叫住我，说想带我们俩一块儿吃个饭。然后他开车带着我们俩来到一个挺高端的饭馆，点了一堆特棒的菜。印象中有生鱼片、大虾什么的，然后就让我们吃。我吓坏了，不敢吃，他就说没关系，然后还给我夹菜。我和岚岚这边吃着，他就在那边说：'孙小圣，我看了你给岚岚写的字条，大道理我不想给你讲，如果有一天你出人头地了，能够顿顿让我闺女吃上这种饭了，我就把她交给你。但出人头地的前提，就是要好好念书，只有考上大学了，才有资格想别的，也才有可能做到这些。'"

孙小圣一口气说完，很认真地问李出阳："你觉得能做到这份儿上的父亲，是那种禽兽不如的人吗？"

李出阳做思考状，一时未做评判。

"再说了，你也看到了，阮崇刚尸体被挖出来时阮岚岚的反应。那种撕心裂肺的哭，会是演的吗？她虽然是大 V，但不是演员。没有普通人能把悲伤演绎到这个份儿上的。"孙小圣想到一个很能说明问题的细节。

李出阳把烟熄灭，扔在脚下还踩了踩。

"要像你说的那样，她肯定巴不得阮崇刚被弃尸荒野呢，还费这么大劲找尸体干什么！我倒觉得，阮崇刚像是因为无力偿还债务，绝望自杀的。"孙小圣说。

李出阳摇摇头："如果是自杀，上吊或者喝农药都行，有必要跑到荒郊野外去吗？就算去了，又是怎么自己把自己埋掉的呢？"

这时他们身边忽然传来一个声音："阮厂长不可能自杀。就算是资金链真的断了，他也不至于还不上债务。"

孙小圣和李出阳扭头一看，正是刚才硬出头的许主任。许主任打发走了众人，看见两个头头模样的警察还意犹未尽地聊案情，便凑过来做出玩手机的样子偷听了半天。直到听见两人聊得太离谱了，才忍不住主动插话。

"为什么？"李出阳问。

"因为就算是真的经营不下去了，他也可以把厂子卖掉。已经有不少这方面的人士在跟他谈了。"

9

许主任告诉他们二人，这块地是阮崇刚十年前向当地镇政府租的，租期为二十年，当时这里还是一片纯粹的荒地，而且政府对个体办厂有扶持政策，所以租金并不贵。阮崇刚卖了自己一套市区的楼房，又找关系向银行贷了一些钱，再加上之前东拼西凑的一些借款，总算办起了这个厂子。虽然近年来厂子效益实在不好，已经到了濒临倒闭的地步，但这块地皮因为临近开发区，有一定的升值潜力，所以一些人想把厂子低价盘下来，等到日后有拆迁的机会时，能够捞一笔动迁费和安置费。

"这都是些什么人？"

"什么人都有啊，三教九流，有个体户、企业家、物资回收公司，还有这方面的中介。说是盘厂子，其实还不是看上了这块地皮背后的价值。"

许主任猜，这些人收购厂子后，要么接手经营，要么遣散空置。虽然厂子效益不行，但生产线是完备的，还值一些钱。更何况还有中介说会转卖给大型企业，总之怎么说的都有，但这些方案从来没被阮崇刚接受过。

"阮崇刚是不是想自己等着拆迁，然后赚这笔钱呀？"孙小圣说。

"唉，你说得简单，看看现在厂子这状况，哪能挨到那一天呀。"许主任摇头叹气。

"卖了也比强撑着好吧？他为什么不接受？"李出阳问。

"咱们进去说吧。"许主任侧目看看周围，怕更多内情被未散去的债主听见，便打开厂子大门，带着李出阳他们走进钢管厂。

钢管厂确实已经到了山穷水尽的地步，里面一片破败，院里随处可见各种垃圾废物，四处还散放着一些生锈的钢管和工具。远处是车间和厂房，还有一些被雪覆盖的大小土堆和废旧机床，以及周围几辆歪歪扭扭停着的货车，和一辆尼桑牌小轿车。小轿车应该就是阮崇刚的，李出阳又叫来小保安，找到了阮崇刚案发当晚驾驶的货车。

孙小圣和李出阳一边在货车和小轿车里外检查，一边听许主任继续介绍情况。

"这事就说来话长了。据说阮厂长在办这个厂子之前，还办过一个厂子。那个厂子当时办得风生水起，他还获得过咱们当地的好多荣誉称号，但后来不知道为什么，那个厂子忽然就倒了。所以阮厂长心里一直就有个结，想要东山再起，就办了这个厂子。没想到时代不同了，他的经营方式也慢慢跟不上社会的节奏，就一直亏损。他就拆东墙补西墙地找钱填窟窿，虽然厂子能勉强撑着，可根本就不赚钱，只有我知道，他跟打水漂似的往里面扔了多少钱。但是没办法呀，人老了就越来越固执，他就是不认这个命，非要强撑着，觉得说不定哪一天还能起死回生，让他回到以前那个风光的时候。"许主任叹着气说。

"这段时间，您发现阮厂长有什么反常的举动吗？"孙小圣从货车的驾驶室跳出来，边摘手套边问。

"反常嘛……他之前身体不太好，好像生了什么病，但也不跟我们细说，后来又说治好了，没事了。别的，就是有时候也会为了卖不卖厂子的事烦心。有时候我也看他挺纠结的，他岁数大了，心有余而力不足了，我猜他有时候也动摇过。因为有些人开出的条件确实很优厚，他不可能不动心呀！但他这个人就是太要强了，总觉得自己这么多年的心血，最后没个说法就卖了，不甘心。"

"那有什么比较奇怪的人找过他吗？"李出阳在尼桑车后座上探出头问。

"奇怪的人，"许主任站在杂草丛生的小路中间，仔细琢磨着这个词，"要说奇怪，我也不知道算不算，就是最近有个买主总是找他。那个人挺怪的，好像和阮厂长以前就认识。每次他一来，阮厂长就特别不欢迎，不像见到其他买主似的，还客气寒暄几句。见到这个人，阮厂长每次干脆就是黑着脸让他走，后来干脆嘱咐门口保安不让他进来。"许主任纳闷地说。

孙小圣和李出阳对视了一眼，问："是因为这个人开的条件不够好？"

"不，为什么我说奇怪，就在这里。有一次我去厂长办公室，在门口无意间听见几句他和厂长说的话。这个人开的条件非常高，几乎是所有买主里面出价最高的。当时我知道这个开价后，特别吃惊，觉得这回肯定就把厂长拿下了。没想到最后厂长是那种反应，真是太奇怪了。"许主任一头雾水地说。

"也就是说，阮厂长面对这个最优厚的条件，反而非常抵触？"

"是的。而且这个人三番五次来找，好像还比任何一个买主都殷勤。"许主任答道。

"您有这个人的联系方式吗？"孙小圣问。

许主任摇摇头："没有，好像我们厂长就故意没留他的联系方式，所以他才每次都亲自登门来找厂长。"

"那你知道他叫什么吗？"

"不知道。"

"他是个人，还是代表公司来的？"

"不知道，有可能有挂靠的公司，也有可能就是个人买家。这些人都只和我们厂长对接。"

李出阳从车里出来，认真想了想，觉得这里面很有文章。一个屡次来找阮崇刚的神秘人物，似乎还是他的老相识。但阮崇刚非常抵触这个人，简直到了无以复加的地步。那这个人到底是什么来历呢？最后会不会就是这个人，把阮崇刚约到了离厂子不远的六公口，然后又和他发生冲突，把他杀害并埋掉？但阮崇刚中途有个换车的行为，并且告诉保安自己想去玉川。如果阮崇刚只是到不远处的六公口赴约，他是没有必要换车的。那他会不会本身就是想去玉川，半路上遇到了这个神秘人？

可这辆货车又是在什么情况下被开回厂里的呢？

李出阳和孙小圣一时都没有头绪，只能先给技术队打了电话，让他们过来给两辆车进行一下痕迹检验。随后孙小圣问许主任："您有空没有？能不能和那个保安一起，跟这个李警官去我们队里做个笔录，然后给那个买主画个像？"

还没等许主任回话，李出阳就反问孙小圣："你不跟我回队里啊？"

孙小圣说："我不回去了。我去医院。"然后他又冲许主任说，"对了，还有，今天咱们之间的对话，不要跟任何人说。"

许主任和小保安跟着李出阳等人回到队里，做了两份非常详细的笔录，许主任又配合着专业人员，给那个神秘的买主画了一幅头像。从画像上看，这个人大概五十岁，短发圆脸，其貌不扬，并没什么很显著的特征。

李出阳让人把这画像印了几份，以备日后做访问用。然后他又把其中一份贴在组里分析案情的白板上，和上面阮崇刚的头像连上了一个带有问号的箭头。他还特意让孙小圣从阮岚岚的朋友圈里找出一张阮岚岚小时候的照片贴在阮岚岚头像附近，准备在那里标注日后调查出来的阮岚岚幼年时候行动轨迹的要点。

那张照片上阮岚岚不过十五六岁，应该还是初中的年纪。照片上阮岚岚扎着马尾辫，戴着一个挺漂亮的攒珠蝴蝶发卡，显得单纯而又俏皮。其实李出阳是想要一张她更幼年时的照片，但无奈孙小圣翻了半天阮岚岚的朋友圈，只发现这一张旧照。

李出阳独自在办公室里对着白板上错综复杂的分析图出神，连订的外卖到了都顾不上吃。好不容易被王木一等人拉着一起吃饭了，苏玉甫又风尘仆仆地进来汇报消息。

"刚才文保处那边传来消息，文保处民警顺着对讲机这条线索查下去，说在六公口那个墓坑他们又有了些新发现。那个墓基本能确认是个明代统一规格的金事墓，这是个五品官职，不算大官，所以墓制规格不高，只有一个不深的墓室和少数陪葬品，不过这墓已经被盗过了，从……"苏玉甫拿起笔记本翻找记录，"哦，说是在墓坑的东西部位，发现了一个近期刚刚被填埋的盗洞。"

"有盗洞？"李出阳停住咀嚼，"是什么样的盗洞？"

"他们说是用咱们本地盗墓贼惯用的横向炸药炸开的盗洞。文保处民警已经根据盗洞四周的炸药残留物和那个遗落下来的对讲机进行了排查。那个对讲机据说和普通对讲机不大一样，不需要手动按键说话，打开电源就能始终处于通话状态，这种对讲机一般用于重大工程或者高危作业，市面上比较少见，所以相对好查一些。他们通过查询对讲机厂家和销售渠道，已经基本划定了一个大致的嫌疑人范围，可能很快会有结果。"

李出阳听罢，抓起可乐瓶子喝了一口，问道："还有一个问题需要你给我确认一下，那个填埋盗洞的土，是砂质土还是黏质土？"

"好嘞。"

"先吃饭吧。"

苏玉甫刚坐下没多久，隔壁探组的探长刘洵又推门进来了。李出阳赶紧招呼道："怎么着刘探长，大中午的过来有什么指示？"

刘洵看着大家伙聚在桌子周围狼吞虎咽地扒盒饭，啧啧地感叹："明明可以在三亚海边吹着海风吃龙虾，却留在这冰天雪地的办公室里吃外卖，这得多么敬业呀。"

"是啊，我也没想到啊，"李出阳不由得自嘲，"一开始以为就是个邻里纠纷伤害案，二十四小时就能送人了，没想到拔起萝卜带出泥，没完没了了。"

"孙小圣呢？"

"去医院给报案人做笔录了。"

"哦，听说你们那事主，是那个'梣树园'的大V？我看过她的专访呢，那女的长得还挺漂亮的。"

"什么大V，就一写手。你那边呢？砖窑藏尸案查得怎么样了？"

"没什么思路，无名尸，就知道是被勒死的，其余的都是些指向性不强的线索。小白他们在周围调查走访好几天了，都快脸盲症了。"刘洵哈着腰边说边往黑咪碗里看，黑咪邀他同吃他又拒绝。

"对了，我过来是告诉你个事，估计这事就值一顿饭，"刘洵看着李出阳，"刚才我去技术队拿报告，是吴良睿托我告诉你的，他还让你过去一趟呢。"

"什么事，你说说，要真是关键性的检验证据，请客没问题。"

"你说的啊！他说了，你们那个案子埋尸地点附近提取的烟头的检验结果出来了，经过唾液DNA比对，那个烟头属于一个叫什么刘雨泽的人。他们正在做报告呢。"

话音未落，王木一、黑咪等人均大吃一惊，不约而同地朝刘洵投去了惊诧的目光。

李出阳脸上并无异状，平静地端着饭盒朝刘洵点头："行，我知道了，谢谢刘队啊。"然后又跟众组员说道："先吃饭。"

刘洵做了个小意思的手势，然后向门口走去。走到门口处，他顺势瞥了一眼就立在门边的那个用来分析案情的白板，虽然脚步未停，但他的动作明显僵了一下。然后他半回头地瞥了一眼身后狼吞虎咽的孙小圣探组众人，快步走出了办公室。

吃完饭后，李出阳把组员们分成了两组：一组是王木一和黑咪，去走访一些阮岚岚学生时代不同时期的同窗；另一组是灿灿姐和樊小超，去寻找一些阮崇刚老工厂的原工人。两组人在调查访问阮岚岚及其家庭情况的同时，还要向被访问者展示那个神秘人的画像，看看能不能找到什么知道内情的人。

大家散去后，办公室里只剩下李出阳和苏玉甫。苏玉甫问李出阳："既然检验结果确认埋尸地附近提取的烟头是刘雨泽的，案子不就破了吗？刘雨泽因为邻里纠纷，先去工厂里把阮崇刚找出来，然后在六公口把他杀掉埋尸，随后又快马加鞭地回到小火堡村把高玉荣干掉了，这不是证据链都齐全了吗？还费劲去找那个神秘人干什么？"

李出阳不置可否，只是说："你先跟文保处联系，我去一下技术队。"

在技术队，副队长吴良睿首先告诉李出阳，两辆车的痕检也刚刚完成。尼桑车内的使用痕迹基本属于阮崇刚一人，没有发现可疑物或者液体残留；而货车驾驶室里则提取到了一些沙子，除此之外，方向盘上也发现了很多散乱的指纹和掌纹，应该是车辆的不同使用人留下的，这也符合公共用车的特点。吴良睿还让人对货车驾驶室进行了鲁米诺检验，发现主驾驶座位处和装卸闸处有发光反应。

"就是说货车驾驶室里有血迹？"李出阳眼里放光。

"别高兴得太早，"吴良睿反应平平，"我和厂子里的保安确认过，他们前两天洗过车，这个驾驶室用一种含有次氯酸的洗涤剂清洗过。次氯酸是含氧酸，也能让鲁米诺发光，所以不排除是车里还没挥发干净的这种东西影响了测试。"

李出阳有点儿失望，吴良睿则笑道："让你更失望的还在后面哪。"说着他拿出在埋尸地点拍摄的几张检材照片，告诉他，那两个烟头作为证物，也存在一些问题。

与其说是问题，不如说是不确定因素。首先，因为案发之后现场骤然降雪，技术队除了这两个烟头，并没发现其他的可疑痕迹，这两个烟头的证据就是相对单一的，起码无法还原凶手的作案轨迹；其次，就是很重要的一点，这两个烟头并不是在原始积雪下提取的，而是在埋尸地旁的雪堆里发现的。也就是说，从严格意义上来讲，尚不明确这两个烟头是何时出现在案发地的。

"你的意思是说，烟头有可能是后被人放到现场的？"李出阳问。

"我可没这么说，"胖队长吴良睿摇头晃脑，"我的意思是，这个烟头我不能完全确认是下雪之前就留在现场的。因为现场的雪被你们铲过，烟头上面并没有覆盖最初的积雪。"

李出阳愣了两秒神，自言自语地沉吟道："难道是阮岚岚放的？"

10

阮岚岚从噩梦中惊醒，醒来时护工在不远的一侧有些惊恐地看着她，身边的母亲还是了无生气地躺着，监护设备发出"嘀嘀"的运转声。

"孙小圣呢？"阮岚岚问护工。

"哦，他刚才出去了，说一会儿就回来，是不是买吃的去了？"护工说。

一会儿孙小圣推门进来，阮岚岚见其两手空空，问他干什么去了。孙小圣说出去透了透气，屋里太憋闷了，还问她饿不饿，用不用点点儿东西吃。

阮岚岚说不饿，又说让他也陪她出去走走。

两人走在医院院内的大甬道上，半天都没找到什么正经话题。孙小圣问她冷不冷，她说不冷。孙小圣又问她要不去地下一层的食堂吃点儿东西，她说吃不下去。

甬道两旁有巨大的松树，上面堆积着连片的积雪。有时候一阵风吹过，浮雪会扑面而来。孙小圣虽然感到些许凉意，但又觉得这个场景挺浪漫。于是他故意不再说什么，只是陪着她在路上漫无目的地走着，遛着。他们如果就这样一直走下去，说不定在哪个角落或者拐弯处，忽然就发现春暖花开了呢。

过了一会儿，倒是阮岚岚自己先开了腔："孙小圣，你爸爸妈妈现在还上着班呢吗？"

孙小圣说："哦，我爸还上着，我妈早就退休了。我妈比较懒，适合当领导，自己不干光指挥别人，所以就提前回家了。"

"你爸爸上班辛苦吗？"

"不辛苦，现在也是混日子了。"

"今天在厂门口，真把我吓坏了。不知道我不在时，他被这些人追债追到什么程度呢！没想到他这些年这么难。"

"他从来没跟你说过厂子里的事吗？"

"提到过一些，但我真的没想到有这么严重。"

孙小圣想了想，问她："岚岚，有个事情，我不知道能不能问。"

"你说吧。"

孙小圣又想了半天措辞，才开口："嗯，就是你父亲办厂这些年这么困难，他管你要过钱吗？"

阮岚岚明显反应了一下，然后目视前方，很淡定地答道："没有。我爸是个很要强的人，他不可能要我接济。"

孙小圣点了点头，没有再深究。不过他心中生起了一股疑惑：阮岚岚虽说一直遭受非议，但不可否认的是收入也相当不菲。新闻上讲她接一篇软文就有几十万的入账，哪怕是有夸大的成分，但也能窥斑见豹。可是现在阮崇刚夫妇的生活状态，完全就是普通家庭的水平，甚至如果算上负债累累的工厂，他们都算举步维艰了。阮岚岚看上去和父母感情不浅，又怎么可能不拉他们一把呢？

见孙小圣若有所思，阮岚岚又问道："今天上午我回到医院后等了你半天，是不是去我爸厂里调查了？有什么进展吗？"

孙小圣说："啊，有进展。厂里有人告诉我们，最近总有一个人想要盘下你爸的工厂，这个人似乎也是你爸的老相识，但你爸似乎很抵触他。我们觉得这个人很可疑，但这个人很神秘，没有留下姓名。好在我们通过员工的描述给他画了画像。"

阮岚岚问:"可是就一张画像而已,能找到这个人吗?"

"试试吧,多走访走访,看看工商界有没有这号人物,如果有,就能找到联系方式了。"

"那如果这个人不接电话呢?"

"我们可以找技侦部门监测他的手机号,只要他一开机,我们就能通过信号碰撞,锁定这个人的大概活动范围。"

"那太好了,"阮岚岚笑道,"就像电视剧里演的一样。"

"是啊。"孙小圣说。

"对了,"阮岚岚又问,"早上我接到你们法医中心的电话,说他们已经做完了相关工作,可以把我父亲的遗体领回去了。下午你可以跟我去一趟殡仪馆吗?我想从那边租一辆灵车去法医中心把我爸接回来,然后给他选个好墓地。"

"没问题。"

事实上查找那个神秘人比孙小圣描述的要困难得多。找过阮崇刚的各种买家很多,都是单独与他进行对接的,他也没留下什么记录,所以想一一查起几乎是无望的。不过灿灿姐和樊小超那里取得了一定的突破。他们通过本市的工商局查到了阮崇刚以前工厂的一些信息,然后又通过不断走访,接触了几个曾经在阮崇刚老工厂工作的员工。只是那些员工多已年过半百,对他们手中的这张画像都看得云里雾里。

灿灿姐一想也是,阮崇刚早先的工厂,至少是十几二十几年前的事了,就算老员工们早先见过这个神秘人,也是时过境迁,不大能认得出了,更何况画像上的人面貌也发生了变化,能让人一眼认出的概率可以说是微乎其微。

于是灿灿姐就提示他们:这个人很可能与阮崇刚有着极大的矛盾。

这么一说,其中有两个老员工似乎都想起了一些往事。他们告诉灿灿姐,阮崇刚是个很好的人,非常体贴下属尊重工人,几乎从不树敌。这么些年,从没听说过他跟谁结过仇,但有一个人例外,而且是非常极端的例外。

"哦?是什么人物?"灿灿姐赶紧拿起笔认真记了起来。

老员工说,他记得原来他们厂有一个劳务工,小伙子那时候二十七八岁,是车间流水线上的矫直上料工。矫直上料是钢管生产过程中的一道程序,对他这种操作工人来说,并没什么技术性,只是需要盯住经过了超声波检测和机械扩径的钢管半成品经过传送带,然后能顺利进入矫直设备就可以。钢管半成品每隔一段时间就会从翻料器上翻出来,每次就出来一根,但有一天不知道怎么回事,一下翻出两根来。小伙子发现后,马上用手去挪动外侧的钢管,想把外侧的管子推下去,但钢管半成品刚刚退火之后还存在一定弯度,结果他右手就被这根管子挤在钢管托辊上,好几根手指都骨折了。

虽然这是一起生产事故,但责任其实绝大部分在小伙子自己身上。因为钢管生产的安全规程上有明确规定,不管出现什么情况,都不允许直接用手去拖拽传送带上的钢管。即便是他不得不去用手拖拽钢管,也应该在下手前先关掉传送带。

虽然小伙子严重违反了操作流程,但好心的阮崇刚还是亲自带他去评了伤残,后按工伤的标准,给他报销了所有医药费,还给了一笔赔偿金,并且让他好好养伤,承诺不会跟他解除合同。

但没想到伤虽然养好了,但小伙子的手还是留下了不可逆的机能性损伤,不能从事体力劳动了。他文化水平不高,厂办进不去,又无法胜任会计一类的岗位,就成了厂里很尴尬的闲工,拿不到什么绩效,也赚不到加班费,后来他一生气,就辞职了。

辞职之后,他就更找不到合适的工作了。好在这小伙子似乎早就和家里断绝关系了,所以无亲无故,一人吃饱全家不饿,于是就放纵了一段时间,据说天天除了酗酒就是耍钱,坐吃山空挥霍无度,很快就一贫如洗了。成了穷光蛋之后,他不知从哪儿打听到了阮崇刚的住处,三天两头过去找阮崇刚。一开始说得好听,说自己残废了,山穷水尽了,求阮崇刚可怜可怜他,借点儿钱给他。

阮崇刚借了他几回,后来发现此人完全就是贪得无厌的无耻之徒,等他再来讨债时就严词拒绝了他。但小伙子不肯善罢甘休,坚持认为自己到了今天这步田地都是阮崇刚害的,好长时间,他都不断上门骚扰阮崇刚,而且采取了很多极端的手段,比如在他家门口贴大字报,咒骂阮崇刚是资本家,贪污腐败,还到镇上、县里去上访,或者干脆就在阮崇刚回家的路上堵他,说他欠债不还,等等。阮崇刚足足被骚扰了十年,最后实在没办法,和他达成了一笔价格不菲的补偿协议，然后把厂子也关了，举家搬走了。

真是一个令人唏嘘的商业故事。怪不得阮崇刚对于自己的工厂有如此感情呢，是因为他有太多的遗憾想要弥补。曾经沧海难为水，哪怕如今再累再难，他还有什么不能承受的呢？

灿灿姐咬着笔："您还记得您说的这个小伙子，哦，当时的小伙子，叫什么名字吗？"

"叫，"老工人仰头深思，好久才说，"哦，想到了，叫申哲！要不是他这姓挺奇怪的，我可能真就忘了！"

"申哲。"樊小超重复着这个名字，心想按年龄推算，这个申哲现在应该也是五十岁左右，那画像上这个人会不会就是现在的申哲呢？他如果现在就职于物资公司，那么以他和阮崇刚的孽缘，不管他如何给阮崇刚开高价，阮崇刚应该也是不会领情的吧！

于是樊小超又重新把画像摆到老员工面前，让老员工好好辨认一下是不是申哲。

老员工又眯着眼睛仔细认了认："唉！这我也说不太好了，有那么点儿像，但也像不到哪儿去，再说又过了这么多年，我实在没法确定啊。我之前是管焊接的，跟他都不在一个车间，所以也就是几面之缘。他是二号车间的，也就是后期加工车间的，你得找那个车间的工人去问呀。"

"那当时的二号车间您现在还有认识的人吗？"

"有是有，我在那个车间认识一个冲洗工，当时一起打过牌，叫王强，江西人，不过在他离职后也没联系过了。"

"这个王强，长什么样子您还记得吗？"

老工人摇摇头："时间太久啦，我只对他们当年的样子稍稍有点儿印象，而且这个王强在我们厂待的时间更短。他跟申哲是一同入厂的，申哲在厂里干了七八年吧，王强可能干了三四年就走了。他们这种外地工人，流动性都比较大，肯定是哪里挣得多就去哪里嘛。"

樊小超认真地记下名字，又问："您说的这个王强跟申哲认识吗？"

"认识，他俩当时还挺熟的，因为都不是本地人，家里也没什么亲戚了，所以走得挺近的，我有一次中午找王强打牌，还在他宿舍见过申哲呢。"

老员工这边对于画像的辨认模棱两可，只能说有比较大的可能性指向曾经和阮崇刚有劳务纠纷的申哲。可他对申哲的情况掌握得也非常有限，甚至连他祖籍哪里都说不清。虽然信息量不算大，但这已经是老员工被访问者里给出最多线索的人了。有些老工人甚至连阮崇刚是谁都不记得了。

所以现在只能试着去找那个王强，但愿他还能认出自己当年的工友。但樊小超根据全国公安信息网查询，五十岁左右叫王强的江西人有上千个，这还不包括进行过户口迁移的人。樊小超抓着头发问李出阳："凭着这一千多张证件照，让那老工人来一个个辨认，也不太靠谱吧？"

李出阳坐在桌子上想了一会儿，说："不用，你先把老员工说的这些内容录成电子文档。"然后他看了看王木一，"说说你那边的成果。"

王木一说自己根据阮岚岚的个人档案，找到了她在古城就读的小学，然后联络到了其中一名还在职的教过阮岚岚的老师。老师凭借记忆，提供了一个当年和阮岚岚走得很近的女生的信息，王木一通过一些查询，访问到了这名女生。其实是两名，还有一名是被这位同学约过来的。这名女生说，自己是个刑侦迷，对警方对自己的询问非常重视，兴奋之余，又怕自己说的内容有什么纰漏，便叫了一个多年来保持联系的老同学陪着她一起，两人还可以互相打补丁。

王木一当然欢迎，还说请她们喝下午茶，没想到这两人都是资深吃货，一下午干掉四杯卡布奇诺和两大盘华夫饼。

相对阮崇刚老工厂的老员工有些含混不清的说辞，这两个姑娘的信息发散而又丰富，两人的各种发挥和想象，都快能给阮岚岚写一部编年史了。她们说自己和阮岚岚小学做了六年同学，知道阮岚岚小时候家里是办工厂的，有个能干的老爸和贤惠的老妈。

"等一下，贤惠？她说的是高玉荣吗？"李出阳问。

"是的，她们说小学时去阮岚岚家玩过，都见过高玉荣，而且对高玉荣评价非常高，说她又漂亮又温柔。"

"这和现在高玉荣邻居们对她的评价不大一样啊。难道说当年是装的？还是更年期的原因？"灿灿姐皱着眉头耸肩。

"哦，不过她们也说，高玉荣当时看上去就比她们的父母岁数要大一些。"

"对，高玉荣现在六十二岁，是三十六岁生的阮岚岚，在当时可绝对算是晚育了。"李出阳边在白板上阮岚岚那张幼年照片旁记录边说。王木一又说，虽然高玉荣在阮岚岚小学同学那里得到了极高的评价，但大家似乎从没见过阮岚岚的父亲阮崇刚，平时几乎也见不到他来接女儿下学。

李出阳在白板上唰唰写着，头也没回："接着说。"

"后来这两个女生说，过了一阵，听说阮岚岚家出了事。好像是有个工人闹了事故，一直在跟他们家索赔。这事闹了好久，一直到她们小学毕业都没解决呢。"王木一看着小本本说。

"就是申哲呗，"灿灿姐问，"那两个女生见过申哲吗？"

那两个姑娘告诉王木一，虽然不知道那个勒索阮岚岚他们家的工人是谁，但确实看到过一个可疑人物跟踪过阮岚岚。因为阮岚岚并不是每天都由母亲来接，有时候也和同学结伴回家。两个姑娘描述，有个三十多岁的男人，不止一次在阮岚岚放学的路上出现过。当时那两个姑娘和阮岚岚下学同路，所以她们都对那个男人有印象。

"阮岚岚对此有什么反应？"

"害怕得不行，每次都躲得远远的，但同学们问她，她又什么都不说。有一次高玉荣接阮岚岚下学，也见过那个男人，高玉荣还大声呵斥不让他靠近阮岚岚，好像两个人有很大仇恨似的。所以我猜，这个男人应该就是当年和阮家闹翻的工人，就是那个叫申哲的人。"王木一说。

"嗯，有可能，老工人告诉我们，当年申哲找阮家闹，无所不用其极，估计还试图绑架阮岚岚来着，最起码是想虚张声势一下，借此吓唬和威逼阮崇刚。"樊小超录完电子文档，跳到王木一身边来。

"而且，"王木一兴奋地抬高声音，"当我把这个神秘人的画像拿给两个女生看时，她们基本能确认这就是曾经在放学路上跟踪阮岚岚的人。"王木一合上本子。

"过了这么些年，这两人还能凭这画像认出来？"

"对，她们确定。说这个人当年也给自己留下了心理上的阴影，所以有把握认出他来。"

"就是申哲——"李出阳在神秘人的头像旁边写上这个名字。

现在能确定这个经常被阮崇刚拒之门外的买主就是申哲。也就是说，申哲具有重大的谋杀阮崇刚的嫌疑。但是去哪里找申哲呢？樊小超在人口信息网上进行了筛查，发现很多人的证件照都不是近照，与画像对比起来非常困难。王木一在本市公安信息网信息检索这个名字，也并未发现有符合条件的人办理过居住证，或者入住酒店旅馆之类的记录。

而且现在的重中之重除了找到这个申哲，还必须弄清楚他和阮岚岚的关系。因为阮岚岚最初一定是从申哲那里知道的父亲的葬身之地，那么这两个人之间，就必然直接或者间接地存在联系。

但是一个是讨债长工，一个是东家小姐，不仅存在着二十多岁的年龄差，时间线还拉得这么长，这两个人之间能有什么诡异的关联呢？

李出阳把申哲画像和阮岚岚的照片连上一条线，中间画了个大大的问号。

会开到一半，苏玉甫接了一个电话，然后跟李出阳汇报消息："文保处的民警专门让他们技术队去现场看了一下，当时填盗洞的土，是黏质土，和周围的土壤没有区别。"

李出阳从白板前走到了椅子边，半躺在椅子上开始出神："黏质土……那埋阮崇刚的土，怎么会是沙土呢……"

大家想来想去，都没有靠谱的思路。最后还是李出阳先想到了什么，对着王木一敲了敲桌面："联系一下工厂的许主任，问问他钢管的生产过程中需不需要沙子！"

王木一拨了好几通电话都联系不上许主任，估计他怕债主催款，自己应付不来，直接玩消失了。好在灿灿姐还留着之前访问过的阮崇刚老工厂那位师傅的手机号，便打过去向他求助。老工人听了灿灿姐的问题后，马上告诉她，钢管本身的生产过程中是不需要沙子的，但是填埋钢管的时候，粗砂粒是必需品。因为沙子可以保证钢管受力均匀，不至于像黏土或者多石块土壤那样形成应力集中点，对管道造成损伤。而且因为沙子比较柔软，还能减弱外部土壤因为温度变化产生的热胀冷缩应力，对管道也是一种保护。

李出阳一个鲤鱼打挺从椅子上起来："那钢管厂里，是不是可能会存有大量的沙土？"

"现在不知道，但我们以前的厂子里会存一些的。因为有的单位交货就要填埋，我们也就会提前给他们预备一些，交货也能快点儿。"老工人在电话里答道。

李出阳忽然想起之前在阮崇刚工厂里见到的被雪覆盖的"土堆",一拍桌子:"我说呢,钢管厂院子里那些根本不是土堆,是沙子堆!"

"埋阮崇刚的沙子,就是他自己工厂的?那就是说,他厂里有凶手的内应?"王木一一脸惊恐地推论。

"那也挺邪门的啊,原地挖坑埋了不就行了,干吗还从厂子里拉沙子啊?"樊小超不解极了。

"我想起来了,"李出阳回忆道,"昨天小保安跟我说过,阮崇刚被害的当晚,他回厂用一辆货车换了自己的尼桑车。那些埋他的沙土,当时就应该在货车上。是当时车上没有卸车的沙土。"

"细思极恐啊,"灿灿姐说,"这到底是怎么回事?阮崇刚又不是被埋在平地上的,而是埋在坑里的啊!"

这会开得信息量过大,李出阳脑子再快,也逐渐有点儿跟不上节奏了。他双臂倚在桌子上,揉了揉脸说:"我出去抽根烟。"

他刚走出去没多远,王木一就从办公室里追了出来。王木一神神秘秘地左右环顾,叫住李出阳。

李出阳纳闷地问:"怎么了?你也学抽烟了?"

"哪有!"王木一正色道,"阳哥,刚有个事,当着大家面我没说。"

"怎么了?"

"那两个姑娘还告诉我,咱们已经是第二拨找她们的了。"

"什么意思?之前谁去的?"

"她们说是一个瘦瘦的短头发的警察。是不是孙小圣哥啊?"

李出阳想了想,还未应声,就听不远处有人叫他。扭头一看,是一个正巧路过的前台文员。文员扔给他一个信封:"你的闪送。说是发件方付过钱了。"

李出阳谢过,然后叼着烟打开信封,发现里面是个小塑料袋。

依稀看去,塑料袋里是一个用过的创口贴。

王木一在旁边歪着头打量:"阳哥,这是啥啊?"

李出阳笑了:"你说得没错,是孙小圣。"

11

翌日，西山公墓，晨光熹微。

阮岚岚和孙小圣站在阮崇刚的墓前，看着阮崇刚的骨灰盒被工作人员缓缓放进去。工作人员缓缓地用水泥抹好了墓室，又用湿布擦了擦大理石墓碑。墓碑上刻着阮崇刚的名字，旁边还给高玉荣留了位置。

阮岚岚说："这个位置也空不了多久了。"

"为什么？"孙小圣有种不祥的感觉。

"医生会诊的结果是，我妈醒过来的可能性非常低。现在一切的主动治疗都失去意义，只有靠仪器来维持生命，等待奇迹发生。"阮岚岚目光呆滞地盯着那墓碑徐徐说道。

孙小圣此时很想说一句"节哀顺变"，但深感这话说出来也没什么意思。对互联网风云人物和自媒体大神阮岚岚来说，她不需要外界的任何激励鞭策和暖心关爱，她本身就是铁娘子一般的存在，能够打败她的只有她自己。

倒是阮岚岚，竟然主动拥抱了孙小圣。可能是她太孤单了，缺乏安全感到了极致。她需要切身体会一个臂弯能带来的实在感，从而告诉自己这世界还是鲜活可见和生机勃勃的。

孙小圣脸颊绯红胸口狂跳，他告诉自己不要对阮岚岚的这个举动过分解读。女孩子在情绪所到之时，总会有自己都意想不到的举动。

于是他们无声地拥抱了几秒，又无声地各归其位。

两人走下山坡，阮岚岚不断接打着电话。一会儿是遥控策划公司的选题会，一会儿是跟客户谈合作，然后她还要抽时间回酒店和同事们视频开会。孙小圣从来没见过一个女孩子能够忙成这样，瞠目结舌之余，也感叹互联网的钱不好挣，好像每时每刻都在打仗。阮岚岚告诉孙小圣，之所以忙成这样，是在和同行抢热点。网络上每天都有新的事件发生，有时候是一件时事，有时候是一件娱乐八卦，有时候是一场体育比赛，如果不能飞快地抓住其中的讨论点，那么热度肯定就会被别的自媒体抢走。现在大家都是团队作战，如果你团队的战斗力跟不上，那么等待你们的，只有团灭。

"可是现在你妈那儿这情况，你的公司怎么办？你不能总在酒店里开视频会吧？"

"现在也没什么更好的办法。"阮岚岚说，"医生说我妈现在就是维持身体机能，其实已经和植物人没分别了。言外之意我随时可以放弃，但我还不想那么做。"

"是，搁谁也一时下不了这份狠心。"孙小圣附和道。

"我妈生我时都快三十七岁了，这在当时绝对是个说起来都让人害怕的生产年龄。据说我妈入院时转了两次院，才有大夫敢帮她生产。我当时还是'臀位'，脑袋朝上，顺产危险性特别大，我妈又很固执，不想剖宫产，说那样会伤元气，会留疤。后来看这样实在不行，我爸都给我妈跪下了，也加上我妈意识不清了，才同意让医生做的剖宫产手术。可以说，我妈当时是在鬼门关兜了好几圈，受了太多的罪。"

"你爸和你妈那么晚才要孩子？"

"对，可能是因为我爸那时候工作太忙了吧。"

"不过，我听说，和自己父母年龄差特别大的孩子，往往都特别聪明，这点从你身上就得到了验证。"孙小圣终于找到了一个妥帖的拍马屁说辞。

"是吗？你觉得我聪明吗？"阮岚岚停下脚步，话里有话地看着孙小圣。

"嗯……？"孙小圣不明白这话哪里又出问题了。

"那天你们那个李出阳警官就说我自认为很聪明。他可能一直都怀疑我吧，觉得我和我爸的死有关系。那你是怎么看的呢？"阮岚岚目光炯炯地看着孙小圣。

孙小圣一下被这突转的话题打蒙了："我当然是相信你的。"

阮岚岚又目视前方了："晚上你有事吗？"

孙小圣一愣："怎么了？"

阮岚岚踢着脚下的一个石头子："没事，想请你喝两杯。这几天经历了这么多事，大起大落的，想了很多事，也睡不好觉。要是不喝点儿，都不知道自己能不能扛到明天了。"

孙小圣说："行，但是我喝不了多少，跟你这大老板酒量肯定没法比。"

"没事，我在金融街水晶谷订了位子，晚上六点。"

孙小圣深吸一口气，据说那儿是整个古城最高档的地界，正宗的西餐厅，人均消费五六百呢。看来土豪就是土豪，拔根汗毛都比自己的腰杆子粗。

"下午我去见个合作伙伴，谈一些事情，你就不用陪我了，到时候咱们饭店见。"

"唉。不见不散。"

李出阳正准备开车出门，在停车场碰见了也要出去开会的花姐。花姐戴着毛茸茸的大耳罩和墨镜，远远看去像个摇滚大妈。见李出阳行色匆匆，花姐挥手把他召唤过来。

"案子查得怎么样了？要是证据够，就及时传唤阮岚岚，别这么一直拖着，以免夜长梦多。"花姐一边看他一边抖腿。

"目前还不算够，不过可能马上就够了。"李出阳自信满满。

"孙小圣还没归队呢？"花姐摘下墨镜，眉毛拧在一起。

"归了，去外面访问去了。"

"少糊弄我，你现在怎么瞎话张嘴就来啊？你以为我是瞎子啊，一进这大院两眼一抹黑什么都看不见？"花姐翻了翻眼睛。

"其实，他一直在阮岚岚那边帮我盯着呢。您看这个……"李出阳抬手，想给花姐看看手里已经封好的那个创口贴。但因为这里面前因后果太多，他一时有点儿说不清楚。

"行了行了，我这儿赶时间，李出阳，你告诉孙小圣，这个探长他要是当腻歪了，这个案子结案前他就别回来了。想来就来想走就走，为了个漂亮姑娘，就跟队里翻车了！这事他要不给我个交代，我非处分他不可！"

"我向您保证，他没这胆子，回头抓人还得靠他呢。"

好不容易把花姐糊弄走，李出阳驱车来到法医中心，直奔这个案件的主管法医丁雁心的办公室。

五分钟后，他几乎被丁雁心给轰出来了。丁雁心把手中的小塑料袋塞回他的怀里："你是傻子吗？你又不是不知道规定，你们委托做DNA亲子鉴定是需要县级以上公安机关批准的，你这什么文书都没有就让我给你做，怎么可能嘛！"

李出阳也是没招了，干笑着说："你看看能不能帮帮忙？这个案件情况实在特殊啊。"

"是特殊。不光特殊，还敏感。你就如实告诉我，这个阮岚岚是不是不知道你要给她和阮崇刚做亲子鉴定这件事？”

“啊，暂时不知道。”李出阳挠挠鼻子。

“你可真能作！我以为你们那儿只有孙小圣才会这么胡来呢。阮岚岚是什么人，那是微信公众号大 V 啊，你这不是侵犯她隐私吗？回头她要是闹起来，那得多大动静啊，你这是成心不想让我好好活啊。”丁雁心叉着腰朝他瞪眼睛。

“万一化验出来，她就成了嫌疑人身份呢？”

“你别跟我这儿偷换概念啊，我现在要的是盖有县级以上公安机关印章的委托书，和她是不是嫌疑人有什么关系？”

这个丁雁心比李出阳大两岁，知识型恨嫁女一个，胸无城府，大大咧咧，工作上于己于人却格外严苛。李出阳也早就把她的脾气摸透了，所以此刻不再多说，而是趴在她办公桌上，特别无助地挠头。

丁雁心一直跟着这个案子，对案情也有一些了解。她从未见过李神探如此焦灼烦躁，便问：“你怀疑阮岚岚不是阮崇刚的亲生女儿，从而跟他不是那种感情深厚的父女关系，甚至有可能出于什么原因杀掉他？”

“目前看来她没有作案时间。不排除和人合谋。”

丁雁心重新拿起李出阳带来的那只小塑料袋，看着塑料袋里面封着的那个用过的创口贴，压低声音问：“这是你从哪儿搞到的啊？确定是阮岚岚的吗？”

李出阳是何等聪明的人，登时领会，马上答：“我捡的，不知道是谁的。能做亲子鉴定了吗？”

丁雁心摇摇头：“委托书拿来我给你做。”

“拜托，”李出阳失望道，“那你别用这种地下党似的口气行吗？”

丁雁心拿眼睛瞟了瞟他，又道：“亲子鉴定这个是肯定做不了的。但是这个人的血型我倒是能帮你验一下的。验血又不费什么工夫，据我所知，阮岚岚的母亲现在也在医院呢吧。”

李出阳眼睛一亮：“啊，我明白了，回头可以比对父母双方的血型，来判断她是不是父亲亲生的对吧？”

“不，”丁雁心摆了摆手，“验血型和 DNA 亲子鉴定可是两码事。它只能在宏观上否定被检测人和父母双方亲子关系的可能性，绝对不能够作为判定血亲关系的依据。"

这话李出阳听得有点儿绕："否定是双方父母所生的意思是，只能判别那种和父母一点儿血缘关系都没有的孩子？"

"这里面有多种可能性。我举个例子吧！假设你和孙小圣有一个孩子，但孩子其实是孙小圣和别人生的，也就是你和孙小圣之间的小三，那么就有可能否定你和这个孩子有亲子关系……"

李出阳皱眉："能别这么比喻吗，怪怪的。"

丁雁心扬扬眉毛："那我换个人，假设你和你们队长花姐有个孩子……"

"算了算了，还是孙小圣吧。"

"嗯，那我继续，但这里面存在一个问题，如果你和孙小圣的这个孩子真是小三的种，血型上就有可能看出不是你的种，但那也无法认定她就是孙小圣的种，也就是说，她同时没法被认定成是孙小圣和小三生的。"

"那她是哪儿来的啊？"

"你俩抱养的，或者生出来抱错了呗。还有就是嵌合体这种小概率事件……"丁雁心一脸认真。

"行了行了，"李出阳一脸够了的表情，"赶紧验吧，我又不当证据用，就是证实一下我的推测。"

丁雁心验血的当口儿，李出阳专门派了王木一去医院调取高玉荣的病历，从而查看高玉荣的血型。李出阳还千叮咛万嘱咐，千万不要惊动阮岚岚，以免打草惊蛇。

不大会儿工夫，验血结果出来了，阮岚岚是 O 型血。而根据医院和法医中心的记录，高玉荣为 O 型血，阮崇刚为 AB 型血。丁雁心说，在排除那些抱错了、抱养的或者有嵌合体存在的情况下，可以否定阮岚岚是阮崇刚的亲生女儿这个命题。

李出阳兴奋坏了："我要的就是这个结果！这就说明，这两人不是亲父女，阮崇刚顶多是阮岚岚的继父……"

"哎哎哎，我是排除多种意外可能性之后才否定的啊，纯粹给你参考，你可别发挥太过……"

"你别打断我……阮崇刚如果不是阮岚岚的亲生父亲，这两人的关系就远没有我们想象得好，怪不得呢，阮岚岚月入六位数，自己过得风生水起，她爸和她妈还住在那么个破小院里，成天为了债务纠纷发愁。"

这也是后来李出阳给队员们开会时重点强调的新发现。他把白板上阮岚岚和阮崇刚头像之间的"父女"关系擦掉，一开始改成了"继父女"，后来又在旁边画了个大大的问号。因为出现这种情况的可能性不光是继父女，也可能是高玉荣年轻时出轨，让阮崇刚"喜当爹"。尽管这属于比较狗血的那一类，但不管怎样，这对所谓父女也在一个家庭中相安无事地过了二十多年。现在这中间到底发生了什么事，导致他们二人关系崩裂，最后阮岚岚要依靠申哲来除掉阮崇刚呢？

虽然阮岚岚和申哲的关系仍是一个谜，但李出阳觉得，他已经快接近真相了。

申哲在这个案子中扮演的角色，除了阮岚岚，可能只有高玉荣知道。但高玉荣此时又成了植物人。那么当务之急就是一方面要找到这个申哲，哪怕是发现此人已经逃逸，在侦查上也就能固定明确方向；另一方面要传唤阮岚岚，彻底捋清她的家庭关系以及她和申哲之间的关联，同时提请市局，看看能不能给她和阮崇刚做正式的 DNA 亲子鉴定。

李出阳决定明天上午去找阮岚岚。下午他先让所有队员去排查整个古城从事机械生产的企业以及物资回收公司，逐个寻找叫申哲的人。但这项工作规模庞大，大家通过工商局查询了一下，这项排查规模浩大，算下来至少也需要一整天。直到第二天上午，大家的访问还没有结束，李出阳看看表，觉得不能干等着了，便准备带着苏玉甫先去找一趟阮岚岚。

这时他才发现，事情开始不对头了。

阮岚岚联系不上了。她的手机一直处于关机状态。李出阳赶忙又给孙小圣打电话，但孙小圣也一直不接电话。

李出阳让苏玉甫打开电子文档寻找阮岚岚家里的座机号码，苏玉甫在电脑前操作了一会儿，忽然大呼有问题。

"怎么了？"

苏玉甫反复点击着鼠标："咱们组 FTP 上的文件怎么显示只读模式啊？"

"中病毒了？"

苏玉甫摇摇头："不是病毒的事，肯定是咱们这文件在别的地方被打开了，有人在看呢。"

李出阳倍感蹊跷，整个支队用的是一个内网，那肯定就是支队里的某台电脑打开了他们的文件。李出阳看了一圈办公室里的其他电脑，发现都没有打开 FTP 的窗口，便纳闷是不是花姐在办公室里偷偷检查他们的工作进度呢。于是李出阳走出屋子，来到花姐办公室外从门缝里观察情况。花姐办公室空无一人，李出阳走进去来到她办公桌上的电脑跟前，发现电脑处于关闭状态。

李出阳快步走出花姐办公室，经过刘洵探组办公室时，发现大门紧闭。李出阳下意识地推了一下那门，发现门锁着。

今天是刘洵探组值班，怎么可能锁门呢？

李出阳敲敲门，里面没人应声。见周围没人经过，他干脆把耳朵贴在门上，听里面的动静。正在窃听之际，楼道里不远的窗外传来一阵汽车发动的声音。他走到窗边一看，刘洵探组的两辆警车正一前一后开出院门。他纳闷地回到办公室，问还在电脑前胡乱点击的苏玉甫："哎，我印象中刘洵他们组，没有特瘦的、短头发的侦查员吧？"

"上个月刚来了一个挺瘦的，派出所调过来的，一开始要给一组的，后来刘洵说他们组少人，强要过去了。怎么啦？"

李出阳心里隐隐觉得不踏实，跟苏玉甫说："你给医院打个电话，问阮岚岚在没在医院。"

苏玉甫拨电话过去，说了几句，然后赶紧按住话筒告诉李出阳："院方说阮岚岚昨天下午就对高玉荣放弃治疗了，遗体在医院殡仪馆停了一宿，应该是今天早晨已经拉去火化和下葬了！"

李出阳头皮一紧，努力保持镇定："再联系一下机场分局和火车站分局，让他们问一下民航和铁路部门，看看阮岚岚这两天有没有购买离开古城的机票或者车票。"

苏玉甫打电话之际，李出阳拿了一瓶矿泉水走到楼道里，趁着四下无人，往刘洵探组办公室的门下面倒了大半瓶水。然后他给物业打了一个电话，跟他们说刘洵办公室暖气管子可能漏了，赶紧派工人过来开门检查。

工人匆匆赶来，把门打开之后，李出阳第一个走进，发现屋里俨然一片刚刚结束战斗的状态。大量的案件资料和笔录摊在桌上，刘洵的桌面上还放着很多砖窑藏尸案的现场照片，以及技术队出具的现场勘查记录。再一看电脑屏幕，上面正打开着苏玉甫想打开的那份电子文档。

办公室正中央的白板上，被贴上去的两张报纸盖得死死的。李出阳把报纸扯下来，当场目瞪口呆。

白板上的正中，贴着阮岚岚的头像照片。从这张照片上，又辐射出多条黑线，指向了砖窑无名尸照片、阮崇刚照片和高玉荣照片。旁边还画着古城郊区地图，那地图似乎还是十年前的版本，地图上详尽地标注了发现尸体的砖窑地点、阮崇刚老工厂地点、阮崇刚旧居地点，甚至还有阮岚岚就读的小学、初中地点。简直就是旧时空中，对阮岚岚个人及其家庭的大起底。

李出阳看得心跳加速耳朵轰鸣，拿起刘洵桌上的勘查记录，屏住呼吸一页一页地翻，发现其中一页赫然有一张尸体所穿皮鞋鞋底的照片。照片上有清晰的红线标记，顺着那标记看去，鞋底的纹路缝隙中，有一个白色亮点。再翻一页，便是这个白色的点状物提取出来之后的单独拍照。旁边还有文字注释：此物为白色塑料珠状物，卡在死者皮鞋纹路中间，造成鞋底有凸起状况。

"造成凸起，就是说踩着它会有不适。也就是说，死者来不及把它抠出来就死了，就是说这东西一定是死者在凶杀现场踩上去的。"李出阳边看边自言自语。

忽然间他又想到阮岚岚那张头戴攒珠蝴蝶发卡的幼年照片，刹那五雷轰顶。

李出阳只觉大脑中一片空白，然后他仅凭着一点点残存的理智，拿出手机给王木一拨了一个电话："不要问那些公司申哲的事了，申哲十年前就死了，直接给他们看画像，每个人都要看，知道了吗?!"

苏玉甫顺着李出阳的声音找到他，同样一脸慌乱："刚民航那边传来消息，阮岚岚昨天下午购买了今天中午十二点半飞广州的机票，是十七号登机口。现在人可能已经在机场了！"

"我说刘洵他们刚才全体出动是干吗呢，原来是奔机场抓阮岚岚去了。这可麻烦了，要是人先被他抓了，花姐一定会处理孙小圣。"李出阳焦头烂额地回到办公室。

"那现在怎么办？咱们赶过去截人?"

　　"人一定要让孙小圣抓，至少他一定得是到案民警，这样才能给花姐一个交代。但我现在联系不上孙小圣。"李出阳急得满屋子转圈，抬眼一看挂钟，已经十一点了，"不行，咱们先往机场走，你给黑咪他们打个电话，告诉他们除了王木一继续在地产公司走访，其他人都先去机场，和咱们在十七号登机口会合！"

12

　　孙小圣醒来时阳光已经照了满屋。他发蒙地看了看四周的陈设，发现陌生极了。这明显是一个酒店的房间，装潢考究，布艺精美，单人床舒适而宽大，一边的欧式落地灯也显得挺高端。孙小圣坐在床上，望着窗纱外隐约的车水马龙，努力回忆昨晚自己的经历。

　　他只记得他和阮岚岚吃饭，在那家非常有格调的西餐厅。两人一人要了一盘牛排，还开了瓶看上去价格昂贵的红酒。那酒挺奇特，闻上去芳香无比，喝进去像一股清流沁入五脏，既不上头，也不刺胃，瞬间把孙小圣的心带上云端，把他眼前的一切都镶上了彩虹一样的绚丽花边。

　　阮岚岚请客的主题还是感谢。

　　阮岚岚说："你是我在古城唯一的朋友，也是我唯一还有联系的同学。虽然几天之前还不是，但这几天下来你就是了，而且以后会一直是。"

　　孙小圣有点儿感动，但在酒精的催化之下，感动之余还有一丝非常清爽的感觉。这种感觉让他十分受用。他笑了，笑得爽朗自信："你过奖了。"

　　随后他们聊了很多话题，多数都是往事。聊以前的同学、老师，聊学校里的一草一木，聊放学路上的小食和摊贩。孙小圣放飞自我，好几次开怀大笑，引得周围吃西餐的高端人士侧目而视。阮岚岚与他碰杯，说："我要总能像你这样开心就好了。"

　　"你经常不开心吗？"

　　"昨天晚上，我在酒店的浴室里洗澡。我整个人躺在灌满水的浴缸里，眼睛望着天花板，就在想，如果一个人，他要是没有家，那么他所获得的所有成就，挣的所有钱，还有意义吗？恐怕一个没有家的人，比一个将死的人还要可怜。"

孙小圣不想说这么沉重的话题："哪怕是父母不在了，你也可以组建自己的家庭，你这么优秀，不愁找不到一个好老公，然后生一个漂亮的小孩。以后这就是你的家，现在听起来我都觉得幸福。"

阮岚岚抿了一口酒，看着玻璃窗外迷离的夜色："你听过这句话吗，父母在，人生尚有来处，父母去，人生只剩归途。"

孙小圣苦笑了一下："你不会是想不开了吧。"

阮岚岚摇摇头："我想不开的时候早就过去了。在广州时我有过两次自杀的经历，一次是烧炭，东西还没预备齐呢，我就害怕了。一次是跳楼，那次我本来是去喝下午茶的，站在那二十层的露台上就想，我要是这么跳下去，什么选题呀，官司呀，合作呀，什么事都不会再来烦我了。但我还是没跳。"

孙小圣端着杯子，痴痴地听着。

"这一点我可能和我爸有点儿像，总觉得这辈子心有不甘。累死累活这么多年，不容易啊，什么事都扛过来了，总想着再扛一下，说不定这回也过去了。"

阮岚岚止不住地流眼泪，一边说着这些丧气话，一边和孙小圣碰杯。好像多喝几口，对于生死的惆怅就能多抒发一些。不知不觉间，他们就喝了两瓶红酒。

孙小圣只能回忆起自己断片儿之前的这些片段。他用床头柜上的电话打给前台，才搞清楚他大概是夜里十一点半入住这家就在西餐厅旁边的酒店的，一个女子帮他办理的入住，并预付了一天的房费。孙小圣看了一眼手表，已经是上午十一点一刻，刚想再看一眼手机，手机就先响了。他拿起来一看，是李出阳打来的。

李出阳和苏玉甫在机场高速上风驰电掣，到达机场时正是十一点五十。虽然他们出门比刘洵等人晚了大概十分钟，但就住在机场附近的苏玉甫清楚路况，提前出了一个高速口，又抄了一条近路，据说可以避免好几公里的堵车。所以当他们赶往十七号登机口时，并没有看到刘洵等人。苏玉甫猜，刘洵他们此时应该还在地下车库找停车位呢。

黑咪和灿灿姐都从离机场较近的地方出发，几乎是和李出阳同时来到的登机口。樊小超当时在地铁里,收到指示后当即换乘机场快轨,电话里说也很快到位。李出阳原地把气喘匀,看了一眼一直攥在手里的手机,最后一个来电号码是王木一。他擦擦汗,走近登机口前的候机座位,朝座位上的旅客们四处打量,不大会儿工夫就认出了坐在第一排背冲他们的那个熟悉的身影。

阮岚岚并没有携带太多的随身行李,除了一只行李箱,就是一只双肩背包。她还戴了顶棒球帽,乌黑的马尾辫从帽子后面探出来,显得利落而从容。

这个姑娘从出现到将要离去,都轻声慢步,沉静默然。但她的存在感极强,哪怕现在只留给他们一个背影,也会让人觉得那是一个非常有故事的背影。

她就那么一动不动地坐着,看着壁挂电视上的画面出神。苏玉甫要上前去,被李出阳制止住。李出阳看看手表,刚刚十二点,估计还有二十分钟才让登机。他掏出手机,刚想给孙小圣拨电话,就看见不远处刘洵带着一众队员,顺着候机大厅里的人流走了过来。

李出阳带着人迎到他们面前。刘洵和手下止住脚步,显得有些惊讶。李出阳气定神闲地打招呼:"怎么着刘队,跑我这儿截和来了?"

刘洵笑了笑:"你说哪儿去了?你查你的我查我的,咱俩都不是一个案子。只不过你案子的事主刚好是我案子的嫌疑人,我当然要传她来问话。"

"是吗?有证据?"

"当然,砖窑发现的那具尸体的鞋底上,有一枚塑料珍珠……"

李出阳不客气地打断:"你看到那只发卡了是吗?这好像不能叫作证据吧。"

刘洵一笑:"无名尸的右手三根手指有骨折现象。而经过我们访问,与阮崇刚家有着深仇大恨的申哲当年手受的伤,就是右手三指骨折。所以我们怀疑,无名尸是申哲,而且是在阮岚岚家遇害的。"

"真不巧,我们也正准备传唤阮岚岚呢,这个人我们探长盯很久了,正要抓呢。"

"我觉得谁抓都一样吧,抓回去轮流审,如果案子有关联,就串并案一下,如果没关联,那她就是多起作案,这种情况你又不是没办过。谁抓不是抓？"

刘洵要往前走，被李出阳挡住。

"李出阳，你什么意思？"

"没什么意思，这个人，我们正要抓。"

"可以呀，那你去抓啊。"

李出阳一心只想拖延时间，但话说至此处，他好像也没什么借口了。

"你不抓，就别拦着我。这人要是飞走了，你负不起责任。"刘洵掷地有声。

两伙人正僵着，黑咪忽然捅了捅李出阳。李出阳扭头一看，孙小圣不知何时已经出现在了阮岚岚身边。

阮岚岚旁边的座位没人，孙小圣轻轻坐下。

阮岚岚依旧注视着大厅墙上的壁挂电视。电视上正播放着电影《私人订制》，这时候刚好播到葛优带着宋丹丹冒充大款四处嘚瑟的情节。

阮岚岚被逗得笑了一声，目不斜视地说了句："你看过这个片子吗？"

孙小圣说："看过。"

"以前看这段的时候觉得特别浮夸，特别扯，现在再看，觉得还挺真实的。"

"……是吗？"

"是，人这一辈子，要是能活成自己想活的那样，哪怕是一天，哪怕是演出来的，也值得呀。"

"……"

"我妈以前根本不是那样的人。你应该知道吧。在我小的时候，你见过她的。她特别温柔、纯良、善解人意，和我爸爸一模一样。她是一个非常贤惠的人。"

孙小圣没有应声，阮岚岚也没有继续。两人还是看着荧屏上的画面。画面里，宋丹丹和葛优正在景山上看夜景。

孙小圣开口了："她是个伟大的人，也是一个凡人。她自认为犯下了一个不可逆转的错误，改写了很多人的人生。她觉得都是她一个人的错，所以她后来变了，对吗？"

阮岚岚嘴角浮起一丝漫不经心的笑："我不知道你在说什么。"

"这段时间我一直在看你的公众号，我在想，假如我不认识你，会怎样揣度你。一个能写出那么多尖锐又直逼人心的作品的作者，一个动不动就能搅动舆论的大V，任凭黑粉们怎么非议她，她都能一往无前、屹立不倒。她到底经历过什么事？或者说，她心里到底有什么真正属于自己的故事？"

阮岚岚眼里闪过一丝游离："我没有故事。我经历的称不上故事。"

"但是我知道了一个故事。这个故事的主人公是一个母亲，一个曾经和自己丈夫苦苦等待了十年，四处求医问药都没要上孩子的女人。然而在一次意外中，这个女人被自己丈夫的一个下属员工强奸了，她不敢报警，她惧怕世人的眼光。那个男人跑了，但是没过多久，她发现自己怀孕了。"

阮岚岚依旧神情平静地盯着电影画面。

"她太想要一个属于自己的孩子了，想要得几乎走火入魔。而且她的年龄大了，一旦堕胎，恐怕这辈子都没有机会再生育了。她的丈夫非常爱她，同时因为工作繁忙，也觉得特别亏欠她。看着妻子痛苦纠结的样子，她的丈夫做了一个决定，留下这个孩子，满足妻子想做母亲的梦想。"

阮岚岚还是毫无反应。

"于是女儿降生了。不管是女人还是男人，都非常非常疼爱她。几年里，他们过上了想要的生活，幸福极了。"

这时电影正播到宋丹丹坐在车里回家的画面。一曲歌声响起："门前老树长新芽，院里枯木又开花，半生存了好多话，藏进了满头白发。"画面中的宋丹丹恍然听着这首歌，看着窗外安静而空旷的城市夜景，轻轻地用湿纸巾擦拭面颊。

阮岚岚那张漠然的脸上，有一行泪悄无声息地落了下来。

"你是从什么时候开始怀疑我的？"阮岚岚轻轻问道。

"你妈治疗的医院是古城最好的医院，我听许主任说，你爸之前也得过病，就问医院有没有你爸的看病记录，然后我才发现你爸在三年前做过肝移植手术，然后在今年，他的肝癌又复发了。"

"这个我也是刚刚知道的。"阮岚岚徐徐说道。

"还有当我跟你说我们找到了一个嫌疑人，是你爸的老相识，给他画了画像。但你的第一反应并不是想看一下这张画像，你对它丝毫不好奇。这就说明，你知道画像上的人是谁，不用看也知道，甚至，你害怕看到他。"

"所以你捡走了我扔在垃圾桶里的创口贴。"

"对不起，我并不是怀疑你，我只是……太好奇了。"

"好奇？"阮岚岚深深吸了一口气。这个词把她带入了漫长的回忆当中。

13

阮岚岚记忆中第一次见到那个总是跟踪她的男人的时候，是在她六岁时，她和母亲一起去公园。那男人像个笨贼一样，左躲右藏，很快就被母亲发现了。母亲的第一反应是迅速抱起她，飞快地跑进公园里人最多的活动广场。她在母亲怀里被搂了整整半个小时，黏黏地出了一身汗，才双脚落地，抬头望着母亲惊魂未定、气喘吁吁的表情。那是她第一次对那个鬼鬼祟祟又胆小如鼠的男子有印象。

第二次是大概一年后，她上了小学。她清晰地记得，那一次母亲直接走到那个暴露了行踪的男人跟前，指着鼻子问他想干什么。

"对不起……我，就是好奇，真是非常像……"那男人词不达意地辩解，又好像非常羞于启齿。

母亲给了那个男人一记耳光，让他永远不要出现。

男人后来又出现了几次，他似乎不想干什么，只是如他所说，就是好奇地观望，远远地打量。后来慢慢地，那人眼里竟然闪现出一种类似挂念的神色。但阮岚岚始终像母亲嘱咐的那样，像避瘟神一样躲着他，与他划清界限，与此同时，对周围的同学和老师也绝口不提此事。年幼的阮岚岚隐隐感觉，这个男人是扎在母亲身上的一根刺，这辈子无论如何是拔不掉的，又坚决不能被别人发现。

不过几年之后，那个男人就没再出现了。

不过那时候阮岚岚家里同样不消停。因为之前父亲工厂里有个工人因为生产事故落下了残疾，有些赔偿问题一直没有扯清楚，后来矛盾升级，越发地不可控起来。

早先几年，这个叫申哲的人只是动不动上门可怜兮兮地讨钱，后来几年就完全变成了勒索。

阮岚岚亲眼见到了当一个人为了钱而丧心病狂时的疯癫样。他可以没日没夜地骚扰父亲，可以在坊间四处散布父亲的谣言，可以用鲜红的油漆在她家的大门边写上触目惊心的骂人话。据说那男人在外面欠了大量赌债，还流传他酗酒和嫖娼。他无亲无故，所以犯起浑来没有底线，前前后后勒索了父亲很多次。但这个人的行踪也很诡秘，常常是一年半载都不出现，然后闹腾十天半个月，捞到点儿好处又消失了，下一次出现又是好几个月之后。

申哲最后一次出现的日子阮岚岚记得很清楚，那是她十五岁生日前后。她头上戴着一只父亲买给她的攒珠蝴蝶发卡，下学很早，自己正在房间里写作业。申哲很低调地来了，仿佛是在门口跟下班后的父亲碰到了一起，然后随着父亲走到了客厅里。阮岚岚从门缝里发现，申哲特意穿着父亲工厂的工作服，做出一副维权的模样，但他形容枯槁，眼窝深陷，精神似乎非常萎靡。她依稀听别人告诉父亲，申哲在外面吸了白粉。

父亲显然不知道她正在房间里，否则不可能请申哲进来说话。

申哲又管父亲要钱，似乎数额不小。父亲似乎想跟他正式了断，想跟他签署一份补偿协议，一次性赔付他一笔钱，要他永远消失在自己面前。

"一次性赔付？那我岂不是很亏？"申哲冷冷地笑了。

"你可以开价，但咱们要签署协议，你不能三番五次地再来要了，否则我就去法院告你。"父亲很严肃。

"开价？那好，一百万！"

父亲狠狠地瞪着他，放在桌子上的右手不由自主地发起抖来。申哲却毫不介意，挑衅地笑着，丝毫没有退让的意思。

"滚。"父亲说。

申哲清了清嗓子："有一个事情，我也是最近才确定的。你女儿，应该不是你亲生的吧？她可是长得越来越像王强了呢。尤其是鼻梁和额头那里，简直像极啦。"

父亲从瞠目结舌变得怒不可遏。申哲还沉浸在自以为是的表述里："哦对了，一年前我也碰到王强了，才知道他好几年前就回来了，我还跟他确认过这件事，没想到他竟然一口否认。他还知道替你遮掩呢，你说是不是很有意思？"

阮岚岚听到这里，才知道那个被父母讳莫如深的跟踪过她的男人叫王强，也隐隐猜到了王强最近几年忽然从自己身边消失的原因。

"但我对当年的事可是记得很清楚呢。王强真是有意思啊,明明是个胆子贼小的人,那晚你出差去外地,派我们几个工人帮你家搬家,完事后你老婆给我们做了顿饭,饭桌上就数他喝得最多。结果晚上我们骑自行车走了,他半路上却说自己钱包掉在你家了,就自己又折回去了。其实我早就知道他喜欢你老婆,但没想到他能借着点儿酒劲干出那么厉害的事情啊。哈哈哈哈哈哈。"

阮岚岚在屋里听得几乎窒息。

紧接着就传来了父亲拍桌子的声音。

他们又谈了许久,大概商定的内容是:父亲一次性给申哲五十万元,签订赔付协议,申哲离开古城,永远保守这个秘密。

然后她又听见了父亲冰冷的声音:"你等一下,我出门和财务确认一下厂里有没有足够的现款。"

阮岚岚此时已是手脚冰凉,浑身僵硬,耳朵边好像过火车似的轰鸣不已。她怒火中烧,下意识地拽下正在给手机充电的黑色充电线,脱下拖鞋,光着脚直愣愣地就往客厅里走。仿佛有股强烈的力量在控制着她,让她连贯地做着这些自己从未做过的动作。当时申哲正背对她坐着,阮岚岚想都没想就把充电线套在了他的脖子上,申哲猛一挣扎,挥手打掉了她脑袋上的发卡。

申哲从椅子上翻下来,半个身子压在了阮岚岚身上。阮岚岚半躺半坐在地上,整个人的注意力和劲头都集中在手上。虽然申哲压得她下半身发麻,扭动得她几乎失控,但她只是咬紧牙关,两手拼命地往两边扯,指甲已经深深地嵌进掌心的肉里。然后她听见桌面上好像有杯子被踹到了地上。下一个画面,便是父亲闯进门来,扑到了自己跟前。

父亲惊恐着,大叫着,但还是很快帮她按住申哲。父女两人夹击协作了许久,申哲的身子终于慢慢软了下去。

阮岚岚反应过来后,尖叫着推开申哲的身子,披头散发地躲到角落里。

申哲眼睛大睁,眼珠凸起,嘴角有残留的口水。这是阮岚岚这辈子见到过的最恐怖的面容,更恐怖的是,这是她一手制造的"杰作"。

父女二人慌了一阵神,父亲很快调整好思绪。他让阮岚岚回到房间里,不要再出来掺和任何事情。然后他自己把申哲的尸体搬到了院里的汽车上。

但搬到车上后他才发现，申哲还穿着自己工厂的工服，于是他把申哲的工服扒下来，烧掉了。

父亲连夜在五十公里外的荒地里找到了一个废弃的砖窑，把尸体埋了进去。之后的很多天，阮岚岚都陷在当时杀人的场景里不能自拔，成日里惊恐浑噩，夜不能寐，每每经过客厅，整个人就会出汗发抖。连续向学校请了半个月假之后，阮崇刚和高玉荣觉得这样下去不是办法，便把她送到了广州的大姨那里。

阮岚岚办理了转学手续，在广州一待就是十年。这期间，阮崇刚也关闭了之前的工厂，搬了家，蛰伏了一阵子之后，又选中了一处地方，重新开办了厂子。

"我爸爸是个老实人，当年急于求成，被骗子骗走了一大笔货款。资金链断裂酿成了蝴蝶效应，厂子很快就濒临倒闭。他把不动产抵押的抵押，变卖的变卖，后来填不上亏空，竟然冒着风险去借高利贷。等我知道时，欠款已经利滚利，变成了天文数字。"阮岚岚轻轻地对孙小圣说道。

"那时候你已经在互联网圈小有名气，为了帮助他维持工厂，就不断地写爆文，挣流量，然后发广告赚取广告费贴补他。"

"有一点我没骗你。我爸从没主动管我要过钱，但自从知道他和我妈在古城过得那样艰难后，我怎么能坐视不管呢？本来想转型做传统作家的我，只能继续在自媒体圈子里挣快钱。我爸太渴望翻身了，他把全部的身家都赌在了这个厂子上，就想争回以前的尊严和体面，所以再苦再难他都不想放弃。"

"可是你更难，为了多挣点儿钱，不惜写那些具有争议的内容，把自己推到了舆论的风口浪尖。"孙小圣看了她一眼。

阮岚岚眼底一暗："我爸把我转给他的钱都贴补到厂子里了，厂子的财政已经慢慢出现转机了，扛过年底，明年兴许就能盈利了。但没想到，那天晚上我忽然接到了他的微信视频。"

视频里，阮崇刚坐在一片漆黑的荒野里，身上好像受了伤，一只手痛苦地捂住胸口，一只手拿着手机，吐字艰难地跟阮岚岚视频："岚岚，你听我说，这里没有信号，我用这个跟你说，你现在不要慌，也别报警，你要冷静，爸爸马上就要死了。但是死之前，我要告诉你一件事。你把这件事记好，然后按照我说的去做，只有这样才能救你，否则咱们全家就一点儿指望都没有了。"

阮岚岚当时正在办公室里独自加班，看到这个画面，整个人几乎从椅子上跳起来。她大喊，她哭叫，但很快又被父亲的话所震惊。

"岚岚！你还记得那个叫王强的人吗？他现在是古城一家冶金集团公司的并购代表，这一阵子他三番五次地来找我，想要买下我的工厂，但我都没有同意。但是几天之前，几天之前……申哲的尸体被警察发现了，新闻都播了，王强当年是申哲唯一的朋友，他好像知道了是咱们干的，跑过来威胁我，如果我不同意把厂子盘给他，他就去公安局举报……"阮崇刚好像剧痛难忍，手机拍摄的画面也不住抖动。

"那你现在怎么样了？我妈知道吗？她在哪里？你叫没叫120？你没叫，我现在给你叫！你在哪里啊……"阮岚岚惊慌失措。

"你听我说！"阮崇刚用尽最后力气吼道。阮岚岚透过像素不高的黑夜画面，隐约看见父亲的身后有一个又细又高的建筑物。

"我在六公口……但这里很大，说了你也不知道，但你妈妈知道我在哪里。你听我说，岚岚，今年六月，医院查出我的肝癌复发了，我可能活不了多久了。王强那个狗东西知道了咱们这个秘密，就算我把厂子送给他，他还是会不断来上门敲诈的。"

阮岚岚后背一凉。想必这些年她和父亲一样，听到这个字眼就会条件反射地极度恐惧。

"那你想怎么办？你是被他打伤了吗？他人呢？"

"今天本来是他约我出来谈这件事的，我本来想捅死他，但刀被他抢过去，反而伤了我自己。现在他逃跑了，但这件事不可能就这么了结的。而且他和你的关系一旦被捅破，你的事业也就毁了，岚岚，所以今天我必须死，然后你妈妈会去报警，但她不会把王强咬出来，这样你们才有和王强谈判的筹码。你明白我的意思吗？"

阮崇刚凄凉地说道。画面里隐约传来列车经过的声音。阮岚岚整个人一怔，不知是清醒了还是糊涂了。

"你要干什么？爸，你要干什么?!"

"岚岚，你闭嘴，听我说！明天可能警察就会联系你，你就说你一直在广州，不知道我这边的具体情况。然后你什么都不要管。一旦王强想借申哲那件事勒索你们，你们就拿我的死说事，说是他杀死了我。我会把有他指纹的刀和我埋在一起，如果被警察挖出来，他也就完了。所以这样他不敢把你们怎么样的……"

阮岚岚觉得天都要塌了，对着屏幕歇斯底里："不可以这样，也不是这样的，你听我说爸爸……"

"岚岚，你永远是值得我骄傲的女儿。这么些年的陪伴和帮助，爸爸谢谢你了。"阮崇刚最后平和地说完这两句话，结束了视频。

阮岚岚再拨电话过去，发现无法接通。她马上又给高玉荣打电话，发现高玉荣电话虽然能接通，但始终不接听。

"其实这之前你爸爸已经和你妈通过话了。他跟她说了他所在的具体地点，又说了具体计划。为了提前排除她的嫌疑，还叫她马上拎着铁锹去刘雨泽家闹事，给自己制造不在场证明。"孙小圣呼吸深沉，眉头紧锁。

"真的难以想象我妈当时是承受着怎样的痛苦和压力去完成这一切的。只是我实在不知道，既然我妈给自己制造了不在场证明，我爸又是被谁埋掉的？你们查出来了吗？"阮岚岚泪眼婆娑地看着孙小圣。

"其实你爸爸在案发几天之前就和王强约好了在六公口见面。那时候他就决定要将王强灭口。他提前在约会地点附近挖了一个坑，准备干掉王强之后把他埋进去。没想到，就是这个坑，出了点儿意外。"

"什么意外？"

"坑附近有一个明代墓，在案发前一天被一个盗墓团伙盯上了。盗墓团伙用横向炸药炸了一个盗洞，爆炸破坏了金刚墙的结构，他们在盗取文物的时候，就感到了塌方的迹象。然后他们很快撤出，但发现，有一只对讲机落在墓坑里了。他们为了安全起见，只能先把盗洞填上。但横向炸药是两侧爆破，浮土都被挤压到洞壁上，地表根本没有可用的填土，数九寒天的，他们也没时间现场挖土。正好发现不远处你父亲提前挖好的坑边有大量的散土，便把那些土用来填盗洞了。

"第二天你父亲按照和王强约定的时间，提前来到谈判地点，发现坑还在，但填土很奇怪地不见了。没有填土，也就没法埋尸。同样，他也没时间再重新挖一个坑，于是他想到了工厂里还有没卸货的沙土，便开车回到厂里，换了一辆装有沙土的货车开到了现场，准备一旦杀掉王强，就用这些土埋尸。但千算万算，他没有算到自己没能杀成王强，反倒被反抗中的王强一刀扎到了胸脯上。王强当时也吓坏了，反应过来后连滚带爬地就逃跑了。随后你父亲就打开了和你的微信的视频，你看到的画面，就是他当时的那种状态。"孙小圣慢慢说完，眼睛还盯着电视屏幕，不忍投向阮岚岚。

"他当时就直接想到牺牲自己嫁祸给王强了？"阮岚岚停了一会儿问。

"这其实并不在他预谋的范围之内，而是在王强逃走之后，受伤的他看见了自己停靠在坑边的货车，不得已想到的一个办法。他要单独制造自己被王强杀掉并被他埋尸的假象，就必须借助某样工具，而带有自动卸货功能的货车刚好可以满足他的条件。他把货车开到坑前，然后拉下自动卸货闸门，闸门启动卸货功能至少需要十秒左右的时间，足够他走下车，躺进坑里面。然后货车的翻斗慢慢升起，货舱内的沙土就慢慢倒进了坑里。他就是这样被自己埋掉的。"孙小圣说完，鼻子有点儿发酸。别说是阮岚岚，连他说起来，都觉得不可思议，椎心刺骨。

阮岚岚似乎已经猜到一二，比孙小圣想象得要平静："既然这样，那车也还停在原地，而且沙土并没有填平，一眼就会被人识破的。"说完她恍惚了两秒，忽然惊道，"难道是……"

"是的，"孙小圣说，"是你母亲，高玉荣，按照你父亲生前的指示，在凌晨两三点的时候，她骑着电动车来到现场，把沙土填平，掩盖好，然后把他的货车开回工厂。因为她拿了家里工厂的备用钥匙，所以厂里的保安也没有发觉。"

"那他们就不怕王强为了洗脱嫌疑，先去报警，或者回去把尸体转移了吗？"阮岚岚想了想，觉得孙小圣的分析有点儿想当然。

"不可能的，且不说你爸挖坑的地点，和他与王强见面的地点有一定距离，王强不会轻易找到埋尸地点，就拿王强自己来说，他当时已经心虚了。他在凌晨时因为担心你爸死掉，回过案发现场，但那时候现场已经被你妈处理完了，所以他又不放心地去了你家。结果发现家里没人，而这时你妈则刚从工厂回来。王强以为你爸失踪一夜，你妈寻找未果，就更加认为你爸可能死在了半路。于是为了保险起见，他就先跑路避风头去了。"

"所以我妈被刘雨泽打伤后，是他把我妈拖到诊所门口的？"

"应该是。"

阮岚岚深吸一口气,释然地扬了扬头:"我就说嘛……"

"怎么了?"

"没事。你接着说吧。"

"你第二天早上就买了机票,中午就飞回了古城。但你妈已经成了植物人状态,你想根据自己的印象找到你爸的被埋地点。可惜你掌握的信息太少了。据我所知,你在第一天没有报警,是为了做两件事吧。第一件,去试图找到你爸被埋的地方。但你到了六公口后,发现你根本不可能找到埋尸地点,所以你很痛苦,你怕万一你妈醒不过来,或者醒来后残疾了,那你爸就白死了,而且永远地弃尸荒野了,这是你不能接受的。所以哪怕冒着被怀疑的风险,你也得趁着印象还在,先利用警察把尸体找到。何况你知道自己并没有作案的条件和动机,警察即使怀疑,也定不了你的罪。"

"哦?你为什么这样认为?"

"难道不是吗?你做的第二件事,就是去刘家门口的垃圾袋里,找出两个烟头。因为刘家唯一的男人就是刘雨泽,所以你知道那烟头很大概率是刘雨泽抽过的。然后你利用和我认识的条件,借托梦来说出你对埋尸地点的大概印象。但你始终被一件事情误导了:你在当晚给你爸打电话时,手机是无法接通的状态,所以你觉得他不可能被埋在信号塔附近。但除了那个信号塔,整个六公口只有一个破水塔和你当时在画面里看到的建筑类似,水塔旁边信号弱一些。这也是你最初认定你爸埋在水塔附近,而且中途不断看手机的缘故吧。"孙小圣看着阮岚岚。

"是啊,"阮岚岚陷入深深的思考,"我也纳闷呢,这是怎么回事呢?我爸一开始就跟我说他所在的地点没有信号,但手机信号塔附近,怎么会没有信号呢?那里信号明明是满的呀。"

"那是因为盗墓贼落在墓坑里的对讲机对基站造成了信号干扰。那个对讲机因为在墓坑里一直是开启的状态,它使用的部分频段和基站上行频段的频率相同,所以在那时候的那片区域,手机信号是丢失了的。而等咱们去寻找尸体的时候,那个对讲机的电量已经耗光了,所以信号又有了。"

阮岚岚茅塞顿开:"是这个样子啊。"

"当时我们几个人站在了古墓上面,古墓里的结构已经被炸药损坏,再加上下了雪，附近又驶来了列车。在铁轨的共振和我们的踩踏下，金刚墙就塌了。然后你又在我们挖尸体时，把烟头丢到了雪堆里，想把罪名推到刘雨泽身上。这样一来我们不会把目标转向王强，你杀申哲和你与王强的关系就不会暴露，二来你父亲也能有正经的葬身之地，入土为安。"

阮岚岚听了，沉默良久。孙小圣看看表，距飞机起飞还有十几分钟了。

"你知道我为什么给我的公众号起名叫'梣树园'吗？梣树是一种普通而不凡的树。它们高大，健壮，却又非常非常不起眼。它们不惧怕被砍伐和破坏，因为它们数目广大，再生能力又极强。不管它们遭受怎样的磋磨、不公，它们都能在广袤的森林中找到适合自己的土壤，默默生长，静静发育，宁静，自信。"阮岚岚扭头盯着孙小圣的脸，眼里泛着少见的光芒，"我最大的梦想不是成为什么自媒体女王、顶级流量、畅销作家，而仅仅是变成一棵梣树，哪怕被砍伐得只剩下树干，也能悄悄地自愈，重新感受枝繁叶茂的希望。"

孙小圣看着她，面色凝重。

登机口传来催促乘客登机的广播。周围的乘客都站了起来准备去排队登机。

阮岚岚站了起来。孙小圣随后也起了身。

阮岚岚看着孙小圣，笑了："没想到会以这种方式告别，老朋友。真抱歉，我是不是害了你？我跟你道歉。"

孙小圣摇了摇头："没有。你如果真想害我，昨晚你就不会把我一人撂在酒店了。"

阮岚岚听罢，笑了。然后她很有仪式感地抬起双手，放到孙小圣眼皮底下。

在周围乘客惊愕和不解的目光中，孙小圣给阮岚岚戴上了手铐。然后阮岚岚走在前面，孙小圣跟在后面，两人朝着不远处等待已久的两支刑警队探组队员走去。

人群中，李出阳看着沉着而坚定的孙小圣，嘴边露出了由衷的笑。

李出阳朝孙小圣努努嘴，示意先把人交给刘洵。

刘洵看着阮岚岚，示意手下去取来她的行李箱，然后又冲她掏出工作证，例行公事地问她："姓名？"

"阮岚岚。"

"知道为什么找你吗？"

"知道，为了申哲被杀的事。"

刘洵给了旁边的助手小白一个眼色，小白从背包里掏出一条围巾，包住了阮岚岚手上的手铐。然后刘洵探组众人准备将阮岚岚带走。

"孙小圣。"阮岚岚忽然回头叫他。

"怎么了？"

"你觉得，你的推断都合理吗？"阮岚岚冷不丁地发问。

孙小圣和队员们都有点儿不知所云。

"我把罪名都推给刘雨泽，王强就会放过我了吗？"阮岚岚一本正经地看着他。

小白要强行带走阮岚岚，被刘洵一个手势拦住。刘洵觉得这信息量有点儿大，还想继续听听话音呢。

"你觉得，我把罪名推到刘雨泽身上，是害怕王强吗？"阮岚岚眼中闪过一丝诡异。

孙小圣完全被问蒙了。周围众人也面面相觑。

阮岚岚又看着李出阳："你知道是怎么回事吗？"

"我知道。"李出阳很肯定地说。

阮岚岚平淡地一笑，随着刘洵探组众人，迎着大批走来的旅客，缓缓走向前方。等他们走远之后，孙小圣疑惑地问李出阳："是怎么回事？"

李出阳望着阮岚岚远去的背影，边走边轻声问孙小圣："你不觉得奇怪吗？阮崇刚的那个工厂，虽说地皮值一些钱，但不管怎样都是跟镇子租的，他只剩十年的使用期限，哪怕是拆迁能拿到一些补偿，也是很有限的吧。那王强怎么会这么执着地想花大价钱拿下来？哪怕是不惜用申哲的死来威胁阮崇刚，他也要坚持和阮崇刚犟到底，你不想想是为什么吗？"

孙小圣低目凝眉，想了一会儿才反问："是因为他想接盘，让阮岚岚解脱？"

"这么多年，他应该一直在忏悔，想要取得高玉荣一家的原谅。但他自己也知道他犯的是不可饶恕的罪过，阮崇刚和高玉荣不可能接受他的道歉。

他没有亲人，只有阮岚岚这个仅仅是血缘上的女儿。这个女儿既是他的亲人，也是他一辈子的愧疚。他在知道申哲怀疑他和阮岚岚的关系后，为了保护阮岚岚就一直不敢再露面了。申哲死后几年，他打听到了阮岚岚去了广州的消息，所以去那里看过她。然后他亲眼见到了阮岚岚创业的艰辛，和成功后遇到的各种阻力、非议。他知道她一路走来有多么不容易，也知道她是因为想要圆父亲一个东山再起的梦想，而给自己背上了沉重的大山。"

孙小圣深深吸了一口气，心脏仿佛都被这口气提到了嗓子眼："那……那他和阮岚岚之间……"

"他一定是找过阮岚岚，但阮岚岚没有接受他。阮岚岚怎么可能接受他呢？接受他，便等于背叛了父母，也玷污了自己。于是他只能像多年前跟踪幼年时的她一样，一有时间就偷偷地去看她。"

"这些阮岚岚一定看在眼里。但她会选择无动于衷。可是……这也就是说，王强对阮崇刚的要挟，是假的？"

"对，王强保护阮岚岚还来不及呢，怎么会揭发她杀人呢？他只想吓唬吓唬阮崇刚而已，让公司盘下他的工厂，卸下阮岚岚身上的包袱。这些阮岚岚在案发当晚就猜到了。但没想到，阮崇刚做了那样的决定。那个时候，一切的解释都来不及了。"

"王强为什么不跟阮崇刚直说？"

"你觉得说了阮崇刚就会放弃工厂吗？一个曾经对自己妻子犯下大错，又是自己女儿生父的男人，站在道德制高点上对自己说出那种话，是你你能接受得了吗？你只会更加暴跳如雷，拼命抗拒。所以王强还不如恶人做到底，直接假借申哲的死来威胁，直击对方软肋，来得更奏效。"

"原来阮岚岚把咱们的视线转移到刘雨泽身上，不是因为害怕王强，而是想保护王强啊。"孙小圣觉得自己的脚步越发沉重了。远处阮岚岚在人群中的身影依稀可辨，但那身影又好似一团迷雾，在熙熙攘攘之中，让人捉摸不透。

"一个双亲都没了的女孩，会怎样对待自己在这世上的最后一个亲人呢？我想，阮岚岚应该给了咱们一个出乎意料又似乎合情合理的答案吧。"

这时李出阳接到了王木一的电话。王木一告诉李出阳，王强的手机一直关机，与公司失联已经好几天了，她已经通过电话走访王强的同事和朋友，大致摸出了王强失踪前最后的行动轨迹，现在基本已经锁定王强的藏身地点，正向队里请求支援进行抓捕。

"世事难料啊。家人的定义，应该是这世界上最深奥的东西。"

孙小圣和李出阳一齐望向机场巨大的落地玻璃窗外那一望无际的天空。

第 二 章

碟影少年

古城郊外一座被封禁的山湖景区风月峡，近日忽然有路人在夜半目睹山间有诡异的发光体盘旋。紧接着，古城市区忽然出现"僵尸"咬人事件。警队追踪咬人者的行动轨迹，发现该男子刚刚去过风月峡。孙小圣和李出阳调查发现，在此之前，古城二中三个初二学生离奇失踪，而他们三人正是学校内地外生命研究小组的成员，三人失踪后，有很多目击者声称是一架飞碟将他们带走的……

1

夜幕刚刚降临，古城近郊一处寂寥的街角，一辆出租车歪七扭八地停下。车门猛然打开，从中跌落出一个身体虚弱的男人。

男人形单影只，下车后扶着一根电线杆干呕。他似乎有种难以抑制的不适，不断地扭动脖子，搓揉眼睛，然后踉踉跄跄地向市区方向走去。

迎面偶尔有三三两两的路人走过，看见形容诡异的男子，都瑟瑟地避而远之。

尽管他尽力在保持清醒，但随着步伐的沉重，意识慢慢陷入混乱，整个人的动作也变得格外机械起来……

2

今天是万圣节，孙小圣探组值班，一行人被安排到古城市区最繁华的金融街广场执勤。今晚广场上开了美食街、糖果派对，有灯光表演，还有很多手机 App 联名赞助的直播活动，据说来了很多网红。网红们都穿着脑洞大开的服装，有的扮成巫婆，有的扮成葫芦娃，还有的扮成漫威和 DC 的超级英雄，吸引了无数市民的围观和拍照，场面好不热闹。

最受瞩目的当数广场中央的那个大型南瓜灯。那灯像个小屋一样大，被罩在一个玻璃罩中，冒着红彤彤的光芒。孙小圣、李出阳和苏玉甫的执勤点位也正在这里，他们穿着便衣假装游客，围着南瓜灯不住地转悠，一方面关注治安状况，一方面查看其中有没有暴恐分子或者扒手。好在组织方管理很有序，没有出现过度拥挤的状况。

孙小圣显得有些百无聊赖，正在犯困之际，忽然被一个打扮成僵尸新娘的家伙吓了一哆嗦。仔细一看，那人还是个男的，胡楂都没剃干净呢，就涂脂抹粉搔首弄姿，手上还拿了一把血红色的纸伞。

孙小圣啧啧称奇，摇头叹道："我真是老了，跟不上这世道了，都是些什么鬼？"

苏玉甫有点儿冷，打了个喷嚏说："一看你就没去过漫展。今天来的好多都是混二次元的，都是动漫迷。"

"动漫迷就都捯饬成这样？"

"这叫 cosplay，不是所有的都这样。不过里面还是有很多人才的，好多都是配音和做动画的高手，还有写段子的、画漫画的、玩声光影的，大神遍地……"

不远处灯光表演的中心，投影出各种动漫形象，与之相伴的还有同系列的 BGM，引起众人阵阵欢呼。主持人是一个穿着欧式盔甲的男子和一个穿着低胸汉服的少女，二人虽然看起来扮相雷人，却情绪亢奋妙语连珠，很快把观众的热情带出一波又一波的高潮。

那边热火朝天，孙小圣发现李出阳却盯着眼前的大南瓜灯发呆。他伸出手在李出阳眼前晃了晃："干吗呢？相面呢？"

李出阳说："这玻璃罩我怎么瞅着这么眼熟啊。"

苏玉甫说："哦，这个罩子总在这广场上出现，利用率可高了，我记得去年过年时，里面罩的是个代表财源广进的金山，情人节时罩的是一万朵玫瑰，据说还是真花呢，还有圣诞节时里面还罩过圣诞老人，里面还能吹雪花呢……"

李出阳点点头："哦，我想起来了，我在地铁站里也见过这么个罩子，当时就是圣诞节，里面放了圣诞老人和雪橇，还上了新闻呢。"

苏玉甫说："不会吧。我怎么没见过，哪个地铁站？"

李出阳想了想："是倒悬河站吧。"

"那个地铁站不是去年年底开通没多久就封闭了吗？到现在也没重新投入使用，据说是什么因为有渗水现象？"孙小圣说。

"是呀，所以我猜那个地铁站里的玻璃罩子给挪到这儿来了。当时我还觉得挺新鲜的，没想到不久之后就闭站了。"

"可能是被你妨的。你不去准没事。"

"听听这名字，倒悬河地铁站，它不渗水都对不起它。"

三个人胡扯了半天，发现面前人流慢慢变小，孙小圣抬手一看表，发现已经快九点了，估计就要散场了，于是计划着撤勤后拉着李出阳一起去超市买泡面。

苏玉甫看天色已晚，对最近紧巴巴的工作安排有点儿不满，跟孙小圣吐槽说："我说孙队，明天是刘洵他们组值班，干吗咱们还得全员备勤啊？"

孙小圣还未答话，忽然背后被猛拍了一下，回身一看，正是王木一和灿灿姐。俩人不知从哪儿搞来了两副牛角发卡，戴在头上还闪闪发光。孙小圣眼睛一亮，抢过王木一的发卡往自己头上戴，还摆着造型龇牙咧嘴地让灿灿姐给照相。李出阳有点儿汗颜地看着他："你还好意思说人家那僵尸新娘呢，你比他吓人多了。"

王木一忽然看着苏玉甫："苏哥，你不知道刘洵他们探组上专案了？他们忙大案子呢！"她故意把"大"拉得又长又重，还做了一个夸张的表情。

李出阳倒有了点儿兴趣："什么大案子？"

王木一瞅瞅周围，压低声音："你们没看最近朋友圈和微博上传的？说咱们古城来了外星人，在风月峡驻扎下了，还有飞碟带走了三个中学生，最厉害的是——"

李出阳好像对上号了，不客气地打断她："哦！就是微博上都辟谣了的那个？那个也太扯了吧，你怎么贯彻支队党支部的精神啊，在这儿信谣传谣。"

"我可没有瞎转发，我只是跟你们说，"王木一有点儿无辜地看着大家，"不过，说句实在的，我有朋友路过风月峡，真的看见山上有不明飞行物呢！"王木一瞪着眼睛，浑身散发着八卦气息。

"什么样的？"李出阳皱眉。

"说是在山间，有发光体在飞！他看得真真的！"

孙小圣刚要细问，灿灿姐便插话说："嘿，这个也别瞎传了，我听花姐说了，怕是有人故意拿这个做文章，引起社会恐慌。不过古城二中确实失踪了三个初中生，刘洵他们探组就是查这事呢。"

"是集体失踪吗？绑架案？"苏玉甫问。

"好像不是，是接二连三失踪的，"灿灿姐说，"不过这件事社会影响也挺差的，好多学校都因为这个停课了，所以局里给花姐下了硬命令，必须尽快找到人，而且做好保密工作，不能引起社会恐慌，尤其是不能和什么非自然现象、灵异事件之类的联系起来。现在好多不法分子拿这个博眼球赚流量呢。"

"快到年底了，都在冲 KPI 呗。"

"这么玄乎啊，"孙小圣难以置信地说，整个脸庞也被头上的牛角镀上了一圈诡异的红色，"我说怎么好几天都没见到刘洵了呢。他那脑子，能搞定这么大的案子吗？"

"你最好盼着他能搞定，"李出阳看着他，"要不然咱俩就惨了。"

几人正说着，忽然听见灯光表演的方向传来一阵阵惊呼，再一看，场地中央已经炸了营，大批观众正四散逃离，乱作一团。孙小圣和李出阳等人拔腿就朝那里跑去，途中被大批奔逃的观众冲散。孙小圣见每个乱跑的人都是惊恐尖叫，大声问了几个人都没得到答复，便赶紧用耳麦向指挥部报告了情况。

李出阳跑到灯光表演现场才发现制造恐慌的是个年轻男人。那男人看上去三十岁左右，头发蓬乱，面目苍白，表情也是格外狰狞，正龇牙咧嘴地见人就追，追不上就转移目标，去攻击别人。李出阳和苏玉甫一起扑上去，没想到那人力大无比，挣脱之后，一巴掌就挠到了李出阳脸上。还好跆拳道高手王木一及时赶到，三人费了好大功夫才把此人制服。

李出阳、苏玉甫和随后赶到的黑咪使劲把男子压在地上，用耳麦给指挥部通报情况，然后才发现四周全是观众散落的鞋和帽子等物，一片狼藉。有胆大的群众发现"暴徒"已经被制服，还拿出手机躲在远处拍照录像。李出阳稍微放松之际，身下的男子又是一挺，差点儿把他们三人掀翻。

苏玉甫腾出一只手，摸了一遍那男人的衣服裤兜，只摸出一些零钱。

"叫什么名字？在这儿闹什么事?!"黑咪大声喝问。

"完蛋了，全完了，全完了……"男子脸贴着地面，没头没尾翻来覆去地说着这些话，面部肌肉看起来还有点儿痉挛。

孙小圣这会儿气喘吁吁地赶来，见李出阳脸上似乎有道血印子，赶忙问："没事吧？"

李出阳朝男子点点下巴，示意孙小圣处置。

那男子趁机使劲一动，差点儿又腾空而起。

"完啦！全完啦！都等着死吧！"男子歇斯底里，引得外围的群众又是一阵慌乱。

孙小圣帮着李出阳等人把人压住，刚欲细问几句，忽然看见那男子口中流出几条白沫，整个人已然软塌塌地陷入昏迷状态。

3

医院里，刑侦支队副支队长王艺花带着几名手下匆匆赶到，孙小圣和李出阳等人在大门口迎接。

王艺花最近熬夜开会成了常态，所以身材保持甚好，据说已经吃汉堡吃出了中度脂肪肝，体重越发地控制不住，本想抽时间来医院查查血脂和血糖的，却根本不得空，没想到今天却因为公事来了，所以非常不爽。她带着手下小跑着上了医院的台阶，看见孙小圣等人在门口接驾，皱着眉说："怎么都跟这儿呢？人手这么富余吗？回头人跑了怎么办？把医护人员伤了怎么办？"

一行人边陪着王艺花大步流星地往处置室赶，一边小心谨慎地回答她的问题。孙小圣解释道："不会的，那人已经陷入深度昏迷，正抢救呢。樊小超在那儿盯着呢。"

"身份确认了吗？"王艺花飞快按下电梯按钮，两扇铁门缓缓关上。

"没呢，身上没有任何证件，手机也没有。"

"流浪汉？"

"看样子应该不是，穿着还挺讲究的。我们怀疑他当时身上应该是有手机或者证件的，只不过当时场面太混乱，被甩出去了，正派人在现场找呢。"

王艺花瞪了孙小圣一眼："我听说现场散落的遗失物好几千件，这还不算被别人捡走顺走的，你这么找太不牢靠了！"

她嘴上凶着孙小圣，眼睛却瞅向李出阳："你们真行，我千叮咛万嘱咐，今晚灯光表演观众太多，形势严峻，让你们瞪大眼睛，支棱好耳朵，没想到还能给我出这种事！出现个这么反常的人，怎么就发现不了？"

李出阳说："听后来走访的群众讲，这人在灯光表演开始之前，确实挺古怪的，但大家以为他是 cosplay，就没太在意，没想到灯光一打，他就一下癫狂起来了，虽然有咬人的动作，但其实并没有真正咬到谁，倒是有几个人因为逃跑摔伤了，正让大夫包扎呢。"

"没出现踩踏就对得起你们！"花姐冷冷总结。

到了处置室门口，花姐亲自询问了大夫"暴徒"的病状。大夫介绍，现在还不能确认"暴徒"发病的原因，初步分析不像嗑药或者犯毒瘾，有可能是什么疾病的突发病症，也有可能是某种病毒侵袭所致。从目前来看，这个人神经系统是出了大问题的，而且有感染和发炎症状，呼吸也出现衰竭。

"有生命危险吗？"花姐问。

"这个不好说，但确实不乐观，"大夫摘了帽子一边擦汗一边说，"这种病症或者病毒应该挺厉害的，而且我们推测已经在患者体内潜伏一段时间了，现在全面暴发了，一旦病毒在体内控制不住，那免疫系统肯定就崩溃了。但现在我们还不知道他感染的是什么病毒，得先会诊，或者等到做病理化验之后才能验出来。"

花姐拜托大夫尽量维持男子性命，又把孙小圣和李出阳叫出来，商量下一步对策。李出阳说："现在比较稳妥的方法是根据监控录像核对男子的行动轨迹。虽然广场上人比较多，但好在是无死角监控，至少能判断他是从哪个方向过来的，然后再和外面的监控探头录像对接，说不定能逐步摸出他的身份。"

孙小圣也献计献策："同时，我们再发协查通报，让属地派出所根据体貌特征和衣着帮着查一下？"

"发通报的时候注意措辞，让属地在各个社区开展工作时也注意言论，别引起社会大众的恐慌。"花姐严肃地强调。

没想到第二天，花姐最担心的事还是发生了。

微信朋友圈里一夜之间被"咬人僵尸"的大标题刷爆，微博热搜也一下到了前五名，而且还有逐渐攀升的趋势。很多视频媒体也迅速做出了专题节目，组织了大批工作组到现场进行采访和重现，警方和活动组织方反复辟谣，各种有关僵尸的消息反而甚嚣尘上，霸占了所有新闻版面的头条。

最让花姐烦躁的是，那男子虽然有咬人的动作，但很可能是意识混沌之下受到灯光照射的应激反应，并没有真正咬到谁，现在却被炒作成"僵尸"，显然是某些无良小编又在消费社会恐慌。她在办公室朝孙小圣拍了半天桌子，刚想让他滚出去，就又听到了一个坏消息。

那男人死了。死于呼吸衰竭。

樊小超在电话里说，男人的尸体会拉回法医中心进行解剖，进一步查明死亡原因。医院那边给的建议是，先做一下 CT 扫描，因为大夫怀疑死者脑池有神经节栓塞和渗出物。

这些专业性的建议花姐也不懂，正当一筹莫展之际，孙小圣也接到了一个电话，是李出阳打来的，告诉他死者生前的行动轨迹追踪到了，路边治安监控显示，他昨晚在三环路边下了一辆出租车。现在黑咪正根据出租车的车牌号，联系该车所属的出租车公司。

终于有了点儿进展，孙小圣汇报时也稍微有了点儿底气。

"能查出这个人的身份吗？"花姐问。

"如果是网约的车，那很快就能查出来；如果是路边拦的，那就……"

"出租车之前的轨迹有吗？从哪里开过来的？"花姐一边按着自己快爆炸的太阳穴一边问。

"风月峡。就是之前闹外星人传闻最凶的地方。"

孙小圣这么一说，花姐又焦头烂额起来，气哼哼地说："这要是让无良自媒体知道，发出来的文章内容八成是外星人把这男的绑到风月峡做生化试验，然后这男的逃出来了，但身体已经变异了，然后当局又封锁消息，殊不知一场关系到人类生死存亡的大战已经悄然打响。"

这倒给孙小圣提了个醒，他问："既然知道风月峡可能有问题，为什么不派人去里面查看一下有没有异常？"

"你说得简单，整个风月峡是一片连水带山方圆至少二十平方公里的大山谷，虽然里面曾经开发过自然风景区，但也早就因为安全问题封闭了，现在就是一片野山野湖，要去检查得动用多少人力物力？再说也没个合理的理由啊，老百姓问干吗去了，回答说去找外星人了？"花姐语速飞快地说。

这会儿孙小圣接到一个电话，是李出阳，他说已经联系到昨晚载过死者的出租车司机，并且那司机很快会到队里来做笔录。

4

出租车司机也证实那男子确实是在风月峡附近的高速路边上的车。当时司机跑完了郊区的一单,正想回市区,路边碰到了该男子招手拦车,当时觉得还挺幸运,毕竟那里山高路远,又迫近傍晚,很少能载到顺路的客人。但没想到那男子上车后就开始不对劲,不仅无法正常交流,口中还胡言乱语念念有词,不断扭脖子、揉眼睛,就跟要发生什么变异似的。司机一边开车一边犯嘀咕,以为这大哥犯了毒瘾或者癫痫发作,又不敢半路把他扔下,直到开进市区后发现周边人多了,才找了个借口让他下车,连车钱也没敢要。

"他都胡言乱语什么了?"孙小圣问。

司机是个胖胖的中年人,回忆起这段经历依然有点儿冒冷汗:"絮絮叨叨的,大多数都听不清楚,好像就是什么'完了''救我''都得死'之类的话,要不我害怕嘛,幸亏他坐在后排,要坐在副驾,我说不定就弃车逃命了。"

孙小圣看看身边的李出阳。李出阳面目严肃,没有说话。

"警察同志,你们说,这个不会跟风月峡的外星人传闻有关系吧?"司机缩着脖子,带着一丝劫后余生的庆幸和蠢蠢欲动的好奇。

孙小圣把司机训了一通,让他不许听谣信谣,然后和李出阳一起找花姐汇报。这会儿他们才发现,刘洵和他手下的侦查员小白也在花姐办公室。

花姐让孙小圣和李出阳坐下,然后对他们说:"目前这两起案子都非常蹊跷。一个是人死了但身份和死因都不明,另一个是三个未成年人连续失踪,活不见人死不见尸。现在网上都炒作是咱们古城来了外星人,"花姐无奈一笑,"你们说说看法,根据现在掌握的线索来分析一下这两起案子有没有什么关联,如果有,咱们就并案,如果没有,那也分别说一下你们下一步的工作思路。"

李出阳非常不乐意和刘洵一起搞案子,觉得他思维奇葩,智商掉线,除了和稀泥没别的本事,所以第一个接话:"外星人肯定是无稽之谈,这就不用多说了吧。我们下一步想赶紧核实死者的身份,这样顺藤摸瓜,就能知道他到底死于什么原因,有没有什么犯罪阴谋。"

这会儿一直靠在沙发上的刘洵说话了:"身上没有证件和手机,也没有银行卡、公交卡之类的，如果是外地人的话，要核实起来还真是有难度，除非在社会上发布通告，但这也只能是被动地等消息。这人要是社会关系简单，或者跟家人老死不相往来那种，那就纯看运气了。咱们能等，那失踪的三个学生和他们的家长可等不了啊。"

李出阳登时明白了，他这是自己查案无门，要强结联盟呢。于是给了孙小圣一个眼神，让他该捧则捧。

孙小圣心领神会，问刘洵："你怎么就知道这两起案件有关联？"

花姐看看孙小圣和李出阳，主持大局："先听听刘洵介绍一下他手头的这个案子。"

孙小圣问："刘队，你不会想跟我说，你也相信风月峡里来了外星人吧？"

李出阳在一边哑然失笑。

刘洵却一点儿也笑不出来，甚至还很一本正经："风月峡的传闻我是真不知道真假，但就我目前所做的工作，严谨地来说，一周之前，有至少几十名乘客都在地铁里看见了飞碟。同时，一个叫周悦雷的初二学生就在地铁车厢里凭空消失了。"

他话一出口，众人都是一愣，李出阳第一个反应过来："等一下，先不说那个初中生是怎么消失的，我就想问问你，你怎么确定那些乘客真的看见了飞碟？"

孙小圣也醒过味儿来了，看着李出阳使劲点头。

刘洵料到此话一出，必然会被全方位无死角质疑，示意助手小白把身侧的一沓案卷拿过来，然后分成两份，往李出阳和孙小圣怀里塞："你们看看这个，里面有所有目击者的笔录。"

李出阳把笔录接过来，却没有翻，而是放在桌上，继续冲刘洵不咸不淡地道："不用看这些，你跟我们形容一下就行了，这种群体性的目击事件是最容易被夸大的，都有起哄的成分在里面，而且越是人多眼杂越容易以讹传讹，这个不用说咱们也有共识吧？"

刘洵有点儿尴尬，小白在一边解围："这些乘客都说，在地铁开到某一站的站台上时，他们看见站台上悬停着一架非常大的飞碟。虽然飞碟出现的时间比较短，但发着强光，还在不停自转，跟科幻片里出现的 UFO 非常相似。"

孙小圣冲口而出:"这怎么可能!飞碟开进地铁站了吗?那站台上等车的乘客不都吓疯了?"

"是一座现在暂时没有运营的地铁站。"

"哪一站?"

"倒悬河地铁站。就在古城六街附近,当时列车是开往爱民路站方向。"

李出阳想起来了,之前还在那站的站厅里看到过圣诞节的暖心布置呢,后来那站据说因为出现了地下渗水问题,就暂时封闭改造了,直到今天也没有改造好,仍旧处于封站状态。

"那也不对呀,"孙小圣觉得很可笑,"咱先不说有没有飞碟,就当是有吧!——也别飞碟飞碟的,听着那么邪乎,就叫它'不明飞行物'吧!假设这个不明飞行物是存在的,那如果它要飞进地铁,肯定得从地铁的入口进来呀。倒悬河站的站口是长期封闭着的,那不明飞行物想要飞进来,必定得从别的地铁站入口飞进去,然后进入地铁隧道,这样才能最后到达倒悬河站的站台,对吧?但别的地铁站怎么没听说进了这种东西?"

小白是个胖子,嘴皮子本就不利索,此刻被孙小圣问得脑门都出汗了,勉强应付道:"不都说外星人的飞碟有瞬间移动功能吗……"

李出阳一脸够了的表情,站起身来,语速飞快地冲花姐说:"领导,我去忙了。"

孙小圣虽然也觉得很搞笑,却不着急走。他喜欢看刘洵用很认真的表情说一些非常脱线的话,如果这时再对他的逻辑和常识进行强有力的质疑,会是一种非常爽的降智打击体验。所以孙小圣意犹未尽,可怜巴巴地拽着李出阳的衣服下摆不让他走。

李出阳居高临下地朝他瞪眼睛,满脸写着"我又不是傻×,我为什么出现在这里"。

花姐此刻突然很淡定,对着李出阳语重心长地道:"出阳,你先听人家把话说完,都是为了工作,不要急赤白脸嘛。要真是玩闹,我还能在这儿吗?再者说了,谁也没定性说这就是外星人事件,或者什么非自然现象啊。'飞碟'也有可能是人为的啊,万一是气球、风筝之类的东西呢?或者是某种小孩的遥控玩具呢?现在那些玩具做得呀,别说飞碟了,宇宙空间站都能做得像模像样的，哈哈哈哈！"

花姐强行热场，但笑声太怪，不仅没把气氛搞轻松，反而让众人面面相觑。

李出阳被孙小圣使劲拉回座位上。

"我有一个疑问，"孙小圣打破僵局，看向刘洵，"事发之后，你们到倒悬河地铁站去看过吗？"

"看过，并没有什么异常。"

"没发现什么痕迹吗？"

"站台上有一些脚印，比较零散和细碎，但是也不能就说有什么不对。毕竟那站虽然是封闭的，但是会定期有工人和保洁去维护，有时候地铁公司运输设备，也会在那站停靠，然后工人进行作业。"

孙小圣点点头。

一时间又没人说话了。过了会儿小白先开了腔："花姐，那个飞碟应该不是玩具，据说这个飞行物有一间小屋子那么大，哪有那么大的遥控玩具啊？"

刘洵接过了话茬："最主要的是，所有目击者都说，飞碟出现了一段时间后，的确凭空消失了。而且地铁3号线不完全是地下线路，倒悬河站的下一站就是地上车站，飞碟也有可能从地上的轨道区间飞进地下隧道。"

"你说的这个飞碟，出现了多长时间？"李出阳问。

"有说十几秒的，也有说一分钟的。但是据列车司机说，只出现了七八秒。因为他当时按照驾驶规章，以为站台上出现了异常，对列车紧急制动了一下，所以调度室里有记录。"

"凭空消失了，"李出阳念叨着，"那有没有监控录像？"

"没开放的车站，肯定没有监控呀。车厢里是有的，但是看不到窗外。但整个列车里有至少三十多个乘客都清楚地看到了站台上的飞碟。"

"等一下。"李出阳掏衣兜，大家以为他要拿什么笔记本之类的东西，没想到他掏出的是一袋麦丽素。众人有点儿汗颜地看着李出阳拆开袋子，一边往嘴里塞麦丽素一边跷着二郎腿问刘洵："你刚才还说，不仅大家在车厢里看到了飞碟，这中间还有一个初中生失踪了？"

"是的，"小白替刘洵作答，"有个叫周悦雷的男生，二中的，当时就在

第三节车厢里，飞碟出现之后，他就在车厢里消失了，至今下落不明。"

孙小圣有点儿糊涂了，不禁打断道："我来捋一捋。按照你们的话说，是这趟列车先经过倒悬河地铁站时，车上的乘客看见了封闭的站台上有一架飞碟，然后这趟列车的第三节车厢里，有一个叫周悦雷的初中生消失了？"

"是的。"

"关于他的这个失踪我有两点疑问：第一，怎么证明他是在飞碟出现时消失的？第二，怎么能证明他是在地铁车厢里消失的？万一是下了地铁之后，被绑架了呢？"孙小圣振振有词。

"说白了，他是想问周悦雷的消失与 UFO 的关系。"花姐看着刘洵替孙小圣总结。

刘洵好像脑子也不太够使了，赶紧找出其中一本案卷翻看了两眼，照本宣科："这个周悦雷当时是有同行人的，是两个同班女同学，一个叫邹语幽，另一个叫丁聪，她们当时是和周悦雷在一起的，周悦雷消失时她们也第一时间发现了。据她们讲，就在那飞碟出现的几秒钟里，周悦雷消失了。"

"而且我们当时排查了车厢的监控录像，也没有发现周悦雷到底去了哪儿。"小白补充道。

刘洵说，每节车厢只有两个监控探头，是斜对角朝车厢内侧进行拍摄的，并且探头所处的位置，并不是最边缘的角落，所以每节车厢两端的靠外侧还是有一些视频盲区的。监控录像显示，10 月 27 日傍晚 6 点 30 分，当列车行驶到倒悬河地铁站时，戛然而止，车厢内部的近百名乘客忽然乱作一团，这时候周悦雷、邹语幽、丁聪正在三号车厢。事发时因为车厢里的乘客都想看热闹，都往靠近倒悬河站站台方向的窗边拥，周悦雷被挤进了人群，然后等到列车启动，车内秩序恢复正常时，周悦雷就不见了。

"最让我们觉得诡异的是，"刘洵又开始做出神秘的表情，"周悦雷在放学时就跟同班的邹语幽、丁聪说，他之前就和地外生命取得了联系，如果不信，就跟他走，他证明给她们看。"

李出阳对他已经不是嗤之以鼻了，简直是置若罔闻。

刘洵看了李出阳一眼，又去翻卷宗："这之后的第三天晚上，一群晚下课的二中学生，在他们学校的综合楼的第四层，也看到他们教学楼的五层楼顶悬浮着一个发光体，通过目击学生的描述来看，和地铁里面乘客目睹的发光体非常相似。"

"然后呢？"孙小圣有点儿迫不及待地问。

"与此同时他们看见另外一个同学，也就是周悦雷的同班同学邵宇也在楼顶。随后邵宇的同学王一冰率先跑到教学楼顶上查看情况，结果两个人就随着发光体一起消失了。"刘洵说。

"这个就是三个学生消失的经过？"

"是的。"

"他们有手机吗？"

"其中两个有，但手机都在家里找到了，并没有带在身上。"

"这三个学生之前有什么联系吗？"

"有的，他们之前在学校开展的一个以个人兴趣为导向的社科选题课中，成立了一个'地外生命'研究小组。"

5

花姐傍晚自己在办公室里憋了两个钟头，最终做出石破天惊的决断：两案串并，但同时两个探组的分管工作也要采取"战略性调整"。

李出阳问孙小圣，怎么个调整法？孙小圣回答：现阶段，刘洵组去盯无名死者那条线，调查死者身份，深挖死亡原因，孙小圣组去查少年失踪的那条线。

李出阳都听傻了："你答应了？"

孙小圣使劲点头："是啊。"

"你有病呀！你这明显是被刘洵摆了一道！没看出来他已经查不下去了，一个劲往科幻上靠吗？现在把这烫手山芋甩给你，你就接着啊？"李出阳朝他瞪眼睛。

孙小圣也觉得有点儿对不住大家，毕竟查个无名尸还是有章可循，按部就班便可，不至于太不着调，但自己又对这个外星人的噱头很感兴趣，所以此刻面对李出阳的质问，多少有点儿气短："不会的，就算他查不下去了，花姐也不糊涂，谁让他能力有限呢……"

"他就是王艺花带过来的你别忘了！"

孙小圣赶紧伸手去捂李出阳的嘴。李出阳一把把他推开，然后收拾自己桌上的东西。孙小圣问："你干吗？"

"下班回家。"

孙小圣看着站在一边无所适从的黑咪、王木一等人，做了一个就地解散的手势："李政委说了，都下班下班。"然后又讪讪地拿眼睛瞟李出阳，补了一句，"明儿就开始查失踪案，都别迟到啊。"

李出阳脚下生风地出了支队大院，头也不回地往前走。

孙小圣在后面紧紧跟着，同时搜肠刮肚地想怎么稳定这家伙的情绪。李出阳虽然脾气臭，但起码也算孙小圣一个强有力的外援，万一真撂挑子不干，他这个探长恐怕就事倍功半，独木难撑了。

一路上孙小圣追在李出阳屁股后面说了好些好话，李出阳都不为所动。孙小圣问他："难道你不想查外星人吗？你不觉得这特带劲吗？"

李出阳不说话，兀自大步流星往前走。

"哎，你想想，一个地铁站里，那么多人都看见了飞碟，还都看得真真切切的，又发光又能转，还还……盘旋着！你不想查查这是怎么回事？"

李出阳还是不说话。孙小圣伸手拽他胳膊，被一把推开。孙小圣再追上李出阳时，发现自己已经进了地铁站。李出阳行动如行云流水，飞快地过了安检，刷了公交卡，最后来到了站台。孙小圣像狗一样喘着粗气追上，碰巧赶上一辆列车进站。孙小圣紧随李出阳上了车，然后故意做出一副累到极限濒临猝死的可怜相，想打感情牌博取李出阳的同情。

李出阳根本没往孙小圣身上看，而是往车厢深处走去。

这会儿乘客不算太多，车厢内还留有一些空座。孙小圣找了一处两人座坐下，然后招呼李出阳过来一起促膝长谈。李出阳依旧不理他，继续往下一个车门处走。孙小圣屁股还没坐热，就又跳起来，跟地主紧盯着自己的傻儿子一样与李出阳寸步不离。

不知不觉列车驶过三站，车上的人更少了。

"哎，我下站就下车了，你明天可别迟到啊，"孙小圣斜着眼看李出阳，"请假也不行，我和花姐都不可能批的。"

李出阳却好像在观察什么，听孙小圣如此一说，随手做了一个轰人的手势。

孙小圣却看出了玄机:"你在瞅什么呢?"

李出阳摸了摸身前的车厢内壁,皱着眉头,有点儿自言自语地说:"窗户最大限度只能朝上打开一个十厘米左右的缝,车门也不可能是人力能打开的,电器柜也是上了锁的。"

孙小圣下意识地说:"是啊!"

李出阳半蹲着,从座位一侧扫视车厢内座椅的下方:"车座底下是全包围的,有挡板,但是挡板应该也不会轻易被打开吧?"

孙小圣也半蹲了下来:"我听说地铁车座之所以被做成全包围的,就是因为怕底下藏人,或者藏东西。"

李出阳这会儿站起身来,抬眼去看车厢角落里的两个监控探头:"是对角探头。我记得原来咱们查嫌疑人行动轨迹的时候,看过这种监控探头拍的录像,分辨率挺低的。而且当时车厢里肯定比较混乱,人贴人、人挡人的情况也一定存在,所以这时候监控探头其实也不是牢靠的。"

"是啊。"

"那么周悦雷是怎么从车厢里消失的呢?"

孙小圣想了想,提醒李出阳:"要不咱俩去找地铁公司协调一下,去倒悬河站的站台上看看?"

"看什么?"

"……不是说 UFO 是在那站的站台上出现的吗?"

"不去!"李出阳很烦躁地瞥他一眼,"我成年了,不想浪费时间去查那些一听就是胡扯的事情。"

孙小圣一时想不到怎么说服李出阳,想了想,忽然又嬉皮笑脸起来,一手拽着车厢里面的扶手,一手钩着李出阳的脖子:"行啦,别嘴硬了,不想查你还在这儿可劲分析车厢构造?"

李出阳说:"孩子失踪这件事我觉得还是有必要查的。人命关天,再说了,我对大变活人也很感兴趣,至于什么飞碟、UFO,"李出阳拎起孙小圣挂在自己脖子上的胳膊,然后扔下去,"你想查你自己查去,如果不嫌给自己掉份儿的话。"

第二天中午，孙小圣组织探组成员一起观看了27日周悦雷等人乘坐地铁的录像。和刘洵所说的一样，监控视频不算清晰，车厢内的乘客也比较多。当时列车紧急制动之后，由于乘客都往窗边聚集，画面由相对静止发生突变，图像还出现了色块乱码。也正是在这几秒钟里，周悦雷的身影被其他乘客挡住，随后就再也没有出现过。

刘洵的工作做得还是比较细致的，不仅调取了当日周悦雷等人乘坐列车的车厢内录像，还调取了他们进站和等车的站厅、站台录像，以及该班次列车到站后的站台录像。当然，列车到站之后，只能看到邹语幽和丁聪的下车影像，周悦雷则真的无影无踪了。

"还真是消失了啊，"黑咪咬着笔杆子，眉头皱得死死的，"这也太邪乎了，会不会是藏在列车车厢里的什么部位了？"

樊小超动动鼠标，把时间条拉到视频最后："应该没有，这里显示列车在回库后，并没有什么可疑的人从车厢里忽然冒出来。"

苏玉甫说："我们上午去了趟地铁公司，车辆段的工作人员告诉我们，像电器柜、司机驾驶室这些可能藏人的空间肯定是有专门的三角或四角钥匙锁住的，锁非常牢固，不可能被轻易撬开。而且车厢内的窗户只能打开一条缝，门也是只有司机驾驶室能够控制，要说在正常运营的状态中，从里面自行跑出去一个人，列车还毫发无损，肯定是不可能的。"

大家你看看我，我看看你，都不知该说什么。气氛变得既安静又微妙。

李出阳想了想，看着孙小圣："下午咱俩出去一趟。"

"去倒悬河地铁站？"

"想什么呢，去周悦雷的学校！"

孙小圣和李出阳来到古城二中时，学校下午的第一节课刚刚结束。周悦雷所在的班级是初二（10）班，班主任是个刚工作没多久的姑娘，姓蔡，教物理，一头的小鬈发，说话也娇声娇气的。她接待孙小圣和李出阳时，反复强调自己这段时间精神压力巨大，班里连续失踪三个男生，让她寝食难安、焦虑不已，生怕哪天早上再来上班时，教室里空出第四个座位。

"三个学生的家长据说有三位都急得住了院，再见不到孩子，估计人就扛不住了。"蔡老师坐在办公室的椅子上，一脸认真地跟孙小圣、李出阳探讨，"也是奇了怪了，如果说是绑架案，绑匪也没联系过家长啊；要是恶作剧，那也不会搞得这么过分啊！"

"蔡老师，你听说过现在网上流传的三个孩子见到了 UFO 的传闻吗？"孙小圣问。

"听说了，但是我不信！我也不让其他孩子信！"蔡老师一脸正气，十分笃定。

"那就好。"

事实证明，蔡老师对孩子们的思想教育并没有狠抓到底。丁聪见到孙小圣的第一句话就是："警察叔叔，你们找到那个飞碟了吗？快去找啊，那么大的飞碟，目标应该挺明显吧！"

另一个房间里，邹语幽睁着一双水汪汪的大眼睛，也跟李出阳反复形容着在地铁站里看到的那架飞碟是多么逼真和震撼。

邹语幽说，那飞碟悬停在站台上，向周围发射出耀眼的光芒。她甚至还能够分辨出，那飞碟表面镶嵌的一圈精致而规整的光带。此外，透过那谜一样的光晕，她仿佛还看到了飞碟身上那做工细致、天衣无缝的板材衔接，以及一些看起来就充满了地外文明气息的花纹或者图腾。用她的话来说，如果真的有飞碟，无外乎就是那种形象。

其实李出阳想多打听一下周悦雷失踪前后的细节，但邹语幽像着了魔一般，絮絮叨叨没完没了。

"看不出是什么材料，也没有离得特别近。但飞碟上的光真的太强烈了，半个站台都被照得灯火通明。"邹语幽好像终于找到了一个靠谱的倾诉对象，做着一些夸张的手势，声音也忽高忽低。

"它在飞？"李出阳使劲皱着眉头。

"是的！"邹语幽非常肯定，"在飞！"

"飞得高吗？"

"那倒不算高，毕竟是在室内嘛。"

"有飞行的轨迹？比如从左飞到右，或者从东飞到西？"

邹语幽摇头："那倒没有，是悬停！警察叔叔你懂悬停吗？就是停在半空中，不做任何移动！"

李出阳笑了："那就对了。说不定那只是一个能发光的模型，甚至就是一幅画，在半空中吊着。毕竟你们身在地铁车厢里，不可能近距离看得那么清楚。"

邹语幽对这个推论相当不认可："警察叔叔，我真的没有看错。当列车刚刚经过倒悬河地铁站时，我就看到那上面有发光体了，直到列车车身过了差不多大半个站台，我都在观察，那绝不是一幅画，而是立体的，这个别人也都看到了。而且，也不可能是一个模型，绝对不可能。"

"为什么？"

邹语幽想了一下，煞有介事地给李出阳科普："你知道库仑定律吗？很多研究学者认为，UFO的悬浮技术就是利用了同极电荷相斥的道理，给它创造一定的条件，然后让这种斥力达到极致，能够让物体形成稳定的飞行状态，也能让物体稳定地悬浮在空中。当然，以咱们人类的技术，只能够利用旋翼产生空气动力，达到悬浮效果，参见直升机。但是直升机的悬停效果的稳定性，是远远比不上飞碟的，所以我当时看到那个飞碟，就认为那绝不是一个类似于遥控飞机的模型。因为它飞得太稳了！"

李出阳听邹语幽说得头头是道一本正经，不禁笑了："你见过利用这种原理的飞行器？所以这么确定它就是运用了这种技术？"

邹语幽见并没有激起这位警察叔叔的好奇，便觉得兴趣索然，有点儿对牛弹琴了："《第三类接触》看过没？《第九区》呢？如果没看过，那《独立日》一定看过吧？这些电影里的外星飞碟都是这样的啊。"

"我知道了，你是一个科幻迷。"李出阳总结道。

"当然，如果你觉得我说得没道理，也正常，毕竟以咱们人类现在的认知，是不可能完全了解地外技术的。飞碟的飞行原理也有可能是量子物理或者磁力，甚至是违背牛顿定律的。"邹语幽说完又不甘心地补了一句，"但绝对不会是几片扇叶。"

另一边，孙小圣已经和丁聪聊起了周悦雷。

丁聪和沉迷于科幻的邹语幽不同，她还是接点儿地气的，甚至还散发着孙小圣最需要的八卦气息。

她说周悦雷的父母都是外企高管，年薪七位数的那种，家境非常殷实。所以周悦雷也不能免俗地沾染上了富二代的习气，成天吊儿郎当不学无术，在学校迟到早退是常有的事，旷课缺课也是隔三岔五。蔡老师为此很头疼，几次三番请家长也收效甚微。毕竟周父周母是大高管，成天不是开会就是出差，夫妻俩一年到头聚少离多，自顾不暇，根本没时间料理孩子。平时在家里只有一个阿姨照顾周悦雷的起居，所以惯出了他一身的少爷习气。

至于邵宇和王一冰，那是周悦雷的两个"死党"，成天跟着周悦雷混，有点儿斗鸡走狗小集团的性质。邵宇属于混二次元的宅男，平时喜欢看动漫和直播，对一些时尚潮玩了如指掌；王一冰则比较穷，跟着周悦雷混主要为了蹭饭蹭玩，有一些小聪明，喜欢给周悦雷出一些跟老师或者家长斗智斗勇的主意。

丁聪并没太夸张，蔡老师后来也加以印证，只不过说得比较含蓄。

但丁聪还向孙小圣透露了一个额外信息，那就是，周悦雷一直特别喜欢邹语幽。

丁聪作为邹语幽的头号闺密，对这一点格外笃定。她说周悦雷不止一次找到她，请她吃饭，请她喝奶茶，甚至还在邵宇的推荐下，带着她去金融街最高端的商场里玩 VR 万向电动游戏。周悦雷总说，希望她能够给自己在女神面前牵个线，至少也多说说他的好话。就算女神不吃这套，周悦雷也希望丁聪能够给自己献计献策，告诉他怎么才能追到邹语幽。

孙小圣使劲往座椅上一靠，心想：现在的中学生都这么早熟吗？想当年自己初二时，跟女同学之间只有欺负与被欺负的关系，斗争还斗争不过来呢，哪有什么搞对象的概念？世道真是变了，他感叹生不逢时。

"那后来呢？你帮他了吗？"

"我帮了，我当然帮了，拿人钱财替人消灾嘛，"丁聪词不达意地形容，"但是语幽这个人吧，比较轴，一根筋，不喜欢谁就是不喜欢谁，你怎么说好话都没用。我也没辙啊。不过后来，我教给他一个方法。"

"什么方法？"

"邹语幽是个科幻迷，喜欢一切科幻类的东西，比如科幻电影呀，小说呀，纪录片呀，我让周悦雷多去看看这些东西，没准儿能和邹语幽建立起共同语言。有了共同语言，不就不愁没话可聊了吗？"

6

邹语幽跟李出阳说，自己非常讨厌周悦雷。李出阳问为什么，邹语幽想了想，说道不同不相为谋。

李出阳被她的一本正经逗笑了。

"很好笑吗，警察叔叔？虽然你长得帅，但我可不是'外貌协会'的，何况你也没有到那种非常非常帅的程度。"

"呃，"李出阳应了一句，"那我现在想问你一个问题。"

"好。"

"假设周悦雷真的被外星人带走了，那么等他回来，想跟你分享一下和外星人相处的经过，甚至是进行星际旅行的体验，你愿意听吗？"

邹语幽眉毛一扬："那可以呀。为什么不？"

李出阳点点头，从兜里掏出一块巧克力递给邹语幽，算是给她的奖励。

"哇，这款巧克力在网上特别火呢，现在日本都卖断货了！"邹语幽迫不及待地拿出手机咔咔拍照。好一顿折腾之后，抬眼再一看，李出阳已经从椅子上消失了。

孙小圣一边开车，一边和李出阳汇总今天访问的信息。

按时间线来将，应该是周悦雷先喜欢上了邹语幽，取悦未果的情况下，经丁聪提醒，决定投其所好。但似乎这一招也没能奏效，即使周悦雷成了科幻迷，成了 UFO 发烧友，也不见得能博得邹语幽的多少好感。就好比一个"草根"追女神，就因为女神喜欢吃意大利面，"草根"就成天吃意大利面，然后还总没话找话地去和女神分享吃面的心得和技巧，三番五次下来，恐怕只会让女神觉得恶心。

但好在周悦雷不是"草根"，他不仅多金，还拥有一个智囊团。几次受挫之后，他痛定思痛，调整了战略思路，又在"小弟"和"眼线"的出谋划策下，办了一件大事：在随后的社科课上，他们三兄弟选择了一个非常迎合邹语幽口味儿的课题——地外生命。

孙小圣一边打方向盘一边朝李出阳吐槽："你说现在这学校的课也都挺奇葩的，好好的算术外语不上，上什么'社科自选研究课'，这不是吃饱了撑的吗？"

"这个我也和蔡老师聊了，校方开发这个学科也是为了培养学生们的独立思维和团队合作精神。人家其他学生有的研究学校旁边河流的水质状况，有的研究近十年来古城空气质量的走势什么的，还都是比较贴近生活实际的，所以当周悦雷他们三个人报上来这么一个选题，老师也挺为难。让选吧，都知道太扯淡；不让选吧，又怕打击学生的积极性。后来老师估计这仨人也是闹着玩，就随他们去了。"李出阳说。

但没想到，老师们这么一放松警惕，三个小太保就开始捅娄子了。

期中时候，社科自选题项目组的老师们组织了一次全年级范围的选题汇报会。大概内容就是，所有选题小组都可以报名参加汇报，汇报就加分，算在期末的考评成绩里。周悦雷他们这个"地外生命研究小组"报名非常踊跃，但老师最开始有顾虑，觉得这三个孩子学习成绩都不怎么样，平时表现也很脱线，此时忽然想露脸，多半就是要作妖。

"什么外星人啊，ET 啊，本来就是以讹传讹的东西，你们实在感兴趣，研究这个我也不拦着，但要是拿出来给所有人讲，就不太合适了，毕竟咱们是以社会科学为导向的，你们这个既脱离社会，又不属于科学嘛。"老师当时说。

"可是我们这个小组，正是为了把那些所谓地外生命的传闻，向咱们的社会科学靠拢的呀！我们压根也没背离咱们这个学科的初衷啊。"周悦雷据理力争。

"哦？你倒是说说，怎么能把那些乱七八糟的东西跟咱们的社科结合起来呢？"

周悦雷说，他们这个小组，听上去神乎其神不切实际，但真正的研究目的其实是反其道行之，从科学的角度，对那些地外生命传闻进行揭露，对一切反人类科学的报道进行戳穿。他们搜集了很多份从古至今的有关外星人的报道，准备采用图文并茂的方式，从多个角度，以各种科学论点为支撑，强有力地向大家展开一次大科普。

"明朝天启大爆炸您知道吗？其实根本不是外星人入侵，只是一次比较严重的工业事故；美国罗斯威尔事件您知道吗？那其实也不是外星人在作祟，而是带着雷达反应器的气象球碎片。"

老师思忖片刻后答应了周悦雷等人的要求，允许他们上汇报会。

周悦雷他们的汇报被安排在第三个登场。第一个汇报的小组，是水质研究小组，小组成员们拿着试管杯和试纸等工具，在投影仪前反复给大家演示，还放上了一些图文表格，然后推算出各种数据。得出的结论是，近年来校园旁边的河流内水质逐渐变好，和十里地外迁走了一家服装厂可能有关。

台下众同学昏昏欲睡。

第二个汇报的小组是研究校园内植物生长状态的小组。他们投影了无数张实地拍摄的照片，放了好几段采访园丁的视频，又放出了一系列有关湿度、土壤酸碱程度、阳光照射面积的数据，最后得出结论，二中的校园内适合栽种藤本类的观叶植物，因为其耐阴性强，观赏周期也长。

台下已经有人打起了呼噜。

周悦雷、邵宇、王一冰三人上台，大屏幕上打出几个字：地外生命研究小组。

不少同学都精神起来，已经睡着了的也被旁边的人捅醒。有人开始讪讪地议论，有一些和周悦雷熟识的同学，使劲鼓掌吹口哨地起哄。

周悦雷是个瘦子，站在宽大的讲台前，显得有些单薄。身后的王一冰和邵宇作为"左右护法"负责投影仪和电脑的操作。邵宇表现得还算淡定，王一冰没见过如此场面，腿有点儿哆嗦。

老师和班主任在第一排向他们投来期许的眼神。尤其是蔡老师，看见自己三个不成器的学生竟然登上了阶梯教室的讲台，心中百感交集，真想上去给他们颁个奖。

周悦雷开口了："同学们，经过我们小组长达两个月的研究和分析，我们得出了一致的结论——"他咽咽唾沫，看着黑压压的人群，从中搜索着邹语幽的身影。

"结论就是，我们确认外星人的确存在，并且我们已经和他们取得了联系。"

台下"嗡"的一声就炸锅了。

第一排的老师下巴差点儿掉下来。有的老师想上去把他们拽下来，被别人拦住。就算是这三个孩子在一本正经地胡说八道，但至少已经把全体同学的精神头调动起来了。何况他们也没说什么反动黄色的内容，就当是中途调剂一下气氛啦。

台下当时就有学生高声问周悦雷：

"外星人长什么样？"

"我们只看到了他们的飞行器，也就是飞碟，是非常亮的发光体，不算很大，但也不小，估计外星人也都身材矮小吧。"

"在哪里看见的？"

"地铁里。"

"……？"

"经过我们的调查，他们来到咱们这座城市已经很久了，在很多人迹罕至的地方都有他们的基地。比如咱们古城一座废弃的地铁站里。我们实地探访，就遇到了他们。"

现场乱成一片。

"我想说的是，其实外星人没我们想得那样神秘和可怕。不过他们的科技确实很发达，他们能够穿越虫洞，能够星际航行，能够利用行星的核心动力，那是我们地球几万年都不可能达到的科技高度。他们的飞碟还释放出一束绿光，那束绿光还扫描了我们。我们竟然能听懂他们的话，当然，不是'听'懂，而是冥冥之中就能领会，这也很神奇……"

这回连年级主任都受不了了，让工作人员直接把周悦雷手里的麦克风关闭了。

7

虽然"地外生命研究小组"的高光时刻戛然而止，但也算是大大露了一回脸。全校的同学们都知道，他们"见到了"外星人，周悦雷也从此成了学校里的名人，所到之处，格外吸睛。可周悦雷发现，邹语幽对他的态度却没什么转变，甚至还变得更加抵触。以前他找她主动搭话，还能得到几句回应，现在直接就是冷冰冰的眼神。这让周悦雷十分沮丧。

后来周悦雷明白了，他这个所谓出名，也不过是被大家当成笑柄。同学们人前背后议论的都是这三个家伙走火入魔，或者得了神经病、妄想症之类的，谁也不相信他们所说的话。

于是有一天晚上放学，周悦雷在楼道里堵住了邹语幽的去路。邹语幽问他干什么，周悦雷说："我知道大家都不相信我，包括你。你以为我愿意被大家笑话吗？"

丁聪跟在邹语幽后面，讪讪地看着俩人。

邹语幽冷冷地说："喂，你看过马修·麦康纳演的《星际穿越》吗？里面提到了一个理论，叫'墨菲定律'，讲的就是一个人越怕什么事，就越会发生什么事。举个例子，傻子就怕别人说他傻，因为他是真傻，瞒不住。"

然后她径直要走，又被周悦雷拦住。

邹语幽说："你干什么！我告老师了！"

周悦雷压低声音："今晚我可以向你证实，我真的见到外星人了！而且你也能见到！外星人要跟我见面！你跟我走就行！"

"可笑。"

"我没骗你，我精神正常得很，而且不会在什么偏僻的地方，就在地铁里，我向你发誓，"周悦雷抬起右手，指天誓日，"如果今天我诓了你，以后我再也不找你说话。"

邹语幽不明就里地看着他，似乎有了点儿好奇心。周悦雷趁热打铁："真的，而且今天有可能是你见我的最后一面了，你相信我！"

丁聪这个内奸开始助攻："语幽，要不咱们去看看吧，反正也是在公共场所，他不敢把咱们怎么样的。"

邹语幽和丁聪就在周悦雷的带领下去了地铁站。本来邹语幽也要坐地铁回家，所以在周悦雷的带领下，多绕两站也并不打紧。在列车过了双环站后，周悦雷就把她们拽到车厢的一侧玻璃边，小声跟她们说："一会儿注意看窗户外面，千万别叫出声来哦！要是有朝一日我能回来，我一定告诉你外星人到底都是啥样。"

周悦雷傻乎乎地看着邹语幽。

"你保重啊。"

没过两分钟，丁聪和邹语幽就看到了那幕令她们终生难忘的画面。紧接着，车厢里有更多的人都发现未开放的站台上有异样，甚至随后列车还发生了紧急制动。混乱过后，周悦雷就真的消失不见了。

周悦雷失踪之后，家人匆忙报案，地铁站内部四处排查，折腾了三天都没有实质性的进展。就在一地鸡毛之际，邵宇和王一冰也失踪了。

巧合的是，当时邹语幽也看见了他们失踪的大概经过。当时是周五，每周周五下午的第二节和第三节课都是自选课。邹语幽的自选课是"欧美经典原声影视赏析"，说是为了锻炼学生们的听力，其实就是放电影。因为这门课需要用到大型多媒体设备，所以上课地点是在综合楼的四层阶梯教室。

因为电影最少也要一个半小时，所以这门自选课一般都会拖堂。但因为是看电影，所以多数学生还是会心甘情愿把电影看完的。

之前周悦雷为了邹语幽，选的也是这门课，邵宇和王一冰自然相伴左右。那天开课时周悦雷已经失踪数日，邵宇又临时请假，所以他们那个小集团只有王一冰正常来上课。

邹语幽记得很清楚，那天老师给他们放的电影是美国老片《魂断蓝桥》。电影放完之后，已经快六点了，夜幕已经降临，除了他们那间教室，别的教室里基本都没了学生。二十多个学生陆续走出教室。邹语幽和两个女同学走在人流靠后的地方，忽然听见前面有人大喊大叫。众人循声望去，发现是王一冰一边跳着脚，一边拍着走廊里的落地玻璃：

"你们快看！快看那边！"

大家朝窗外望去，发出阵阵惊叫。

其中包括邹语幽。因为她分明看见，对面教学楼的楼顶上，有一个圆点闪闪发亮。仔细分辨，非常像那天在地铁里看见的飞碟！

与之不同的是，这回在飞碟的前面，还有一个逆光的人影。

"是，是邵宇！"王一冰喊着。

话音刚落，人影消失了，飞碟也消失了。对面楼顶变得漆黑一片，与此同时，这边综合楼的楼道里也变得异常安静。落地玻璃前的学生们望着刚才邵宇消失的地方，全傻眼了。

虽然人人都有一种 UFO 来学校收割人头的恐惧感，不过同时又都非常亢奋。可想而知，能有一架"飞碟"来调剂枯燥无味的中学生活，孩子们还是受用至极的。楼道里炸开了锅，有手机的给家长、朋友打电话，没手机的跟身边的伙伴反复确认刚才的见闻。没有一个人敢往楼下走，都说怕被飞碟带走。不过其实大家都心知肚明，不下楼的原因是还想一睹飞碟现身的好戏。

乱了一会儿，王一冰在兴奋之余，还残存着一丝理智和勇敢："不行，我得去对面楼顶看看邵宇！不知道他怎么样了！"

邹语幽此刻正沉浸在科幻的幻想中。曾经以为自己此生只能目睹一次的飞碟竟然再次出现，她心潮澎湃极了。要不是身边的女伴死拽着她不让她走，她真想随着王一冰飞奔到对面楼顶一探究竟。

然后她死死扒着窗户，看见王一冰一溜小跑从综合楼出去，进了对面教学楼的大门。这是她最后一次见到王一冰的身影。随后教学楼楼顶仍是一片死寂，连根飞碟的毛也没再出现过。

邹语幽等人二十分钟后迎来了准备锁门的校工，被"护送"着从综合楼鱼贯而出。第二天她才发现，王一冰和邵宇都没来上课。

这就是三个少年先后失踪的经过。

李出阳坐在火锅前，夹着一筷子肚丝边涮边自言自语："邵宇失踪之前，为什么会出现在教学楼的楼顶？这有些奇怪。"

对面的孙小圣看着他有点儿起急："哎哎，老了老了，没法吃了。"伸手用筷子把李出阳的筷子扒拉开。"我看过刘洵他们做的笔录，一些目击学生和老师说，邵宇在放学后好像就没有离开教学楼，学校大门那里的监控录像也没发现邵宇离开的影像。刘洵他们也去教学楼的四层勘查了，和地铁站里一样，没发现有什么打斗痕迹或者血迹，提取了两个烟头、一些毛发组织，正在化验，但这些东西看起来已经在那上面很久了，估计也不是邵宇或者王一冰留下的。"

"当时邵宇失踪之后，校方组织人去教学楼找人了吗？"

"找了，当时有学生跟校工说楼顶来了飞碟，校工本来是不信的，但因为之前周悦雷失踪与飞碟有关的传闻甚嚣尘上，就还是去报告了校领导，校领导也觉得在这当口儿还是抱着宁可信其有的心态，找了好几个还没下班的老师去楼顶找，并没有发现飞碟和邵宇，当然，也没有发现后来跑进教学楼的王一冰。随后他们就报警了。"

李出阳喝了一口可乐，皱眉看着孙小圣："你想到什么了吗？"

孙小圣琢磨了一下，正了正坐姿说："我想了想，有一点值得注意：虽然三个小孩失踪时，都有飞碟出现，但其实王一冰消失的时候，飞碟已经不见了。这就很奇怪。"

李出阳点点头："对，是这样。我觉得这是一个突破口。"

"不过这又能说明什么呢？万一那个飞碟真像小白说的那样，有瞬间移动的功能呢？"孙小圣一边嚼着菜叶子一边随口说。

这时孙小圣的电话响了，拿起一看，是刘洵打来的。

刘洵告诉孙小圣，之前在金融街广场大闹的死者身份查出来了，是一个叫冯淳的外地人。这个冯淳之前一直和一个叫陈志发的人在南城合租，有邻居曾经见过他。陈志发自己有一辆三菱小汽车，不过人和车在一周之前一起消失了，有些可疑。刘洵带着人到了他们的出租屋里检查时没有发现什么异常，虽然房间乱得像猪窝，却没有什么争斗或者血迹之类的异样。刘洵通过房东要到了陈志发的手机号，拨打后发现对方是关机状态，他们已经把手机号交给技术部门，看看能不能定位或者查一下近期的通话记录。但这还需要时间。

随后，刘洵又给孙小圣发来了冯淳和陈志发的证件照片。

"我跟他说，车牌号也要查，查轨迹。"孙小圣补充道。

"再等下去有点儿来不及了，"李出阳有点儿焦虑地扔下筷子，"三个孩子如果再没有明确的下落，估计凶多吉少了。"

"是啊。"他这么一说，孙小圣忽然觉得还坐在这里涮肉很罪恶，放下了筷子。

"这两个人是做什么的？"

"他们还在排查，冯淳稍微查出了一点儿，说是现在没有固定工作，常年混迹于网络，以前给一家动漫工作室攒人做一些小动画的项目，后来跟工作室闹掰了自己单干，靠着之前积累的人脉给国产小投资的动画片做配音，也偶尔接一些简单的动画片的项目。"孙小圣跟李出阳复述。

话刚说完，忽然整个饭馆啪地黑了灯。虽然正值下午，四周不至于陷入完全的黑暗，但由于餐厅采光不太好，空间又比较局促，过道里还有很多取自助小料的食客，场面登时有些混乱。正当食客们一片抱怨之际，餐厅经理打着手电筒走出来，照向不远处卫生间外的一处壁柜，大声吩咐一个伙计："跳闸了，那后面是电闸开关，你去合一下闸，赶紧的！"

李出阳忽然愣了一下。几秒之后，他对孙小圣说："走走走，起来拿好东西！"

"干什么？"

孙小圣正莫名其妙之际，李出阳已经跑去前台结账了。前台的姑娘一再歉意地表示马上来电，请他不要生气，甚至还说要送他一盘宽面。但李出阳丝毫不为所动，反复催促着姑娘赶快算账。

"你这是干什么？"孙小圣奇怪极了。

"你不是相信有飞碟吗，我忽然也相信了，走，咱们去倒悬河地铁站看看！"

"神经病。"

"走啦。"

二人回单位开了介绍信，然后去地铁车辆段找了相关工作人员，先开车来到了倒悬河地铁站，然后在一位老师傅的带领下，从封闭已久的 C 口进了站。

倒悬河地铁站内的情况并没有他们想得那样不堪，至少称不上破败。老师傅跟他们介绍说，站厅和站台里面保持着日常的维护和清洁，虽然有两处渗水点还没有得到解决，存在安全隐患，但公司早已向市政上报了整修方案，如果通过的话很快就能破土动工。不过动工的话会牵涉很多问题，比如一些线路管道的暂时关闭，一些公交线路的改线，甚至是其他地铁线路的开辟，等等，所以政府方面研究得比较细致，暂时还没给答复。

老师傅打开地铁站总闸开关，站厅很快变得灯火通明。李出阳发现里面和自己当年见过的样子别无二致。大理石的墙面和地面，带有精巧花纹的承重柱，扇形的最新款闸机，非常具有新时代地铁站风格的五彩橱窗，以及很多面悬挂着的电子屏幕。甚至在站厅中央，李出阳还发现了那个圣诞老人和圣诞小屋的装饰，被罩在一个半圆玻璃罩里。

李出阳说："啊，这个还在这里呢。"

老师傅笑了："是啊，当时这个站还运营时，这个圣诞装饰是一大亮点呢。当时这条地铁线刚开通运营，就赶上了圣诞节，站区长说这个站的站厅大，年轻人也多，可以搞一搞节日氛围，顺便也能带动一下我们的企业文化，就找总公司申请了经费，买了这套装饰物和亚克力球罩。"

"什么？这个叫亚克力？不是玻璃？"

"对的，"老师傅敲敲那罩子，"是亚克力的，学名应该叫有机玻璃吧，比玻璃坚固，轻易不碎，安全性高，而且也比玻璃轻一点儿。"

随后，他们又去了一趟站台。和刘洵所述一样，站台上没有什么值得提取的线索。从地铁站出来后，李出阳又带着孙小圣回到了古城二中。

这一次他们既没去老师办公室，也没去教室，而是来到了当日邵宇消失的教学楼楼顶。孙小圣给蔡老师打了电话，说让她带着邹语幽也来一趟楼顶，他们还有点儿问题要确认一下。

当时下午的第二节课还没有下课，孙小圣和李出阳就先在楼顶进行勘查。教学楼南侧便是综合楼，两个楼之间差不多相距一百多米。教学楼总共五层，在楼顶从视野上基本能和对面的综合楼四层，也就是邹语幽他们上课的那个阶梯教室所在的楼层持平。

李出阳发现，楼顶基本上什么也没有，只有四根比较高的晾衣杆，两两之间拴着很细的铁丝。孙小圣又在上面转了一大圈，想在其他细节上找找线索，却看见李出阳一直蹲在晾衣杆中间的地上摸索。孙小圣走过去，哈着腰问他："哎哎，干吗呢，隐形眼镜掉了？"

李出阳摸着摸着说："啊，找到了。"

孙小圣凑过去，发现李出阳指着一根钉在楼顶防水层缝隙里的小钉子。那钉子很细小，不仔细看根本发觉不到。

"你再去那边看看有没有这样的钉子。"李出阳吩咐孙小圣。

孙小圣领命走到另外一边，不久后也在脚下的缝隙里发现了这样一根钉子。孙小圣虽然一时没想到这两根钉子的用处，但听李出阳的口气，似乎这是案件的突破口，所以干脆跪在地上，把脸靠近地面，使劲观察那根小钉子，想看看到底有什么玄机。

"二位警官，你俩干吗呢？"这时候蔡老师领着邹语幽上了楼顶，看着地上又蹲又跪的李出阳和孙小圣问。

"蔡老师，我想问问您，平时这里有学生能上来吗？"李出阳站起来问。

"上不来的，平时这里肯定是对学生封闭的，毕竟要为安全考虑嘛。"蔡老师说，"不过这也不是绝对的，有的高年级的学生还是会偷溜上来抽烟，所以校工或者我们老师偶尔会上来溜达一圈,看见有人就赶紧往下轰。"

李出阳点点头,又招呼邹语幽走到自己跟前。

然后李出阳指着对面的综合楼,问她:"你还记得那天你在那边四层看到站在这里的邵宇时,他面朝哪个方向吗?"

"啊,这个你得让我想想,"邹语幽说,"毕竟当时我的注意力都被飞碟吸引了。"

"嗯,不着急。"

"我想起来了,"邹语幽拳砸手掌,"是背对着我们的。"

"那你怎么能够确定那个人就是邵宇?"

"是王一冰说的啊。王一冰在窗户前又跳又叫的,说那是邵宇,我们一看,还真是他。"

"能确定?"

被这么一问,邹语幽有点儿含糊了:"毕竟没有看见正脸,我只能说身材很像他,因为他特别瘦,他在我们班的外号是'大麦秆子',所以我觉得应该是他。"

李出阳让蔡老师先带着邹语幽离开,然后抱着双臂认真思考着什么。

"怎么,你认为当时站在这里的不是邵宇?"孙小圣问。

"不,是邵宇,但是你不觉得很奇怪吗?王一冰是怎么知道那是邵宇的?当时离得那么远,而且邵宇还背对着他。"李出阳说。

孙小圣还没应声,李出阳就着急忙慌地往楼下走。孙小圣边追边问:"现在去哪儿?"

"我想我大概知道是怎么回事了。你现在给组里打电话,让黑咪他们准备三样东西。一样是比较锋利的小刀,一样是几台对讲机,还有就是手电筒。找到之后先往风月峡附近赶,到大门的时候给咱们打电话。"

"那咱们呢?"

"当然是去风月峡了,赶紧的,要不然那仨孩子就悬了!"

8

孙小圣和李出阳到达风月峡早先的正门时,刚刚过下午四点,太阳已经偏西。橙黄色的光芒给斑驳的景区大门镀上了一层苍凉之色。想当年风月峡也是古城有名的 3A 级景区,里面的奇山异石和飞瀑溪潭吸引了大批慕名前来的游客。从大门来看,当年公园的招商引资做得不错,建筑非常壮观,木头打造的大牌楼高耸矗立,两边还有宽阔的洋灰地广场。广场两侧,还有一些早就封闭了的售票亭和小商店,因为年久失修,已经显得又脏又破,死气沉沉。

据说封园之后,有不少所谓"驴友"还来这里野外探险,前年有一队人进了山迷了路,最后靠直升机才得救,网上骂声一片。后来因为这里地势确实险峻,与外界隔绝过甚,慢慢地也就没什么人再来了。

不过风月峡当年封闭的原因依然是古城当地人津津乐道的话题。有人说是因为出了安全事故,也有人说是因为搞旅游污染严重,破坏了自然生态,还有人说是因为政府要在里面建水电站,众说纷纭,官方也没给出过具体的说辞。自从有人在高速路上发现了里面有发光体,就开始流传一种新说法:UFO 基地。

所以李出阳一下车,就让孙小圣打开手机地图,先查一下那些目击者描述的看见发光体的位置。没想到二人出师不利,孙小圣的手机没网络。

李出阳赶紧拿出自己的手机,发现自己的也是网络和信号皆无。

"妈的,"李出阳少见地爆粗口,"还是计划失误,我之前猜到信号肯定不行,但没想到在大门口就这样了,里面肯定更闭塞,咱俩到时候别走散了。"

孙小圣烦躁地在广场上四处踅摸,忽然看到大门不远处有一张很大的景区平面图,然后赶紧跑过去指给李出阳看:"这个就很全面了!看这个也行!"

李出阳赶紧过去,边看边说:"这里地势比我想的复杂多了,光入口就三个,咱们这里只是其中的西南门。不过应该算是正门。"

孙小圣也仔细阅读着地图上的文字说明,说:"对,不过咱们这个正门是不让开车进去的,里面应该直接就是森林公园。如果从南门进,是可以开车的,我估计是有盘山路?要不咱们去南门?"

李出阳沉思后说:"来不及了,而且里面好久没修整,路通不通还不好说,咱俩先从这儿进去吧。"

"好，怎么走？"孙小圣举起手机，照地图。

李出阳赞赏地拍拍孙小圣的后脑勺："行啊，跟我混这么久，有进步啊。"

孙小圣刚要掉回去，发现李出阳已经翻越过了大门的铁栅栏，跳进了景区。孙小圣紧随其后，发现大门之后是一条还算规整的柏油路。可能因为之前还有一些驴友光顾过，路上残留着一些饮料瓶和塑料袋，不过越往深走，这些东西就越少，景观就越接近原生态了。

半个小时之后，他们已经到了第一个比较大的交叉路口。可以看到脚边已经有溪水涓涓流过，四周的山石也陡峭起来。山石周围，一些缺乏人为管理的植物野蛮生长，很多已经挡住去路，乌压压一大片。树丛后面，依稀传来阵阵鸟叫，虽然清脆悦耳，但在夜幕初垂之下，也显得寂寥荒凉。

孙小圣看着面前的三岔口，问李出阳："怎么走？"

李出阳要过孙小圣的手机，看着那张拍有景区地图的照片，用手指着说："这边上就是 K6 高速公路，网上有人说曾经在这里看到了风月峡里面有发光体。你看这里，"李出阳把照片放大，"这里对应的就是风月峡里的留月山，也就是说，发光体是在留月山附近出现的。这山是风月峡里所有山中第二高的山，咱们奔着这个方向走就可以。"

"你的意思是，这仨孩子在留月山上？那你这还是按照外星人绑架思路来的啊！"孙小圣瞅着李出阳，有点儿着急地说。

"对了，我现在相信有外星人了，怎样？你不服？"李出阳边走边回头笑道。

孙小圣一头雾水地边追边说："你跟我这么说没关系，一会儿黑咪和灿灿姐他们到了你也准备这么说？万一花姐也跟着呢？"

李出阳拍拍脑门："坏了，忘了等他们了。"他原地犹豫了一下，还是决定继续前行，"不等了，真的来不及了，救人要紧。"

风月峡真是太大了，两人走了两个小时才到了留月山的脚下。此时夕阳已经在山谷中投下了巨大的阴影，山水溪石慢慢变得影影绰绰。孙小圣和李出阳周围已经完全没有当初进园时的规整道路，而是一条条早已杂草丛生的羊肠小路。更为严峻的是，周围的溪流也很湍急，上面漂浮着很多浮木和绿藻，还有一些不知从哪里过来的生活垃圾，让人望而却步。

"这还得过河吧？"孙小圣问。

李出阳抹抹脑门上的汗："不用，咱们顺着水走。"

"顺着走？"孙小圣打量着这条来无影去无踪的河，"打前面绕过去？算了吧，那还得走多远啊，我腿都酸了，别一会儿体力透支，打不过外星人了。"他说着，直接一脚踩进了溪水，走了两步，被水冰得直打哆嗦，然后喊已经走远的李出阳："喂，别走啦，跟着我吧，水不深，就是有点儿凉，你别臭讲究了，又不是姑娘。"

李出阳回头一看，很惊讶地道："嗯？你蹚水做什么？"

"不是去对面吗？"

"我什么时候说去对面了？我说顺着水走。"

"不是去爬留月山吗？"

"我没说啊，咱们是去留月山的对面。顺着水走，马上就到了。"

"李出阳，你大爷！"

虽然沿着水走看起来是平路，但实际上也是一大段上坡，只不过坡度比较缓，让人不易发觉罢了。慢慢地，孙小圣发现脚下已经有了海拔，旁边的溪水已经距离身下二十多米。再往边上一望，便是留月山的山腰。这里看上去俨然是一片比较开阔的裂谷了。

孙小圣和李出阳继续往前走，发现前面有一段曾经铺设的洋灰石子路，路边还有一截截的铁栅栏。

李出阳兴奋极了："应该是这里！"说着快走几步，然后四处观望。

很快，他们在不远处看见了位于土地开阔处的一片小房子，似乎是以前景区设置的游人休息区或者服务站。两人走到跟前才发现，原来这里不是什么休息区，而是风月峡管理委员会的一个工作站。工作站的门口还竖立着"禁止入内"的醒目标牌。只不过年久失修，牌子已经歪了八九十度。

小房子一共三间，两间是"员工休息室"，一间是"监控室"。孙小圣去拧其中一间休息室的门把手，发现门竟然没锁，便进去查看。李出阳走到最里面，发现监控室比较大，是个套间，门竟然虚掩着，于是小心翼翼地打开，然后走了进去。

监控室的外屋挺大，大概有二十平方米，一进门就能看见对面的墙上镶着一面很大的电子屏，电子屏下面是一排电脑桌。电脑桌上已经没有电脑了，但还残留有不少缠绕在一起的电线。电脑桌前，是两把已经坏掉的转椅。

虽然屋子里没什么家具和物件，但李出阳还是发现了一丝古怪：地上灰尘很厚，却能依稀看到有一些比较新鲜的脚印。甚至在角落里，还能看到两三个没什么灰尘的泡面纸碗。但光线实在太暗了，屋内又没有通电，他实在看不清究竟。为了不破坏脚印形状，他不敢再往电子屏前走，而是溜着边，往里屋的方向走去。

然后他看见里屋非常小，只有外屋的一半不到，更像是一个储物室。屋的北面上侧有一扇小窗，地上同样扔着一些食物外包装。屋子的角落里，似乎还放着什么仪器。李出阳刚欲细看，忽然觉得后脑上被什么硬物顶住。

他愣了一秒钟，下意识地抬起双手，做了一个投降的姿势。

回头一看，是一张隐藏在昏黄日光中的有些凶煞的男人脸庞。李出阳觉得面熟，然后才想起今天还在孙小圣的手机里见过这张脸。

陈志发，那个和冯淳合租的男人。

陈志发看上去比照片苍老一些，胡子似乎已经很久没有刮过，眼睛里也布满了红血丝。此时他正举着一支猎枪，对准李出阳的脑袋。

孙小圣从休息室出来，然后看见李出阳举着双臂慢慢走出监控室，身后跟着一个身着风衣和牛仔裤的男子。那男子手端猎枪瞄着李出阳的后脑勺，一边胁迫李出阳慢慢往前走，一边警觉地四处打量。

"陈志发！"孙小圣很快对上号。

"不许叫！"陈志发阴狠地看着孙小圣，"你也把兜里所有东西都掏出来，扔到地上！要不我一枪崩了他！"

孙小圣正在犹豫之际，陈志发忽然朝孙小圣脚下开了一枪。

"砰"！枪声响彻山间，听这既重又脆的声音，甚至有点儿像抗日片里的"三八大盖"。

这一枪把孙小圣和李出阳都打毛了。在这之前，他俩都有点儿怀疑陈志发手中这支枪会不会只是仿真枪，甚至是景区游园会里给小孩子们打气球用的。

孙小圣出了一身冷汗，头发都立起来了。望着面前被这一枪打出的尘土四散的土坑，他飞快地掏出了兜里的手机、工作证和手铐，按照规矩弯着腰扔到了陈志发面前。然后他缓慢地站直腰，也朝着陈志发做出投降的手势。

"呦，警察啊。你们警察也真有意思，出门不带枪吗？"

孙小圣只得又把衣兜的里子都掏出来。

陈志发让李出阳和孙小圣保持面对面的方位，然后听他的指挥，带着两人一步步走出这个废弃的工作站小院。他稳稳地端着手中的猎枪，瞄着李出阳的后脑勺，一厘米都不轻易偏离。

李出阳边往前走边试探着问："孩子呢？三个孩子在哪里？"

"孩子？哦，是那三个磨人的小屁孩？死了，我把他们扔到河里了。"陈志发淡淡答道。

李出阳心里一沉，也顾不得后脑勺被枪顶着了，抬高声音："你为什么这么做？你跟三个孩子有什么深仇大恨！"

"本来没想搞掉他们，只想要点儿钱花罢了，但没办法，玩脱线了，冯淳不知怎么死掉了，还被你们查到了，我不赶紧灭了口，怎么能脱身？"陈志发倒丝毫不隐瞒，漫不经心地冷笑说。

"你真是畜生！"李出阳脱口而出。

孙小圣见他被枪逼着还能打嘴仗，紧张得一颗心都要从嗓子眼跳出来了，使劲跟他使眼色。

"别玩花样，"陈志发看看周围，发现他们已经走出了工作站，身边就是裂谷了，然后徐徐冲孙小圣和李出阳说道，"两个警察人质太麻烦了，我只需要一个就够了。你们俩商量一下谁去死一死。"

孙小圣看了李出阳一眼，又转向陈志发："你把他放了，我跟你走！"

陈志发冷笑："听不懂人话吗？你们俩只能活一个。还想走一个，做什么美梦呢！"

陈志发的声音在李出阳耳边震荡。直至此时李出阳才有种可能命绝于此的危机感，只觉得双腿发沉、胸口狂跳，想说什么，嘴唇却抖得发不出一声。他常常自觉不是胆小惜命的人，但绝望如此突袭而来，他大脑里瞬间就空白了，生命体征也越发地显著起来。毛孔张开、头皮酥麻、耳边风鸣……李出阳忽然觉得活人原来不白活，身上的体验竟然如此丰富。

"说话啊！那就你了，让你队友明年给你烧纸吧！"陈志发忽然暴躁起来，用枪口撞了李出阳的后脑勺一下。

李出阳往前一趔趄，孙小圣大叫一声。

"我死，你开枪打我！"

呼呼的风中，传来孙小圣歇斯底里又委曲求全的喊声。

"不行！"李出阳也叫了一声，忽然发现这声音出了嗓子眼后就走了样，好像自己吃咸了齁着一般，有点儿接近哭腔了。

"你别说话！"孙小圣立场坚定，"这是命令！"

正在这时，孙小圣忽然看见一团黑影由远及近，飞到了陈志发身上。因为太过迅捷，陈志发没有丝毫防备，整个人一下子就向前栽了下去，与之相伴的是黑影传来的一阵呼哧带喘的呜叫声。李出阳扭头一看，扑到陈志发身上的竟是一条黑背犬，此刻正在生猛地撕扯着陈志发的衣领。

陈志发可能一时没反应过来，还以为是什么山间野兽，一边恐惧地号叫，一边伸手去够掉在身旁的猎枪。李出阳一个箭步把枪抢过来，刚对准陈志发，就看见远方斜坡上跑下来几个人影。

"刘洵！"孙小圣先叫道。

陈志发一边吱哇乱叫一边痛苦打滚，甚至还喊着"救我"。但孙小圣和李出阳也不知道怎样控制住那既迅猛又强壮的黑背犬，总不能一枪把这救命恩人打死吧，便只能使劲朝远处的刘洵招手，让他快点儿来处置。没想到就在这空当，陈志发动作一大，竟然从坡上摔了下去。

"啊——！"然后就是躯体滚过树丛的声音。

刘洵带着组员赶到孙小圣和李出阳面前，先把警犬召回身边，然后又让小白带着人去坡下面找人。刘洵一边撑着双膝喘粗气一边说："还好没太晚……"

孙小圣和李出阳半天回不过神来，都坐在地上大口地喘气，双腿发抖，眼睛发直。

刘洵问："你俩没事吧？"

"没事，你怎么找到这儿的？"李出阳定了定神，边擦汗边问。

他说自己顺着陈志发的车牌号，追踪到了前几天陈志发车子行驶的轨迹，顺着轨迹一路排查，发现他把车停在了风月峡南门停车场进来不远处。但是因为风月峡太大，他也不知道陈志发在峡谷里的什么位置，只能先带着人沿路查找，正一筹莫展之际，忽然听到这边有枪响，就赶紧赶了过来。

"好点儿没有？"刘洵一把把孙小圣拽了起来。

"没事没事，"孙小圣好了伤疤忘了疼，又嬉皮笑脸起来，拍了拍刘洵的肩膀，"有两下子，没听说你还会驯犬啊！"

刘洵也没想到自己能够这么惊艳亮相，故作谦虚地打哈哈，同时又假装不经意地吹了几句："我在特警待过，这都小意思，这狗啊，和人一样，你跟它投脾气就行。最重要的呢，是——"

这会儿刘洵腰间的对讲机响了，拿起来一听，是小白。小白告诉他，陈志发找到了，但人满头是血，已经休克了，必须马上就医。刘洵让小白带着人赶紧把他抬出来，尽快送医院。

"现在怎么办？孩子去哪里找？"刘洵问。

李出阳叹了口气："现在难办的就在这儿。陈志发跟我们说他为了灭口，已经把孩子们杀死了。"

刘洵一脸吃惊的表情，没了话。孙小圣却想了想说："不一定，他的车在南门，离这里远着呢，如果他真的把孩子弄死了，直接从南边一跑了之多好，还费劲绕一大圈来这里干什么？这就说明，他事情还没有办完。孩子们有可能还活着。"

"要是从北边把孩子们扔水里了呢？顺道路过这里。"刘洵不太苟同。

孙小圣想了一下，捡回刚才扔到地上的手机，用手擦擦屏幕，找出之前拍的景区地图照片拿给李出阳和刘洵看："不会的，你们看，整个风月峡，咱们这周围都是溪流，没什么深水区。深水区都在西南部。也就是说，他要是已经对孩子们下手了，完全没必要再往北边跑一趟。"

"万一是来拿东西的呢？再说了，就算西南部有河，你也没法判断他具体是在哪个位置把孩子们扔下去的啊。"刘洵一脸便秘的表情。

"啊！"孙小圣叫了一声，"看这儿。"李出阳和刘洵顺着他的指点看去，那是一个"栈桥"的标志。"顺着这条路一直走，两公里处有一个栈桥，桥下就是这里的凌岳河。凌岳河地势险要，水深十几米，如果他要把几个孩子推下水，那个栈桥是一个又近又省力的选择！"

"也没别的选择了，先去这儿看看！"

二十分钟之后，天色已经完全黑了，孙小圣、李出阳、刘洵等人赶到栈桥边，借着月光，依稀看到栈桥中央躺着三个人。

刘洵蹑手蹑脚凑上前去查看，然后兴奋地朝他们回头招手："是三个孩子，还活着！"

孙小圣和李出阳这才松了口气。

但那栈桥年久失修，早就成了危桥，再加上非常高，下面便是山涧河流，掉下去几乎必死无疑。三个孩子被捆成了粽子，躺在桥中央一点儿都不敢动弹，更别说组织大量人力上去营救了。孙小圣只能一个人试探着走上桥，挨个给三个孩子松绑，然后送到桥头。

他们发现，这仨孩子虽然性命无忧，但也受尽苦楚，瘦得只剩一把骨头，精神上也遭受了格外大的摧残，人已经完全傻掉，再加上被捆了好几个小时，胳膊腿都失灵了，站也站不住，蜷在桥头除了发抖就是发呆。好在刘洵用对讲机联系到了黑咪等人，不久之后黑咪和灿灿姐就带着医疗救援队赶到，陆续把三个孩子抬上了担架，以最快的速度送到了医院。

9

第二天中午，凑合补了半天觉的李出阳和孙小圣来到医院周悦雷的病房，跟医生打听情况。医生确认孩子已经完全无碍之后，李出阳把彻夜守护在孩子身边的父母请了出来。

孩子父母在病房外冲孙小圣和李出阳千恩万谢，一把鼻涕一把泪，把孙小圣的手都攥红了。好不容易劝走了周父周母，李出阳和孙小圣走进了病房。

周悦雷一个人在病房里，胳膊上打着点滴，眼睛死死盯着天花板。

孙小圣递给李出阳一个凳子，两人坐在周悦雷床边。

"还认识我们俩吗？"孙小圣朝着依旧傻呆呆的周悦雷眨眼睛。

周悦雷看看孙小圣，又看看李出阳，微微点头。

"其实你比我想象得勇敢，竟然没尿裤子。"孙小圣一笑。

周悦雷看着孙小圣，整个人还是有几分戒备和紧张。

"那俩都尿了。别说是我告诉你的。"孙小圣一板一眼。

周悦雷反应了两秒，终于忍俊不禁。

正在这时，病房墙上悬挂的电视里滚动播出了关于昨天营救周悦雷、王一冰和邵宇的新闻。电视台记者专门成立了特别栏目组，画面在演播室和风月峡之间反复切换，并邀请了青少年问题专家对事件进行分析和评判。过了一会儿，还有花姐和刘洵接受采访的镜头。花姐表示，三个少年已经没有生命危险，涉嫌绑架他们的陈志发生命体征也平稳，就等其苏醒后进行进一步的工作。案件的具体细节还不能透露，但可以肯定的是，这是一起人为事件，和网上盛传的"外星人"没有丝毫关系。

李出阳找到遥控器，把电视关上。

"不想对我们说点儿什么吗？"李出阳问周悦雷。

周悦雷精神又恍惚起来，慢慢地摇头。

"现在觉得是外星人好呢，还是我们地球人好？"孙小圣笑嘻嘻地问。

周悦雷看着他："你们一开始就相信没有外星人对吗？"

"当然没有，所谓外星人，玄机不就在关你们的那间监控室里吗？"李出阳说，"角落里的那个投影仪，就是所有问题的关键吧？"

"那个能够投影出飞碟？"孙小圣问。

李出阳没应声，转而看着周悦雷。周悦雷略微吃惊了一下，随后佩服地点了点头。

"不会吧，投影不是只是平面的影像吗？能做出立体的效果？当时地铁车厢里的所有人，都说他们见到了非常立体的飞碟啊。"孙小圣难以置信。

李出阳说："是可以的。因为那是一个全息投影。我猜你们是通过邵宇的关系，先认识了混动漫界的冯淳，然后通过他认识了陈志发，他们想到了利用这种技术混淆视听，让大家以为，你真的知道哪里有飞碟，甚至还能被飞碟带走。"

"他们是怎么办到的？"

"首先，这种技术虽然算是黑科技，但其实在业内已经慢慢流行开来了，操作起来也并不算难。你还记得前两天万圣节，咱们在金融街广场上还见到了这种类似的投影吗？当时发烧友们在现场投影出了不少动漫造型。"

"哦！"孙小圣依稀想起了一些，"但那些都是很小的影像啊。他们是怎么做出那么大的飞碟造型的，而且还能不被大家识破？"

"这就需要特殊的场地环境了。他们第一站选择倒悬河地铁站站台，就是利用了其中的一些特殊条件。首先，倒悬河站一直封闭，中途不会有乘客下车，也就没人能够靠近飞碟的影像。其次，倒悬河站的站厅里，有一个一直被闲置的亚克力球罩，这个也是投射飞碟影像非常合适的工具。想必邵宇或者冯淳和我一样，也曾经在倒悬河地铁站乘过车，所以对那个球罩装饰物念念不忘吧。"

"他们是怎样做到的呢？"孙小圣问。

周悦雷不发一言，讪讪地看着李出阳。

"这就要说到全息成像的技术手段了。其实它是利用了小孔成像的原理，把制作好的动画通过电脑，用投影仪投射到专门的全息成像膜上。因为地铁的列车比较长，每节车厢的乘客都会以不同的角度来观察飞碟，所以这个飞碟必须又大又立体，他们便把站厅的大球罩搬到站台上，在球罩上贴满透明的全息成像膜，然后把飞碟的影像投上去。因为球罩是半圆形的，又非常通透，立体成像的效果是没问题的。"

"那他又是怎么消失的？"

"我们之前只关注了车厢里有没有藏人的空间或者死角，完全没有注意车厢连接处。其实在车厢连接处的底部，是有一个可以掀开的踏板的。这个踏板不需要钥匙，是用卡头卡住的，只要把卡头掀开，人就可以下去。在列车司机对列车进行紧急制动的时候，列车停驶的七八秒内，他完全可以掀开踏板，钻到列车底部，然后在铁轨中央趴卧好，等列车驶走之后，再到站台上和队友们会合，收拾好现场，把球罩搬回原处，最后再从轨道里跑到地上区间，翻越外面的铁栅栏离开。"李出阳有条不紊地回答。

"哦，我明白了，正因为是在车厢连接处，所以基本上是没有监控探头能够照到的。因为监控探头都在每节车厢的斜对角。再加上清晰度有限，乘客又比较多，所以每节车厢的连接处，其实就是监控探头的死角！"孙小圣恍然大悟。

李出阳点点头，看了看周悦雷。周悦雷往下挪了挪身子，好像非常不好意思，半张脸都埋进了被子里。

"随后你就一直待在风月峡工作站的那个破屋子里？"孙小圣问周悦雷。

周悦雷怯生生地说："对，冯淳他们说要彻底切断我跟外界的联系，那里没有监控也没有网络，最合适了。而且陈志发之前在那里工作过，偷偷留着那里的钥匙。我那两天就住在那里，他们偶尔来给我送吃的和水。"

"随后在外面，他们又背着你，如法炮制了教学楼上和风月峡山里的飞碟。这个你也知道了吧？"李出阳问。

周悦雷愣了愣神，一时没开口，反倒是孙小圣，想了几秒后茅塞顿开："哦，我明白了，其实在教学楼上制造飞碟的出现，条件没有地铁里这样苛刻。因为他们算好邹语幽的兴趣班晚下课时，整栋综合楼里除了他们是不会有别的学生的，再加上视野非常远，所以只要照顾好邹语幽他们的视角就可以。也就是说，不需要再找什么球罩或者其他一类的玻璃体，只要把那个什么全息成像膜像电影幕布那样，挂在晾衣服的铁丝网上，面朝着综合楼四层的方向就可以，这样把影像投上去，依然可以做成飞碟悬浮在楼顶的模样。所以我们在楼顶的地上会看到有两根小钉子。那是他们害怕风吹穿帮，固定成像膜底部使用的。"

孙小圣说完，眨着眼睛看李出阳。李出阳扬眉颔首，好像在赞赏一个做对了数学题的小孩。

"那为什么要让邵宇站在影像前面呢？"孙小圣又不解道。

李出阳摆了摆手："这个一会儿再说，你不想知道风月峡里的发光体是怎么回事吗？"

孙小圣愣了一下，扭头看着周悦雷："你自己说，别让他这么口若悬河的，多烦人。"

李出阳憋着笑，拧开矿泉水瓶喝水。

周悦雷只得小声开口："当时冯淳和陈志发把我们锁在那个监控室的里间，我们实在没办法，又不敢呼救，知道呼救周围也不可能有人听见，就用身边的投影仪，从那个小窗户往留月山上投影……因为留月山比较高，所以有人在高速上开车路过，能够看见山腰上面有发光体。"

孙小圣拳砸手掌，看着李出阳："所以你一早就知道，那是投影，发光体肯定不在山上，要找的话，也应该去对面找？"

李出阳嘴里还有一大口水没咽，鼓着嘴朝他挑眉毛。

"我明白了，冯淳和陈志发之所以后来绑架了你们，是想将计就计，借着外星人的噱头，故意制造你们失踪的假象，然后再向你们家里要钱？"孙小圣看着周悦雷。

周悦雷组织了半天语言："本来我们计划的是，我'消失'三天后，在教学楼顶又被飞碟带了回来。在这之前，我不方便露面，只要身材和我差不多的邵宇假装成我，被朝着教学楼四层的邹语幽他们看到，然后由王一冰喊出我的名字，大家就都会知道我回来了。随后他们再收起楼顶的装备，随便去楼里找个杂物间藏好，找机会溜出去就行。第二天我正常来上学，就会成为真正的红人，所有人都会问我见到外星人之后的见闻，邹语幽也会对我刮目相看。"

这家伙为了把妹，真是太能钻营了啊。孙小圣在心里五体投地，要不是年龄差在这儿，真想直接给他下跪拜师了。不过孙小圣随后一想，又发现了什么不对："可当时王一冰喊的明明就是邵宇，而不是你的名字啊！"

"那是因为他们背着我改变了计划。"

"哦？"

"冯淳告诉王一冰，这样一来，火的只可能是我一个人。还不如制造我们三个都被飞碟带走的假象，过几天再一块儿'回来'，这样他们两个就能和我一样，也成'网红'了，我们都会得到老师和同学们的青睐。所以冯淳告诉王一冰，当时就跟邹语幽他们实话实说，楼顶上的就是邵宇，然后再让他假装去教学楼找邵宇。这个时候冯淳他们赶紧把投影关了，收拾好东西，在四层楼梯拐角下面的储物室里和王一冰会合，随后连人带装备一起再去风月峡找我。外界就会流传，他们俩也被'飞碟'带走了。没想到，很快冯淳和陈志发就对我们翻脸了。管我们要走了家长的电话，还说如果我们爸妈不给钱，就弄死我们。"周悦雷说着还后怕，手微微地打战。

"后来冯淳回市里，实际上是要以绑匪的身份去联系你们的父母？"

"是的。但我听说后来他死了。是真的吗？"

"是真的，"李出阳反问，"你们和他接触期间，发现他有什么疾病吗？"

周悦雷困惑地摇摇头。

"如果我没猜错的话，应该和'食脑虫'有关。"孙小圣说。

"那是什么东西？"

"是一种名叫'福氏耐格里阿米巴原虫'的寄生虫。"孙小圣从包里拿出一个本子，抽出了里面夹的一张纸，上面是一篇老报纸的影印件，"这是一九九八年的报道，风月峡当年就出过两例因为这种'食脑虫'导致游客死亡的案件。这种虫子在水沟或者溪流中生长和繁殖，一旦感染到人身上，先会潜伏三五天，然后迅速破坏人体内的免疫系统，让人出现丧失味觉嗅觉、精神错乱、痉挛等现象，直到最后进入昏迷状态，不治身亡。所以风月峡景区才会关闭。只不过当年网络不发达，这个新闻没被扒出来，我还是在档案馆查到的。回头看看能不能和法医的病理结果对上。"

李出阳点点头："那八九不离十了。估计冯淳是在风月峡里跑来跑去，掉到过水里，但没在意，那个时候，这种虫子就寄生在了他体内！"

后来的事就不用说了，陈志发知道冯淳死在了城里，尸体又落在警察手上，猜到警方肯定会顺藤摸瓜查到自己，于是想赶紧毁灭一切证据，包括把三个孩子灭口，然后逃之夭夭。他把三个孩子捆着，用猎枪逼到了栈桥上，忽然觉得这么让他们跳下去不太牢靠，毕竟尸体是会浮起来的，应该给他们坠点儿石头，让他们沉到水底去。但陈志发手头又没有富余的绳子，于是他把三个孩子都捆结实了，暂时扔在栈桥中央，又回到监控室，想割一些电线来使用，这时候就碰到了刚刚赶过来的李出阳、孙小圣。

真相大白。孙小圣重重呼了一口气，和李出阳相视一笑。忽然李出阳觉得不对劲：

"你什么时候去的档案馆？"

"早上啊。你那时还没醒呢。"

"行啊，早起的鸟儿有虫吃啊。"

"笨鸟先飞啊。"

两人正逗闷子，忽然看见病床上的周悦雷眼中有泪水，顺着外眼角滑落到枕巾上。

"怎么了？"孙小圣问。

"没事。"周悦雷纀着鼻子说。

"你说！"

李出阳也挪了挪凳子，看着他。

"我觉得我特别失败。"周悦雷嘤嘤地说，"我觉得我特别傻，我这回可成了大家的笑柄了。"

李出阳说："怎么会呢？"

周悦雷直勾勾地盯着天花板不说话。

"周悦雷，当初你们那个'地外生命研究小组'想上汇报课时，是怎么跟老师说的呀？"孙小圣问。

"哪一次？"

"就是老师不让你们做汇报，你非要汇报时。"

周悦雷想了想："我说，我是为了戳穿那些外星人的传闻和把戏，破除各种谣言。"

"那你们这回做得很好呀。我相信，你们这门课的成绩，稳了，反正从此以后，打死我也不相信有外星人了。"孙小圣拍拍他的肩膀。

"更何况，不是所有被绑架的孩子都能机智地想办法向外界传递信息，然后一直扛到被营救出来。相比这些个人魅力，你还觉得跟外星人见过面，有那么酷吗？"

周悦雷又不说话了，他翻了个身，脸朝着窗外。窗外一片阳光，初冬的落叶稀稀拉拉地从屋檐飘下，远处一些翠柏依旧泛着春色。

然后李出阳分明看到周悦雷的侧脸，慢慢出现了微笑的轮廓。

第 三 章

索魂

孙小圣等人休假，到古城郊区农家院游玩。没想到入住的农家院隔壁正在办丧事，有人传言，死者的遗孀在死者生前曾经红杏出墙，所以一时间院内的丧事令人瞩目且气氛微妙。更瘆人的是，当天夜里，这个遗孀——一个六十岁的老妇，竟然从天而降，七窍流血地摔死在了丈夫的棺材板上……

1

因为之前去海南的休假泡了汤，王艺花队长为了弥补孙小圣等人，特意又准许了他们一次集体休假。尽管这次规格大大降低，从海南五日游变成了郊区两日游，但孙小圣等人仍是满怀期待，毕竟能够让大家一起放松的机会实在是太少了。

两天后，孙小圣驾驶着租来的一辆 GL8 在山路上七拐八绕，缓缓驶入一个青山绿水的小村落。车上探组众人兴致勃勃，对来之不易的集体休假出游充满神往，叽叽喳喳地各抒己见，探讨着怎么才能玩出花样，不虚此行。

作为探长的孙小圣之前也是绞尽脑汁，想给大家选一处好的度假场所。但无奈经费有限，时间也不富余，所以最终只选了古城近郊的一处叫玉楼庄的旅游开发村，说白了就是住农家院，喝两口小酒，顶多还能爬爬山、钓钓鱼什么的，聊胜于无罢了。许是平日里探组众人工作压力太大，对这种土味儿十足的安排竟也非常买账，这令孙小圣倍感舒适，在车上不断跟大家吹嘘自己选中的"胜地"。

按网上的介绍，玉楼庄宛若世外桃源一般，不仅历史源远流长，而且很有文艺风情。据说在清代这里住了上百位专门描绘山水的画家，孕育出了很多名家名作。这地方慢慢出了名，新中国成立后也得到了政府的重视，从而保留下了不少古迹，比如石桥、古道、长廊什么的。虽说看上去都是黑乎乎斑驳得无法辨认，但用孙小圣的话说，再破也比喧嚣都市中那些仿制的古建好。那些现代人修的亭台楼阁，一进去就一股子刺鼻的乳胶味儿，一点儿时代感都没有。

他们下榻的农家院还真就在一处古建旁边。所谓古建，其实就是一个门楼，通体木质结构，没有雕梁画栋，也并不鬼斧神工，而且大门紧闭，死气沉沉，完全看不出院内的模样。东侧的农家院就好多了，一看就是近年新盖的建筑，院墙都贴了瓷砖，上面爬满了青藤，门口还有五颜六色的门帘，处处透着小康气息。

农家院一进去院落宽阔，有车库有凉棚，凉棚下面是餐桌，属于农家院的标配。凉棚后面是一座自建的三层小楼。孙小圣、李出阳等人一进院，就看到一个四十多岁的男人正在院子里分门别类地拾掇东西。男人小啤酒肚，一头利落的板寸，看起来精明强干，自我介绍叫周雷，是这家农家院的负责人。

孙小圣见他已经在脚下打包好了两个大纸箱子，旁边还有两个敞口的箱子里放满了盆盆罐罐，似是一副准备关门大吉的架势，连忙问自己是不是预约错了时间，或是找错了院落。雷叔忙道："没有没有，你没找错，我这儿也营业呢，不过你们应该是最后一拨客人啦。"

孙小圣等人听愣了："为什么啊？好好的为什么不做了？"

雷叔叹了一口气，边扫地边跟孙小圣等人说了个大概。原来他也不是这院子的所有人，真正的东家是隔壁古建院子的那户姓莫的人家。近期莫家人打算把农家院收回来，所以他也做不了了，准备另谋出路呢。

"说不做就不做了啊？我看你家是老店，做了也有十年了吧？"孙小圣四处观望，想把这头一次也是最后一遭看到的景致尽收眼底。

"啊，你们没听说？玉楼庄这边要动迁了，说是要建高铁站，所以几个自然村都要迁出去。"雷叔无可奈何地搓着手说。

樊小超感叹："哇，那村民们不都发了？"

李出阳却摇头叹息："真是可惜了。难得的还保持着以前风貌的村子啊。"

雷叔倒不以为意，反而很豁达地笑笑："这不很正常吗？时代在向前发展，总不能为了怀旧，就阻碍历史进程呀。啊，你们上楼自己选房间吧，都打扫好了。"

孙小圣和李出阳等人便上楼自己挑选了房间。李出阳和孙小圣一同住在三楼最西边一个双人标间。这个房间南侧有阳台，西侧有窗户，采光和通风都比较好。房间的卫生间里电器一应俱全，各种一次性消耗品也配备齐整，李出阳检查了一通没找出什么毛病，也就踏踏实实地坐下，从背包里往外取换洗的衣物。

孙小圣正坐在床上按着床头的提示连 Wi-Fi，忽然看见李出阳站在西侧墙上的窗户边出神。孙小圣以为他在欣赏绿水青山，也就没多理会，掏出手机测试网络速度。没想到刚刚打开一个网页，脑袋上就被李出阳重重敲了一下。

孙小圣捂着脑袋："你干吗啊？"

李出阳臭着脸，遥指窗户："你好好看看，这就是孙大探长您为咱们一年一度的集体游，千挑万选选的好住处。"

孙小圣透过窗户往外一看，西院的那户周雷口中的莫家院落里，赫然立着一个寒气森森的灵棚。甚至透过灵棚薄薄的塑料顶，还能隐约看见棚里的一口黑漆漆的棺材。

2

晚饭还算丰盛，有椒盐鸡蛋煎饼、小鸡炖蘑菇和铁锅炖鱼，量大类多，花花绿绿地摆了一桌子。很显然，为了招呼他们这最后一拨客人，雷叔几乎倾尽所有食材，不那么计较成本了。

"这厨房里的土鸡啊，酱肉啊，除了给东家，哦，就是西院送去了一些，这两天我就准备都给你们上了，反正我也要卷铺盖走人了。"雷叔边上菜边自嘲地说。

"雷叔，您跟西院处得不错啊？"孙小圣问。

"嘿，一块堆儿也好几年了，马上一拍两散了，互相也都有点儿舍不得。"

但凡到了这种场合，李出阳就显得很脱离群众。首先他吃不惯农家菜，再有就是他喝酒没量，喝了不到二两脸就红成了猪肝，坐在孙小圣边上天旋地转。孙小圣正喝得兴起，和黑咪、灿灿姐等人推杯换盏，一会儿追忆往事一会儿展望未来，互相揭短相互打岔，小院里热闹非凡。李出阳晕晕乎乎地看着面目变形的众人，只想赶紧上楼闷头睡一觉，又不好提前退场扫了大家的兴，只能强打精神强颜欢笑，眼睛都散光了。

孙小圣又给自己满上一杯，往旁边的李出阳杯子看了一眼，发现他还是杯里"养鱼"的架势，又要给黑咪倒，黑咪不依不饶："哎哎哎，你这不对啊，怎么不给李出阳倒？"

孙小圣这会儿看见雷叔端着菜从厨房出来，赶紧一把把身边的李出阳推开，让雷叔在自己身边坐下，说要敬他两杯。雷叔受宠若惊，不好意思推辞，直说倒一点儿就行，后厨还一堆事呢。

李出阳站在桌边有点儿尴尬，犹豫了一下，就到院里水龙头边去洗脸。

然后他听见孙小圣鬼使神差地跟雷叔聊起了西院那户莫家。孙小圣先问西院院里那口棺材是怎么回事，雷叔听罢，抿酒叹气，脸上露出一些感叹的意味："唉，说起来，莫家老头把这个院子租给我开农家院也有几年了，但没多久他就得了癌症，这不，前天刚去世，没享几天福，剩下自己老伴，还有俩儿子一闺女，这往后的日子，怕是也不消停啊。"

原来，这院子被收回，也不光是村子即将动迁的原因，估计还有莫家的房产纠纷因素。李出阳想。

"那莫老头怎么不下葬？棺材准备在院里放到什么时候？"孙小圣放下酒杯。

"我们这里有个习俗，人过世后棺材要在家停七天才能拉走火化。莫老头是前天没的，简单办了办，三个儿女这几天还要为他守灵呢。好在他家也没大办，这两天也不会有什么吹吹打打的，不会给你们添什么麻烦。"

灿灿姐和王木一都不约而同地感到后背一阵阴冷，抬头一看凉棚外面，天空已经乌云密布，似乎大雨马上要来了。

灿灿姐好像想起什么，问雷叔："莫老头这三个孩子，都多大啊？"

雷叔说："大儿子莫学武，三十六七岁了吧；二儿子莫学文，大学毕业刚两年，一直在上海工作，前些天莫老头病危，才赶回来帮忙；小闺女莫诗诗刚二十四岁，是乡卫生院的护士，还没出嫁呢。"

灿灿姐若有所思："这三个人都成年了啊，以后怎么会过不消停呢？"

雷叔似乎不愿再多言，只是意味深长地苦笑了下，撂下一句"家家有本难念的经"，随后便起身离桌，进了厨房。

　　吃过饭，孙小圣带着大家到农家院自带的 KTV 唱一些老掉牙的歌曲，李出阳自己在房间内整理衣物。天还没有全黑，孙小圣等人的魔性歌声从楼下频频传出，伴随着阵阵起哄欢呼，震得李出阳脑仁隐隐作痛。

　　李出阳起身关窗户，然后他发现窗外已经淅淅沥沥下起了雨。他下意识地往西院的莫家看了一眼，发现几个人正在给院子里的灵棚加固。帮手里似乎还有雷叔，看来果然如他所述，莫家的丧事办得极为仓促，很多工作做得都不充分，下个雨都得手忙脚乱好一阵。李出阳觉得有点儿奇怪，三个儿女都在家，又有老母主持，怎么能乱成这个样子？

　　不过再联想起雷叔那句"家家有本难念的经"，他多少也猜到一些，估计是家庭不和睦，或者一直有什么悬而未决的矛盾尚待解决。

　　这时李出阳才认真打量起莫家的院落，发现院子并不大，除了院墙和大门比较老旧，里面的一座二层的平顶小楼房应该是近些年盖的。小楼房中规中矩，一看便是和那些设计平庸但占地充分的农村自建房一样，奔着拆迁去的。小院里有鸡舍，楼房房顶还有鸽子笼，要不是还横着口黑咕隆咚的棺材，还真是挺有烟火气息的。

　　这时一阵风雨袭来，李出阳赶紧关了窗子。等他洗过澡后，孙小圣也推门回了房间。这时候窗外已经开始雷声大作，孙小圣连电视也不敢开了，匆匆洗漱之后就钻了被窝。

　　这一晚上狂风大作，暴雨不断，还打了好几个惊雷。李出阳睡眠不好，被惊醒好几次，但孙小圣睡得和死猪一样，一觉闷到天亮。

　　翌日一早，风雨似乎停了，但窗户已被雨水敲打得斑驳。孙小圣和李出阳还在床上半睡半醒呢，就听有人使劲敲门。李出阳带着一脑门子的起床气，光着上身把门打开一看，发现是王木一。王木一显然已经起床好久，见屋里两个大男人还如此衣冠不整，羞得赶紧闪到楼道里，背着身子让他俩赶紧穿衣服，说出大事了。

　　"出什么大事了？"李出阳打了一个哈欠，回头一看，孙小圣也从床上坐了起来。

　　"莫家的老太太死了！"王木一一脸惶恐。

　　"死了？不是前天就死了吗？棺材都停在院里了。"李出阳皱着眉头嘟囔。

"那个是莫老头，昨晚莫老太也死了！"

"死了报警啊，叫我们干吗啊？"

"报警了，指挥中心让咱们刑侦支队先介入，今天一队值班，还在城北出现场，人掰不开了，所以花姐就给我们打了电话……"

李出阳愣了一下，回屋翻看自己和孙小圣的手机，发现上面果然有好几个王艺花的未接来电。他全明白了，好好的一趟郊区游，又成变相加班了。

不过话说回来，这旅游也真没啥意思，还不如破案呢。李出阳打开淌着泥水的窗户，往西院莫家看了一眼，发现院里围了好些人，人群里还传出阵阵哭喊。

而且人群所围之处，正是莫家老头的灵棚。那灵棚好像已经塌了，估计是昨晚暴雨侵袭所致。不知道这和莫家老太太的死有没有什么关联。

"怎么围这么多人？莫家老太太是死于意外或者被谋杀吗？"李出阳边扯着孙小圣起床边问门口的王木一。

王木一深吸一口气："二位哥，你们赶紧的，这个事好像挺恐怖的。昨天晚上，莫老太太死在她老头的棺材板上了！"

3

孙小圣探组众人挤进莫家大门时，院里好几个年轻人正在试图控制一个歇斯底里的妇女。那妇女看起来三十岁出头，高颧骨尖下巴，穿着一件紫花袄，正趴在地上胡乱扑腾。她身边两三个小伙子按的按拽的拽，口中还大声对她喊话。

孙小圣指着那几个年轻人，厉声道："干吗呢！都住手！"

灿灿姐和黑咪给大家亮了工作证后，把不相干的人疏散到角落里，又把雷叔叫到跟前来，问到底怎么回事。雷叔也吓得脸色煞白，把孙小圣叫到一边，小声说了句什么，孙小圣眉头一皱，然后走到那个塌了的灵棚前，发现灵棚塌在棺材上，最上面还盖了一层花布。

孙小圣想了想，把花布掀开，底下赫然露出一具女尸。众人一阵惊呼，发现女尸呈趴卧状，身下就是被压塌的灵棚和莫老头的棺材。女尸头部朝着棺材尾部，脸朝西，眼睛大睁，口鼻上有一些血迹，乍一看十分瘆人。

这具女尸看上去有六十岁左右，满脸皱纹，头发斑白，穿着一身普通的粗布衣裳，不用问，正是莫老头的遗孀曾玉芳。

这时刚刚趴在地上的那个妇女坐了起来，战战兢兢地往身后挪屁股，边挪口中边念念有词："索命来了，索命来了，冤有头债有主……"

人群里有人在窃窃私语，她身边一个瘦高男人直接扇了她一记耳光："你瞎扯什么！"

那妇女起身要跑，被黑咪和樊小超拦住。瘦高男人又要对妇女动手，被王木一一把锁住胳膊，再也动弹不得。

李出阳问雷叔："什么情况啊这是？"

雷叔小声告诉他："这俩是两口子。男的是莫老头和曾玉芳的大儿子，叫莫学武，女的是他媳妇，叫李巧芝，两人都是当地农民。"雷叔说着又想起什么，问众人："学文和诗诗呢？"

随后人群散开一道缝，屋檐下台阶上坐着的一个年轻男子映入孙小圣和李出阳眼帘。那人二十五六岁，瘦脸细眉，鼻子上有一些雀斑，整个人好像已经被吓傻了，呆坐在台阶上，大口喘着粗气，俩眼睛直勾勾地盯着地面。

"他是莫老头的二儿子莫学文，大学毕业后就一直在上海工作，前些天刚回的家。"雷叔告诉孙小圣和李出阳。

孙小圣朝莫学文走去，被雷叔一把拦住。雷叔压低声音跟孙小圣说："这孩子从小就内向，蔫人出豹子，现在又碰上这事，你们跟他说话一定得谨慎。"

孙小圣想了想，没再上前，只是让黑咪在不远处盯好莫学文的一举一动。

这会儿又跑过来一个人，跟雷叔耳语了几句，雷叔又说："莫老头的小女儿莫诗诗在屋里不想见人，还在哭，用现在把她叫出来吗？"

孙小圣想了想，说："不用了。"

孙小圣让灿灿姐和樊小超等人把无关人士先清出院子，然后自己回到院子中央，发现李出阳正在观察院中的布局。孙小圣问他有什么发现，李出阳指着灵棚说："这个灵棚搭得离屋檐比较近，我觉得死者有可能是从楼顶或者二楼的窗户摔下来，砸到灵棚上的。"

孙小圣看了一眼，发现灵棚上面确实有一扇窗户，窗外没有阳台，而且窗户是紧闭着的。

"如果是从窗户上摔下来，那肯定是有人把她推下去的。"

"这个还是得进到楼里看看再说。"

现场封锁之后，技术队也过来取了证。吴良睿有一定的法医学常识，他告诉孙小圣："院里和灵棚内部没有搏斗痕迹，死者看上去应该是高空坠亡。真是可惜啊，这个灵棚太单薄了，顶上就钉了块塑料布，要是稍微厚实一点儿，是能把人接住的。"

随后在雷叔和莫家大儿子莫学武的带领下，孙小圣等人来到了莫家小楼的内部进行勘查。

这栋小楼建筑面积并不大，一层除了客厅，卧室有三个，最西头一间是莫老头生前居住的，东边两间由莫学武夫妇和莫学文居住。二层没有厅，但也有三间卧房。最西边一间由莫诗诗居住，中间一间由曾玉芳住，东边一个小间是莫学武十岁大的女儿莫灵洁的书房。莫灵洁最近在放暑假，一直暂住在自己姥姥家。

两个老人的房间都比较大，收拾得也都井井有条。莫老头的卧室里摆着大幅的遗照，床铺也拾掇得很干净。莫学武抹着眼泪说，他爹在这里养了大半年的病，现在一进来就触景生情，心里特别难受。

查看了一层几个房间后，孙小圣和李出阳并没有发现什么异样，于是又来到二楼，想要勘查一下曾玉芳的卧室。孙小圣边上楼边问莫学武："你母亲年岁那么大，还让她住二楼呀？上下楼多不方便啊。"

莫学武摆着手说："我老娘睡眠不好，住一楼怕吵；而且她腿脚很好的，你还别不信，她上个月还去山里挑泉水，灵便着呢，上下楼根本不是问题。"

"那她身体上有什么疾病吗？"

"哦，岁数大了，有点儿高血压，别的就没了吧。"

"任何毛病都没有？"

"吃海鲜过敏算吗？"

"那不算。"

正说着，众人就到了二层。刚踏到楼梯最后一级，大家就听见走廊西侧隐隐约约传来一阵抽泣声。莫学武小跑过去打开西边一间的屋门，朝里面说了两句话，折回来跟孙小圣解释："是我小妹。她可能一时接受不了，在自己房间里哭半天了。"

孙小圣点点头，带着李出阳和吴良睿直奔曾玉芳老太太的卧房。吴良睿戴好手套，一拧门把手，发现门是锁着的。

"反锁的？"李出阳问了句。

"不好说，"吴良睿看着莫学武，"有人把这间屋门锁上了吗？"

"没人锁，肯定是老太太昨晚上睡觉前从里面锁的。这屋子钥匙就她一个人有。"莫学武指着锁芯说。

李出阳抱着胳膊想了想："这屋子平时白天她上锁吗？"

"白天她在家的话一般不锁，除非是出门；她不锁的时候，我有时会上来帮她打扫打扫卫生。"

正说着，西边莫诗诗的哭声好像停了。

孙小圣冲李出阳说："叫开锁匠过来把门打开。我去隔壁看一眼。"

孙小圣随后来到莫诗诗门前，敲门却没得到回应。他想了想，轻轻一转门把手，发现门并未上锁。随后他往屋里望了一眼，发现里面陈设极为简单，除了一个柜子一张床，别的都是横七竖八的杂物，有纸盒子、皮箱，还有一些电扇、电暖气之类的闲置电器。看来莫诗诗的卧房兼具储物间的功能。

莫诗诗坐在床上，面庞清秀，打扮也很素净，头发扎成一个马尾辫，脚踩一双白色帆布鞋，整个人看上去清爽利落，但又略显单薄。

她看见孙小圣进来，警觉地站了起来。

孙小圣给莫诗诗看了工作证，莫诗诗才打消顾虑，重新坐下。孙小圣打量了房间一圈，发现除了那张小床，屋里没有任何可以落座的家具，便只能靠在窗台上，试图与这个年岁和自己相仿的女孩沟通。这时他发现窗台上还摆了一个相框，里面是莫诗诗与一对老人的合影。孙小圣想，这俩老人应该就是她的父母了。想到这姑娘也是可怜，仅仅两天便经历了父母双亡的剧变，往后的人生也不知何去何从。孙小圣心中泛起一阵悲凉的同情，不知该怎样说开场白。

"你们来做什么？"没想到莫诗诗倒先开了口。

"查案啊。"

莫诗诗睁大已经哭红的双眼："你的意思是，我妈是被人害死的？"

"现在还不能这么说，你母亲的房间我们还没有进去，被锁住了。所以我来问问你，老太太生前，有没有跟人结仇，或者跟谁一直有什么比较深的矛盾？"孙小圣说完，还没等莫诗诗回答，又补了一句，"先找关系最近的人说。"

莫诗诗眼睛直勾勾地看着地面，咬了半天嘴唇，说了句："要说有，就是我嫂子跟我妈一直处得不好。俩人有时候吵架。"

"因为什么？"

"……倒也没什么大事，都是家长里短吧。我二哥平时不在家，我也总值班，家里一直就是我大哥和嫂子与我妈相处，锅碗碰瓢盆的，有时难免拌几句嘴。"莫诗诗徐徐说道。

"刚刚你嫂子，就是李巧芝，在院子里喊的索命啊什么的，是什么意思？"孙小圣想，既然她主动提到了嫂子，那干脆就顺势问问这个挺邪乎的问题。

莫诗诗正过脸看了孙小圣一眼，那眼神让孙小圣心头一凛。

"我不知道。"她说。

孙小圣顿了一下，觉得目前有必要先转变一下话题风向，便问："你母亲生前身体怎么样啊？"

"她啊，"莫诗诗语速恢复了正常，"我妈身体还是非常好的，除了有高血压的症状，但是多年来一直靠吃药控制，挺稳定的。"

"别的呢？"

"别的……您指什么？"

"呃，她腿脚平时怎么样？"

"她腿脚很利落，年轻时干农活干惯了，都六十岁了还是闲不下来，这么多年了，连午觉都不睡，天天不是干活就是在外面瞎跑，总说我们玉楼庄的自来水喝着太硬，便总去附近的山上挑山泉水喝；不去山上时，她就去地里干活，我们村里自留地已经没多少人包了，都做农家院或者出去打工了，她还是包了一块地种枣树；平时她还养鸡，然后每月月初擦一次玻璃，晾洗一次所有人的被子，这些都是她这些年雷打不动的习惯。"

"这么说老太太的身体还真是硬朗啊。"孙小圣一边感慨一边纳闷。

"是啊，比我爸肯定强多了。我爸以前还行，近两年就一直病歪歪的。本以为他走得就算快的了，没想到我妈走得更突然，而且还这么莫名其妙的，"莫诗诗说着，滑开手机锁屏，指着里面一张照片，"上周我们还一起照了相，没想到今天……"莫诗诗说到此处，鼻子一酸，又有点儿要哭。

孙小圣抬眼望去，看见那手机照片中，莫诗诗搂着两位老人笑靥如花。没想到仅仅一周之后的今天，就天人永隔。他无力地叹了口气。

"这是上周几照的？"孙小圣想了想问。

"今天是 12 号，周四……这是上周三照的，这刚一周……"

莫诗诗把手机放在身边，又呜呜哭了起来。

孙小圣又看了一眼那照片。照片里三人当时是坐在一张床上拍的，床单很整洁，被子也叠得很紧实。他发现，那床单和被子都是蓝色的，似乎并不是现在莫诗诗坐的这张床，于是问："这是在哪里照的？不是你这间屋吧？"

莫诗诗龘着鼻子说："嗯，不是在我这屋，是在隔壁我妈那屋。当时我爸忽然说想上楼上溜达溜达，可能是觉得自己不太好吧，我们就把他扶了上来，让他四处看了看，正好我带了照相机回来，就让我二哥给我们照了张相。"

孙小圣点了点头，想起什么，又问："能跟我说一下昨天晚上你母亲的状况吗？"

"从什么时候说起？"

"就从你最后一次看见你母亲说起吧。"

莫诗诗想了想，大致给孙小圣讲述了一下昨晚曾玉芳的状况。

她说昨晚本应是二哥莫学文给父亲守灵。因为下了雨，灵棚又灌风，雷叔带了两个伙计过来帮忙给灵棚加了固，他们一家人耗到八点多还没有吃晚饭。大概九点钟，她和莫学文一起做好了晚饭，但母亲似乎没有什么胃口，吃了两口就说自己困了，然后上了楼。

孙小圣想了想："昨晚灵棚里有人守灵吗？"

莫诗诗摇摇头："本来应该是二哥守灵，但雷叔说晚上有暴风，怕棚子还是扛不住，人在里面太危险，我妈就说没那么多讲究，让二哥晚上回屋里睡觉得了，反正他也住一楼，在屋里也就算陪着父亲了。"

"也就是说昨晚上从下雨开始，灵棚里就没有人了是吧？"孙小圣想了想，又补了一句，"我是说——活人。"

莫诗诗一愣，旋即苦笑道："是啊，没有。"

孙小圣也自嘲地笑笑，趁着她状态好一些，又叮问了一句："那你大哥、二哥，你嫂子，还有你，后来都去干什么了？"

莫诗诗托着下巴想了想说："我大哥屋里有电视，他晚上一般在自己屋看电视，有时候也帮我嫂子辅导孩子学习；我二哥一般晚上在自己屋上网，他在上海有个女朋友，俩人晚上一般都开视频聊天，但是昨晚上雷雨太大，大家都不敢开电器，所以睡得都比较早；我也一样，我本身就有个毛病，一打雷下雨，就犯困，睡得还特别沉。"

"晚上睡觉被什么异常动静惊醒没有？"

"没有。"

4

孙小圣走出莫诗诗的房间，发现隔壁曾玉芳老太太的房间已经被李出阳找来的锁匠打开了，他走进屋里，发现大家正在房间里四处拍照和勘查。

这个房间很大，基本跟一层的客厅差不多，有十几平方米，南面墙上有扇从里面锁好的窗户，窗户下面有床和写字桌，旁边的墙上立着几个柜子。柜子有衣柜和储物柜，衣柜里无一例外都是衣服，储物柜的玻璃门里有一些药瓶，里面多数都是保健品、感冒药和降血压的药，还有一小包中草药和一个捣药罐子，罐子旁边，有一些风干了的灵芝草。

令人意想不到的是，孙小圣他们发现屋子靠北面立着一架梯子，看上去能直通楼顶。

"这个能上去吗？"

站在梯子边上的莫学武说·"能的。我妈以前喜欢在楼顶晒一些白薯干什么的，都是从这儿爬上去，但是最近雨水多，就没有晒过。"孙小圣听罢，本想叫着李出阳一起上去看看，却发现李出阳在写字桌前仔细观察着什么东西。

"看什么呢？"

李出阳头也没回地指了指桌面。

孙小圣走到旁边一看，桌上有一张纸。纸似乎曾经被卷起来过，现在已经被铺展开，顶部靠中间位置，写了一个"中"字。旁边还有一支笔。

"这纸怎么皱成这样？"孙小圣问。

"一开始是个纸团，我刚给打开的。"李出阳摘下手套，又把梯子旁边的莫学武叫过来："你看看这个，以前见过吗？"

莫学武看看那纸，摇摇头："昨天晚饭前我还来这屋打扫卫生，没见到桌子上有这张纸。我妈虽然耳不聋眼不花，但只有小学文化，平时看看报纸还可以，很少看见她写东西。"

"老太太有手机吗？"

"没有。"

"哦，对了，你昨天晚上来过这间屋？"李出阳又问。

"……啊，是来过，"莫学武磕巴了一下，"昨晚上吃饭特别晚，诗诗在底下做饭，我没事就上来给我闺女收拾屋子，顺便把老太太的房间也打扫了一下，后来诗诗来叫我吃饭，我就下去吃饭了。"

李出阳点点头，然后指着桌上的一个亮晶晶的东西说："哎，钥匙在这里，应该就是这把。"

孙小圣看了一眼，那是一把拴着一小截棉绳的铝制钥匙。棉绳已经发黑了，想必成天被曾玉芳套在手腕上，寸步不离。

"这把就是屋门钥匙？"

"是啊。"莫学武答。

"看来钥匙也被反锁在里面了，也就是说，昨晚老太太上楼之后，就锁起了门，之后就没再出来过，也没跟谁见过面？"孙小圣说边问李出阳，但没得到回应，扭头一看，李出阳已经跟着莫学武爬上通往楼顶的梯子了。

孙小圣也顺着梯子爬到顶端，发现楼顶豁然开朗。这栋小楼虽然只有两层，但是挑高还不错，站在楼顶上可以望出好远。而且小楼顶上没什么杂物，除了放置着两个废弃的鸽子笼、两个空调室外机，还有一个竹子的晾衣架，空间宽大，视野开阔，很适合夜晚一家人烤串喝酒，或者情侣躺在一起看星星。

因为昨晚雨很大，楼顶还显得有些湿滑。莫学武边小心翼翼地走着边介绍说那两个鸽子笼是父亲留下的。父亲多年前养鸽子，生病后就把这爱好扔下了。鸽子全部被处理掉后，这俩铁笼子因为太笨重，也就一直被扔在楼顶没人管。

李出阳点点头，又观察了一下，发现这个鸽子笼的位置正好在楼顶的边缘，而且在空间上非常接近楼下的灵棚。如果人从这里掉下去，正好能够砸到灵棚。

"找找这附近的痕迹，老太太应该是从这儿掉下去的。"李出阳跟吴良睿说。

"从这儿掉下去？"莫学武有点儿难以置信，"大晚上的，还是下雨天，衣架上也没有衣服，我妈跑到这里来干吗？"

"会不会是有人从这儿把她推下去的？"

"那怎么可能，通往楼顶的只有她房间里的梯子。她昨晚不是把门锁了吗？"

孙小圣还要再问什么，被李出阳一个眼神挡了回去。李出阳简单地看了看楼顶四面的环境，就又带着众人回到了下面曾玉芳的房间里，只留吴良睿和助手在楼顶继续勘查。

李出阳下了梯子的第一件事就是来到曾玉芳的床铺边观察，那床铺非常整洁，被子也是叠好的。

"如果老太太晚上准备睡觉的话，为什么没有铺床？"李出阳想了想，"昨晚我记得我在东边农家院的房间里往这院里看了一眼，当时天马上黑了，已经开始下雨，院子里灵棚还是好好的。老太太肯定是在那之后坠亡的。那时候大概是八点钟……"

"你这么一说是很奇怪，"莫学武抬手打断李出阳的话，"我妈每天晚上睡得很早的，一般九点钟就把床铺好了。"

孙小圣看着那被子，忽然发现跟刚才在莫诗诗手机上看到的照片里的被子不大一样。照片上曾玉芳的被子也是叠好的，形状跟眼前的一样，被面的颜色是蓝色，而眼前这个被子的被面却是白底黑格的款式。孙小圣问莫学武："你母亲有两条被子吗？我刚才看到你家的一张照片上，她的被子是蓝色的。"

莫学武说："哦，是这样，那您看到的就是这个被子。其实外面这面是里子，翻盖到里面那一面才是被面。"说着他把被子翻动了一下，露出里面蓝色的棉布，"您看看。因为我老娘平时有个习惯，起床后直接把下面的那面翻上来叠好，她说这样被子里一宿的潮气呀湿气呀，会散一散。所以可以这样说，她的被子是没有什么里外之分的。"

他这么一说孙小圣就懂了。孙小圣其实也有这种操作，尤其是早晨时间紧张时，根本来不及把被子完整地翻过来叠好，基本都是就地折起，然后草草地叠上。要不是花姐经常查内务，他说不定连这项内容都省了。今天他头回听说这样叠被子竟然还有意想不到的功效呢，真是挺神奇的。

这时候吴良睿慢吞吞地从梯子上爬下来。孙小圣把他招呼过来，问楼顶上有没有什么别的发现。吴良睿挥了挥手中提取的一些疑似痕迹物证，看上去并没有什么很过硬的发现，只是一两个很陈旧的烟头和几个塑料零件之类的。

孙小圣又问："足迹呢？"

吴良睿撕了一张纸巾，使劲擦着脚面："足迹估计没戏，昨天下了一宿的雨，楼顶上还都是碎石子，基本上啥都提不出来。"

"所以，也就判定不了昨晚上楼顶都谁上去过？"

"目前来看是这样。"吴良睿把擦完鞋的纸揉成一团，恭恭敬敬地放到孙小圣手里。

从二楼下来，孙小圣和李出阳走到院子里，一边抽烟一边讨论案情。从目前来看，老太太曾玉芳的房间是一个密室：门窗从里面锁住，唯一的一把钥匙在屋里。目前通往楼顶的途径只有老太太房间的那个梯子。

首先，假设老太太是意外坠亡，那第一个要弄清楚的是，老太太为什么大晚上自己冒着风雨去楼顶？

好像完全没有理由。楼顶什么都没有，她自己也什么都没拿。

然后就是谋杀的推论。如果老太太是被人推下去的，那么当时楼顶势必还存在第二个人。虽然现场无法勘查出足迹、指纹，但这种可能性是存在的。可是，这个凶手是怎么上的楼顶？又是怎么离开的？这个人，又是以怎样的方式，把老太太带到楼顶的？

孙小圣和李出阳又绕着房子走了一圈，排查了所有树木和杂物，没有找到能够登上二楼楼顶的途径，也没有看见楼体上或者墙根下面有疑似人攀爬过的痕迹。结合刚才在楼里观察的各个房间的状况，他们可以最终确定：通往二楼楼顶的，只可能是老太太屋里那架梯子。

"嫌疑人会不会借助了什么工具，比如外架的梯子，或者绳索之类，上了楼顶？"孙小圣问李出阳。

李出阳说："这个可能性不大，你想啊，曾玉芳是个精神正常的人，她如果在楼顶上和人发生争执，为什么不大叫或者呼救？"

孙小圣看看周围，拉着李出阳往院子外面走。两人走到外面土路上，孙小圣压低声音："昨晚雷雨声那么大，她整个人拍在棺材板上不也没人听到吗？而且不一定就是和人发生争执被推下去的呀，万一要是凶手乘她不备把她推下去的呢？"

李出阳说："最关键的是，这个'凶手'出现和离开的方式肯定很特别。如果他／她是先进了曾玉芳的房间，肯定就是曾玉芳熟悉的人，否则曾玉芳不会不呼救，房间内也不可能那么整洁。那这个人和曾玉芳一起来到楼顶，把曾玉芳推了下去，随后他／她又以某种咱们还未猜到的方式消失了。"

"呵呵，"孙小圣冷笑，扔掉烟头，"某种方式，除非是飞升了。"

"会不会是这样，"李出阳砸了一下拳头，"这个凶手和曾玉芳约好了在楼顶见面，他／她先老太太一步上了楼顶，然后一直在楼顶等着，曾玉芳上了楼顶后，他／她又神不知鬼不觉地把她推了下去。"

"什么人能够做到这样来无影去无踪啊？我觉得不太可能。"孙小圣说。

"我也觉得不太可能。"李出阳说，"而且，还有一点，就是老太太屋里写字桌上的那张纸上写了一个'中'字，我觉得有点儿奇怪。"

"'中'……她要写什么？'中华人民共和国万岁'？"

李出阳瞪了他一眼，孙小圣做投降状："好啦，我知道啦。"说着他眉头一蹙，"会不会是'遗书'或者'遗嘱'的'遗'字？"

李出阳没言语，孙小圣继续发表观点："老太太没胃口吃晚饭，深夜一个人在屋里反锁房门，在里面写遗书或者遗嘱，然后从楼顶上一跃而下。这不就都串联起来了吗？"

"问题的关键是，她并没有写完遗书啊。"李出阳发表悖论。

"可能是遗书。遗嘱不至于，肯定至少把财产划分清楚，不能有烂账呀。遗书的话就无所谓了，心情实在太过烦躁了，而且好像也没什么可对儿女说的，生无可恋，写了半个字就不想写了，直接一死了之。"孙小圣撇着嘴一气呵成。

"你以为都跟你似的？想起一出是一出？这可不是写年终总结！"李出阳看了孙小圣一眼。

"那你说说，这曾玉芳老太太的习惯是吃晚饭前就把被子打开铺好床，昨晚为什么没铺？一个一心向死的人，肯定是不会铺床的啊。"

李出阳又点了一根烟，琢磨了一下："你说得有道理。不过我还是觉得哪里怪怪的。"

"是不是那个脑子有问题的儿媳妇喊的那些莫名其妙的话，什么索命啊什么的？"

"不不不，和其他人没关系。"李出阳掏出手机滑开相册，找出自己拍摄的那张疑似"遗书"的纸的照片，继续说道："你看，这上面那个'中'字，如果是要写'遗'的话，那这个'中'字是不是有些大啊？"

"……年岁大了，眼神不好，写字写得大一些、走形一些，都是有可能的啊。而且会不会因为眼神不济，没法继续往下写了？"孙小圣皱眉推测。

李出阳摇摇头："刚才你没听她大儿子说，老太太耳不聋眼不花，不会存在这种情况的。"

孙小圣一时不知该说些什么。

"如果这个'中'字是一个字，那它的大小是正常的；如果它只是半个字，那这个字写出来就会显得很大。就算真是遗书，曾玉芳为什么要刻意把字都写得这么大？她有什么目的？"李出阳扔掉烟头。

孙小圣也一时没有思路，抬头看天，发现快中午了，擦擦头上的汗水问李出阳："那现在怎么办？实在不行等曾玉芳尸体拉回去拿到尸检报告后再说？或者咱们先把几个家属带回队里，好好过几堂笔录？"

"不，"李出阳摇摇头，"既然现在有极大的线索指向老太太自杀，咱们就先告诉大家，咱们的初步判定是自杀，看看他们的反应。"

一开始孙小圣觉得不太妥当，后来仔细一想，觉得这个想法非常棒，他特别兴奋地推了李出阳一把："对啊，如果是有作案嫌疑的人，肯定非常支持老太太自杀的判定，反之，八成接受不了这个结果。我一会儿就让黑咪他们把这个消息散出去。"

李出阳打了一个哈欠，伸了伸懒腰："你说的只是其中一种情况。——现在怎么办？孙探长？"

"咱们分头走访一下吧，我去找雷叔问问情况，你带着灿灿姐、苏玉甫和王木一去周边邻居家或者村委会摸摸老莫家的底。黑咪和樊小超继续留在莫家找线索，这样行吗，李政委？"

5

其实孙小圣还一直想弄清楚一个问题，就是莫学武的妻子、曾玉芳的大儿媳妇李巧芝，怎么会在曾玉芳的尸体前喊出那么诡异的话。

李巧芝喊的是"索命""冤有头债有主"这些看上去没头没尾的话。但如果结合当时的景象，让人不难联想到，曾玉芳八成是生前做了什么亏心事，让莫老头死了还不放过她。

会是些什么事？这些事会是导致曾玉芳自杀的原因吗？还是有人利用这些事，做了一个局，让曾玉芳死得看上去理所当然？孙小圣一边让苏玉甫带着王木一她们在莫家侧面打探，一面向莫家多年的合作伙伴雷叔请教。孙小圣知道雷叔是个谨言慎行的人，特意把他带到外面，两人在村口的高速辅路上边走边聊。

和孙小圣预测的一样，一开始孙小圣跟他聊那些不痛不痒的内容时，雷叔还是知无不言，可一说到关键部分，他就讳莫如深，一个劲朝孙小圣摆手：

"哎呀，孙警官，这个我怎么知道。这个是他们家里的事，我一个外姓人怎么可能知道。"

孙小圣说："不会吧，你好歹也在他家隔壁待了好几年，而且我听说莫老头生病时，你没少跟着忙前忙后。这期间你就没发现这夫妻俩有什么不对头吗？"

"能有啥不对头啊，这夫妻俩关系好着呢，莫家老头临死前还哭着拉着老伴不撒手呢。"

"当时你在现场？"

雷叔愣了一下神："啊，我是听别人说的。"

"谁说的？"

"是……好像是莫学武他们夫妻俩？当时他们在医院，可能无意间看到的吧。"

"无意间看到的……"孙小圣满腹狐疑地看着雷叔，"雷叔，我可是非常敬重您的，其实按您这岁数，我叫您'哥'都不为过吧。"

"啊，不敢当不敢当……"雷叔摆了摆手。

孙小圣话锋一转："可是我觉得你有什么事在故意瞒着我啊。现在我就是想弄清楚李巧芝为什么会说出那些奇怪的话，这些你有什么不能说的？难道跟你有关系吗？"

雷叔面色一沉，很忌讳地说："你这是啥意思？"然后仍旧是堆出一脸笑，"我说孙警官，哦不，老弟！你可别再为难我了，我实在不愿意掺和别人家的事。"

孙小圣正要说什么，忽然兜里的手机响了。他接起一听，是黑咪。电话里黑咪的语气挺急的，问孙小圣在哪里。孙小圣问怎么了，黑咪说："哎，你别到处瞎转悠了，先回来吧，刚才樊小超访问莫学文，差点儿被莫学文给揍了！"

用黑咪的话说，樊小超也是方式方法有问题。谁都看得出来莫学文是典型的闷骚愣头青，再加上父母突然双亡，情绪阴沉得吓人，樊小超却还用一贯的盘问口气，一上来就把莫学文搞得很不爽。

当时他们坐在莫家院子西侧的小厨房里。莫学文之前一直是石化形态，黑咪好说歹说，才把他哄到一个清静地方，说了一堆好话让他配合做访问。小厨房其实就是饭厅，玻璃窗很大，阳光洒进来很多，但莫学文的脸还是阴郁得很，看着让人发冷，冷得就像餐桌上昨晚的残羹冷炙一样。

黑咪往饭桌上看了一眼，发现桌上剩菜主要有炒合菜、红烧狮子头、糖拌西红柿等等。那道狮子头，丸子挺大，但吃了连四分之一都不到。放在桌上还挺扎眼的。

"昨晚上也做了不少菜啊。"黑咪尝试打开莫学文的话匣子。

"我妹做的。"莫学文淡淡地说。

"这个没怎么吃啊。"黑咪指着那道剩菜。

"难吃死了，好像没熟，有股子腥气。我吃了两口就不吃了，冰箱都没搁，一会儿就倒掉。我妹其实不大会做饭，一般都是我嫂子和我妈做，但昨晚事情太多了，我妈照顾雷叔和他的伙计，我嫂子又一直找不到人，就只能我妹来做了。"

"你嫂子晚上吃饭前一直在哪里？"

"我也不知道，我爸去世之后，她和我哥就神出鬼没的。"

"怎么个神出鬼没法？"

莫学文忽然觉得自己有点儿失言，换了种口气："具体我也说不好。怎么，你们怀疑我嫂子？"

黑咪看了一眼樊小超，对莫学文说："不，我们想访问你一下昨晚你家所有人的动态。"

随后樊小超清了清嗓子，问了莫学文昨晚上各个家庭成员的状况。莫学文虽然口气厌倦，惜字如金，但表述的内容与哥哥妹妹基本上是一致的。他说昨晚家里大概九点钟开饭，开饭后老母亲没胃口，只吃了两口便上楼休息了。之后他和哥哥妹妹嫂子也草草吃完了饭，碗筷都没收拾，就各自回了自己的房间。他回屋后，与自己在上海的女朋友开视频聊天，大概十点钟睡的觉，中间并没有听见什么异常声音。

"你哥哥妹妹他们昨晚几点睡的觉？"

"不太清楚，但应该不会太晚，昨晚雨声太大，还打雷，所以基本都早早睡了。"

"哦。"樊小超认真记下，然后看了一眼自己的访问提纲，愣头愣脑地问了下一项内容，"我听说，你嫂子，也就是李巧芝和你母亲平时有争吵？尤其是最近？这是为什么你知道吗？"

"我不知道。"莫学文回答得十分干脆，甚至是不容置疑。

"但是我觉得这个很重要，要不你仔细回忆一下？"樊小超丝毫没感觉到对方的抵触。

"不知道就是不知道。"莫学文说。

樊小超还在皱着眉头看着自己的小本本，黑咪刚想说点什么热场的话，又被他抢先了："那你能跟我们说一下，今天早上我们进院子时，李巧芝为什么会喊出那样的话吗？"

莫学文直勾勾地盯着樊小超，几乎是咬牙切齿："什么话？"

"呃，"樊小超说，"就是讨命、讨债什么的。"

黑咪没拦住樊小超，他觉得很不妙。

果不其然，莫学文愣了两秒之后，一把把饭桌掀了。

黑咪把这些经过原封不动地告诉孙小圣，孙小圣指示他看住莫学文，又跟他说现在可以视情况，把初步判定曾玉芳是自杀的消息放出去。最好是亲口告诉莫家几口人，观察他们的反应。

交代完这些后，孙小圣挂断电话，扭头一看，雷叔不知什么时候已经消失了。

孙小圣有点儿恼火，自己好歹也是秉公办事，按理说应该直接把这些人都拉回队里做笔录，现在掀桌子的掀桌子，溜号的溜号，都太儿戏了。莫学文过分悲痛可以理解，主要是这个雷叔，现在已经撕下了慈厚的面纱，露出了老奸巨猾的一面。孙小圣甚至怀疑这个案子跟他有着说不清道不明的联系。

孙小圣怒气冲冲地往雷叔的农家院走，脑中反复琢磨着怎么软硬皆施地让他吐出话来，走到村口，看见路边有四个小孩，好像正要玩什么游戏，玩之前在"手心手背"地分组。其中一个又高又壮的男孩喊声最大，嗓子眼都能晒着太阳了："手心——手背！手心——手背！"

孙小圣看得出神，尤其是孩子们翻手的那个画面，在他脑中反复回旋。

孙小圣眉头紧皱，自言自语："手心手背……"

那个高个男孩看着孙小圣在旁边的这副样子，有点儿蒙。

孙小圣干脆直接问他："小朋友，今天是周四，距离上周三有几天？哦，还得算上上周三。"

男孩彻底傻了眼，呆呆地看着孙小圣，不知从何说起。孙小圣起了急，摇着男孩肩膀："赶紧算一算！"说完他自己又伸出手，掰着手指头仔细算，"一、二、三……"

另外一个个子矮的男孩慢慢地说："叔叔，一周是七天，七天加一天是八天……"

孙小圣眼睛看天，好像还在演算什么："那上周三距离昨天就是七天……"

然后孙小圣飞快地走着，边走边掏出手机给李出阳打电话，拨了一通，却是正在通话中。又拨了好几通，李出阳终于接了电话。孙小圣上来就骂："你大爷的，怎么不接电话，我着急找你呢！"

"我也正给你打呢！"李出阳说。

"曾玉芳不是自杀！"孙小圣说。

"我也正要跟你说呢，确实不像自杀！"

孙小圣看了一眼周围，问李出阳："哪儿见？"

李出阳说："村子中间有个鱼塘，那里见面说吧。"

6

孙小圣一路小跑来到鱼塘边，发现这里到处泥泞，水位上涨，一不留神可能就摔下去喂鱼了。烈日当头，他擦擦脑门上的汗水，又数着手指演算了一下，确定没问题，就四处张望，在远处寻找李出阳他们的身影。

一会儿李出阳带着灿灿姐等人飞奔过来，和孙小圣在河边顺利会合。孙小圣先把李出阳手里的半瓶矿泉水抢过来，咕咚咕咚全都灌到了嘴里。

"赶紧说吧。"李出阳瞅着他。

孙小圣抹着嘴巴："莫学武跟咱们说过，曾玉芳的被子基本上是就地折起不翻面的对吧？"

灿灿姐说："是啊。"

孙小圣说："这样来讲，那她第二天早上叠好的被子，外面的被子面，其实就是头天晚上的被子里，对吧？"

李出阳看着他："你继续说。"

孙小圣说："咱们就按老太太的被子是蓝、白两面来说，假设她前天叠好后，朝外的一面是蓝色，那昨天朝外的一面，就应该是白色，而今天朝外的一面，就应该是蓝色。对不对?！"

李出阳说："嗯，在不排除中间有晾洗被子的情况下。"

孙小圣说："这种情况当然可以排除，莫诗诗说过，老太太是月初固定晾洗被子，而且她是不午睡的，所以只要月初她晾洗完被子之后，这种规律至少可以延续到下个月的月初。而我刚才在莫诗诗的手机相册里，看见她和父母上周三照的一张照片，照片里曾玉芳的被子是叠好的，朝外的一面是蓝色，昨天是从上周三开始算的第七天，按照蓝色—白色—蓝色—白色这种排列规律来算的话，昨天老太太的被子，应该是蓝色朝外啊！可是咱们刚才看到的被子，却是白色朝外！"

苏玉甫嘴张得蛋大："哇，这种细节都能被你发现！不过，这能作数吗？"

孙小圣整个人处于高度紧张和亢奋的状态，连平时的自吹自擂都忘记了："当然能，起码可以说明一点，老太太的被子被人动过！"

李出阳沉吟道："说得在理。我也在想这个问题：如果曾玉芳是被人害死的，那这个人肯定也要和她同时出现在楼顶上。现在最容易实现的情况，就是这个人提前在楼顶埋伏好，等着老太太上来。但是我一直没有想通一个问题。"

孙小圣说："还是那个凶手的离开方法？"

"不，是凶手怎么隐藏在上面的，"李出阳说，"我记得我晚上八点左右，从咱们在农家院的房间往莫家院子观望过，当时他们家楼顶上如果有人的话，会很明显的，但是我没发现有。"

王木一皱眉："那么就是说，这个凶手是八点之后上的楼？"

孙小圣继续分析："昨晚上除了雷叔带了两个帮手去帮助莫家人加固灵棚，完活后很快离开，莫家就没再进去过生人了。老太太九点多最先吃完饭离席，这时候家里其他成员还在饭桌上呢，他们都能互相印证，那怎么会有人能够提前在楼顶上埋伏好呢？"

"两种情况，"灿灿姐说，"一种是大家都吃完饭后，家里其中一个人去找了老太太，然后把门反锁起来，跟老太太一起上楼顶，把她推了下去；还有一种情况就是有人提前在楼顶埋伏好，等着老太太上去。不过这两种情况，人都是没法从楼顶离开的啊。楼附近连棵树都没有，跳下来人不死也残废啊。"

李出阳摆摆手："先别管是怎么离开的。现在将一将，楼顶上都有什么东西？"

几个人都原地想了想，苏玉甫先说："那不就是一个晾衣架、俩空调室外机和两个鸽子笼吗？难不成，人提前藏在了鸽子笼里？那里面能藏得进人吗？"

没在现场，这个谁也说不好。孙小圣只能给黑咪打电话，让黑咪再去楼顶上确认一下，鸽子笼里面到底有多大空间。

黑咪那边接到指令前往了楼顶，在那个鸽子笼旁边观察了半天。那个鸽子笼大概有半个写字桌那么大，顶部和底部都是铁的，底部还垫了块木板，要说空间大，实在没有多大，但要说空间小，一个瘦小的人蜷缩在里面，其实也是勉强可以的。

"昨晚你从咱们房间里往莫家院子看的时候，看到鸽子笼有异样了吗，比如里面有人什么的？"孙小圣挂了电话问李出阳。

"我没注意。再说了，哪能看那么清楚啊，当时我光顾着看院里了。你把咱们暂时判定为自杀的消息放出去了吗？"

孙小圣又想了一下，问："放出去了。——你刚电话里跟我说，也认为老太太不是自杀，是发现了什么线索吗？"

李出阳说："嗯，是因为刚才我们在周围走访了解到，两个月前，老太太去过镇上的养老院。"

"她去养老院干吗？"

"不太清楚，据说只是去看了看居住环境。有可能是想等老头没了之后，自己过去居住？"

"住养老院？几个儿女不孝顺吗？"孙小圣说，"你就光凭这个认为老太太目前还没有自杀的动机？"

"我给那家养老院专门打了电话，负责人说对莫家老太太参观养老院一事没印象了，但他提供了一个很重要的线索：当地老人想入院，如果想获得政府补贴的话，需要先向自己的村大队打申请。"

"申请……"孙小圣觉得这个词好像和脑中的什么信息遥相呼应。随后他终于想到什么，两眼放光地看向李出阳："对啊，那张咱们以为是遗书的纸上，那个'中'字，会不会是'申'字写了一半？"

李出阳点点头，把手机放进兜里："我想的也是这个。咱们之前认为那字可能是'遗书'的'遗'，是基于咱们对这个字的书写规范认定的。但咱们忽略了一个可能性：老太太虽然眼神没问题，但文化程度有限，写字是可能存在倒插笔的情况的。而这也正好解释了她为什么会把这个'中'字写得很大，因为作为少一笔的'申'来讲，它本身就应该占据一个字的位置。"

孙小圣连连点头："从目前来看，这种情况很可能存在。那就说明，莫家内部可能存在很大的矛盾，否则老太太不至于在老头尸骨未寒之际，就动了住养老院的念头。她可是有三个儿女呢。"

孙小圣话还没说完，手机就又响了，接起一听，发现又是黑咪打来的。黑咪在电话那头气喘吁吁，大声跟孙小圣通报了一个十万火急的消息："你们赶紧回来，李巧芝趁我们不注意，好像跑路了！"

孙小圣等人飞快跑回莫家，发现所有人都站在院子里，莫学文和莫学武两人正在对骂，莫诗诗在一边劝解，三人争执不下，声音一波高过一波。孙小圣问了半天才弄清楚，原来半个小时之前就已经看不见李巧芝的身影了，莫家人和黑咪一开始没当回事，以为她只是临时出门，没想到半天也没有回来的迹象，而且手机也关机了。

"你媳妇没干亏心事，跑什么？妈肯定是被她逼死的！你们串通好了吧？"莫学文气急败坏。

"你给我闭嘴！这家什么时候轮到你指手画脚了？"莫学武横眉立目，指着自己弟弟大声说道。

莫诗诗推了哥哥一把："行了，现在先把人找到再说吧。别回头再出点儿什么事。"

孙小圣问："她有可能去哪儿？"

"不知道！"莫学武别过脸。

"肯定是回娘家了！"莫学文在一边说。

没办法，孙小圣只能带着李出阳和灿灿姐先去李巧芝的娘家找人。还好李巧芝娘家并不远，就在六里地外的邻村，那里也属于当地政府最近开发的新农村，路并不难找，开着车七拐八绕地兜了两圈，很快就到了这座村子的正街上。

这座村子和玉楼庄有些区别，街道窄一些，房屋也基本没有小楼，所以看上去更有那种原始村落的感觉。孙小圣在路边停下汽车，一边与莫学文通着电话，一边按照他的提示带着李出阳和灿灿姐走进一条狭窄的胡同。胡同又细又长，里面的门楼都又矮又旧，年久失修，和正街上整洁鲜亮的房子有着天壤之别，简直就像是这座村子里的贫民区。看样子李巧芝的娘家并不富裕，最起码是个小门小户。

随后几人定在一间街门前，孙小圣确认后，抬手拍门。

拍了半天，有个老汉警觉地把门开了一条小缝，问他们找谁。

孙小圣给他看了工作证，说找李巧芝，老汉却使劲摆手，说李巧芝没有回家，听口气，这是李巧芝的老爹，也就是莫学武的老丈人。

那老汉口气不容置疑，孙小圣有点儿泄气，李出阳却觉得奇怪，老头如果心里没鬼，怎么都不问问警察发生了什么事？也不问问自己闺女去向如何？而且就算他不担心闺女，闺女也没在家，他有什么可遮掩的，使劲掩着门，不让人跨进一步？

灿灿姐心明眼亮，朝大爷俯首，附耳道："大爷，您亲家出事了，您知道不？"

没想到不提还罢，一提那老汉脸色变得非常差："哼，别跟我提他们家的烂事。"

"怎么叫烂事啊？"

"就是烂事！你们走吧！别问我，我什么都不知道！"

他这么一说，孙小圣几个人更不能走了。好在他们还带了一个灿灿姐，灿灿姐立在他们几个大男人中间，鞠躬赔笑，谦卑恭顺，反复跟老汉套磁，倒让老汉一时没了章程。

"我说闺女，你死乞白赖问我，我能说啥啊？这你得问老莫家的人啊！"

孙小圣眼珠一转，假装到胡同里打了个电话，拍拍灿灿姐："算了，别为难大爷了。咱们先到外面等会儿莫学文吧。他说他也过来，有些话要当面问一下嫂子。"

灿灿姐和李出阳会意，跟孙小圣一起退到胡同里。孙小圣看了一眼周围，发现并没有可靠的藏身之处，只能带队先到胡同口猫着。

果不其然，只过了不到二十分钟，就看见李巧芝蹑手蹑脚地从那扇街门里走了出来，孙小圣本想悄悄贴上去，没想到李巧芝非常警觉，下一秒就看见了孙小圣，于是扔掉了手里的行李袋，飞快朝胡同另一侧跑去。

李出阳和孙小圣抬脚就追。两人虽然速度上占优势，但没有李巧芝熟悉地形。而且李巧芝为了逃命不顾一切，踩砖垛，扔箩筐，跳土坑，要不是在跑进第三个胡同里时摔了一个狗吃屎，还真没准儿什么时候就把俩人给甩掉了呢。

孙小圣和李出阳气喘吁吁，跟随后赶到的灿灿姐一起把李巧芝按住。李巧芝坐在地上大哭不已，瞬间引来大批围观群众。孙小圣有点儿发毛，在这种农村地界，警察是不好往外带人的。更何况还是李巧芝这种看上去手无缚鸡之力的弱女子。

孙小圣为了占领舆论高地，大声问李巧芝："你不心虚你跑什么？！抓的就是你！"说着就掏手铐子，准备给李巧芝上背铐。

李出阳赶紧拦着："你干什么？"

孙小圣说："带人啊。她不是凶手，起码也是帮凶吧？"

李巧芝也听傻了眼："咋的，你们怀疑我杀人？"说着又号啕大哭，然后用脚使劲蹬土，引得周围众人议论纷纷。

李出阳跟孙小圣说："缺心眼吧。你不想想，是咱们放出曾玉芳自杀的消息之后她才跑的。她要真是作案人，这时候她能跑？"

孙小圣刚才光顾着跑，出了一脑门子汗，这会儿才觉得事情确实没自己想得那么简单，一屁股坐在地上，面冲着李巧芝，喘着粗气："是啊，都跟你说你们家老太太是自杀了，你跑什么？"

李巧芝还是哭，围观群众久久不散。李出阳想了想，贴在李巧芝耳边说了句话，李巧芝止住哭声，问李出阳："真的？"

李出阳说："我是警察我能蒙你？"

然后李巧芝想起什么，赶紧站起身来，一边掸屁股上的土一边朝围观群众翻白眼："散了散了！看什么看，真是，回家看自己媳妇去。"

李出阳跟她说："先跟我们回车上说吧。"

李巧芝低眉顺眼："好。"

灿灿姐带着李巧芝在前面走，孙小圣眨着眼睛拍李出阳："行啊你，说的什么把她镇住了？"

李出阳朝孙小圣耳朵边歪头，低声说："说的是，回头莫学武不要你了，我让这位孙警官娶你。"

"滚你大爷的！"

7

李巧芝坐在座位上有点儿瑟瑟发抖："警察小兄弟，你们得派人保护我啊，我真他娘的有口说不清了！"

孙小圣看周围还是是非之地，便把车开到村外一个开阔的土路上，停好，歪着头问她："现在好好说说吧，一直就想问你，今天早上，你在你们家老头棺材前喊的那些话是什么意思？"

李巧芝这当口儿还装傻呢："喊话？我喊什么话了？"

李出阳耐着性子帮她回忆："你喊了大概两个内容，一个是'索命的来了'，另一个是'冤有头债有主'，都是从你嘴里说出来的。这是什么意思？"

李巧芝直勾勾地盯着车前面的青山绿树，想了半天，仍是有点儿瑟瑟发抖："我不能说……不能说……"

"那你今儿跑什么呀？"灿灿姐问。

"你们不是说老太太是自杀吗……那他们肯定就会觉得人是被我逼死的啊。莫学文和莫诗诗肯定不会放过我，我不跑回娘家，我还有命活吗？但是，"李巧芝看着身边坐着的李出阳，"李警官，你刚才跟我说我们家老太太是被人害死的，这个人是谁？"

李出阳瞅着她，眉毛微微一动，但不言语。

李巧芝试探着说："是我们家人吗？"

李出阳点点头。

"是谁啊？不会是我们家学武吧？他可没那个本事！"

李出阳摊手："你不告诉我我也不告诉你喽。"

李巧芝想了想，说："那我跟你们说个大概，你们可千万别给我往外传啊。"

孙小圣一笑："我们是正规编，不是'小脚侦缉队'。"

李巧芝放低声音，脖子一缩，眼睛贼亮："我原先听我们家学武说过，莫老二，哦，就是莫学文，不是我们家老爷子的种。"

李巧芝说，莫家最早是地主，新中国成立后土地没了，政策上也不照顾，家里穷得叮当响。在莫老头三十多岁时，家里已经揭不开锅了，后来正赶上改革开放，莫老头没办法，跟着一个老乡跑到东北和俄罗斯的边境去倒腾皮货，本想着挣点儿钱就回家，没想到挣了一些钱后，就不好收手了，一直干了十年。后来他的确攒了一些钱，才买的隔壁的院子，准备给儿子当结婚的院子。老头子做买卖那十年，只是断断续续地回家，帮不了妻子，也就是曾玉芳什么忙。那时候莫学武还小，曾玉芳一个人带着儿子，生活上挺难的。老头子后来就拜托自己的表弟陆青山平时来帮曾玉芳干干农活，或者修个炉子、装个灯泡什么的。没想到，这一来二去，村里就传出了闲话。

闲话甚嚣尘上之时，甚至传言莫家老二莫学文是陆青山的种。理由是他的耳朵长得很像陆青山。

听到这个劲爆的前史，大家都缓了一下神，灿灿姐才问："那陆青山人呢？"

"五年前就死了。死的时候，我们老太太为了避嫌都没敢去。村里人谁不知道俩人有一腿啊，这事都传了好几十年了。你没看我们家老二神经兮兮的吗，自己早就心知肚明，跟他哥哥、他妹妹不是一锅的馒头，只不过大家从不挑明了说罢了。"

孙小圣觉得有点儿不可思议："哎，你们有证据吗？就这么一传传了这么久？"

李巧芝渐入佳境，嘴也撇起来了："这还用证据？你自己看看陆青山照片去，莫老二那耳朵跟他的长得一模一样。按说莫诗诗也是在那十年怀上的，我们为什么不传？因为莫诗诗长得一看就非常像我们家老头，那莫老二可不是，除了像我婆婆，就是像陆青山。"

孙小圣等人不知该接什么，反倒是李巧芝轻叹了口气："这下可好了，俩老头和我们家老太太都死了，谁也说不清这事了。"

李出阳一听这种狗血事就脑袋疼，在座位里正正身子，问："那你们家老头，也就是莫老头，他肯定也知道这些传言吧？"

李巧芝看着李出阳："他当然知道，但他能咋办啊，一边是自己媳妇，一边是自己表弟，闹起来，这脸还不丢到山那边去啊。所以这么些年，他就装糊涂呗，我们家就一直这么一碗疙瘩汤不清不浑的。"

"他生前对莫学文怎么样？"

"还挺好的。倒是挑不出什么毛病。莫学文在小学时被人拿这事取笑，老爷子还拎着笤帚去跟对方干仗呢。现在想想老头这些年也挺不容易的。所以老太太死得那么奇怪，我才觉得是老头死后跟她算这笔账。"

脑洞开得太大，大家都需要缓缓。

过了一会儿，孙小圣觉得还是不对头："那说老太太是自杀，你跑什么呀？这事跟你也没关系啊？"

李巧芝贼眉鼠眼的："不是，是这么回事，我们家老头死之前，据说给了老太太一个遗嘱，封在信封里的。我就想跟老太太说，我想看看那遗嘱，老太太不承认。"

"你看那个干什么？"

"警官同志，大哥们，"李巧芝觉得这仨警察简直蠢到极点了，"你们想呀，老爷子是实在人，可我们不傻呀。这莫学文要不是莫家的种，他凭什么来分我们老莫家的财产？我得把这里面的事情弄清楚了啊。"

"……后来呢？"

"老太太不承认呀。我们就吵起来了。吵着吵着，老太太血压上去了，我怕给她气出个好歹，就作罢了。但当时确实惊动了莫学文和莫诗诗他们，所以我怕他们认为是我把老太太逼死的。"

李出阳捋了一下李巧芝的话，暂时没发现什么破绽，又问她："那你老公，以及莫学文和莫诗诗也知道有遗嘱这件事了？"

"学武知道，莫学文肯定也知道，他心机挺深的，知道他妈肯定向着他，不会让他吃亏，所以也不露声色；莫诗诗应该也多少听说过这事。那个丫头虽然不得老太太喜欢，但老头子活着的时候挺护着她的，老头子一死，她也没了保护伞，而且谁知道老头对她是真疼还是假疼呢，遗嘱一天不公布，谁不是百爪挠心啊。"李巧芝翻着眼睛，唾沫横飞。

"你说，曾玉芳生前不喜欢莫诗诗？"李出阳问完，还看了孙小圣一眼。

李巧芝抖了一下肩膀，颇为幸灾乐祸地说："是，老太太好像不太待见闺女，对她的事情也不怎么管，这些年都是她老爹帮她主事。上学啊，工作啊，找对象啊，全靠老头子一人张罗，她妈什么都不管。"

孙小圣想了想，这和自己在莫诗诗那儿了解的情况好像不大一致。莫诗诗之前明明表现得跟母亲感情很好，所以才会在母亲逝世后梨花带雨，对着孙小圣好一阵追忆。

"是因为重男轻女吗？"李出阳问。

"可能吧，我妈要是对我这样，我可受不了。我也有哥哥，但我妈从来都是一碗水端平。"李巧芝颇有优越感地说。

回莫家的路上，孙小圣和李出阳都在思考一个问题，那就是到底谁具有充分的作案动机。从李巧芝的话来分析，这个作案动机，八成就跟莫老头那个至今还没露面的遗嘱有关。

现在正值村子动迁前夕，家里的房产可以说是寸土寸金。在这个当口儿，如果遗嘱的财产分配里有莫学文的名字，那么莫学武肯定是第一个站出来反对的，莫诗诗八成也心有不甘。为了阻止老太太公开遗嘱，他们是有可能对老太太起杀心的。

如果财产分配里没有莫学文的名字，那就是坐实了莫学文是"野种"的事实，而且他一毛钱也得不到，他同样会阻止老太太把遗嘱公之于众。这种情况下的莫学文，也是有作案动机的。

所以当务之急是要找到这份遗嘱。孙小圣和李出阳到曾玉芳的房间又翻看了一通，并没有发现蛛丝马迹。事后两人冷静地分析了一通，认为老太太生前可能怕这东西被几个子女发现，把它藏到了别的地方，所以只一味地在莫家内部翻找，恐怕很难有收获。目前倒不如在村中四处走访一下，侧面了解整个莫家，尤其是老头和老太太生前的为人处世，说不定还能获得一些线索。

孙小圣把所有警力都撒出去走访，两个小时后，大家又在车上会齐，共同交流走访结果。

"大家都说说进展吧。"李出阳口渴难耐，从灿灿姐手里接过一个桃子，边吃边说。

灿灿姐率先发言："根据我和木一这边的调查，村民们都挺认可莫家老头的，都说他生前是个挺正派的人，在村里还担任过生产队大队长，比较有威望。倒是曾玉芳，大家一致认为她生前有些跋扈，跟街里街坊的关系都挺紧张，这些年要不是有她老伴镇着，估计得天天生事。"

"对，我这边访问的村民也是这个看法，"樊小超推了推眼镜说，"大家都说曾玉芳这个人比较自私，爱斤斤计较，总因为一些琐事和邻里发生纠纷。她跟自己大儿子和闺女也不很亲近，家里总是吵吵闹闹的，她一生气就会给在上海工作的小儿子打电话，做出一副只偏疼小儿子的样子。"

"莫学文？"孙小圣转了一下眼珠，"村民们提到那个传言了吗？"

"多少提到了一些，但也都是闪烁其词的，估计是知道莫学文现在回来了，怕给自己找麻烦吧。"

黑咪听到此处，赶忙插话："哦，说到这个，我还听到了一个新说法，只不过提供信息的村民要求匿名……"

"赶紧说吧，匿就匿了。"

"莫老头病重后，曾玉芳曾经放出话来，说家里财产只留给小儿子，大儿子和闺女都不配。"

"她和莫学武、莫诗诗的关系这么差劲？"孙小圣想到了老太太曾经到养老院咨询一事，似乎明白了什么。

"大儿子莫学武的口碑在村里本就不怎么好，据说他的脾气和曾玉芳很像，两人长年在一起生活，经常是针尖对麦芒，积累了很多矛盾；而莫诗诗性格又比较闷，一直没什么存在感，再加上老太太又有一些重男轻女的思想，所以她也不怎么得烟抽。"

孙小圣明白了，多年来这一家人虽然磕磕绊绊，但因为有莫老头坐镇，还不致分崩离析；如今莫老头先走一步，很多问题也就彻底爆发了。比如莫学武夫妇平日里与曾玉芳积累的矛盾，以及莫学文不是老爷子亲生儿子的阴谋论。曾玉芳很有可能就是在这种情况下，打算搬到养老院居住的。

据此，孙小圣判断出曾玉芳不太可能自杀。理由有二：一、她在死亡当晚写的那半个字，很可能是"申请"的"申"，也就是说她正准备移居养老院，对自己的生活还存有规划，不太可能突然寻死；二、老伴的遗嘱还没有公布，哪怕是遗嘱所在之处，她也没有对儿女透露分毫，如此一死，三个儿女必然平分房产，这好像也不符合她生前划分遗产的意愿。

这也就衍生出一个新的问题：她为什么迟迟不公布老伴的遗嘱呢？如果仅仅是想在老伴入土为安之后再做安排，那为什么要把这份东西藏得滴水不漏？难道说遗嘱里有她难以接受，或者是不想公开的内容？

看来不能用常规手段开展工作了。孙小圣皱着眉，抬臂看着手表暗暗思量。

8

半个小时之后，孙小圣下了车，来到莫家院子里，把莫学文叫了出来。

"查得怎么样了？"莫学文看了看天色，显得有些不耐烦。

"查完了。"孙小圣扭脸看他。

"查完了？还是认定自杀？"莫学文绷着脸上的肌肉，"你确定吗？我不相信我妈会自杀！"

"是的，她不是自杀。是有人害她。"

"是谁？"莫学文问完这句话，莫诗诗、莫学武和李巧芝也从各自的房间跑了出来。此时黑咪、樊小超、灿灿姐、王木一和苏玉甫也从外面走了进来。众人把孙小圣团团围住。

孙小圣看着众人，做了一个疏散的手势："大家都来一下屋顶吧！"

五分钟后，除了李出阳，探组众人和莫家人都已经站在了二层楼顶。孙小圣抬手指着楼顶一侧的边缘，对着莫学武等人说："你们母亲昨晚上就是从这里跌了下去。"

"这个不是早就说过了吗？你们不是还说她是自己跌下去的吗？"莫学武问。

"不，她是被人推下去的！"

大家你看看我，我看看你，都是一脸狐疑的表情。莫诗诗带头问："谁推的？"

孙小圣指着旁边的鸽子笼："是一个提前在这里藏好的人。这个人可能趁昨天白天你们家办白事正是人来人往的时候，溜进老太太房间，然后跑到楼顶，藏在这里面，想趁着夜深人静你们都睡觉后下楼偷盗。但没想到昨晚有大暴风雨，晚上时你们母亲上来想看一眼楼顶上有没有没收的衣服，发现了这个人。这个人为了灭口，就把她从这儿推了下去。"

孙小圣说到这儿，住了口。等不到下文，莫学武显得有点儿着急："那……那这人呢？这人你们抓到没有？"

"抓到了，我们一队通过查监控，已经在镇上的一间宾馆把嫌疑人按住了，刚才就是我们那个姓李的同事接到的通知。而且那个嫌疑人已经供认了，包括作案动机、作案手法、逃跑轨迹……"孙小圣掰着手指头认真给大家汇报。

"这人谁啊？"莫学文看着莫学武，又看看莫诗诗，最后死盯着孙小圣。

"具体我也不太清楚呢，是你们邻村的。"说着孙小圣想起什么，走到楼顶边缘，朝院子门口喊："李出阳！李出阳！别闹了，你上来一下！"

"你这么喊他怎么听得见？"黑咪说，"我给他打电话吧。"

一会儿电话接通，孙小圣跟李出阳通了几句话，说了几声"嗯"，就把电话挂断了。

那边莫家三兄妹还是一头雾水。他们挖空心思想了半天，还是没能把孙小圣说的嫌疑人猜出个大概。仔细想想，农村也的确有这种在红白喜事中趁乱偷盗的泼皮，没想到这回还让自家赶上了，而且还害得自己母亲一命呜呼，兄妹几人沮丧极了，非常着急弄清楚这个凶手是谁。莫诗诗急不可耐："那我们什么时候能跟你们去局里认人？我得好好问问他，老太太跟他有什么仇，他就不能手下留点儿情！"

"不对啊，"这会儿竟然只有李巧芝智商在线，"那这个人是怎么从楼顶离开的呢？"

"这得问李出阳了，这不他桃毛过敏了，正脱光了难受得在车上抓痒呢，还让我帮忙问问你们有没有抗过敏药或者凡士林之类的，他难受死了。"孙小圣指指楼下。

莫诗诗急着听案情，给孙小圣打了一个手势："行行行，你等着，我去给你找找。"

过了一会儿，莫诗诗给孙小圣拿来了一瓶药，但药瓶上光溜溜的，没有任何贴纸和商标。

"这是什么药？"

"是扑尔敏，一种治疗食物过敏的药。让他赶紧吃一粒吧，这个应该见效挺快的。"莫诗诗的头发被风吹得有点儿乱，她一边拢头发一边说。

"你确定这个可以？不是三无产品吧？我们那位事可多了。"

"没问题，我是护士，这个我还不知道？"

孙小圣把药瓶递给黑咪，让他给李出阳送去。然后他看着莫诗诗："谢谢你。"

"不客气，"莫诗诗看着孙小圣，"如果他症状还没缓解，你再告诉我。"

孙小圣想了一下，又说："如果吃海鲜过敏了，吃这个药，会不会也有用？"

莫诗诗听罢，表情突然僵住了。

孙小圣又问："为什么这么做？"

"什么意思？"

"我是说，你为什么要害你妈？"孙小圣死死盯着她，口气不像是逗着玩。周围的莫学武等人完全傻了眼，下巴都要掉地上了。

"我害我妈？你在说笑吗？"莫诗诗抬高声音。

"你们知道老太太对海鲜过敏吗？吃了之后会有食物中毒的症状吗？"孙小圣转头问莫学武等人。

莫学武和莫学文依旧是石化状，倒是李巧芝抢先答道："是啊是啊，我听老太太说过。所以这些年我们家吃海鲜，她从来不下筷子。"

孙小圣看着莫诗诗："这个情况你肯定也是知道的吧？所以你不敢明目张胆地把海鲜端给她吃，只能把北极贝剁碎，做成了红烧狮子头放在饭桌上。那盘剩菜还在楼下，我已经让我们技术队的人取样化验了。"孙小圣说得不徐不疾。

"等一下孙警官，"莫学武打断道，"我母亲不是高处坠亡吗？这吃两口北极贝，顶多就是身上起点儿疹子的事，不至于出人命吧？再说她也没怎么吃。"

"过敏的症状因人而异，多数人食物过敏是身上起疹子，还有人是发热，有人则是喉咙发紧、肿痛。你母亲可能属于最后一种症状。虽然我现在是猜测，但相信我们的尸检报告一出来，会证明我的猜测的。"孙小圣说。

"那她是怎么从楼上掉下去的？"莫学武问。

"喉咙肿痛当然不至于跳楼，关键在于，她因为喉咙难受，没法吃降血压的药。于是只能用自己房间里的捣药罐将降压药捣碎，然后加水口服。但是这种口服的降压药都属于缓控释制剂，一旦药片被碾碎，就立即失去应有的缓释或者控释作用，老太太把药碾碎，里面的控释膜或者控释骨架被破坏，药效会迅速释放，会让她的血压不降反升。这也就是降压药的说明书中，为什么会有'勿咬、嚼、掰断药片'的提示。但是很多老人都不知道这个常识。"

莫诗诗听了，忽然双腿发软，整个人摇摇欲坠。

孙小圣面向众人："下面我来简单说一下昨晚曾玉芳老太太的死亡经过。昨晚莫诗诗将一些她从宁波带回来的北极贝混入肉酱，做成那盘红烧狮子头。老太太并不知情，就吃了一些，随后她可能是觉得没胃口，或者觉得不好吃，就上了楼，这个时候她准备吃降压药，但此刻海鲜过敏的症状已经开始显现，她发现喉咙肿胀发紧，根本咽不下药片，就把药用自己房间里的捣药罐捣碎了服下。碾碎后的降血压药失去了缓控释作用，让她的血压在短时间内迅速升高，使她的身体更加难受。她以为是降压药没起作用，就又碾碎了一粒药片服下，这时你们大家已经吃完饭各自回了屋，外面风雨声很大，老太太又来到楼顶想看看有没有衣服没收，因为血压在极短时间内两次升高，导致视力模糊，神志混沌，于是就从楼顶边缘直接摔了下去。"

孙小圣一席话说完，众人一片静默。愣了半晌，莫学文狠狠瞪着莫诗诗："是这样吗？"

李巧芝也念叨了句："我说昨晚那道狮子头怎么有股怪味儿呢。那都是诗诗一个人做的啊，我碰都没碰一下。"

莫诗诗目视前方，眼神空洞，上牙不自觉地咬紧嘴唇。

这就是默认的表现了。莫学武忽然使劲扇了莫诗诗一记耳光："为什么这么做！妈哪点对不起你？！"

黑咪把他拦住。莫诗诗眼含泪光，捂着脸说："你们好意思说我？你们一个个的，哪个不是心怀鬼胎？"说着她指着两个哥哥和李巧芝，"说得就好像自己多坦荡多正派似的，莫学武，别以为昨晚上装模作样地上老太太屋去打扫卫生我就看不出来了，你不就是去找爸留下的那遗嘱了吗？你们是生怕自己吃一点儿亏啊。莫学文，"她指着自己二哥，"甭管你是不是爸亲生的，妈肯定是你亲妈，她能亏了你吗？你说说你这些年，上个破大学，交个女朋友，花了家里多少钱？妈偷偷给了你多少钱？你真当我是睁眼瞎啊？现在家里又要拆迁了，能没你的好处吗？"她说着说着面露凶光，"你又做上了什么创业的美梦了吧！"

莫诗诗忽然翻脸，让众人都觉得后背一凛。

"可是我呢？我是个女的，从小到大，我一点儿存在感都没有！我不是巴结这个，就是巴结那个，你们给我块糖吃都是对我莫大的赏赐。你们做儿子的，得这个得那个，我又得了什么？你们娶媳妇，念大学，我结婚的时候连嫁妆都得自己贴！我是他们俩亲生的啊，为什么我一个亲生的闺女，连你们的一个手指头都比不上！"

说着说着莫诗诗竟然笑了，而且是看着孙小圣笑："总是得便宜的，永远不知足；总是吃着亏的，哪怕捡一点儿好处都显得没脸没皮。这就是我们家的优良传统。"

莫学文挣扎着要去揍莫诗诗，苏玉甫和樊小超拼命拦着。"妈难道不疼你吗？从小到大，缺过你吃缺过你穿？你怎么做得出这么毒的事？"

莫诗诗扭头看他，咬牙切齿："我毒吗！我能有你们狠毒？爸生病时，有一天我偷偷听见她给养老院打电话，说她想把爸送过去！这都是你们商量好的吧？爸辛苦操劳了一辈子，最后就被你们这么抛弃了，你们还是人吗？"

莫学文浑身发抖，脸色苍白地看了眼莫学武："有这种事？我怎么不知道？"

"我们也没听说啊。"莫学武和李巧芝也是面面相觑。

"我就是要杀了她！怎么了？你们但凡对我好点儿，我也不至于到现在还没嫁人，守着个破卫生院天天看人脸色。这都是拜你们所赐！你们家人，你们一个一个的，才是畜生！"莫诗诗歇斯底里。

眼看场面就要失控，这时不远处传来一个声音："何必给自己揽罪过呢？你又不是真想让她死。"

大家循声望去，李出阳和雷叔不知什么时候已经出现在了梯子口处。

李出阳缓步走来，看着气急败坏的莫诗诗说："如果你真想让老太太死，你怎么还会随身带着治疗食物过敏的药？何况，降血压药一般都是在饭前吃，这点作为护士你最清楚不过。但昨晚出现了意外情况，因为暴雨太大，你母亲忙里忙外，忘记了吃降压药，等到想起来，才发现已经吃了几口饭，所以她才匆匆上了楼，准备吃了药过一会儿再去厨房找点儿吃的。这些都是你无法控制和预知的。更何况，你在事发后没有立即扔掉那份狮子头和手头的抗过敏药，而且还能在刚才毫无戒备地把药拿出来交给孙小圣，这就说明，连你都不知道她是怎么死的。我猜想，你只是知道老太太海鲜过敏的大概，却不知道过敏在她身上具体的症状，可能以为只是身上起一些疹子吧，根本没和吃降压药联想到一起。而且在你看来，她只吃了一两口那狮子头，可能根本不会造成什么过敏。没想到，她对海鲜过敏非常严重，哪怕是吃一口，嗓子也会非常不舒服。"

李出阳边说边走近莫诗诗："一个从小感觉自己被忽视，内心充满了不安全感的女孩，在父亲骤然去世后，感觉到了莫大的危机，她想要尽快在母亲心中获得重要的甚至是不可取代的位置，她首先要做的，就是让母亲离不开自己。所以她才会给母亲制造一点儿小麻烦，然后贴心地去给母亲化解这些麻烦。这些都是你的两位哥哥想不到，也无法践行的。"

"你的计划是，往食物里掺入北极贝。因为大家都吃了一些，只有老太太难受，所以大家不会怀疑是菜做得有问题。在老太太不舒服时，你到隔壁她的房间去假装关心她。她并不知道自己吃了北极贝，所以你只要随便编一个造成她不适的原因，然后在她最难受的时候给她喂水喂药，陪她说话谈心，慢慢让她好转，让她觉得你是真正关心她的人。对吧？"孙小圣说。

"所以你把那瓶'扑尔敏'的外贴纸给撕掉了。"李出阳说。

"你在昨晚一定还不放心地敲了敲老太太的房门，但房间反锁，也没有回应。后来你猜她就吃了那一两口狮子头，应该也不会有什么不适，便回到自己房间睡觉了。其实你不知道，老太太已经在雷雨交加的时候，掉下去了。"孙小圣说。

莫诗诗终于站立不住，双腿一软，坐在了地上，眼泪唰唰地往下流。

雷叔缓缓开了口："诗诗，你想得太多了，自从那天你悄悄问我有关你父亲那封遗嘱的事，我就知道你很不对头。"

李巧芝从头到尾地听下来，整个人亢奋极了，不禁感叹："警官……你们真厉害啊。怎么发现老太太不是自杀的？"

孙小圣用下巴点点莫学武："这得问你老公。昨天晚饭前他悄悄去老太太的房间找那份所谓'遗嘱'，莫诗诗上来叫他吃饭时，想必他正在翻老太太的床铺。那时候其实老太太已经铺好床了，但因为他把床铺翻乱了，不好整理，怕莫诗诗撞破，于是就装作在给老太太叠被子。所以昨天老太太的背面，就从蓝色变成了白色。我们才察觉到，这里头事情不简单。"

莫学武涨红了脸，说不出话。莫学文狠狠地瞪着自己哥哥，孙小圣几乎能听见他咯咯咬牙的声音。

"恐怕你们各自暗地里想找的那份遗嘱，还没被老太太写完呢。"孙小圣说。

"什么意思？"莫学武疑惑地看着孙小圣。

"老太太临死前，写的那个很大的'中'字，其实就是在模仿老头的笔迹，想伪造一份遗嘱啊。但无奈写了半个字觉得不像，就把纸揉成了团，然后发现下雨，才去的楼顶。"

众人大惊。李巧芝首先回过神来："她想把财产给谁？"

"这我怎么会知道呢？"

莫诗诗此时意识到什么，大声问："那我爸的那份真的遗嘱到底在哪儿呢？"

孙小圣咬咬嘴唇，反问："你们怎么会那么确定，老头一定留了一份遗嘱？"

没人说话，孙小圣径直走到莫学武面前："都到这个时候了，就有什么说什么呗，藏着掖着对大家都没好处。"

莫学武低着头，声音比蚊子还小："那天我在医院，刚要推病房门进去时，从门缝里看见我爸递给我妈一个牛皮纸的信封，让她收好，说他死了之后会用到。当时雷叔也在病床边上。啊，对了，"莫学武指着地上瘫坐的莫诗诗，"诗诗也在门外偷听，我们都没看走眼，能是假的？"

李出阳叹气摇头："你们一个个费尽心力想找的东西，恐怕远在天边近在眼前吧。"说着他走到不远处的鸽子笼前，在鸽子笼的底部，木板与铁板的夹层中，抠出了一个塑料袋包着的牛皮纸信封。

"老太太记性好得很，根本不可能忘记楼顶是否还有晾晒的衣服。她来这里，是想把这信封拿到屋里去，以免被雨水打湿。但是这里离屋檐太近了，她血压突然升高，视力出现偏差，再加上下雨打滑，一下就从屋顶边缘摔了下去。"

"可是这根本不是什么遗嘱，是一份亲子鉴定结论报告啊。"雷叔边叹气边说。

雷叔讲，莫老头生前跟他说过，在学文五岁时，莫老头就顶不住压力，偷偷带着他去县里的法医鉴定中心做了亲子鉴定。但学文那时候太小，对这事从来就没印象。后来结果出来后，莫老头也从来没对外提过这件事，只是把鉴定报告偷偷留着，直到自己时日无多时，才拿给老伴。

"不管这份报告的结论如何，他都是不想对外人讲的。如果报告上说学文是他的孩子，那说明他也怀疑过学文的血统，对学文这种敏感的性格来讲，肯定是不小的伤害；反之，他为了保护学文，同样也不可能对外人讲起。真是苦了莫叔这些年，用心良苦啊。可是他既然能够将报告留到最后，想必你们也基本上能猜到这个结果了吧。"

李出阳把手中的牛皮纸信封递给莫学文，莫学文颤抖着双手打开。

莫家的楼顶，传来一阵阵撕心裂肺的哭声。

第 四 章

盛开的
红豆

一起神秘的失踪案，一个浑身耻
辱、满腔仇恨的复仇者，上演了
一出深夜农村版《血迷宫》……

1

　　牛红豆下了公交车，循着最熟悉的路线来到自己上班的棋牌室。这间棋牌室是她的表哥鲁克斌九年前开的，她是里面唯一的服务员兼会计。在开这间棋牌室之前，表哥还在镇上开过一间卖麻辣小龙虾的小店，她当时负责卖货。但那家店后来黄了，还好表哥家底硬，又砸钱整了这家更大的买卖，她才不至于沦为无业游民。

　　不过现在看来，这间棋牌室的气数恐怕也尽了。

　　牛红豆远远地看去，店铺的卷帘门已经被砸变形了，门口的两个装饰用的花篮也滚到了台阶下面。店的招牌和对联上，也被人泼了一些类似墨汁的黑乎乎的东西，好像还臭臭的，路过的行人无不掩鼻皱眉。当然也有一些周围好事的商户或者街坊围在店门外议论纷纷，每个人都带着抑制不住的兴奋，互相交换着打听来的关于这间翻了车的棋牌室的小道消息。但当他们看见牛红豆步履稳健地走过来时，又像怕触霉头一般一哄而散，转而在远处隔岸观火起来。

　　牛红豆今天穿着一身淡粉色的羽绒服，戴了钻蓝色的围巾和白色的毛线帽子，色彩搭配上有点儿俗气，但也让她显得更加年轻。虽然身为一个务工人员，她从未注重过保养，也不怎么涂脂抹粉，但四十岁的她看起来仍旧是三十出头的样子。很多人都打趣说这和她成天不见太阳的工作有关，每天闷在不带窗户的棋牌室里，没有风吹日晒，也没有什么体力活，再加上有自己表哥的各种疼爱呵护，老得快才怪呢。

　　牛红豆铆足力气打开变了形的卷帘门，躲着碎玻璃踏进店内。她开了灯，先抄起墙角的扫把简单地扫了几下地。随后她忽然想起什么，拨打表哥的手机，发现仍是关机状态。

牛红豆愣了一会儿，在店内四处翻箱倒柜。一无所获之后，她起身直奔后院自己的宿舍。宿舍是一间只有七八平方米的小砖房，里面只有一个化妆台和一张双人床。牛红豆在化妆台的一个抽屉里找出了几张钞票，放在身上仔细揣好，然后走出了屋子。

阳光比刚才足了些。牛红豆不再理会店里的狼藉，走到门外准备锁门。这时街对面烟酒店的小老板凑了过来，问她需不需要帮忙。

烟酒店老板平时和鲁克斌走得比较近，所以也不好意思干看热闹不搭把手。但牛红豆只是看了他一眼，说："没事，你忙你的去吧。"

"斌哥呢？"小老板眨着眼睛。

"出去躲躲风头。"

"哦，对对，出去避避好。"小老板应着，然后似乎有点儿同情地瞟了牛红豆一眼，又问，"这事……用不用打110？"

牛红豆波澜不惊地锁好店门，答道："不用。"

小老板若有所思："也是……报了，也麻烦。"

牛红豆却淡淡地瞥他一眼："我现在就去派出所。"

2

县城一共有三家派出所，牛红豆挑了最大的一家，看上去职能最全面。进门之前，她先在门口点了一根烟，用了一分钟吸完，然后对着一辆汽车的后视镜整理了衣装和发型，最后款款地走进了派出所的一间接待大厅。

这是她第一次来到公安机关，也不知道哪里受理报案，只得对着一个窗口的接待民警打听。那民警说，这里是户籍，报案还要往里走。牛红豆应了一声，民警又随口问了句："你是丢东西了，还是被诈骗了？"

牛红豆说："都不是。"

"那怎么了？交通事故？"

"不是，我表哥杀人了。"

民警一愣，从台后走出来，死死地看着她："怎么回事？"

牛红豆重复了一遍刚才的话。

"你表哥是谁？"又有两个民警围了上来。旁边一些办业务的群众全往他们这边看。

"鲁克斌，就是县城开棋牌室的，兄弟连棋牌室。"

"他把谁杀了？"

牛红豆被围在人群中央，迎接着四处投来的目光。

"杀了一个女人，具体什么名字我不知道。"

"身份证拿来我看一下。"其中一个民警伸手。

另外一个民警问道："你说的杀人，是什么时候的事？"

"十年前。"牛红豆交出身份证。

几个民警互相传阅着证件，都觉得自己被这个女人给说糊涂了。十年前杀了人，那怎么现在才来报案？

十分钟之后，牛红豆被带到了所长办公室，由所长亲自接待。

所长是个方头大耳的中年人，慈祥中带着睿智。他看着一脸平静的牛红豆，问话语气和缓，又一丝不苟。

"你说你表哥十年前杀了人，他当时是为了什么杀的人？"

"当时我表哥在镇上开麻辣小龙虾的店，和一个女人好上了，后来那女人赖上了他，他又甩不掉，两人在店里吵了起来，他就失手把她杀了。"

"那女人是哪里的？"

"好像是陈庄的，具体我也不清楚。"

陈庄是离县城不远的一处自然村，住着几百户人家。所长想了想，又问："他是怎么杀的？"

"用放酱料的坛子砸死的。"牛红豆思考了一下答道。

"尸体呢？"

"埋了。埋到玉川一处山谷里了。"

"你知道具体埋在哪儿了吗？"所长眉头皱得越发紧了。

"大概知道。他埋的时候我在场。"

"当时你是……"

"他让我帮他放风。"

所长面目严肃，调整坐姿，问了一个无法绕过的问题："也就是说，你替他瞒了十年？"

"是的。"牛红豆微微低头。

"那为什么今天突然过来举报他？"

牛红豆恍了一下神，抬头，很大方地迎上了对方的目光。

"因为他不要我了。"

3

山风凛冽，牛红豆坐在警车上，听着窗外呼呼的风声，慢慢陷入了回忆。

十年前，就在这片山谷里，夜黑得无边无际。当时三十岁的她被冻得浑身打战，要不是旁边的鲁克斌劝她要保持冷静，她早就不知道自己晕死在哪儿了。

当时表哥把他那辆小面包车停在了山道边，然后拿着手电筒跳下车查看地形。牛红豆下意识地也从车里蹿了出来。她实在不敢单独和车上的尸体多待一刻。

鲁克斌在黑乎乎的山坡上上蹿下跳一阵，晃动着手电筒走回来，说："就这儿吧。这儿是野坡，估计一年到头也不会有个人经过。"

然后他们就开始进行那个给牛红豆落下一生阴影的环节：搬尸。

尸体被套在一个麻袋里。牛红豆至今记得寒夜中，那麻袋粗糙且干硬的手感。那麻袋似千斤重，她用左手帮表哥抬了十几米，就觉得整条胳膊都不是自己的了，那种感觉就好像肩周上挨了一枪，痛得她几乎寸步难行。

"妈的，这娘儿们这么重！"鲁克斌在呼呼的风中骂道。

麻袋被推下山坡，发出一阵声响。牛红豆浑身汗毛直立，下意识地往后退了几步。

表哥说接下来他搞定就可以，她的任务就是望风。于是牛红豆就站在山坡上，看着表哥把手电筒挂在腰间，跳下山坡，一只手拽着麻袋，另一只手拎着事先准备好的铁锹，深一脚浅一脚地往坡下面走去。

手电筒的灯光渐渐不见，牛红豆坐在一块大石头上，抬眼望着满天的星光，觉得自己好像到了另外一个星球。如果是这样就真的太好了，牛红豆闭上眼睛，深深感受这种幻想，但仍然抑制不住心脏的狂跳。

不知过了多久，手电筒的光亮又重新出现在眼前。表哥满身泥土地爬了上来，一边喘粗气一边对她说大功告成，让她去车上给他拿瓶水。

"埋好了？"

"废话。"表哥坐到了石头上面，像是在休息，但姿势好像有些奇怪。

不知为什么，牛红豆觉得表哥跟刚才不大一样。

"埋在哪儿了？"她觉得多说几句话也许能看出什么端倪。

"你甭管了，回头要是警察来问，你就说什么都不知道。"表哥没有看她。

牛红豆借着月色细致观察刚刚埋完尸体的表哥。虽然他面朝山坳，只留给她一个背影，但她仍然觉得，表哥似乎有什么事情瞒了她。

"去给我拿水啊。"表哥回头看了她一眼。

她看出来了，表哥的肚子似乎比之前大了一些。牛红豆头皮一阵发麻。

她什么也不敢问。

警车在山上七拐八绕地行驶，最终在牛红豆的指示下，停在了山路边。牛红豆带着民警和辅警们走到一个山坡前，指着山坡下面一片杂草丛生的阴影区域，说："应该就是在这一带。他把人埋到这里了。"

虽然是冬天，所长的脑门还是被太阳照出了一层薄汗。他觉得牛红豆给出的范围有点儿太大了。

"你再回忆回忆，当时他人在什么方位，这样我们也能找得更准确一些。"

牛红豆摇摇头："我只记得他在这下面埋的，具体埋在哪里我真不知道，当时天太黑，我也根本不敢细看。"

民警和辅警们你看看我我看看你，最后有人说了句："抄家伙吧。"

众人拿起铁锹，跳下山坡。前面有人牵着警犬，有人推着探地雷达；后面有人拿着DV摄像机拍摄取证。一个年轻女民警跟着牛红豆，说着一些让她再仔细想想、有没有其他线索之类的废话。牛红豆自始至终只用摇头回应她。

她下意识地又坐在了山坡前面的那块大石头上。上一次坐在这里，自己才三十岁。那时候的她成天和小龙虾、酱料、方便饭盒打交道。那时的她对周围的一切充满想象，虽然手上做着辛苦的工作，但不妨碍她幻想一切。她渴望浪漫的生活，渴望每天都能得到惊喜；渴望儿子能健康成长，渴望日子能过得真金白银。她对这些渴望也充满信心，因为那时候的生活对她来说就是一个上锁的宝箱，能不能打开，打开后能捡到怎样的宝贝，只是时间问题。

想到那时候的自己，牛红豆心里笑了笑。

她下意识地摸摸自己的脸颊。虽然岁月没有在她脸上留下过多的痕迹，但不知为何，她忽然觉得自己很沧桑。生活的宝箱啊，只有等真正关上了，才发现原来它曾经被打开过。牛红豆的笑容从心里浮现到了脸上。

身边的女民警见她这样神经兮兮，一句话也不多问了。

就像表哥当年埋尸体一样，不知过了多久，民警们终于有了收获。据说一开始他们在山坡下也毫无头绪，但毕竟埋过东西的土松散系数和周围的土是不一样的，也就是说土壤在被挖开填埋之后，会与自然状态的土壤密度不同。民警们凭着这个概念，结合探地雷达扫描出的波段反馈，费了很长时间，终于在一棵大松树下找到了一块疑似曾经被填埋过的土地，然后挖出了那个多年前被鲁克斌埋掉的麻袋。

麻袋中确实有一具已经白骨化的尸体。尸体穿着羊绒衫和牛仔裤，尚未完全降解的头发很长，骨盆也比较小，基本可以确定是一名女性。

派出所所长很快联系了刑侦支队和法医中心。

4

刘洵、孙小圣、李出阳和法医丁雁心到达现场时是下午四点三十分。女法医丁雁心虽然年轻，却有着解剖上千具尸体的经验，她戴着白手套检查了一遍尸体，大致得出以下结论：死者为女性，死亡时间是八年至十二年之间，年龄为三十岁至四十岁，死因可能是头部遭受钝器重击导致的颅内出血。

具体情况还要等待尸检报告。但以上所说内容基本上都能和牛红豆提供的信息吻合，所以孙小圣等人先把重要涉案人牛红豆带回了县城派出所，做进一步调查。

整个过程中牛红豆都很配合。据孙小圣观察，她的这种配合还不是被动地迫于压力所致，而是一种非常清醒且理智的、很有主见性的态度。这令孙小圣对这个农村少妇非常感兴趣。有些检举人的动机是出于自保，有些是有功可邀、有利可图，但这位牛红豆同志显然是奔着玉石俱焚的目的，并且不惜赔上自己的名声，翻的还是一笔陈年旧账，真是令人大开眼界。

同时，此案还有一个奇怪之处摆在他们面前，那就是牛红豆检举的具有重大杀人嫌疑的鲁克斌已经于昨晚失踪了——而且还不仅仅是失踪这么简单，他在失踪之后，家里还着了一把火。

根据相关人士判断，这把火很可能是人为的。

结合派出所民警调查的鲁克斌棋牌室的现状，大家推断鲁克斌可能存在仇家，而且鲁克斌的这个仇家，牛红豆大概率是知道的。甚至有可能，她就是那个人。

过不多时，刘洵和派出所民警一起排查近年来陈庄的失踪人口记录，孙小圣和李出阳则开始给牛红豆做笔录。

"你应该清楚，你涉嫌包庇了鲁克斌十年，这一点你有异议吗？"孙小圣看着牛红豆问。

"啥叫'包庇'？"

"就是你明知道他犯了法，却一直不向公安机关举报。这也是犯法的。"

"我这不是来举报了吗？"

孙小圣很是服气地看着她："那你这十年干吗去了？"

"我害怕，怕他报复。"

"现在不怕了？"

"对。"

"为什么？"

"现在已经有别的人在搞他了，我就不怕了。"

孙小圣一想，这什么逻辑？不过自己一琢磨，好像也有几分道理。这女人脑部构造果然很奇特。

"你之前不是说你举报鲁克斌，是因为他不要你了吗？我看，你是因为跟他闹翻了，才来跟我们说这些的吧。你是要报复他。"李出阳揭她老底。

"不管怎么样，反正我对你们说了实话。人也不是我杀的，我没有犯法。"牛红豆斜眼看着他们，强词夺理。

听她说得如此笃定，孙小圣和李出阳都懒得给她普法了。能够沟通的前提是，双方不存在什么文化和价值观上的壁垒。此刻显然不符合这个条件。

牛红豆接下来告诉孙小圣和李出阳，她和表哥是青梅竹马，自己多年以来都承蒙表哥的照顾。在她八岁那年，从镇上卖货回来的母亲失足掉进了村里的蓄水池，父亲摸黑下水救人，两人双双被淹死。八岁的牛红豆自此被寄养在姥姥家，自家的一间院子也被两个姨瓜分。

好在姥姥是个常年吃斋念佛的慈祥老人，虽然年事已高，但对幼年的牛红豆照顾备至。而且那会儿同样寄养在姥姥家的表哥鲁克斌也对牛红豆关爱有加，这令牛红豆的童年在很大程度上还是有幸福可言的。

鲁克斌是姥姥二儿子的独子，也就是牛红豆二舅家的孩子。牛红豆刚上小学时，二舅和二舅妈就因为一起车祸过世了，自那时起鲁克斌就一直和姥姥住在一起。

牛红豆和表哥的缘分从那时开始，一直延续了很多年。两人一起长大，不论牛红豆遇上什么事，第一个站出来帮衬的肯定是表哥。表哥虽然没什么学问，头脑却非常灵光，再加上小小年纪就混了社会，做什么活计都能够有模有样。一开始表哥带着牛红豆在镇上的陶瓷厂当工人，后来陶瓷厂搬了迁，表哥就看准商机跟几个哥们儿凑了钱，在镇上开了卖麻辣小龙虾的小店，而且一度还开得很红火。表哥当时私下跟她透露，小龙虾酱料的配方是他费尽心思潜入一家大餐厅偷学来的，那餐厅老板察觉后还来找过他的麻烦，但最后也不了了之了。

至于为什么不了了之，牛红豆也不清楚。表哥可能又耍了一贯的无赖手段，令对方维权无门。表哥向来如此，经常能有些走捷径的小聪明，又深谙一些村霸地痞的耍赖伎俩，所以在镇上和县城这种小地方吃得很开，不过弊端就是总会得罪一些人，时常给自己惹一身臊。所以他偶尔会东躲西藏两天，然后等风头一过，又若无其事地从角落里跳出来，继续和往常一样四处蒙混。

但表哥依然对牛红豆很好。两人多年前就保持着情人关系，而且表哥对她从不过多要求和管束。甚至在牛红豆二十年前结婚时，表哥还包办了一切事宜，让她嫁得体面且风光。他甚至还力排众议，让她和丈夫以赡养老人为名，继续住在姥姥的院子里，也正是这样，她后来才顺理成章地继承了姥姥的小院。只不过那个时候她和表哥的事还未被太多外人知晓，实际上他们这种关系是在棋牌室开成以后，才逐渐显露出来的。某块遮羞布一旦被扯下一小角，还不如就整块都掀开，因为捂住的内容，说不定会在众人嘴里比事实夸张出千倍万倍。

牛红豆结婚之前就给自己做过打算，虽然表哥不可能娶自己，但她发誓是要跟他一辈子的，所以她要找一个自己能压得住的"老实人"，以备日后可能出现的隐患。

后来有一天，牛红豆陪着姥姥上山烧香，邂逅了一个同样来拜佛求福的小伙子。小伙子名叫商盛开，是从江西过来打工的，一开始去过北上广，觉得压力太大，后来就到了二线城市古城，再后来就扎根在了古城郊外的这个县城。

商盛开是个典型的南方小伙子，细皮嫩肉文质彬彬，倒是能入牛红豆的眼。最关键的是他背景简单了无牵挂，很符合牛红豆的择偶条件。商盛开自小父亲亡故，母亲也在他上初中那年死于一场疾病。成了孤儿的他虽然学习成绩一直优秀，但根本没有考大学和念大学的能力，勉强读完两年高中后，便孤身一人出来闯荡社会。但不是所有人都能像表哥那样精明能干，商盛开不仅混得不怎么如意，又屋漏偏逢连夜雨，在广州遭了一场车祸，积攒了好几年的打工钱都扔在了医药费上，一只脚还落下了终身残疾，至今走起路来仍有些跛。

商盛开离开了广州来到古城郊外的这个县城，想踅摸一个糊口的营生。但找来找去，发现自己既干不了体力活，又没有干脑力活的文凭。不过天无绝人之路，鬼使神差地，他竟然在一所打工子弟学校找到了个代课老师的职位，工资虽然不高，但包食宿，隔三岔五还能发一些粮油米面的福利。而且那所打工子弟学校还是镇政府近年来主打的一个公益专项工程，虽然解决不了他的编制，但相对稳定。最主要的是，这份工作，圆了他多年以来的一个梦想。

"我打小的愿望，就是当老师。"商盛开第一次和牛红豆约会时，这样对她说。

当时两人在县城的电影院门口，等着电影开场。商盛开穿着一件洗得耀眼的白衬衫，牛红豆穿着一件刚刚从尾货市场淘来的鲜艳长裙。他们坐在电影院门口高高的台阶上，看上去和街头巷尾那些处对象的男女没有丝毫差别。

微风拂过，牛红豆看着商盛开沉浸在梦想中的模样，自己也做出一副被激荡的样子，甜甜地笑了。

无邪，简单，没有家人，符合自己的预期。牛红豆心里暗暗想。

没多久，他们就举办了婚礼。商盛开住进了牛红豆家的小院。一年以后，他们的孩子商京辉出世了。是个男孩。没多久，姥姥因病去世了，小院成了牛红豆夫妇的独有财产。她打心底里感激表哥。

京辉十岁的时候，表哥鲁克斌在店里杀了人。

鲁克斌为人风流，同时和多个女人暧昧不清，这点牛红豆早就知道。这也是鲁克斌能容许她结婚生子，表面上过正常人生活的原因。不过这一次鲁克斌明显是玩大了，那个女人拿自己怀孕要挟他，还要敲他一笔钱。两人在店里大吵大闹，鲁克斌一时失控，抄起店里的一只酱料坛子砸在她的脑袋上，直接把她砸死了。

牛红豆赶到店里时，表哥已经抽了一地的烟头。牛红豆从来没见过那个女人，确切地讲，她对地上的那具尸体毫无印象。她只记得那个女人烫着一头鬈发，整个人蜷在一团血污里。那个形象太恐怖了，恐怖到以后她在电视里看到任何血腥镜头都无所畏惧了。当你见识了真正的死人，再看影视剧里的相关内容，就会觉得演得真可笑。

那晚，在经过半宿的策划和准备之后，牛红豆帮助表哥把尸体装进麻袋，悄无声息地运往几十公里外的山上。

牛红豆来到自小烧香的庙里，捐了自己的全部存款，还在放生池里放了一袋子金鱼。她希望用这种方式帮表哥赎罪，自己也能获得些许的心理安慰。在她的记忆里，姥姥就总是用这些方式避灾驱邪，否则她牛红豆也不会在姥姥的庇护下平安长大。

她甚至还帮表哥求了一道平安符，但毫无宗教信仰的表哥对此嗤之以鼻。她便把那道符小心翼翼地放在自己的钱包里，但凡遇上什么不开心的事，就拿出来握在掌心，好一阵阿弥陀佛地念。

打那以后，表哥也知道这个龙虾店开不下去了。他草草地关了店，做出去外地跑买卖的样子，东躲西藏了一阵，发现局势并没有他想象的可怕。首先那个女人的家人虽然报了警，但对她的失踪好像并不怎么上心。女人的亲属中只有她老公和她还算亲近，但那男人当时已经病入膏肓，住进了医院，半年后也死了。至此女人的活不见人死不见尸并没有引起她那些所谓亲戚的重视，大家都以为是女人撇下病重的丈夫，远走他乡另谋出路了。

表哥于是在几个月之后重新回到县城，开了那间棋牌室。

棋牌室的成立对牛红豆来讲，也是一个分水岭。本来表哥离家半年多，自己的生活重心已经慢慢转移到了商盛开和京辉身上，日子也渐渐过得和普通农村妇女无异。他们承包了十余亩田地，虽然过得并不富裕，却也足够糊口。但棋牌室成立之后，表哥不仅拉自己入伙，还专门在后院给她腾出了一间屋子，在外人看来越来越有种金屋藏娇的意味。也正是在那时，牛红豆和鲁克斌之间的"丑事"慢慢地公开化。那些天天来店里打牌耍钱的顾客，每天也用一种揶揄的目光打量她，令她走到哪里都遭到别人的纷纷议论，彻底成为大家口中伤风败俗的典范。

不过鲁克斌这些年死性不改，在其他女人身上同样没有消停。他自诩生意人，总是声称自己还和别人伙着很多别的买卖，借着出差和应酬的由头，到处拈花惹草勾三搭四。几个月前他好像搭上了一个在夜店认识的女人，那女人既年轻漂亮又有钱有势，据说不但能慰藉鲁克斌，还能投资他的生意。鲁克斌如获至宝，隔三岔五就去找那女人厮混，任牛红豆怎么闹也无济于事。也正是在那个时候，牛红豆和鲁克斌之间产生了真正的裂痕。年近四十的她越发觉得，自己这些年太亏了，不仅声名狼藉、家庭不幸，连表哥对她唯一的那一点儿真心，也随着自己容颜衰老而消失殆尽。

牛红豆心里恨极了。她要报复鲁克斌，她也不是没有方法报复。她手里握着一张王牌，那便是十年前表哥杀死了那个鬈发女人。

她想，必须和表哥摊牌，如果他再不回心转意，自己就彻底和他撕破脸。晚上她给表哥打了电话，问他能不能谈谈。

"谈什么？这时候你他妈还想谈什么？"鲁克斌烦躁地在电话里嘶吼。他告诉她，现在根本不是说这件事的时候。

虽然表哥没有跟她明说，但通过小道消息，牛红豆也多少发现了一些端倪。他好像是玩火自焚，惹上了一个大麻烦。

原来他最近勾搭上的那个女人，是县城一个"大哥"的情妇。"大哥"在县城开了好几个场子，有歌厅，有地下赌场，每一个规模都是他的小棋牌室不能比的。这位"大哥"听说小小棋牌室的老板动了自己的女人，恨不得把他千刀万剐。鲁克斌收到消息后，是真的害怕。因为那"大哥"威名远扬，在江湖上无人不知。他这一回不仅是在太岁头上动土，还把自己今后的路给玩绝了。

祸不单行的是，表哥好像还惹上了债务纠纷。他前几个月在外地投资买卖，卷入了一笔三角债之中，数额好像还不小。下家的钱要不到，上家又咄咄相逼。表哥一时乱了阵脚。

和以往一样，鲁克斌最后决定跑路。

牛红豆心中虽然愤恨，虽然想尽快了结和表哥之间的感情纠纷，但对于这两只突然来到的"黑天鹅"，也只能无可奈何。但也不知是这两个"大哥"之中的哪一位动手如此迅速，在鲁克斌决定跑路的当晚，就找人一把火烧了他家的院子。

鲁克斌在村里也是有点儿名气的，虽然口碑不佳，但绝对是个焦点人物。他家被烧了个精光，自然引起了所有人的好奇。一开始大家都传鲁克斌在自家被烧死了，没想到警察来了，却没有在满坑满谷的灰烬中发现尸体。牛红豆便猜到在那些人放火之前，表哥已经按照以往的路数，逃之夭夭了。

早晨牛红豆在家里用小火炉给丈夫煎调理脾胃的中药，却发现炉子里的蜂窝煤总是灭。按常理来讲，不是煤发潮了，就是烟孔没对准。但牛红豆却为此好一阵苦恼。

她认为这是不祥之兆。如果不是家里要倒霉，怎么可能火都烧不旺？

牛红豆担心极了。她担心，那两位"大哥"如此来势汹汹，会不会对表哥麾下的她动手？这些年来不管怎样，在外她都是表哥的得力助手，是棋牌室的无冕老板娘。一旦表哥不露踪迹，仇家说不定会找她要人。到时候自己和丈夫、儿子说不定都会受到影响。

要人还好办，要是要债可就麻烦了。表哥的那个债主据说在当地有钱有势，要真是不远万里地来讨债，发现表哥跑了，把账算在她头上咋办？她可就真的没活路了。

反正棋牌室是肯定经营不下去了，再加上之前已经和表哥闹崩，牛红豆思来想去，决定和表哥划清界限，主动到公安机关检举他。

一个把自己老板兼姘头都举报了的人，想来那仇家也不会来寻她的不是。

虽然她不太了解包庇或者胁从作案的含义，但以她的学历和知识，只能猜测到自己主动举报属于立功行为，能够将功补过。

牛红豆断断续续地说了这些，然后要了一杯水，慢慢地喝着，同时看着面前这两位看起来很年轻的刑警，惊讶而深沉地消化着自己所述的传奇一般的经历。

5

第一堂笔录做完，牛红豆被女民警带到候问室休息。刘洵给孙小圣和李出阳递来一个消息，说陈庄的失踪人口调查结果出来了，有一个失踪者信息比较符合死者特征。失踪者名叫于穗花，时年三十一岁，鬈发，无业，老公是陈庄的村民，事发时因为肠癌复发正在住院，于穗花失踪半年不到她老公就病死了，于是她的失踪也成了一桩无头悬案。

刘洵已经让手下侦查员去于穗花亲戚家收集线索，然后和此案发现的尸体进行比对。与此同时，派出所所长也带来一个消息，说经他们与鲁克斌所在村落的属地派出所联系，鲁克斌家昨天晚上，确切地说是今天凌晨，确实发生了火灾。

晚上七点钟左右，孙小圣、李出阳和刘洵来到鲁克斌家勘查现场。家里已经被烧得一毛不剩，屋里屋外像撒满了黑胡椒，家具细软基本都化为灰烬。但从屋里的物件和装潢残余也不难看出，之前这个院子的装修布置还是有几分考究的，至少和一般村民家简单粗暴的农家风格不同，屋里有木墙围子，天花板还吊了顶，连院墙上都铺了琉璃瓦。一个协助调查的村民告诉孙小圣等人，鲁克斌确实有几个小钱，而且还爱显摆，所以故意把院子修得高人一等，自认为富丽堂皇的样子。

"火场里能提取出血迹吗？"孙小圣问一边的技术队副中队长吴良睿。

"大哥，蛋白质变性听说过吗？"吴良睿翻翻眼皮，"即使找到了也提取不了 DNA，只能指望着未起火点里有零星血迹。"

但这种情况似乎不存在。屋里和院子里的杂物很多，起火点四处遍布，而且燃烧得都很彻底，所以一时半会儿找不出什么有价值的线索。院内还有一棵柿子树，已经被烧得像焦炭一般乌黑。树下扔着的一根大铁棍子很是扎眼。孙小圣让技术队把棍子捡起来，带回去看看有什么问题。

"哦，这个棍子是小鲁平时挂在这树上健身用的。"被带着进院的鲁克斌街坊介绍道。

这个街坊住在鲁克斌家东院，是他家唯一的隔墙邻居。昨晚发生大火时，周围邻里因为平时看不上鲁克斌的作风，基本上都是袖手旁观，再加上鲁克斌家西院是一户人家的老宅，院子一直空着，所以更没人出来响应救火。最后只有东院这户人家害怕殃及池鱼才站出来帮忙的。

"健身？拉肩膀的？"孙小圣看着那棍子的长度，伸着胳膊在树下大概比画着。果不其然，他们又在树下找到了隐藏在焦黑灰烬中的两只杠铃。显然那杠铃应该是被绑在绳子另一端，配合着这根铁棍子来使用的。而拴着这几样重物的绳子，估计已经被烧得灰都不剩了。

"鲁克斌平时很爱健身？那身手怎么样？"李出阳问一侧的街坊。

"身手好呀，"街坊不无夸张地说，"别看他不壮，但身上劲足着呢，从小就是架包。"

听这劲头，鲁克斌不像是随便就会被干掉或者被绑走的。会不会是他闻讯逃走了呢？孙小圣心里琢磨着。

这会儿属地派出所协同消防等部门已经对起火现场进行了大致判断，基本认定起火点是堂屋，而且地上有泼燃油的痕迹，味道闻起来非常像柴油。技术人员已经提取了相关物质到鉴定部门鉴定，估计几天后出结果。这一带经常有建筑工地倒卖柴油的现象，散装柴油曾经流入周围好些自然村和城乡接合部，酿出过一些事故，政府部门屡禁不止。

由于院内确实没发现鲁克斌的尸体，目前也实在看不出什么其他痕迹，孙小圣和李出阳只能询问街坊，去推断鲁克斌昨晚的大致行踪。

街坊们告诉孙小圣等人，这个院子只有鲁克斌一人居住。早年这个院子也不是他的，是他大爷准备给儿子结婚用的。但鲁克斌成年后，一直说当年自己爸妈的院子被大爷吞了，必须要点儿补偿。大爷死命抵赖，两个姑姑也和他沆瀣一气。鲁克斌使了阴招儿，找了狐朋狗友天天夜半去骚扰他们，还扬言要同归于尽，最终给自己争取来这个弹丸之地。付出的代价就是，人得罪光了，整个家族都跟他彻底决裂了。

"怪不得呢，"李出阳说，"出了这么大的事，一个过来问的亲戚都没有。"

"那个谁，啊，"一个街坊闪烁其词地说，"他表妹没来吗？"

"啊对对对，他家的亲戚里，就他俩走动了。"

街坊似乎还不知道牛红豆举报鲁克斌的惊人之举。不过孙小圣看出来了，村民们好像对他和牛红豆的关系都了然于胸，话里话外都意有所指。可见牛红豆所言不虚。

说到牛红豆，街坊们的话匣子就更收不住了。

牛红豆家住村西头，鲁克斌家住东头。街坊说，牛红豆在昨天晚上并未回家。孙小圣问为什么，那街坊悄悄告诉孙小圣，是因为牛红豆的儿子商京辉把她关在了门外。

"哦？为什么？"

"那孩子就那样，别看都二十岁了，脾气嘎得很，我们村都没有人跟他玩。也是，那种家庭环境出来的孩子嘛……"

街坊说，牛红豆和鲁克斌多年来一直就是那种不正当关系，这些事不仅村里人看在眼里，牛红豆的丈夫和孩子也不可能心里没数。但身为丈夫的商盛开一直没有采取什么行动，一方面他是个外地人，还是个跛子，根本没有解决问题的实力；另一方面他也确实软弱，性格决定命运，他的命运就是当一辈子缩头乌龟。

李出阳说："那这火有没有可能是商盛开放的？"李出阳觉得，多年来的夺妻之恨，很可能一朝爆发。

"不可能。"街坊摆摆手。

"为什么？"

"别说商盛开不是那种气性大的人了，他是的话早就把鲁克斌剁了，还用等到今天？再说昨天白天他出了点儿意外，差点儿死掉。"

"哦？还有这种事？"孙小圣和李出阳迅速对视了一眼。

街坊告诉他们，商盛开昨天学校没课，上午便坐着村里一个熟人的翻斗车到自留地里拔杂草，因为田垄子比较高，翻斗车又开得比较快，商盛开没坐稳直接从车上摔了下来，后脑着地昏迷不醒，俩耳朵都流出了血，人当时就不行了。

"翻车是早上的事，人拉回来已经是中午了。这会儿才有人从镇上的诊所里找来了医生，那医生用听诊器听了心跳，又扒开商盛开眼皮看了瞳孔，说人已经没了，都断气了，唉！"街坊摆摆手，一副非常于心不忍的样子。

"后来呢？"李出阳皱着眉问道。

街坊说，出事之后，牛红豆在县城上班，一直联系不上，由村支书出面先帮商京辉料理了一些他爹的后事。商盛开在村里虽然是大家的笑料，但毕竟恪守本分，悲剧一出，自然又拉到好多同情分，所以自愿帮忙的乡亲们很多。不出半天的工夫，大家就把准备出殡的事宜忙活了一大半。有人帮忙到镇上给商盛开买了寿衣，有人联系了搭灵棚的工人，有人垫付了一些钱，等等。

街坊说至此处，不由得感叹道："不过要说这真是人各有命，昨天大家还说这商盛开肯定是没救了呢，棺材都订好了，本打算第二天就穿上寿衣入殓了，没想到今天上午人就醒过来了！"

二十分钟后，孙小圣和李出阳就在牛红豆家见到了大难不死的商盛开。

商家此时好像已经成为公认的是非之地，虽然聚集万千目光，却没人再敢踏进一步。孙小圣和李出阳进院时，院子里冷清得气温好像都比外面低。

院子很小，地上也没有铺砖，孙小圣走进去都觉得硌脚。这院子一看就有些年头了，角落里还有一口废弃的辘轳井，上面压着一口很原始的磨盘，猪圈好像也废弃很久了，只剩几排破砖。鸡笼里只有两只鸡，像囚犯一样呆呆地看着他们。

这地方让孙小圣和李出阳局促且压抑，一时都有点儿无所适从。这会儿商盛开从正屋走出来，身子好像还有一些摇晃，也不知是本身体质如此，还是伤没好利索所致。他看起来四十岁出头的年纪，眉眼低垂，苍白的脸上戴了一副眼镜，整个人瘦得有些脱相，倒是符合一个民办教师的气质。

孙小圣二人向商盛开亮明身份，然后走入堂屋。孙小圣看着坐在对面神色有些呆滞的男人，一时不知道怎么说开场白。虽然他们是第一次见面，但关于这个男人的事情他已经有所耳闻，那是一段任何人都没资格妄自代入和揣测的坎坷经历，令人唏嘘。这种情绪甚至让孙小圣对商盛开产生了一种特殊的重视，或者说同情。

李出阳也一时不知怎么开口，下意识地在屋里观望起来。屋里灯光昏暗，摆满了粗糙老旧的家具，正墙上贴着一张佛像，佛像下面还摆着一个黑乎乎的香炉。李出阳发现那佛像似乎并不是他日常见到的菩萨或者佛祖的形象，而更像是某家寺院的得道高僧。此人浓眉细目，身披袈裟，手捻着念珠，一副慈祥的模样。

"怎么，你还信佛？"李出阳看向商盛开，随便找了一个话题。

"啊，不是，"商盛开说，"是以前家里老太太祖传的一张佛像，其实我们也不懂，就供起来，没事给上上香。"

"老太太？"

商盛开指着侧墙上的一张全家福，里面除了商盛开夫妇和孩子，还有一个白发老妇。商盛开说，那人就是一手把牛红豆带大的外婆，也就是牛红豆口中的姥姥。

李出阳点点头。此时场面热了些，他便告知了商盛开大概来意，说希望了解一下昨天鲁克斌家案发时他的行踪。

"昨晚……"商盛开开了口，嗓音很小，而且略带沙哑，"我白天磕了脑袋，一直昏迷，今天早上才醒来。"

"能详细说一下经过吗？"

商盛开说，昨天他晕倒的经过记不太清楚了，只记得自己早上七八点钟恢复了意识，自行起床后来到了院子里。这时京辉也从自己的屋子里跑出来，不多会儿牛红豆也回来了。

商盛开称呼牛红豆全名，让人有些玩味。孙小圣问道："牛红豆昨天晚上在哪儿？"

商盛开面无表情："不知道，我也不关心她在哪儿。"

"那商京辉呢？"

"我没什么事了，就让他回镇上上班了，他是快递员，还没转正呢。"

"我听人说，昨天晚上是你儿子把牛红豆关在了门外？"

商盛开听后，沉沉地叹了口气："这么多年，苦了孩子。"

孙小圣看了李出阳一眼，大致有了一个合理的猜测：多年来牛红豆和自己表哥鲁克斌的关系，不仅平日里令商盛开成为他人笑柄，商京辉也一定饱受嘲谑。所以他一方面痛恨父亲的软弱无能，另一方面也憎恶母亲的作风败坏。自小活在别人议论中的商京辉，性格孤僻执拗，和父亲不亲，和母亲更是为敌，一心只等着自己长大后脱离这个时时刻刻令他感到恶心的家庭。昨天父亲的突发事故，让他大受刺激的同时，也更坚定了自己的想法。所以他决意给父亲操办完后事之后就再也不回这个家，所以他也决心与牛红豆断绝关系，便做出了不让她踏进家门的举动。他想彻底地与这个家决裂，扬眉吐气，重新树立自己应有的自尊。

"能谈谈鲁克斌吗？"李出阳想了想，决定还是开启这个绕不过的话题。

商盛开脸上抽动了一下，微微低头："你们想问什么？"

"你知道他家昨晚上失火了，烧得什么都不剩吗？"

"知道。听说他人也失踪了。"

"他平时有什么仇家吗？"

"不太清楚。"商盛开脸上露出了明显的抵触表情。

"牛红豆也没跟你提过什么吗？"

商盛开有点儿烦躁地翻了一下眼睛，但似乎怕惹恼两位警察，他又讪讪地打量了一下他们的神色，然后认真地小声回答："她从不跟我提他。我们不说这些话题。"

孙小圣刚要说什么，商盛开又怕不够恭敬似的，补充道："我也从来不问。"

果然是这样一个男人。李出阳看了一眼孙小圣。

"我说二位警察大哥，红豆……她是也出什么事了吗？"商盛开似乎觉得不问问这个也说不过去了。

"她本人倒没出什么事，只不过她向我们举报鲁克斌十多年前在店里杀死了一个女人，这件事你听她说过吗？"

商盛开浑身一颤，刚才一直有点儿迷瞪的双眼登时睁圆了："什么？什么时候向你们举报的？"

孙小圣答非所问："你听她说过这事吗？"

"没有，"商盛开使劲摇头，"没听说过。"

孙小圣一想也是，商盛开如果知道这件事，也不会被鲁克斌捏住那么多年了。

李出阳这会儿问道："你说你昨天晚上一直昏迷，有谁能证明吗？"

商盛开显然还陷在刚才的内容里出不来："那……红豆，她现在人呢？"

"她现在一时回不来，这案子跟她也有关系，暂时被我们留置了。如果后续涉及传唤，我们会通知你的。"

"……哦。不过她跟案子有什么关系？"

李出阳看了孙小圣一眼，孙小圣点点头。李出阳便简单跟商盛开解释道："她涉嫌帮助鲁克斌毁尸灭迹。"

商盛开目瞪口呆。原来他们不只是奸夫淫妇这么简单，还一起作过案呢。果然是一条绳上的蚂蚱啊。

李出阳又重复了一遍刚才的问题："昨晚你昏迷时，身边一直有人在吗？"

商盛开谨慎地想了想，有点儿瑟瑟地说："没有，醒来时我周围一个人都没有。怎么警察大哥，是不是没有人为我证明，你们也要把我带走了？"

"不是那个意思，"李出阳瞥了他一眼，"这么说吧，昨天晚上牛红豆和商京辉的行踪，你也都不知道？"

商盛开点点头："是。但是京辉应该一直都在他自己的屋里。他晚上从不出门的。"

"也就是说，昨天晚上，你家只有你和儿子两个人？"

"是的。"

李出阳把这些内容记在本子上。然后他想了想，又问道："等你儿子回来，我们能问他一些问题吗？"

"他在镇上租房子住，一周才回一次家。"

孙小圣想，商京辉也许正是为了躲避原生家庭，才选择自己租房子住。虽是如此，他还是说道："明天让他回家一趟？我们明天再过来。"

"可以的，不过那孩子……"商盛开欲言又止，最后气短地点点头，"明天吧，他这两天正业绩考核呢，要不该转不了正了，我让他明天下午回来。"

6

因为鲁克斌的手机一直打不通，技术部门做通信记录查询和定位也需要时间，刘洵只能先从他的社会关系开始排查，他们很快查到了那个和鲁克斌有染的年轻女子叫梁小可，二十六岁，在县城经营着一家渔具店。而她的那位"大哥"男友，也就是鲁克斌的情敌，名叫柴志顺，四十五岁，人高马大，一脸油腻，在县城经营了两家歌厅，据说手下还有一众唯他马首是瞻的小弟。在刘洵和县城派出所一众民警的施压下，柴志顺承认了与鲁克斌交恶，但矢口否认纵火的事实。

"昨天晚上我一直在自己店里给一个朋友过生日，十几个人在呢，他们都能给我证明。"柴志顺臊眉耷眼地看着一众民警。

歌厅有监控录像，确实能查到柴志顺昨天晚上所在包厢里的情况。当时那包厢里一众男女喝得昏天黑地，群魔乱舞，可见他没有撒谎。

但戏剧化的是，随后柴志顺手下有三名小弟主动投案，说昨天晚上，他们为了给大哥出头，先带着家伙去了鲁克斌的店里，把门脸砸了个稀巴烂，之后，又直奔鲁克斌老巢，准备好好教训一下这个不知天高地厚的村夫。但他们闯进门后发现院里早已无人，便猜到鲁克斌已经跑路。最后他们本着给鲁克斌一番警示和教育的目的，在堂屋掀翻和打碎了一些家具，随后溜之大吉。

地头蛇的一贯做法，老大示意，小弟背锅。只不过三人均否认放火一事。

纵火远比私闯民宅性质严重，小弟们都是老油条，拒不承认也属正常。刘洵先把这几个小弟刑拘了，准备之后进行讯问。

根据这几个小弟交代的情况，他们昨天晚上开了一辆金杯汽车去抄鲁克斌的老窝。这个情况倒不难确认，因为村子总共就有两个出入口，只有正门能行驶汽车，而且那里还安装了全村唯一的摄像头。孙小圣和李出阳到村委会的安保办公室调取了昨晚的监控录像，发现那金杯汽车的确在凌晨三点钟左右驶入正门，随后在不到四点钟驶离。

如果那三个小弟交代的情况属实，那鲁克斌应该是在凌晨三点钟之前就逃离了村子。但监控录像中没有发现他的身影，他很可能是从村子后门，骑自行车或者徒步离开的。

根据调查，鲁克斌名下有一辆皮卡车，现在就停在自家院落的胡同口，可见他的确不是驾车离家。而鲁克斌平时并没有骑自行车的习惯，家中也并没有自行车，所以他要想离开村落远走，一定会徒步走上村外的大路，去坐公交车或者出租车。

刘洵觉得这是一个可以深挖的点。村外的大路有交通探头，公交车里也有监控，至于途经的出租车，也能从交通录像中寻迹，所以要追查鲁克斌昨晚的行动轨迹似乎并不难。

从监控录像还能发现两个情况，一是鲁克斌的皮卡车昨天晚上八点钟左右回的村，二是牛红豆昨天晚上十点钟左右，单独出了村子。

据牛红豆说，鲁克斌昨天晚上确实开车带她回了村，把她撂在家门口，然后自行回了家。自此两人分道扬镳，牛红豆除了给他打过一个电话，再也没见过他。而随后牛红豆因为被儿子拒之门外，便走路到了就近的镇上，又打车去了县城，住了一宿旅馆。

那么鲁克斌是怎么离开村子的呢？如果他真是外出避风头，为什么不开车？

"我觉得他可能有自己的打算。如果他足够精明的话，把车留在家门口，会给仇家或者追债的造成他并没有出远门的误导。那些人也就可能在一定程度上放松警惕。"李出阳反复思考后说。

"那就要找找最后一个见到他的人，看他当时是个什么状态。"孙小圣提议。

经过一系列调查，孙小圣得知最后一个见到鲁克斌的人是村内小卖部的老板。当时晚上八点多钟，老板刚关了店门，就看见鲁克斌远远地过来，向他买烟和一些面包水饮，好像是急着要出门的样子。

"当时我店都关了，他骂骂咧咧地非让我把卷帘门赶紧打开。我感觉他好像还喝了酒。"老板是个小老头，一脸无辜地朝他们说道。

从目前的线索来看，鲁克斌很可能昨天得到了"大哥"要报复自己的消息，于晚上八点左右带着牛红豆急急忙忙回村，然后扔下牛红豆，回到自己家里收拾跑路的细软。随后他关闭手机，趁着月黑风高，在凌晨三点钟之前，从村子后门离开，开始了逃命之旅。

当下，找到鲁克斌是破案关键所在。

晚些时候，孙小圣和李出阳回到了队里，对牛红豆进行了第二次讯问。

"说一说你昨天一天的行踪。"

牛红豆告诉他们，昨天白天她都在店里干活。中午的时候她手机没电了，不巧的是她发现充电线的接头坏了。她寻思着反正平时家里也很少联系她，鲁克斌又一直在店里，便没有着急充电。下午的时候正在店里喝着小酒的鲁克斌接到一个电话，神色一下子变得非常凝重。随后他放下电话，提前关闭了平时要经营到晚上九十点钟的棋牌室，然后收拾了一些东西，便急急忙忙地开车拉着她回村了。

回村之后，牛红豆才意识到自己家里也出了事。当时她走进胡同，发现很多街坊都在门口甚至窗前观察她家的动向，等她出现在他们视线里，这些人又脖子一缩，再不冒头了。这会儿一个平时和她算是有点儿交情的村妇跑出来，偷偷告诉了她商盛开上午发生意外的事。还说现在人已经过去了，让她节哀顺变，赶紧料理后事。

牛红豆还以为街坊是跟她说笑，但紧接着街坊又跟躲瘟神似的没影了。牛红豆心下有几分含糊，赶紧跑到家门口拍门。

儿子商京辉就是不开门。

牛红豆灵机一动，想到自己家堂屋北墙上有扇通风的小窗，绕到房后即可通过那窗户观察屋内的情景，她便一溜烟跑过去，还在脚下垫了高高的砖石。透过那扇小小的窗户，她果然看见商盛开已经躺在堂屋中央，面无血色，身子僵直，周围一片肃穆，甚至还有预备好的寿衣和孝服。牛红豆如遭五雷轰顶，知道街坊没有骗她，商盛开是真的死了。她身子一抖，从脚下的砖石堆上跌落下来。

牛红豆在房子后面呼天抢地地给商盛开叫了半天魂，发现于事无补，只得又跟跟跄跄地绕到家门口继续拍门，但商京辉仍然充耳不闻。牛红豆身子一软，坐在台阶下倒吸凉气。这会儿村支书闻讯出现，把牛红豆先劝到自己家里，让她平复情绪，然后给她讲了一下大致经过。还说当下一定要顾全大局，先把商盛开的后事办妥，以后那些麻烦事再见招拆招。

商盛开一"死"，本就是非缠身的牛红豆此刻更成了大家眼中的祸害，所以包括村支书在内，大家都没有什么替她做主的好办法，只能让她自己回家好好与儿子谈谈，以商盛开的后事为重。牛红豆在村支书家大哭一场后，抹着眼泪出了门。

此刻大概是晚上十点钟。

因为家门还是进不去，牛红豆眼珠一转，又跑到那个开翻斗车载商盛开的街坊家门口，一通叫门。

门被打开，是开车男人的老婆。那女人一脸横肉，满目凶光，问牛红豆有何贵干。牛红豆说是她家男人开车出的事故，要个说法。那女人穷尽一切恶毒的言语臭骂了牛红豆一通，说她犯贱不要脸，自己成天在外面和人厮混，现在又跑到她家来讹钱，门儿也没有。然后那女人又"嘭"的一声把门关上了。

"太不讲理了，开车摔死了人，一个子儿也不赔。"牛红豆少见地露出了怨恨的神情。

孙小圣和李出阳汗颜地注视着她。

"你丈夫死了，你就光想着去要钱？"孙小圣憋不住说了这么一句。

"那怎么着？那熊崽子又不让我进门。他能处理得好这事吗？"

"好，很好，"李出阳懒得再跟她扯这些乌七八糟的事，"说说你之后干了什么。"

牛红豆说，在那个村民家门口碰了钉子之后，她只能又回了家，但拍了半天门之后还是得不到任何回应。当时天色已晚，她在家门口一直坐到凌晨，觉得身上越发寒冷。她自知进门无望，便徒步走出了村子，到镇子上，然后打车来到县城，想去棋牌室的宿舍里凑合一宿。但那时她发现棋牌室已经被砸了，由于害怕，她就在附近找了一家旅馆过夜。

孙小圣跟牛红豆要了其行走路线和入住旅馆的名称，让手下去依次排查，然后又问道："今天呢？今天你做了什么？"

牛红豆说，今天一早她又回了村。她本想着再找那户街坊闹一番，没想到自家大门敞着，院子里还有好多看热闹的街坊。一院子人叽叽喳喳地围着一个人，个个都跟动物园里看猴子似的新奇不已。

被围在中间的那个人就是自己的丈夫商盛开。牛红豆似乎明白了，昨天晚上丈夫本就没死透，被这些人草草认定为死亡，没想到今天早上一口气提上来，人又苏醒了。牛红豆虽然不懂什么医学理论，但打小也见过这类事。农村医疗条件差，宣布死亡都没经过全方位的检验，所以人被认定为死亡之后都不会很快入殓，甚至有的地方下葬前还在死者脚上绑一根一直能顺到坟圈子外面的绳子，上面再挂只铃铛，就怕人在棺材里万一活过来，好能向外界传递信号。

"死而复生"的丈夫立刻引来了周围街坊的关注。农村就是这样，哪怕是家里摔了一个醋瓶子，也能引发邻里的无限遐想。

聪明的牛红豆心里跟明镜似的，虽然面露欣喜，但嘴上啥也没说。

商盛开打量了一眼刚刚露面的媳妇，脸上难免有几分不堪，但还是碍着大家的面子说了句："你回来啦。"

"啊，"牛红豆快步走上前，"你没事了？"

"嗯。"

大家都下意识地闭了嘴，齐刷刷地望向她。所有人都恨不得找个显微镜，生怕漏掉此时她脸上一丝一毫的细微表情。

牛红豆根本不惧这些人的目光，多年来她就是这么过来的，早就习以为常了。她走到商盛开面前，做出一副抹眼泪的样子："昨天我手机充电器坏了，没有接到电话……"

"没事，没事。"商盛开也不知道说什么好。

牛红豆破涕为笑："我去给你煎药。"

"好。"

牛红豆很淡定地转身向厨房走去，在背对众人的那一刻，她收起了脸上所有的笑意。

7

经过刘洵探组的一番排查，大家发现鲁克斌确实欠了济南一个老板一笔钱，数目大概有五十万。那老板是做热水器起家，后来改做当下非常流行的即热饮水机生意，曾经来古城招合作伙伴，一来二去就和鲁克斌搭上了。鲁克斌负责帮老板搭生产线，但线没搭好，钱还不还回去了。老板久催无望，曾经威胁过鲁克斌，说再不还钱就给他点儿颜色看看。

不过经过山东警方协查，得知那老板这几天压根就没离开过济南，手下也没人到过古城。所以暂时可以排除济南老板和此事有关。

现阶段鲁克斌的仇家范围，主要还是锁定在柴志顺一众人和牛红豆、商盛开身上。

"商盛开这个男人啊，太憋屈了。"说到商盛开，刘洵歪靠在办公室的椅子上，倍感凄凉地说道。

他在村里调查走访的结果是，大家对商盛开的评价简直就是整齐划一地耻笑。他身为一家之主，身为一个应当以身作则的父亲，却常年忍受着绿帽高悬的耻辱。

一来他性格懦弱，二来他确实也惹不起鲁克斌。最令大家热议的是，他居然完全管不住自己的老婆牛红豆，任凭她在外面和表哥厮混，毫不在意外界的眼光。

所以说这对奇葩夫妻常年来就是村民们的笑柄。连小孩打架打急了，都能脱口骂一句："以后你长大了也找牛红豆那样的媳妇！"

成为笑话多年，商盛开虽然还不敢反抗，但牛红豆似乎觉醒了。于是就有了她举报表哥的桥段。不过令人大跌眼镜的是，她举报的最主要动机竟然是表哥不要她了。可见撕破脸皮之际，她仍然陷在这段不伦恋里无法自拔。如此一来，这个三角关系中的每个角色，都将蒙受奇耻大辱。

包括他的儿子商京辉。孙小圣几乎能够猜出商京辉一直蒙受着怎样的猜测和议论。他的身世、家庭、父母，哪一样估计都会是街坊邻里必不可少的谈资。

"这女人也是狗急跳墙了，为了搞垮情人撇清自己，什么都不顾了。可孩子是无辜的呀。"刘洵摇着脑袋叹着气。

孙小圣也说："这女人够毒的。"

李出阳却没心思闲聊，问："牛红豆和鲁克斌昨晚的行动轨迹调出来了吗？"

刘洵说，牛红豆的轨迹出来了，而且和她所供述的吻合度非常高。昨天晚上八点钟左右，有人看见她从鲁克斌的车上下来，到了家门口吃了闭门羹，随后被村支书叫去了家里。然后那位白天开着翻斗车拉商盛开去拔杂草的街坊也能证明，昨天晚上十点多钟牛红豆去他家砸门，碰了一鼻子灰。

村子正门的监控录像也显示，深夜一点左右，牛红豆出了村子。经过调取村外公路的交通监控录像，侦查员发现牛红豆只身一人徒步往镇上的方向行走。按照这样的行动轨迹继续排查，侦查员一直调取了后续时间段里镇子上的治安探头监控录像，最终可以确认，牛红豆于凌晨两点半钟到达了镇上，然后打车去了县城，来到了鲁克斌经营的棋牌室。然后她似乎发现店已经被砸了，很快又出了门，入住了旁边一家快捷旅馆。孙小圣还专门派王木一和灿灿姐到这家旅馆调查，确实找到了牛红豆的住店记录。

"在这个过程中，她和什么人接触过吗？"

"各个时段的监控录像显示，没有，一直是独自一人。旅馆前台说，今天凌晨她登记入住时是独自一人。"

"情绪呢？她情绪看上去怎么样？"孙小圣问道。他觉得当时牛红豆应该意识到了自己已经成了寡妇，多年的情人又移情别恋，她的外在表现一定会和往常不同。

"这个我还真没注意。回头我再让他们仔细看看。"刘洵说。

此时于穗花和无名死尸的比对也已经初见成果。虽然 DNA 鉴定结果还没有出，但是于穗花的亲人已经辨认出了那具尸体穿的羊绒衫正是当年于穗花的衣物。并且不止一个人认出了女尸口中镶嵌的一颗金牙。所以那具尸体是于穗花的可能性非常高。

令大家意想不到的是，于穗花的几名亲戚还依稀回忆起她失踪之前的一些生活细节。其中之一就是于穗花曾经向他们推荐过从镇上买的一种麻辣小龙虾，声称"好吃极了"。

而这种小龙虾，很可能就是当时鲁克斌店里卖的。也就是说，现在基本找到了这两个人之间的关联点。从而也能大致推断出，牛红豆虽然动机令人难以理解，但检举的内容和自己的行为轨迹，交代得都基本无误。

所以现在破案的重点只有一处，就是找到鲁克斌。其他同事调查完鲁克斌的行动轨迹后却发现，事情似乎变得有点儿诡异了。

鲁克斌好像凭空消失了。

首先，村子正门的监控录像里，只有鲁克斌驱车进门的录像，没有出去的。事实上他的车也确实仍在村中；而村外公路的交通探头的监控录像中，也没有发现他的身影，就更别提沿途公交车内的监控录像了。这个人就像压根没出村一样，根本不见一丝一毫的踪影。

刘洵询问过村民，如果从村子后门出去，有没有大路之外的其他路径可以通向别处。得到的答复是有，但需要穿山越岭，地势险峻，而且还要冒着被野兽攻击的风险。

所以刘洵总结了一下，现在对于鲁克斌行踪的判断，只能归为两种：一种是他其实就躲在村子里，说不定是在哪户熟识的人家里避风头；另一种是他顺着村后的小路，躲进了山里。

但现在这种情况，哪家人又敢收留集各种烂事于一身的鲁克斌呢？连他多年的情妇牛红豆都反水了，可见第一种可能性微乎其微。

那么就只剩第二种可能性了。但山林不比村里，不仅范围大，而且环境险恶。究竟要怎么搜索此人，是一个亟待解决的问题。

孙小圣看了刘洵一眼，补充了第三种可能性："要是他昨天晚上就死了呢？"

刘洵一蒙："死了？不至于吧？柴志顺手下那帮小痞子应该不会为了这点儿事杀人吧？再说了，杀了人，放把火，然后跑出来承认自己去过他家，那不是等于承认自己杀人纵火了吗？"

李出阳沉吟道："我觉得孙小圣说得有道理。如果鲁克斌真是在村子里躲着，看见自己家着火了，哪能沉得住气一面都不露？"

刘洵说："尿呗，要不就真中了那帮地痞流氓的圈套。真是一物降一物啊。商盛开这些年攒下来的仇，都让柴志顺给报了。"

"那也不一定，"李出阳觉得事情可能没那么简单，"谁说鲁克斌只可能被柴志顺的人杀死？"

孙小圣眼珠一转："你是说，如果昨天晚上鲁克斌真的死了，那杀他的另有人在？"

刘洵扬眉想了一下刚才划定的有嫌疑的仇家。除去柴志顺等人，就是牛红豆夫妇。但牛红豆可是有完整不在场证明的。

"商盛开？"

晚上十点钟，孙小圣和李出阳再次驱车来到商盛开家。

牛红豆还在留置中，商京辉八成还在镇上，家中应该只有商盛开一人。

傍晚时商盛开已经答应让儿子明天接受访问，所以压根没想到警察今天又杀了个回马枪。

"啊，京辉，京辉还在上班呢，得明天才回来……"商盛开一脸迷惑。

"没关系，"孙小圣随口应道，和李出阳一起进了院子，"我们可以去镇上找他，这会儿是来找你的。"

"你们要去镇上？"商盛开看起来有些惶恐。

孙小圣看着他："可能随后就去。现在过来，是想问你一些情况。"

商盛开一时无语，僵立在门框旁。

小院里依旧荒凉，夜风有点儿大，地上多了很多树叶。一片月光洒进来，把那些落叶照成了银色。银色的叶子在院落中翻滚，和泥土缠绕挣扎，发出"沙沙"的像是悲鸣的低吟。

孙小圣和李出阳走进堂屋，坐在简陋的沙发上。孙小圣抬头，发现如牛红豆所说，屋子的后墙上，确实有一扇通风用的小窗。但可能是出于防盗设计，那窗户又高又小，别说成年人了，估计连个孩子也不好翻越。如果不是牛红豆主动提及，他可能还和第一次来这里时一样，完全注意不到。

李出阳也在环视整个屋子。灯光昏黄，他发现茶几上的卫生纸卷、电视机遥控器摆放的位置和下午时别无二致，连当时地上扔着的一个快递盒子也原封不动地躺在那儿，就像这间屋子里从没有过人一样。

空气中透着冰冷，李出阳不由得打了一个寒战。

孙小圣抬眼看看坐在对面的商盛开的脸。那是一张苍白、呆板又似乎写满谜团的脸。商盛开自己也敏感地意识到了这种可疑，干脆不去和他们对视，两眼直勾勾地盯着地面。

这种由内而外散发出的懦弱气息令商盛开看上去确实不像是一个敢杀人的人。孙小圣虽然心有狐疑，但凭借自己当警察多年识人的经验，还是下意识地这样想。

"二位大哥，是鲁克斌找到了吗？"商盛开搓着手问道。

孙小圣摇摇头："没有。"

"那你们……"商盛开想问他们还有何贵干，但下半句愣是不敢说出口。

孙小圣正在组织语言，李出阳率先问道："你说你是今天早晨才苏醒的，醒的时候身边一个人都没有是吧？"

"是。"

"那我是不是可以理解为，昨天晚上商京辉在家给你……"李出阳一时措辞不顺，孙小圣在一边小声提醒："守夜。"

农村里死人尚未出殡时，亲人陪在尸体旁边过夜的仪式，俗称"守夜"。

"守夜，"李出阳重复道，"可以这么说吧？"

"是，可以。"商盛开的眼睛还是看着地面，飞快点着头。

"昨天晚上，也就是大家都以为你死了的昨天夜里，你躺在哪里？"

"就躺在这间屋子里，"商盛开指了指茶几旁边的一块区域，"村支书找人搭了一个临时的床，让我躺在上面。"

村里的风俗是死人入棺前，不能躺在活人的床上，只能临时搭一个停尸的台子，然后把穿好寿衣的死人放上去。商盛开昨天被误判为死亡后，履行了入殓前的大部分事宜，只差穿寿衣和入棺的环节了。寿衣需要配偶来给他穿，牛红豆不在，自然没人代劳。棺材的运送也需要时间，再加上牛红豆还没有支付费用，所以他只能暂时"躺在"堂屋里。

李出阳点点头："但是你儿子没在这间屋子里，对吧？"

"这个……我也不大清楚。"

"你今天下午还说你醒来时，儿子是在自己的屋子里。"李出阳指指门外，所谓商京辉自己的屋子，是堂屋南面一处小厢房，那也是商京辉作为一个从小就是非缠身的孩子自我封闭的堡垒。

孙小圣明白了，李出阳是在怀疑商盛开苏醒的真正时间。如果商盛开是真正对鲁克斌下手的嫌疑人，他说不定会谎报一个自己苏醒的时间点，然后用这个时间差来行凶。毕竟他"假死"是村里尽人皆知的事，可以利用这枚大大的烟幕弹，达到自己的目的。

"是的。"商盛开的声音立即小了很多。

李出阳停顿了一下，孙小圣替他问道："那么你怎么证明你就是今天早上才醒来的呢？虽然这个问题好像有点儿难求证，但是基于你和鲁克斌之间的复杂情况，还是希望你能尽可能地证明一下，毕竟你和鲁克斌两人昨晚的情况都挺特殊的，我们没有理由不有一些疑心。"

孙小圣觉得自己已经说得够明白了。他想表达的是虽然你大难不死是福气，但别想利用这件事混淆视听。能不能证明自己是你的事，能不能合理怀疑，则是我们的事。

"我……我证明不了。"商盛开磕巴了起来。

"那不好意思，你可能要跟我们回队里做笔录了。"李出阳说。

"好。"

孙小圣和李出阳从沙发上站起来，然后一起注视着腿脚有些不便的商盛开，等着他收拾东西动身。

商盛开却没有起身，依旧保持着刚才泥胎一样的呆板姿势。

"怎么了？"

"没怎么。"商盛开抬了头，"我去里屋添件衣服。"

"去吧。"李出阳点了点头，目光已经死死地锁在了他身上。

商盛开慢吞吞地起身，走到一侧的卧室里，打开衣柜从里面掏衣服。

孙小圣和李出阳在堂屋里四处查看。孙小圣的注意力再次被墙上的那张全家福吸引过去。他发现那照片早已打卷泛黄，好像吹口气就能从墙上掉落般脆弱。照片上牛红豆和商盛开是二十年前的样子，二人青春洋溢，笑容满面，一点儿也没有如今苦大仇深的模样。他们夫妻二人站在后排，前排是一个端坐中央的老太太，老太太怀里还抱着一个小孩。不用猜，这个老太太应该就是牛红豆的姥姥，姥姥怀中的孩子，自然就是商京辉。

如今老太太早已作古，商京辉也长大成人，商盛开夫妇则从那时的伉俪情深变成了如今的愁男怨妇。人这一生永远被欲望羁绊，若非如此，每个人还都应该活在自己第一次露出爽朗笑容的时刻。孙小圣心中感叹，一时思绪纷飞。

没多久，商盛开走出了房间。他穿了一件深色的大棉猴，衣服很显大，套在他单薄的身子骨上，看上去有点儿夸张。

"可以走了？"李出阳问。

"可以了。"他机械地点了点头。

"那走吧。"李出阳转身推门。

"警察大哥，我还有个事。"

"怎么了？"

商盛开迎着头顶昏黄的灯光，脸上明暗参半。孙小圣分明看见，他的眼珠子里，有什么东西在熠熠闪动。

场面冷了几秒，商盛开开口了："警察同志，如果我现在跟你们说实话，算自首吗？"

孙小圣和李出阳互相看了一眼。随后孙小圣开腔："你先说什么事。"

商盛开顿了两秒，慢慢抬起手臂，从棉猴里掏出一个塑料袋。塑料袋褶皱得很严重，发出哗啦啦的响声，里面似乎有一个明晃晃又泛着一丝红晕的东西。

孙小圣定睛一看，整个身子不由得僵住。那塑料袋里装着的分明是一把刀！

"是我杀了鲁克斌。"

8

深夜十二点，孙小圣和李出阳把具有重大作案嫌疑的商盛开带回了队里。孙小圣向王艺花做了初步汇报，王艺花的指示是，因为此案很可能是一起案中案，必须在最短时间内拿下商盛开的口供，然后迅速找到鲁克斌的尸体，否则于穗花被杀案、鲁克斌家纵火案，以及鲁克斌失踪一事，都难以理清。

孙小圣立即对商盛开进行刑事传唤。

他在给商盛开体检时，仔细翻看了商盛开的衣物，随后在他的鞋上和裤脚处发现了几滴非常不易被察觉的血迹。商盛开自述这些血迹是杀害鲁克斌时喷溅上去的。当问及是否还有其他血衣时，商盛开称自己当时上身穿了一件夹绒外套，刺杀鲁克斌时外套沾染了大量血迹，他就把外套脱下来，和鲁克斌的尸体一起装进了一个麻袋。那外套最后也被他和尸体一起处理掉了。

孙小圣听了来不及细问，先给他找了别的衣物穿，然后第一时间把那裤子和鞋以及他主动上交的凶器送到技术队进行检验。

随后孙小圣和李出阳正式对商盛开展开讯问。看起来这会是个不眠夜，孙小圣让樊小超买了一桌子咖啡，做好了长线作战的准备。

据商盛开讲，自己的老婆牛红豆和鲁克斌多年来都保持着不正当关系，街坊四邻也都以此耻笑他，这令他一直非常郁闷和压抑。但因为鲁克斌有钱有势，他一直惹不起，所以也只好忍气吞声。

"我恨他们，恨不得手刃了他们两人。"商盛开在讯问室苍白的白炽灯照射下，脸色苍白到了极致，呈现出瘆人的冰冷。那是一种老实人被逼入绝境，又在绝境中彷徨扭曲的状态。

"继续说。"孙小圣不动声色。

"本来我是一个对生活抱有美好期望的人，但我没想到，生活一直嘲弄我，并且越来越过分，根本不给我活路。"

商盛开说，因为牛红豆和鲁克斌的不正当关系，自己的儿子也饱受议论，从而迁怒于他，甚至都不认他。父子二人关系冰冷，日常中除了一些必要对话，根本没有其他交流。多年以来，家里的状态经常是牛红豆成日不着家，儿子即便在家，也只闷在自己的小屋里，只有吃饭或者如厕时才露一面。商盛开自己除了在学校代课，就是到地里干活，一天到晚形单影只，连个说话的人都没有。

孙小圣回想起他们那个小院中了无生气的样子，不知说什么好。李出阳的心中也泛起一阵对这个男人的同情。

商盛开说，近年来他常常想起自己当年怀揣着无限憧憬和希望到大城市时的样子。那时的他不知天高地厚，不惧世态炎凉，他认为自己只要奋进，就一定能过上想要的生活。但没想到，这一切只不过是自己一厢情愿的幻想罢了。真正的生活，其实就是一路走向彻底糟糕的过程。他不论怎样争取和努力，都无法扭转这个势头。他已经彻底放弃挣扎了，只想这辈子赶快过去，让自然规律结束自己这可耻的人生。

而害他落得如此境地的，就是牛红豆和鲁克斌这对狗男女。所以商盛开一边沉沦一边也暗下决心，希望自己有朝一日能找个机会报复他们，出出自己的恶气。

商盛开说到此处，忽然停住了。紧接着他气血上涌，好半天都不能平复。

李出阳站起身来，给他接了一杯水，放在讯问椅的小桌板上，然后居高临下地看着他，问："所以呢？你干了什么？"

商盛开伸手去拿纸杯，但当他的手握住纸杯的一刻，他浑身忽然像痉挛似的抽动了一下，手里的纸杯也被他攥瘪，水登时流了一地。

"所以昨天晚上我醒来时，看四周没人，就出去杀了他！"商盛开简单粗暴地说道。

"怎么杀的？"

"就是用拿给你们的那把刀。那把刀是家里削甘蔗使的，我把它藏在衣服里，直接去了鲁克斌家，敲开了门。鲁克斌问我来干什么，我拿起刀就朝他肚子捅过去，连捅了三刀，他就死了！"商盛开的脸上露出了少见的凶狠，眼睛也有些发红，声音虽然低沉，却铿锵有力。

随后商盛开慢慢调整呼吸节奏，又陷入了沉默。

"你在院子里杀的人？"

"对！"

"杀完之后呢？"

"杀完之后，我怕被人发现，就在院子里找到一个麻袋，把他装进麻袋里了。"

"继续说。"

"然后我就把麻袋运出了他家，又把门关好。"

"你把尸体藏到哪儿了？"

话音一落，商盛开的嘴角竟然浮现出一丝不易察觉的冷笑。

"说啊。"孙小圣表现出有点儿烦躁的样子。他知道商盛开虽然在供述杀人过程时表现得很带劲，但他这种讨好型人格弱点还是很明显的，只要你强势起来，他立刻就会被打回原形。

但没想到商盛开听到孙小圣的话之后，只是短暂地愣了一下，随后很快又恢复了平静。他用一种比之前稳健许多的沉默来回应孙小圣的问话。

孙小圣抬高声音："哎，我问你话呢。你把尸体藏到哪儿了？"

"我把他碎了，扔了。"商盛开冷冷说道。

李出阳眉头紧锁："什么？你碎尸了？"

"是。他活该。"商盛开咬牙切齿。

"在哪里碎的尸？"孙小圣调整了一个更为严正的坐姿，他没想到这案子会有这么重大的进展，还有碎尸抛尸这样的恶性情节。

商盛开依旧不语。

"问你话呢！"

"这时候问尸块在哪里不是更为关键吗？"商盛开突然露出了意味深长

的一笑。

孙小圣顿觉匪夷所思："什么意思？"

"没什么意思。"商盛开淡淡地回答。

李出阳瞪着他看了两秒，重新提问："那你把尸块扔在哪里了？"

商盛开气定神闲："答应我一个要求，我就告诉你们。"

孙小圣和李出阳没想到一贯姿态低微的商盛开竟有如此套路，惊讶之余，只能先问他要提什么要求。

"我要和牛红豆离婚。"

9

"什么乌七八糟的，这两口子没事吧？都这会儿了，还掐呢？"副支队长王艺花眉头紧皱，在办公桌前一通吐槽。

对面坐着的孙小圣、李出阳和刘洵却觉得并不奇怪，此案大有玄机。

"咱们捋一下案件的时间线，就能发现一些问题。首先是牛红豆先举报了鲁克斌杀人，随后咱们发现了鲁克斌失踪，紧接着咱们发现鲁克斌失踪一事和商盛开'假死'的时间段重合，然后咱们怀疑了商盛开，最后是商盛开顶不住压力向咱们坦白。你们发现什么了吗？"孙小圣一气呵成。

王艺花眼睛一瞪："这牛红豆明着是举报鲁克斌，实际上举报的是商盛开啊！"

刘洵觉得不可思议："那她为什么不直接举报商盛开？她在顾虑什么？"

李出阳沉吟道："这确实是个问题。我猜很可能是这样的：牛红豆昨晚在离村前，还去找了鲁克斌一趟。毕竟她说过，要找鲁克斌摊牌，而鲁克斌又一直不给她机会。"

"我明白了，"孙小圣很快跟上思路，"牛红豆很可能在鲁克斌那里吃了闭门羹，但她知道鲁克斌晚上一定会跑路，就躲在鲁克斌家不远处，等着鲁克斌出来，没想到她竟然看见已经苏醒了的商盛开去了鲁克斌家。"

花姐眉毛一挑："接着呢？牛红豆在门外偷看到自己老公手刃了情夫，然后转移尸体？"

"不，"李出阳摆摆手，"恰恰相反，牛红豆看见商盛开气势汹汹，说不定还看见了他手持凶器，她便知道不会有什么好事，肯定一溜烟就跑了。这也能说明为什么她都已经在村子里待到了半夜，却忽然去了镇子上，又跑到了县城。她害怕老公万一真的起了杀心，干掉鲁克斌之后，再杀了自己。"

刘洵沉思了片刻，甚是认可："有道理。杀人可能是一瞬间的事，但移尸、碎尸，再加上抛尸，至少是几个小时的大工程，牛红豆不可能全程偷看。而且如果她真的看到了这些细节，直接跟咱们讲就可以了，没必要再绕个大弯子，先去举报鲁克斌。"

孙小圣说："嗯，她不直接举报商盛开可能有两个原因。一方面她确实没看到商盛开杀人和后面处理尸体的过程，没有确实的证据；另一方面她还要在村子里继续生活，一旦真的举报自己的丈夫，那不仅儿子会恨死她，村民们也都会觉得她坏事做绝，唾沫星子都会把她淹死。毕竟这些都是她造的孽。"

大家分析，当晚牛红豆跑了之后，肯定整宿都在琢磨商盛开和鲁克斌之间会发生什么。当时她的心情一定是极端复杂的，毕竟自己现在的处境非常狼狈。鲁克斌已经不要她了，商盛开以后也不会给她好日子过，如果离婚的话儿子大概率也不会和她一起生活。所以她希望这两个男人之间互相残杀，不管谁死，另一个也肯定逃不掉警察的追捕。

两个男人一起完蛋才符合她牛红豆的最大利益。所以她一夜无眠，第二天一早便回村去观望情况。她没想到的是，商盛开竟然谎称自己早晨才苏醒，而另一边鲁克斌已经消失无踪，案发现场也被烧得一干二净。牛红豆明白了，昨天晚上的那场交手，是商盛开赢了。

为了保全自己，又不至于最后落得个过于恶臭的名声，她只能率先揭发鲁克斌，让警察全力去找人，这样才能牵出商盛开，不动声色地让昨晚那起凶杀案浮出水面。

事实上牛红豆也没有百分百的把握认定商盛开杀死了鲁克斌。虽然猜测到大致如此，但她什么证据也没有。仅凭着自己看见商盛开进了鲁家门好像也不能完全说明问题，红口白牙地说出来，自己风险太大。所以她只能赌一把，先把鲁克斌的丑事抖搂出来，那样就保险多了。如果鲁克斌真被杀死了，商盛开就是重大作案嫌疑人；如果鲁克斌没死，她所举报的内容也没跑偏，毕竟她在这里面压根就没提商盛开的事。

结果就是她赌赢了。商盛开没有顶住压力，承认了。或者说，商盛开可能早就做好了最坏的打算，视死如归。他最后的要求就是离婚，这也是他到了这步田地后，唯一能给自己留有一丝颜面的举措。

"好狠的女人啊。"刘洵摇头，完全无法把这样强大的阴谋和那个柔弱清秀的农村妇女联系到一起。

李出阳看着王艺花："那现在怎么办？商盛开现在什么也不交代了，说如果不满足让他跟牛红豆离婚的诉求，他就永远沉默下去。这样咱们找不到尸体，案子没办法继续往下破。"

刘洵撇嘴："你跟他说，离婚也得等民政局开门啊，这大晚上的离哪门子婚。"

王艺花敲桌提示："喂喂，你们要搞清楚，即使民政局开门，也不可能带着这两个人去领离婚证。这两个人现在不能见面。"

"他说他要写一份离婚协议，让牛红豆签字。然后他会在被逮捕之后，向法院提起诉讼请求，让法院判决离婚。"

"等到法院开庭审理他这个离婚案，他的这个杀人案没准儿都判决了吧？服刑期间离婚的犯人倒是见过，但一般都是外面家属提起诉讼的居多，犯人方主动要求离的还真是少见。你们怎么看？"王艺花看着众人。

"如果不是死刑立即执行，这个婚他是离得成的。我觉得应该成全他。"场面静默两秒后，孙小圣率先说道。因为他清晰地记得，商盛开在提出这个诉求之后，还说了一句很令他动容，甚至是心碎的话。

"请给我最后的尊严。"

凌晨两点钟，商盛开拟好了一份手写的离婚协议。

协议主要包括以下几个内容：第一，两人即刻解除实际意义上的婚姻关系。第二，家中房屋粮田，归儿子商京辉所有，牛红豆享有使用权，没有支配权。第三，商盛开和牛红豆的共同存款交由牛红豆打理，作为商京辉日后娶亲生子所用。

孙小圣和李出阳看了看，内容并没有什么偏激不妥之处，也不存在什么除离婚外的内容，在交给王艺花审核之后，拿给了牛红豆阅览。

牛红豆此时还在候问室里打盹，听说来了一份什么协议，完全没搞懂是什么意思。等她把惺忪的睡眼揉开了，才瞪着那上面的内容深表困惑："这啥意思？你们让我离婚？"

孙小圣很冷漠地看着她，口气寡淡："你看清了，不是我们让你离，是你老公拟的协议，他要跟你离婚。"

牛红豆使劲眨着眼睛，嗓音都变调了："他来这儿了？就为了跟我离婚？"

孙小圣将错就错地反问："你觉得呢？"

牛红豆收拾好有些慌乱的情绪，又扫了一遍纸上的内容："签了就是离婚了？"

"签了，到时候他去法院起诉，财产分割什么的，就依据这个，明白了吗？"

牛红豆一直愣神，短短工夫脑子里好像处理了很多信息。然后她点了点头："明白了。我同意离婚。"

"再看看内容。"

"看过了，都可以。"

孙小圣递给她一支笔："那签字吧。"

候问室没有桌子，只有两排塑料椅子。牛红豆接笔起身，把协议书放在塑料椅子上平整好，然后蹲下身子伏在椅子上，签好了自己的名字。这姿势看上去似乎有些令人心酸。但结合她签署的内容，孙小圣又找不到什么怜悯她的理由。

随后牛红豆把协议书和笔一起还给孙小圣，然后问道："我什么时候能走啊？"

孙小圣看了看她，觉得可笑又无奈："你等着吧，你的事且捋不清楚呢。"

牛红豆脸上出现一丝慌乱，低声狡辩："我又没杀人。"

孙小圣没理她，回到讯问室把协议书拿给商盛开看，商盛开只是瞥了一下那纸上牛红豆的签名，就别过头，跟刺眼似的再也不瞅一下。随后他嘴唇微微有些颤抖地问孙小圣："能把这张纸印一份，贴在我家的门上吗？"

"你想干什么？"孙小圣下意识地反问，话出口了才感到还不如不问。

"我恨她！是她把我害成这样……"商盛开前半句的狠辣，突然淹没在后半句的哭腔当中。

"不行。"李出阳斩钉截铁。

商盛开俨然失控一般，双手使劲抓着自己的头发，呜咽起来。

孙小圣和李出阳完全不知道该说什么，只能坐在桌前，无奈地看着这个似乎已经千疮百孔的中年男人，释放着自己长久压抑的情绪。在这最后的悲鸣中，他们听出了一种令人胆寒的绝望。这种绝望的猛烈之处在于，当你还来不及代入和评判它时，它就在有如末世一般的哭声中，攻陷了你的所有心理建设，让你也无法自拔起来。

他哭了半晌，眼睛肿了，嗓子哑了，鼻涕也流了出来。李出阳站起身来，给他倒了一杯水，又递给他一些纸巾。李出阳能做的只有这些。

"谢谢。"恢复了平静的商盛开摘掉眼镜，仔细地擦着眼睛。

孙小圣深深吐了口气："那咱们现在还是聊聊正题吧。你是怎么处理尸体的？"

商盛开缓缓戴上眼镜，重新审视着面前这两名年轻刑警。

"我困了，明天再说可以吗？"

10

孙小圣和李出阳回了宿舍，两人虽然躺在床上，但都一夜未眠。

有几个问题似乎没搞清楚。李出阳首先提出，就商盛开目前的供述来看，他的作案过程还有几点是说不通的。

首先就是移尸这个环节。商盛开如果后续有缜密的处理尸体的行为，必然会找到一个封闭的场所进行操作。这个场所肯定不会是鲁克斌家里。因为在凌晨三点钟左右，鲁克斌家里就被柴志顺的小弟破门而入，还很可能被他们放了一把泄愤的火。所以在凌晨一点钟到三点钟，商盛开肯定已经把尸体转移了。但他是怎样悄无声息，又比较顺利地完成这种转移行动的呢？

虽然鲁克斌并不算人高马大，但据旁人描述，他身高在一米七五左右，体态中等，体重至少也有一百三四十斤。而商盛开不仅身子瘦弱，还是个跛脚，不太可能凭借一己之力运送尸体。他要么有帮手，要么借助了什么工具，才能达到运尸的目的。

如果有帮手，这个人是谁？商京辉？

李出阳觉得不大可能。即使商京辉有这个能力，就身份来讲，商盛开也绝不可能把他拖下水。从他拟的离婚协议来看，儿子在他心中是一等一重要的，如果为了复仇而把儿子变成帮凶，那他还不如不干这件事。况且如果他真的拉上儿子去找鲁克斌算账，黄雀在后的牛红豆绝不会是现在这种反应。除非她疯了，连儿子的前途也不顾了，要一股脑地把他们都送进监狱。虎毒不食子，这种可能性微乎其微。

那商盛开转移鲁克斌的尸体，就一定借助了什么工具。自行车？李出阳记得他家小院角落倒是停着一辆很小的自行车，但那车看起来是女式的，而且残破得不行，运送一具成人尸体，似乎不大可能。

那会不会是三轮车或者手推车之类的农业运输工具呢？但他们又没在他家院子里见到过这种东西。

除了运尸，孙小圣提出碎尸和抛尸环节也存在问题。

假设当晚商盛开能利用某种方式把鲁克斌的尸体搬回自己家，那就说明这种方式在隐蔽性和功能性上都是切实可行的。有些杀人犯因为找不到往外运送和隐藏尸体的手段，才不得已把尸体碎成多块，方便携带出现场，进行丢弃或掩埋。但商盛开面临的情况不同，在他杀害鲁克斌后，鲁克斌的仇家很快登了门，这中间可能只有不到两个小时的时间，商盛开不可能在这么短时间内，在案发现场进行碎尸。所以商盛开一定是在仇家上门之前，就成功向外转移了尸体。那么问题来了，既然他找到了转移尸体的方法，大可直接将尸体处理掉，比如在野外埋掉，或者丢弃到山谷里，为什么还要费尽心力，冒着极大的风险，去做碎尸这么一项复杂而艰巨的工作？

"对啊，是这个道理。"李出阳抱着双臂，盘腿坐在床上点头说道。

孙小圣虽然抛出了问题，但绞尽脑汁想了很久也没有章程。最后他干脆一头倒在床上，哈欠连天地说："算了，别想了，明天一早说不定商盛开就全撂了。"

"你大爷，"李出阳嘟囔着，"把我说精神了，你倒困了。"

第二天一早，商盛开的状态显得不大对劲。孙小圣和李出阳坐在他对面，明显感觉到他比昨天更加恍惚和失神，本就满肚子糟心事的他，似乎又受到了什么打击，整个人萎靡得几乎要缩进地缝里去了。

"给他打了早饭也不吃，也不喝水和上厕所，就这么呆呆坐着，跟要圆寂了似的。"黑咪朝孙小圣耸肩。

孙小圣小声问黑咪昨晚他是否接打了电话，或者从他们嘴里得知了什么消息。黑咪说，自从开了传唤证之后，他们就把他的手机关闭并收走了，也从没有跟他透露过破案的进展。实际上到目前为止，也没有什么实质上的进展。

"昨儿晚上他在哪儿过的夜？"

"候问室里。樊小超他们三个人看着呢。"

"不会跟牛红豆关到一起去了吧？"

"当然没有！两人隔壁都不是，中间隔着好几间屋呢。"

"他昨儿晚上睡觉了吗？"

"三四点钟的时候，靠着椅子睡了一会儿。"

孙小圣抬手看看表，发现此时刚刚早晨八点钟，猜测商盛开这副半死不活的样子可能是睡眠不足、体力透支导致的。他有点儿不放心，让人打来几份早饭，又倒了一杯开水递到商盛开的面前。

商盛开喝了一小口水，却不吃面前的包子。孙小圣命令道："吃！不吃低血糖怎么办！"

商盛开声音小得像蚊子："我真的不饿。我不习惯吃早饭的。"

孙小圣瞪着他："你媳妇还说你最近在调养脾胃，赶紧吃，别回头在我们这儿坐下什么病，到时候我说不清。"

"我……"

李出阳嚼了两口包子，想起什么，问商盛开："这是猪肉白菜馅儿的，不合你口味儿？"

商盛开缩着脖子："啊，有素馅儿的吗？"

"有。"李出阳赶紧招呼樊小超去食堂取。

孙小圣觉得有点儿不可思议："你平时也吃素啊？"

"啊，也不是。"

李出阳小声对孙小圣说："估计是跟他媳妇一样，信佛，今天是农历十五。"

孙小圣皱眉道："我说呢。"

三人用餐完毕，满屋子都是包子味儿。讯问室的窗户是封死的，孙小圣只能起身打开空调换气，然后看着呆坐在椅子上的商盛开，切入正题："行了，离婚协议也签了，也吃饱喝足了，现在能跟我们说说，你把尸体扔到哪儿了吧？"

商盛开想了想，在嘴唇没怎么动的情况下，发出了微弱的声音："你们昨天先问的是在哪儿碎的尸。"

"问你什么你就答什么。"李出阳觉得此人思维怪异。这点和他老婆牛红豆倒真是般配。

商盛开瞟了瞟他们二人，垂下眼帘，有气无力地道："我不想说。"

"为什么？"

商盛开不语。

孙小圣走到商盛开面前，用手敲他面前的小桌板："喂喂，你好歹也是个老师，说话办事这么没担当？干了这么一票大事，都承认了，不交代清楚像话吗？"

商盛开抬头，盯着孙小圣："怎么不像话？我为什么要交代清楚？"

"因为你自己说你杀了人，还交出了证据。"孙小圣一时气急，差点儿说"既然不想交代你还承认什么"。说实在的，这种已经认罪，但拒不配合取证工作的嫌疑人还真是少见。有的人要么一条道走到黑咬死不认，要么心理防线崩塌全盘招供，像这种说一半藏一半的，倒有点儿神经不正常的意思。

孙小圣转念一想，商盛开也可能有另一番心思在里面。他知道自己死罪难逃，交代多少作案细节也是白搭。退一万步讲，即便他能够全身而退，今后恐怕也走不出原来的阴影。他早就万念俱灰了。说不定在走进公安局的那一刻，他就没想着再活着回去。他超脱了，把伏法当作涅槃了。他已经一无所有，所以也就无畏于万劫不复。

但他们这里可难办了。空有他的一堂承认杀人的笔录，和一把尚未经过技术确认的单刃刀，不仅无法给他定罪，案子也结不了。

孙小圣有点儿火上房似的瞅着他，眉头皱得很紧。

"嘿，你不说话算怎么回事？不说话这事就过得去吗？"

商盛开兀自不语。

“想想你的儿子。他还年轻……”

商盛开突然抬头叫嚷："你别提京辉！这事和他有什么关系！"

孙小圣也提高嗓门："当然有关系！父亲是杀人犯，你知道这意味着什么吗？别人会怎样看待他？你作为父亲，该给他的给不了，却在他刚刚步入社会的时候，做了这种只解一时之愤的事，这只能说明你极度自私，而且，"孙小圣使劲咽了一口唾沫，打出了最后一张牌，"还极度懦弱。"

“我怎么懦弱了？”商盛开的眼里闪过一丝动摇。

“因为你害怕面对自己做出的这件事。你作案时只是一时冲动，那时的你根本不是你自己，你本质上，依然是现在这个懦弱的你。”孙小圣毫不留情地用手指着他的胸口，"所以你害怕回到分尸的那个场景，害怕再走到你抛尸的那个情境中，害怕再次看到你亲手切下的每一块尸块。你害怕它们，不光是因为它们会给你带来恐惧，最重要的是，它们还会让你联想到曾经的耻辱，无论你怎么做，那些耻辱都不可能消除……"

商盛开突然一把将小桌板上的水杯和餐盒掀翻，两眼通红地大声咆哮道："你胡说！放屁！你给我闭嘴……"

孙小圣毫不示弱，把两手撑到小桌板上，凑近看着他："我说错了吗？即便你杀了他，你把他大卸八块，你让他消失得无影无踪，你还是改变不了那些屈辱的事实。所以你一辈子也不敢面对，你在逃避。

“你在我们这儿越是执拗，越是强硬，就越体现出你对鲁克斌的恐惧。你到死都害怕他。你一辈子都摆脱不了他！”孙小圣把这些重似千斤的话，一句句送到他心里。

商盛开眼睛圆瞪，胸口像鼓风机一样起起伏伏。

孙小圣看着对方的反应，笑了。随后他带着一脸蔑视，把目光投向李出阳。

李出阳没说话，心里有些佩服孙小圣在讯问上的有的放矢。孙小圣可以严厉甚至刻薄，可以愤怒甚至暴躁，但那都是他在作战中的策略，他自身并没有受到什么干扰。而且他很清楚对方的痛点和痒痒肉，懂得运用安抚和刺激的手段进行弹压。他李出阳在这方面就不大行，虽然思维逻辑清晰，却无法在短时间内撼动人的内心。

商盛开此刻双手攥拳，头低低地埋了下去。他又开始一言不发。

李出阳开口说道："喂，像个男人一样好吗？敢做不敢当？"

商盛开毫不介意，甚至还微微冷笑了一下。此后不论孙小圣和李出阳怎样说，他都好像是参透了这种激将套路一样，愣是不吐一字。

胶着了一会儿，双方都筋疲力尽。孙小圣忽然想到什么，朝李出阳使了一个眼色。李出阳会意，随后说道："我觉得咱们还是别问了。"

"怎么了？"

"这事不是他做的。"李出阳一语道破。

孙小圣重新审视了一下故作镇定的商盛开，很是玩味地说了一句："也是啊，如果不是自己做的，当然什么也交代不出了。"

商盛开的脸色又变得不太好看了，仍旧不语。

孙小圣坐在椅子上气定神闲，如同聊家常一样徐徐说道："商盛开，这是在公安机关，说什么都要负法律责任的。不能因为死者是你憎恨的人，是令你屈辱和颜面尽失的人，你就把杀他的罪名揽到自己头上来。这样以前那些瞧不起你的人，也未必会因此对你改变看法。即使改变了，你觉得值吗？"

他淡淡说完，果然发现商盛开整张脸都拉长了许多。

"其实想想也能猜到，你忍了这么些年，怎么会突然在前天晚上爆发了？这于情于理都不通啊。而且你能把尸体运出去，为什么还要费那么大力气碎尸？这显然也不正常。所以你别再演了，你不是凶手，你也不具备作为一个凶手应有的能力。"

孙小圣笑了。这个笑容终于击中了商盛开。

"是我杀了他。我可以发毒誓！"

"发誓没用，"李出阳丝毫不以为意，"如果要证明确实是你杀的，就告诉我们你作案的细节，以及尸体所在之处。"

"好，"商盛开做了一个深呼吸，又在椅子上调整了一下姿势，似乎终于下定了决心，"那现在，你们先带我回趟家吧。"

"干什么？"

"你们不是要找分尸的现场吗？"

11

上午九点钟，商盛开家胡同里聚满了人。村民们三五成群地围在一起，都在讨论一个劲爆话题：商盛开前天晚上竟然把鲁克斌杀了，而且据说就在自家的小厨房里分的尸。老师杀人，杀的还是老婆多年来的情夫，这应该是这个村有史以来最具轰动性的新闻了。甚至还有很多邻村的人过来凑热闹，都想一睹这个黑化了的人民教师的容貌。胡同里被围得水泄不通。

警车停在一旁，戴着手铐的商盛开在人群中异常醒目。

商盛开由远及近而来，叽叽喳喳的好事者们都闭了嘴。对他们来说，杀人犯迫近了。这个杀人犯还是曾经的窝囊废，大家的心情顿时都变得有些复杂。

商盛开忽然冲他们双目圆睁，歇斯底里道："看什么看！你们看他妈什么看?!"

樊小超推了一把商盛开，把他和他的咆哮推进门里。

在无数双眼睛的注视下，商盛开走进再熟悉不过的家门。不远处围着的乡亲们跟欣赏大片似的目不转睛。

李出阳和樊小超等人先行带他进屋指认现场，孙小圣却被旁边的村支书拽到了一旁。

"怎么了?"

"我说警察同志，会不会是弄错了?"

孙小圣瞅着这个有点儿谢顶的中年男人，不明白他是出于好意提醒，还是和其他人一样怀有一颗八卦的心。孙小圣说："这不正在调查吗?"

村支书把孙小圣拉到院里的偏僻处，小声说："盛开不会杀人吧? 他没那么大胆子，要杀早杀了，还用等到今天。"

孙小圣也不知怎么最快地说明商盛开的假死诡计，便随口说道："前天晚上情况不同。"

村支书使劲摇头："我不信，真是不能相信盛开会做出这种事。他不是那样的人。"

"兔子急了还咬人呢。"

"打死我也不信。"

村支书话音未落，孙小圣已经撇下他走进了商家的小厨房。小厨房有七八平方米，只有一扇小窗，昏暗的环境内，有一个黑乎乎的锅灶、一个水池和一张摆满杂物的桌子。桌子下面，还凌乱地放着一些蔬菜和盆盆罐罐。屋里虽然非常肮脏，却没什么地方能够看到明显的血迹，或是尸体流出的污垢。

孙小圣和李出阳也没有闻到熟悉的血腥味儿。

但商盛开坚持说自己就是在这间屋子里碎的尸。他说自己杀了鲁克斌后，用自家的一辆农用手推三轮车把尸体运到了家中，然后把尸体放了血，剁成若干块，装到了黑色的塑料袋中，最后抛到山中的河里。

"怎么分的尸？"

"用刀分的。"

"先切的哪里？第一刀下在了哪个部位上？尸体烹煮过没有？"

"上来就切了，具体的我也忘了。没烹煮过。"

"用什么刀分的尸？"

"杀猪刀，扔了，和尸块一起扔了。"

分尸的刀扔了，但行凶的刀还留着，这有些令人琢磨不透。李出阳本想再问清楚些，但一想这应该是后话，于是又问道："在哪儿分的尸？是地上吗？"李出阳环顾四周，发现也只有地上的空间还大些。

"嗯。"

李出阳蹲在地上，打开手机的手电筒四处照了照，暂时没看到什么血污，也没有发现毛发一类的人体组织残留物。他起身瞥了商盛开一眼，冲樊小超挥了挥手："让技术队进来吧。"

技术队一众人员拿着试剂瓶和镊子棉签等物鱼贯而入，还有人拿着单反相机冲角落拍照，闪光灯立刻把整间屋子照得十分光亮。按照商盛开目前的供述，他先在水池里用刀给尸体放了血，接着在地上分解和分装尸体，最后又把厨房的里里外外都冲刷了一遍，于早晨五点钟左右将尸块放到手推车上，然后从村子后门一路推向山上。

"啊？"刚穿好鞋套的技术队副中队长吴良睿瞅着这间小屋撇嘴，小声跟孙小圣说，"一点左右分尸，五点就抛尸了？我的大哥们，一具成人尸体，放血也得几个小时啊！你们笔录问清楚了吗？"

"问笔录他不说，非说到了实地才吐口呢。跟挤牙膏似的。"孙小圣知道他是怕白跑一趟。

"行吧，那我们开始招呼了。"

技术队勘查小厨房之际，孙小圣、李出阳和另外两名技术员带着商盛开进了山。依他所指，大家来到山间一处引水渠边。那河岸地势比较高，算是一处上游，水流看上去比较湍急。河岸不远处的山路上，还立着严禁游泳和垂钓的牌子。

商盛开说，他就是站在这条河岸边，把尸块一块块地投进了水里，然后看着它们顺着水流远远地漂走。

"所有尸块？包括头颅？"李出阳问。

商盛开在寒风中似乎打了一个哆嗦，随后他使劲点头。

"车呢？你运尸块的那辆手推车呢？"孙小圣问。

商盛开指指不远处的盘山路："我把车扔到路边了。可能是被人捡走了吧。"

午饭刚过，众侦查员在会议室召开案件分析会。法医中心和技术队的相关办案人员也列席会议。

依照惯例，先由两个技术部门通报检测和化验结果。本案的主检法医丁雁心率先发言："关于玉川山区里发现的那具白骨化的女尸，我们特地找了于穗花的一名堂弟和一名表姐做了双向 DNA 比对，结果刚刚出来，可以确认死者是于穗花本人。"

王艺化很是赞许地点头："很好，重大进展。"

"根据尸检，于穗花的枕骨大孔处有非人力能够形成的粉碎性骨折，所以我判定死者死因应当是钝性物体致重度颅脑损伤。尸检报告等我们处长签完字就可以给你们。"丁雁心合上笔记本。

刘洵问："那可以判定是什么重物从高处坠落，把她砸死的？"

丁雁心指着吴良睿："问他们！这个要结合现场勘查，我们法医可不负责给你们下这种结论。"

吴良睿有点儿好笑地说："这案子原始现场早没了，十多年了，恐怕我们也帮不上忙。不过丁大法医倒可以跟我们合力弄一个人偶模拟测试，我看日剧里净是这样的……"

王艺花最烦开会话题跑偏，提醒道："喂，既然鲁克斌杀人案你们帮不上忙，那就讲讲你们能帮上忙的鲁克斌被杀案。鲁克斌家被火焚烧后的现场有没有什么发现？商盛开上交的那把凶器怎么样了，有没有什么成果？"

丁雁心此时插话道："哦，商盛开的鞋子、裤子以及提供的刀具上的血迹我们已经提走样本了，DNA 初步认定为人血，但目前还不能确认是鲁克斌的血迹。技术队已经将从鲁克斌棋牌室的宿舍里提取到的鲁克斌的毛发交给我做 DNA 比对了，结果不会马上出来，还要等等。"

吴良睿说："那把刀上只有一个人的指纹，经过比对正是商盛开的，这个是我们能够确认的。至于鲁克斌家被烧的现场，我们是真的尽力了——屋里屋外被烧得一片焦煳，啥都不剩了。"

孙小圣问："那你们今儿上午勘查的小厨房那个现场，有什么进展吗？"

随后吴良睿便大致讲了一下上午在商盛开家的勘查记录。他说经过肉眼观察和试剂测试，他们只在小厨房西北侧墙角处，找到了一丁点儿血迹。并且那血迹呈暗褐色，已经完全风干，可见有明显长时间的氧化迹象，不像是前天晚上沾染上的血迹，甚至不能确定是否为人血。具体检测还需要一天左右的时间。

"商盛开如果是仔细冲刷过现场呢？他是老师，做事肯定特别细致。"有人提道。

"不可能，现在的试剂纯度非常高，只要介质上沾染过血迹，不管怎么冲刷，二十四小时内都能测试出来。哪怕是这个介质后期经过消毒或者腐蚀处理，在试剂的作用下也能看到异常反应。但是我们都没看到这些现象，这就说明现场非常干净。"

大家一时无话。吴良睿又继续补充道："更何况，我们也没发现现场有被大量水冲刷过的痕迹。我们查看小厨房里的水表发现，这个月商家用水还没超过一吨，显然没有达到冲刷现场的用水量。"

"我听说农村有些人为了省钱，给水表做了手脚。再说商家不是有口井吗？说不定用了井水呢？"孙小圣问。

"井是有，但那是老井，已经枯了。这个村子好多家都有这种井，但自从通了自来水之后都慢慢废弃了。而且最关键的一点是，我们发现屋里的那些盆子罐子、油盐酱醋什么的，积灰的积灰，移开后还能看到原地的印记，这和被水冲刷过的那种干净的状态是明显不一样的。所以我认为现场没有被水冲刷过的痕迹。"

"其他呢？除了血迹。"王艺花说。

"其他也没有，"吴良睿摇头，"别说分尸现场，就是普通的凶杀现场所能勘查出来的地上的拖拽痕迹、大量衣物纤维残留、毛发等等都没有。我们只在犄角旮旯找到一些被污染得极其严重的絮状物，这些东西看上去已经在现场很久了，肯定不是人体毛发，有可能是一些别的纤维或者杂质，正在做进一步检测，哦，还提取了几个烟头，不过我感觉这些和案件没有什么大关联，应该不会有什么参考价值。"

众人都大概明白了，合着这是白忙活一通啊。王艺花问："这是什么意思？小厨房不是分尸现场？"

"肯定不是。"吴良睿底气十足。

王艺花有些搞不懂了，看着李出阳和孙小圣问："怎么回事啊？"

孙小圣也是云里雾里，下意识地说："这都是商盛开自己供述的啊。他说他分尸抛尸……"

吴良睿还不忘补刀："哦，说到抛尸，我们后来去了嫌疑人供述的抛尸现场看了，觉得也不大对劲。"

"怎么了？"

"嫌疑人说自己推着尸块到山上，然后把尸块抛进水渠上游，最后又把手推车扔到了路边，自己下了山。这就有问题——我们完全没在现场找到任何脚印和车辙印。"

这一点孙小圣当时也意识到了。按理说商盛开推着的手推车加上车内的尸块，重量少说也有二三百斤，他一路爬坡上山，公路也就罢了，随后还要走一段土路到河边，那地上不可能不留下前深后浅的脚印。但在后续的勘查中，技术员们不仅没有发现商盛开的脚印，连三轮车的车辙也没找到分毫。

他还询问商盛开是不是记错抛尸地点了，商盛开说有可能。毕竟当时月黑风高，再加上精神紧张，他早就忘了当时自己具体的行进路线和扔尸块时的确切地点了。技术队也只是在周围一两公里内进行了排查，虽说接下来还会进行较大范围的确认，但吴良睿认为希望依旧不大。

"简单来说，这和你们视频巡控锁定轨迹一样，要想从足迹或者车辙中找到一个人的行动路线，哪怕是找不到起始点，也能找到一些中间点。因为哪怕是行动再复杂、再诡秘的嫌疑人，他也不会飞行和瞬移，所以他的行进路线都是具有个体连贯性的，由点到线，是他的路线，由线到面，是他的作案范围。但我们后来实地查找和演练了很多遍，在他所承认的作案范围内连一个可疑的痕迹都没有找到，这就说明他的供述可能存在问题。"

吴良睿一席话说完，王艺花的脸色更难看了。

"回去办延长继续讯问，我不希望你们在时效内，连尸体去向都问不出来。"

"好。"孙小圣赶紧做出很紧迫的表情，下意识地翻开笔记本记了两笔。

"你们那边呢？牛红豆现在是什么动态？"王艺花看着刘洵。她之前把牛红豆举报鲁克斌杀害于穗花一案的调查交给刘洵组去处理，想着等孙小圣这边找到鲁克斌的尸体，再两案串并。

没想到孙小圣这边难产，刘洵那头也出了花样。

"……牛红豆翻供了。"刘洵硬着头皮说。

"什么？"王艺花嗓子一吊，差点儿从座位上弹起来。

刘洵说，从早上开始，牛红豆就要求重新做笔录，说自己之前向警方供述的内容有误，经过自己在公安机关处细致回忆后，她把真实内容全想起来了。

刘洵紧急应对，然后发现牛红豆要改变的口供内容主要是自己曾经包庇和胁从鲁克斌作案的情节。

她之前说，鲁克斌十年前在店里杀死了于穗花，随后要求她帮助自己把尸体埋到了深山中。这十年来，牛红豆一直帮鲁克斌保守秘密。

但现在她新一堂的笔录中是这样交代的：鲁克斌十年前杀死于穗花并处理尸体时，自己并不在场，也一直不知道这个消息。她知道这件事是源自前几天鲁克斌喝醉了，在她面前一番颇有威胁意味的吹牛。

"当时我问他和那个夜店认识的女人到底是咋回事，他们两个发展到了啥程度，鲁克斌就说让我管好自己，别打听他的事。我说我就要打听，他就跟我急，说他最烦叽叽歪歪的女人，他以前就弄死过一个女的，就因为那女的管他，束缚他，跟他纠缠。他还跟我说他把那个女人埋在山里了。我一开始不相信，后来越想越不对，当年我是见过那个女人来店里找他的，后来那个女的突然就不来了。我觉得很有问题，所以我才到派出所报案。"

牛红豆端坐在铁椅子里，手握着纸杯，向刘洵轻轻讲述自己的这番新说法。

"那你之前为什么不这么说？"

"之前……没挖尸体前，我怕我只是转述，你们就不会当回事，不会去找尸体。所以我才说我亲眼看见了。现在尸体挖出来了，我当然就得说实话了。"牛红豆俩眼睛贼得像只老鼠。

"荒谬，"王艺花瞪了刘洵一眼，"那你没问问她，她怎么对埋尸地点知道得那么清楚？"

"问了，她说……"刘洵卡了壳。

"说什么？"

"说那女人给她托过梦……"

众人哗然。

"闭嘴。"王艺花彻底听不下去了，用眼睛扫视众人，"你们弄了一宿，就把笔录问成这样？一个说自己是从犯，扭脸不认了；另一个说自己杀人了，愣是找不出尸体。你们干吗呢？被这夫妻俩牵着鼻子耍得团团转？"

孙小圣也使劲瞪着刘洵。他觉得自己冤透了，带着探组众人熬夜加班尽心竭力，虽说商盛开拒不供认尸体去向，但他们好歹也在卖力与其周旋。但牛红豆用如此荒诞的理由敷衍讯问，刘洵还无计可施，那明显就是智商余额不足，花姐不怒才怪。花姐这一怒，自己也要吃不了兜着走。

他本想为自己探组辩解几句，但冷静一想，发现局面的确有几分荒唐。满嘴编瞎话的嫌疑人他们见得多了去了，却从来没见过牛红豆和商盛开这样的，完全理不清逻辑和动机，也不知道他们是有什么套路在里面，还是因为文化低水平差，纯粹在胡诌一气。

王艺花沉下一口气，思索两秒，说道："牛红豆一定是确认鲁克斌死了，才矢口否认自己是帮凶的事实。死无对证，看来她一点儿也不傻——你们是不是把商盛开自首这事告诉她了？"

"没有啊。"刘洵看看自己探组众人，见大家一直摇头，又转眼去看孙小圣，"你们呢？你们没说过吧？"

孙小圣臭着脸："当然不可能。"

刘洵振振有词："我们还怕牛红豆察觉出来什么，特意没把她放到商盛开隔壁去。这两人之间建立的唯一联系，就是签了一份离婚协议。但协议内容都是关于离婚的，财产分割什么的，没有别的信息啊。"

李出阳想了想，说："离婚协议没有问题，牛红豆也不至于从那上面猜测出什么。我觉得她现在就是醒过味儿来了。因为一开始她觉得举报鲁克斌对自己并没什么影响，而现在经过讯问，她认为自己有包庇和共犯的情节在里面，以后可能会坐牢。再加上她猜测鲁克斌已经死了，死无对证嘛，才转变了口风。"

刘洵一脸佩服："这女人真行，又赌赢了。"

王艺花很是不爱听这话，十分不客气地说道："什么赢了？她说什么你就信什么是吗？就算鲁克斌真死了，你就不能找别的方法求证了？于穗花一案，你怎么确定当年除了鲁克斌和牛红豆，就没有第三个人知道了？"

刘洵一听头都大了。查案子最怕翻陈年旧账，拔出萝卜带出泥，一查就得查一帮人，好多人还天南海北的，说不定还得出差。

"当然，现在最需要集中火力调查的，就是商盛开牛红豆夫妇。"花姐最后按着太阳穴强调，"你们都给我上点儿心，多开发开发脑洞，找找他们的行为逻辑。"

孙小圣心里嘀咕，干脆全队来一场降智打击吧，否则没人能理解这俩人的行为逻辑。真是应了那句话：装疯卖傻没文化，上天入地都不怕！

王艺花却没那个闲心犯嘀咕，她抬手看了一眼表，发现商盛开刑事传唤时效马上到了。再联想到牛红豆也已经留置了十几个小时，再扣着恐怕不合适，便做出了两个决定：一、对商盛开采取刑事拘留措施；二、再给牛红豆做一堂笔录，如果其仍旧不承认当年协助鲁克斌毁尸灭迹，就暂时放她回去，同时派专人盯梢，时刻关注她的动态。

散会之后，孙小圣和李出阳紧急又给商盛开拉了一堂笔录。

听闻警察没在小厨房里找到分尸痕迹，商盛开一开始装傻充愣，顾左右而言他。随后孙小圣将调查依据一一罗列，他才又心虚地闷了声。

"说话啊！"孙小圣气得拍桌子。

李出阳向孙小圣做了一个打住的手势，随后他看着商盛开，尽量和缓地说道："你已经把事情做到这种地步了，为什么还是放不下呢？如果怎么样都是放不下，你又何必杀人呢？"

商盛开偏过头去，小声地发牢骚："话说得真轻巧。你们城里人永远喜欢这种高高在上给人讲大道理的感觉。"

孙小圣说："没有人高高在上。你越是这样想，你就越会往低的层次走。就好像你完全可以不在意别人的眼光，认真过好自己的生活，但你偏偏不，偏偏要活在大家的眼光里，然后成为大家认为的那种人。"

商盛开嘴角扬起了不屑的笑容："你没有资格这样评判我。当你一面遭受那种耻辱，又一面需要在外面为人师表的时候，再对我的行为下结论。"

孙小圣一时无言。

商盛开似乎陷入了一种曾经令他沉醉的心境："我最大的愿望就是当一个老师，从小就是。我觉得这个愿望太光明了，光凭着这个愿望，我就敢说我比村里所有的孩子都有志气。后来虽然我没当上正式编制的老师，但我也走上了讲台。每天好几十双眼睛盯着我，孩子们向我求知，等我解惑。"

商盛开说至此处，眼圈红了。

"但是后来，我发现我再走上讲台都需要勇气。我慢慢觉得我不配了。我是一个懦夫。我不光玷污了自己的梦想，也玷污了这份职业。"

讯问室变得安静无比。孙小圣、李出阳没有打断他的独白，他们愿意再给他一次释放的机会。也许这次释放之后，他就能和过往和解了。

没想到商盛开继续说道："所以鲁克斌对我的打击是全方位的。一丝一毫的生机都没给我剩。我为什么要善待他？"说着他微微一笑，摇头，"不可能的。"

不可能，是什么意思？孙小圣和李出阳觉得情况不太妙。

商盛开没等他们发问，已经掷地有声地说了出来："你们把我送上法庭，让法院枪毙我吧。但死我都不会告诉你们我把他藏到哪里了。我要让他死无葬身之地，变成孤魂野鬼。"

12

孙小圣和李出阳最担心的情况出现了。农村人的封建观念比较重，商盛开被鲁克斌坑害许久，尊严和面子都丢尽了，所以他要清算，要发泄。一个人如果从长久被动、卑微的局面扭转过来，那么尽享主宰快感的同时，一定会有一些扭曲的行径。所以商盛开一朝反攻，就要让鲁克斌永世不得翻身。

商盛开已经走进了死胡同，并且打算在自己的逻辑里一头撞死，再不回头。这也说明短时间内孙小圣和李出阳已经撬不开他的嘴，只能把精力放在自主寻找尸体上。

孙小圣决定和李出阳再一次去到商家，寻找蛛丝马迹。孙小圣走出讯问室，准备去办公室拿警车钥匙，刚出门就在走廊里碰见了刘洵和小白，他们中间还夹着牛红豆。牛红豆在队里待了一天一宿，眼圈有些浮肿，头发看起来也油油的。但她仍旧和以往一样面无表情，不知是真的无知无畏，还是在佯装淡定。

面对孙小圣无所顾忌的打量，牛红豆毫不在意。甚至她还问了句："商盛开呢？"

"干吗？"

"我要见他。"

"你要干什么？"

牛红豆思量片刻，说："关于离婚的事。"

"你不都签字了吗？"

"有两张存折的密码我不知道，我得问问他。"

孙小圣一时头大，应付道："想见他，那你就别走了，在这儿等着吧。"

牛红豆没再说话。

"给她做完笔录了？"孙小圣问刘洵。

"没呢，正要做，刚才带她吃饭去了。"刘洵小声说，"不过再做一堂估计她还是那么说，这人精得很，所以八成还是得先让她回去，等到案子有进展了再传唤她。"说着刘洵又回头看了一眼牛红豆，略微提高了声音，"反正跟她说好了，回去后不能离开本市，手机要二十四小时保持畅通，一旦失联就挂网逃。"

孙小圣想想，也只能如此了。虽然于穗花尸体已经确认，但牛红豆胁从鲁克斌作案一事现阶段确实无法查实。

"这两天我们也派人盯着她。"刘洵跟孙小圣耳语。

虽是如此，孙小圣看着牛红豆那若无其事的样子仍是生气。从她反口说自己没有包庇鲁克斌开始，孙小圣就知道她不仅不是个省油的灯，还是个很能为自己算计的主儿。只不过反射弧比较长罢了。

刘洵让小白先把人带去讯问室，点上一根烟和孙小圣继续聊着下一步工作。没想到两人还没说几句，不远处的牛红豆忽然厉声尖叫起来。

孙小圣和刘洵大惊失色，再一看牛红豆的状态彻底变了，几乎已经脱离了小白的控制，失心疯般往走廊里冲。

"商盛开，你个王八蛋，你害了老娘一辈子！你他妈的该死的玩意儿，我跟你没完！"牛红豆张牙舞爪，披头散发。

孙小圣和刘洵赶忙扔掉香烟过去帮忙。

牛红豆爆发出惊人之力，在三人中间乱冲乱撞。这时又有别人过来帮忙，王艺花也从楼上的会议室里闻声出来，从远处边跑边冲孙小圣等人发号施令："赶紧给我把她按住，怎么回事啊你们！"

牛红豆突围失败，干脆坐在地上呼号捶地，彻底撒起泼来。

"我真是命苦啊，你们干脆把我枪毙了吧！我也不回去了，我回去也没活路啦。商盛开你个没皮没脸的玩意儿，还他妈想跟我离婚，我告诉你，是他妈老娘要跟你离！是老娘他妈的甩了你！回去我就嫁别的男人，让京辉管别人叫爹！你个挨千刀的玩意儿，早晚天打雷劈，不得好死！"

她边哭边骂，鼻涕眼泪抹了一脸，两眼充血一般怒瞪，令人不寒而栗。一众人合力拖拽，终于把她拖离走廊。

王艺花见闹剧收场，警告了孙小圣和刘洵两句，又匆匆上楼去开视频会议了。

"我×，"孙小圣扣子都在混乱中被扯掉了，一边整理衣衫一边烦躁地说，"这不就是一坐地炮吗？也不知道鲁克斌看卜她什么了！"

刘洵也累得呼哧带喘，问孙小圣："商盛开那边，你们下一步怎么办？"

"怎么办？继续去他家找尸体呗。"

一个小时后，孙小圣和李出阳等组员再次出现在了商盛开家。他们先大致观察了一下商家小院的地理环境，在周围寻找商盛开可能藏尸的地点。

案发当晚时间有限，农村人又习惯早起，大家推测商盛开不太会有过多的时间来处理尸体。尸体可能并没有被肢解，而是直接被商盛开藏进或者埋入某处他认为可靠的地点。

孙小圣等人认为，这些地点包括商家屋后的空地，以及院落里的一片看上去较为疏松的土壤。探组众人从车上拿出工具，挥锹抡镐，开始翻土。

不用说，这一番大动作又引起很多村民的注目。大家三五成群地聚在探组人员周围，有的小声议论，有的提出质疑，有的甚至还冷嘲热讽。

"我说警察大哥们，你们咋就怀疑上商盛开了呢？商盛开要能杀人，那母猪都能上树啦。"一个看起来邋里邋遢的中年村民朝孙小圣等人歪嘴。孙小圣后来才知道，他是村里有名的二赖子，哪儿人多往哪儿去，最大的爱好就是看热闹说风凉话。

那名之前曾经替商盛开操办"后事"，并在他指认现场时替他说话的村支书也来了。他一边向孙小圣询问案情进展，一边也对他们的"寻尸"工作表示疑惑。不论村支书怎样替商盛开说好话，孙小圣等人都没有放松对小院内外的搜索。与其说是目标明确，不如说是在做排除法。因为就目前掌握的线索来看，商盛开不仅有动机，也承认作案，并且提供了所谓的凶器。与此同时，他拒不交代藏尸地点的理由也讲得堂而皇之，所以谁也不敢轻易否认他作案的可能性。至于尸体去向，现阶段只能按照破案规律，逐一排除掉凶手行凶后可能存在的操作，来慢慢理清。

不久后，院内院外的挖土工作都有了一些进展。负责搜索房子后面区域的樊小超和苏玉甫满头大汗地说，他们用铁锹在房后面翻了一遍土，又带着警犬闻了一遭，没发现松动或者散发出异味儿的土壤。

孙小圣和李出阳负责院内，他们挖着挖着也发现，虽然院子里有处土壤像是曾经被翻动过，但那似乎曾经是一个菜窖，里面还埋着两块木头挡板和一些稻草。

"别挖了，"李出阳甚少干体力活，此刻喘着粗气扶着铁锹，整个人都摇摇欲坠了，"他肯定没把尸体埋在这周围。"

两组人精疲力竭地在院子里会合。孙小圣琢磨着花姐让他们寻找商盛开行为逻辑的话。根据目前整理出的时间线，商盛开当晚行凶杀人并移动尸体的时候，应该已经迫近天亮。结合目前的勘查情况，他很可能并没有进行碎尸，而是把尸体藏在了某处。这个地点一定不是村子附近，那样会过于显眼；似乎也不是荒郊野外，因为尸体没经过处理，一路上不可能不留下一点儿痕迹。所以孙小圣最后还是把目光落到院内，搜索着这个狭小空间里的每一个可疑之处。

最后孙小圣把目光落到院子角落的那口老井上。他发现李出阳也注视着它。

井口盖着一个磨盘。井上打水的辘轳锈迹斑斑，上面环绕的绳子也在岁月的腐蚀下，完全变成了黑色。说是口老井一点儿也没错，那种古朴和陈旧感，把它和当下完全地阻隔开了。它倒像是通往另一个世界的入口，而那个世界，一定充满了所有人都无法参悟的未知。

孙小圣走上前去，胸口莫名地发紧。他觉得这里可能是他们最后的希望了。

"把它抬走。"孙小圣抑制住紧张，对众人说。

磨盘虽然不很大，却异常笨重。大家齐心协力把磨盘推到一边，黑乎乎的井口重见天日。井口虽然不很大，但投入一个人绰绰有余。里面似乎透出一股寒气。

众人围住井口，只觉得空气都凝结了。外面看热闹的村民好像也很感兴趣，对他们的包围又缩小了一圈。

"老商把鲁克斌扔到井里了？"二赖子刚才走了神，此刻不住向周围人询问。

井内一片漆黑，什么也看不见。从井里飘出一股又霉又煳的糟烂味道，也不知道是因为封闭多年产生了什么有毒气体，还是里面的臭水味儿。

"像尸臭吗？"孙小圣小声问李出阳。

"不太像，再说这天气，尸体也不会这么快发臭吧。"虽然这样说，李出阳却有点儿作呕。

有人往井里扔了一块石头，井底并未传来水声。可见要么井已经荒了，要么水位极低。

只能找人下去看看了。这种高难任务不好麻烦别人，孙小圣只能以身犯险。李出阳却拦着他："你说得轻巧，你怎么下去？"

孙小圣抚着辘轳上的绳子："你们拿这个拴着我，把我一点点往下放。"

"别扯淡了，这绳子破成这样，折了怎么办？回头你再在里面摔个好歹，我们还得挖地道救你。"

"不能，这绳子结实着呢。"孙小圣此言不虚。为了一次性能打出最大量的水，农村辘轳井上的绳子都是手工搓成的粗稻草绳，只有这样才能禁得住百十斤重的井水和铁桶。而稻草绳又是出了名的耐久，这口井上缠着的十余米长的稻草绳虽然历经风吹雨淋，摸上去仍旧坚实。

二赖子凑过来探着头说："没事，你下去，我们帮忙拽着你！"

李出阳说："你滚一边去！"

二赖子在一边翻白眼："里面肯定没有。瞎折腾。"

孙小圣已经开始在井边跃跃欲试了，村支书却一把将他拦住："你先别着急，我有个办法，没准儿不用下去。"

没多大工夫，村支书让人从村委会取来一个大家伙。那家伙又黑又粗，扛在肩上很有榴弹发射器的既视感。李出阳最先认了出来，那是一台大功率的手持探照灯。

"有一阵村上的萝卜地里闹贼，一晚上能丢上百斤萝卜，我们夜里就拿这个巡逻。"村支书把探照灯接过来，朝着井里照射。黑乎乎的井口立即吞噬了大股强光，井壁上粗糙的砖石和龟裂的缝隙也马上显现出来。大家顺着光束望去，发现井内蛛网密布，在光线的反射下，还飞舞着浮尘。

光束的尽头，似乎离他们并不遥远，只有七八米。而那里看上去，好像并没有水的痕迹，更像是一堆碎石破瓦。

村支书很纳闷地说："欸？这井这么浅吗？咱们村虽说水位不低，可但凡是老井，我还没见过少于二十米深的。这看上去也就十米左右深啊。"

孙小圣在一侧汗颜，十米还浅？都有五六层楼高了。

"这井被填过。当时填的时候，我还给出过主意呢。"一个满脸雀斑的中年妇女挤进人群，她好像和牛红豆比较熟，很在行似的跟大家介绍道。

"填了，怎么没填满？"村支书觉得很不可思议。他从没见填井只填一半的，那样不仅解决不了问题，还会浪费大量人力物力。

妇女也过来朝井里望了望，确认了一下自己没有记错，然后很肯定地说："没错，好多年前填的了，当时他家商京辉还小呢，牛红豆领着孩子在一边看。但填井嘛，是个挺邪乎的事，填到一半，牛红豆家老太太，哦，就是京辉的太姥姥，忽然发急症死了，牛红豆两口子就觉得肯定犯了什么冲煞，这井填不得，赶紧用磨盘堵住了。"

孙小圣小声向村支书请教："填井有什么可邪乎的？"

村支书告诉孙小圣，以前的农村人都靠井吃水，对井怀有一种非常崇敬甚至畏惧的心理。所以打井、填井，都需要有强烈的精神依托和仪式感。如果想要废弃一口曾经赖以生存的井，那就必须选择吉日，然后焚香祷告，还需要进行很多类似于烧符投竹、取水还沟之类的仪式，然后才能往井里放填充物。否则鲁莽行之，开罪了井神甚至龙王，家里是要倒霉的。但这都是老讲究了，而且自来水都普及好些年了，村里绝大多数人，尤其是年轻人，都不信这一套了。

但没想到商盛开和牛红豆夫妇还信，他们当年愣是觉得填井不祥，填了一半就中止了。所以此时井内才会有此景象。

李出阳最烦听这些虚无缥缈的东西，再加上井内看起来并无异状，便溜达到堂屋内，四处观察，寻找其他可能没被发现的可疑痕迹。但转了一圈也没什么新发现，他便拿起手机在堂屋和隔壁卧室里随便拍了几张照片，然后又踱回了井边。

大家这会儿还在借着强光仔细观察井底的情况，看了半天也没发现什么古怪之处。但是谁也不能就此下结论说，井底没有尸体。毕竟里面一片狼藉，假设商盛开把尸体扔进去，又扔进大量的石块瓦片进行填埋，好像也能混淆视听。

村支书在一旁极为不解："前天晚上，鲁克斌来这个院子里了？"

孙小圣说："商盛开自己供述，是他去鲁克斌家，干掉他的。"

"他没死？"村支书此话一出，又觉得有歧义，改口道，"哦，他当晚就醒了？"

"那就是呗。"

"那商盛开杀了鲁克斌后，是怎么把尸体弄到这院子里的？"

孙小圣便把商盛开自供的手推车运尸的说法给他讲了一通。村支书听后非常困惑，摇着头说，从没见过商家还有一辆三轮手推车。

"他家只有十几亩地，往年种了一些水稻，但不经常打理，收成也不怎么样。去年和前年他家地里都荒了，商盛开这才下地去拔杂草，可能想以后租出去，或者改种一些果树。以前收稻子时，他都是租村大队的货车去收，撒种时也是借别人家的撒种机，我从没见他推过什么三轮手推车。"村支书如是介绍道。

也就是说，三轮手推车很可能不存在。商盛开连运尸的环节可能都在撒谎。如果那辆手推车真是商盛开杜撰出来的，那他藏尸很可能就没借助工具，从而也能推断出，藏尸地点应该不会离案发现场太远。

李出阳由此想起一件事："之前我听人说，鲁克斌家东边是处空的院落？"

"啊，是的，"村支书想了想，"那院子是村里老齐家的祖宅，空了得有二十年了。齐家老头死了之后，三个儿子因为那个院子发生了房产纠纷，谁都想要，但一直没商量出个结果，所以那院子就被齐家老大一直锁着，干脆谁也别住。唉，农村这种事挺多的。"

"带我们去那个院子看看。"李出阳站起身来。

村支书好像明白了他是什么意思，想了想，扭头招呼二赖子："去，把齐家老大叫过来，他家祖宅的钥匙只有他有。"

"好嘞！"二赖子像捡了什么大差事，蹦蹦跳跳地挤出人群。

半个小时后，探组众人和村支书站在了齐家祖宅门口。当然，后面还跟着那群甩也甩不掉的看热闹群众。

齐家老大都快六十岁了，满头白发，一脸褶子，眉头皱得死死的，站在门口质问村支书："上我们这院子里干啥？横不能，商盛开杀了鲁克斌，给扔到这里面了？"

"哎，有的没的，总要看一眼才踏实。"

"不可能！这门锁还好好的呢。"齐老头后退几步，指着鲁克斌家的院墙，"而且您仔细瞅瞅，他家院墙修得多高，别说隔墙扔个人了，就是爬到墙头上都费劲吧？商盛开还是个跛子，您觉得可能吗？"

村支书做出训话姿态："让你开门你就开门，警察进去又不干别的，要不然你家这院子里真扔个死人，你以后能踏实得了？"

"得得得，"齐老头念经一样地说着，拿出钥匙开门，"你们都给我做证啊，我这开院门可不是出于什么个人目的，别回头我那俩弟弟又找我们家麻烦。"

没想到因为院子封闭多年，锁都锈死了，钥匙怎么也捅不开，最后还是用砖头砸开的。

院门一开，人群里传来啧啧感叹。这院子破败零落，四处狼藉，地上布满枯草，几间房屋也严重变形，俨然都成了危房。据齐老头说，这院子最后一次打开还是在 20 世纪 90 年代末，那会儿他家老母刚刚出殡，棺床还没撤呢，兄弟几个就为这处院子的归属争得你死我活。现在倒好，这院子都荒得和鬼屋没两样了，请他们来住他们都不可能敢来了。

"那是正房，那是偏房，那里我记得是个煤棚子，那里是个茅房，现在都塌了。"齐家老大腺眉耷眼地跟孙小圣和李出阳介绍。显然他也很后悔当时没有妥善处置好这处院子。

孙小圣和李出阳对他的话置若罔闻。因为他们两人都注意到了一处地方。

这个院内，也有一口井。

13

孙小圣等人观察了一下井四周的状况，暂时没发现什么血迹和可疑痕迹。

这口井在齐家祖宅院内的东南处。井没有被填过，上面盖着一块石板。掀开石板，井里一片漆黑，什么也看不见。

"这井可有年头了，我们家小二结婚时就差不多荒了。当年我怕孩子掉进去，就说给填了，我妈一直不让填，说她喝了这口井几十年的水，不忍心填。"齐老头说道。

村支书又拿出那个探照灯往井里照，发现井底除了很多石块烂泥，暂时没有其他可疑物。可这就如刚才孙小圣在商盛开家怀疑的那口井一样，如果不下去实地检查，谁也不能保证里面是绝对干净的。可问题是这井比商家的那口更深，观测下来至少有三十米，以孙小圣等人目前的准备情况，是肯定做不到下井勘查的。想要进行这项工作，必须要请专业人士来协助帮忙。

李出阳观望院内四周，陷入思考。齐家这院子的门锁是完好的，也就是说，如果凶手想要在此地藏尸，必须翻墙。但此院和隔壁鲁家院子间的隔墙至少两三米高，如之前齐老头所说，仅凭一人之力，确实很难将一具尸体越墙运过来。即使凶手有帮手，那恐怕一个帮手也不大够用。毕竟尸体重达一百三四十斤，光抬上几米高的墙就需要很大力气，估计还要闹出不少动静。虽然案发时夜色已深，但如此大动干戈地行动，难免不会惊动街坊。

这么大费周章地隔墙移尸，难度好像也不亚于把尸体远远地运走。所以几乎可以排除凶手存在这种操作。

孙小圣从井边回过神，发现有很多村民已经进了院子，正在好奇地四处乱逛和张望，踩出了一地脚印。他冲旁边的樊小超和王木一发火："你们干什么呢，咱们又不是开展销会，把人都给我轰出去！"

樊小超和王木一手忙脚乱地去轰人，李出阳对一边的村支书和齐家老大说："您二位也走吧，我们再四处看看，顺便开个会。回头我们找个新锁把这院子重新锁上。"

齐家老头嘱咐李出阳："小伙子，你们看完了，可得替我跟街坊们说清楚啊，要不然这村里一瞎传，我们这宅子该给传成凶宅了。这儿以后说不定我们哥仨还卖了分钱呢。"

"行了行了，赶紧走吧。"村支书拍拍齐老头的肩膀。

齐老头出门后，村支书原地想了想，又一扭身走回了孙小圣面前。

孙小圣此刻正烦躁地坐在地上抽烟。他已经被花姐的死命令压得透不过气，这一趟来本是志在必得，但显然大概率又会无功而返。

"这死不见尸，案子可怎么往下办啊？"

村支书走到他身边循循善诱："我说民警同志，其实二赖子他们说得也有道理，你们真的没有搞错？商盛开不是敢杀人的人。"

"他自己都认了，凶器也交出来了。"

村支书蹲下身来，自己也点了一根烟，寻思道："小同志，你说我们村出了这么大个乱子，第一麻烦的肯定是你们，但第一糟心的肯定就是我们村支部。我比谁都希望早破案。我见你们一遍一遍地来，又一遍一遍地走，心里真是跟着着急啊。"

孙小圣鼻子哼了一声，没太当回事。村支书又说道："但你们也不能光撅着屁股干，这村里的事不比你们城里，村里人和这村子，和街里街坊，都是挂在一起的，谁的肠子里有几道弯，大家互相都心知肚明。你们其实应该多听听村里人的说法，不能这么光按自己的思路走。毕竟你们才刚接触商盛开，知道个什么啊。"

村支书的意思已经表达得再清楚不过了，而且似乎能代表大部分乡亲的观点。大家一致认为：商盛开不会杀人，他没那个头脑，更没那个胆魄。哪怕他承认了，也是为体现自己的目的，给自己正名，给自己雪耻。

言下之意，凶手另有其人。有人做了商盛开不敢做的事，商盛开宁愿把这件事揽到自己头上，就为了出一口恶气。

李出阳听后，刚要说什么，就听门外有人叫村支书。村支书应声而出，很快又从门把头探进来，冲孙小圣说道："警察同志，商京辉从镇上回来了。"

孙小圣这才想起，自己昨天和商盛开约好，今天给商京辉做访问。估计是商盛开早先联系了儿子，告诉他民警要向他问话，让他今天下午回家，商京辉回家后看见家中无人，然后在街坊的指引下，来齐家老宅找正在勘查现场的孙小圣和李出阳配合工作。

商京辉跟着二赖子走了进来。

李出阳刚想把二赖子轰出去，没想到二赖子朝李出阳抛了个挺神秘的眼神。李出阳猜测他可能有料要爆，便把商京辉交给孙小圣，自己跟着二赖子出了门。

商京辉二十岁了，但身高只有一米六出头，一副营养不良的样子。他站在院子中央，像一只松鼠，四处乱看一阵，又把头深深低下。

据村支书偷偷和孙小圣介绍，商京辉性格孤僻，在外面和村里几乎都没什么朋友。因为村里也有一些年轻人传过他家的闲话，商京辉为此还和他们争执过，闹得很不愉快。久而久之，他越来越封闭自己，走在路上都把头埋得很低，见到长辈也从不主动打招呼。

也不知这孩子是生来如此，还是被家中是非所累。但这些都不重要了，大家已经完全把他视为异类，对他的偏见丝毫不亚于他的父母。

村里只有村支书对商京辉另眼相看。

商京辉念中学时有一次找到他，让他帮忙去学校开家长会。

"已经两个学期没人给我开家长会了，班主任已经跟我急了。"当时商京辉憋了好几分钟，手抠着墙皮，红着眼圈跟村支书解释。

村支书去了。他觉得这个孤僻的孩子能把话跟他说到这份儿上，走投无路是一方面，更重要的是，孩子对自己表达出了独一份的信任。能够取得商京辉的信任，村支书感到一种巨大的成就感。

令村支书没有想到的是，在那次家长会上，商京辉的班主任不仅没有表现出对他的歧视，反而说了很多令村支书意想不到的话。班主任告诉他，商京辉在学习上非常刻苦，成绩虽不拔尖，但态度十分难得。他属于那种非常要强的孩子，哪怕外界有再多诱惑，也无法改变他对自己的规划。他对班主任说，不管自己考不考得上大学，以后都要远走他乡，去闯荡外面的世界。

只有村支书知道，与其说这是商京辉的理想，不如说这是他对于现实的逃避。他似乎在用"未来"麻痹自己，把唯一能逃离原生家庭的希望寄托在这上面。

"他从小是一个挺可悲又很倔强的孩子，你们和他说话一定要慎重。"村支书嘱咐孙小圣。看得出来，他是个负责的村支书，也是唯一一个能令商京辉敞开些许心扉的人。

"好，那辛苦您帮我们找几把椅子，我们在这儿问他一些话。"

"没问题。"

村支书让人送来了几把折叠椅子，然后又体贴地嘱咐了商京辉几句，便退了出去。

荒废的小院成了孙小圣的临时根据地。商京辉坐在了枯草丛中央的椅子上，身子瘦小，四肢修长，背后是几近断壁残垣的老屋。好像是一幅颗粒感十足的现代主义油画，每一笔勾画，都暗藏了这个年轻人与众不同的际遇和绝非寻常的心绪。

商京辉的额头被蓬松的刘海半遮着，看起来有点儿颓废和叛逆。他坐在孙小圣和樊小超等人的对面，眼神空洞，却又透出几分紧张。随后他似有些慌乱地把脖子一扭，看着身边一截干枯的树干。

"商京辉，"孙小圣尽量温和地叫着他的名字，"能问你几个问题吗？"

"可以，"商京辉慢慢扭回头，他的声音有些嘶哑，"不过会需要很久吗？我一会儿还有工作要忙，这个月的业绩还没达标。"

"不会很久。"

孙小圣刚要开始正式提问，忽听商京辉问了一句："商盛开呢？"

大家均是一愣。商盛开，这个名字从他嘴里说出来，是那么刺耳。孙小圣不知道他是一直这样称呼自己的父亲，还是仅仅用于这个特殊场面。

孙小圣无视这个问题，反问："你能先跟我说一下，你前天白天到晚上，都做了什么吗？"

"前天是周末，因为我报了一个成人自考，我整个白天都在家里复习功课。"

孙小圣一愣，又问："这期间你爸爸商盛开出了事，你知道吧？"

"知道，"商京辉面无表情，"他差点儿死了。"

商京辉告诉他们，前天白天他起床后一直在房间里看书，压根就没有看见商盛开的人影。中午的时候，院子里忽然跑进一大帮人，其中还有一个村民背着昏迷不醒的商盛开。街坊告诉他，他父亲在田上出事了，磕到了脑袋，一直昏迷不醒。然后镇子上来了医生，但那人好像也不是正经医院的大夫，据说是一个什么诊所的，曾帮村里人打过疫苗。他们村子偏远，急救车过不来，又没人愿意开私家车往县城医院拉，怕人死在车上不吉利，这才有人想到找那个镇上诊所的大夫，他家就住邻村，当天又休息，过来出诊方便又及时。

那大夫一个多小时后过来，对着商盛开的身体一阵捣鼓，又是听心跳又是翻眼皮，最后还试了试呼吸，对着众人说："没救了。"

众人一惊，村支书问："往大医院送还有救不？"

"有钱就去，但没什么戏，白往里搭钱。"

场面大乱，商京辉也蒙了，更糟糕的是，牛红豆还失联了。有人提议到县城去找她，但大家叽叽喳喳了一阵，最后谁也没动身。村支书见无力回天，便主持大局，一下午的工夫，就把商盛开的后事预备得差不多了。

商京辉说到此处，就如同叙述一件邻家旧事，丝毫没有注入自己的情绪。他后来提到商盛开时，都是用的代词"他"。

既不是父亲，也不是爸爸。商盛开的"死亡"和"后事"经过在商京辉的嘴里，也是平铺直叙，按部就班。这人的立场和态度令孙小圣有点儿不爽。不管怎么说，商盛开作为一个父亲，并没有什么失职的地方。相反，正是因为儿子的存在，他才一直忍辱负重，维持着这个家。更何况，一个孩子好像也没有资格评判父母之间的事。

没想到这还只是掀开了商京辉冷酷性格的冰山一角。当提到牛红豆时，他的脸上更是透出了令人背脊发凉的冷峻。

"村支书说，他们一直联系不上牛红豆，谁也没办法。后来大家都走了，牛红豆回来了，拍门，我没让她进来。"商京辉半低着头，在孙小圣和李出阳讶异的眼光中叙述着。

"……你为什么不让她进来？"孙小圣下意识地问了一句，但他马上就后悔了。这么问真是多余。

"她回来能有什么用！"商京辉忽然大声道，"那时候我就下定决心，以后再也不回那个家，再也不会见她一面。也许我早就该做这个决定了。"

孙小圣赶紧打住这个话题："啊，先不说这个，你跟我说一下，你把你……把牛红豆关在门外之后，你做了什么？"

商京辉低头想了想，说："当时已经晚上八九点钟了，我没给她开门之后，她好像就没了动静，我就回了堂屋里。因为村支书说，这一晚很重要，一定要守好灵。"

"你一直在堂屋里？"

"嗯。"

"呃，"孙小圣试探着说，"你的意思是，你在家里待了整整一宿，直到商盛开早上醒来？"

商京辉想了一下，说："是的。"

"晚上你没有睡觉？"

"没有。"

"那……"孙小圣有点儿没想通，"那一晚上，你都在做什么？"

"一开始就在沙发上坐着，开着灯。说实话，"商京辉的眼里闪过一丝怯意，"当时我也挺害怕的，但没办法，家里就我一个人，回屋我也睡不着。后来我实在害怕，就来到了院子里坐着，一直坐到天亮。村支书说早上会带人来帮忙出殡的事。"

不过孙小圣还是觉得奇怪。从商京辉的表述来看，他一直守在家里，并没有看见商盛开晚上苏醒，就更别提看到他出门杀人这件事了。

"你确定，你亲眼看见了商盛开苏醒？在堂屋里？"孙小圣问。

商京辉又仔细回想了一下，纠正道："早上六七点钟吧，我实在困得不行，再加上天亮了，就回到自己屋子里躺了一会儿，也不知睡着没有。然后我迷迷糊糊听见窗外有动静，就起身往窗外看。这时我看见他突然站在了院子里。"

据商京辉说，发现商盛开突然出现在院里后，他当时吓坏了，半天回不过神来。他看见商盛开走路摇晃，眼神迷离，跟宿醉刚刚酒醒一般。商京辉这才意识到，他可能昨晚并没有死透，经过一晚上的休息，恢复意识了。

商京辉赶紧跑出屋子，在小院中和父亲相对无言。

随后商盛开问："我这是怎么了？"

商京辉说："昨天你出了事故，医生说你死了。"

"我记得我从车上摔了下来……堂屋里的寿衣是给我预备的？"

"是。"

商盛开登时无语。

商京辉脑中处理的信息量过于庞大，一时有些恍神。但他不想让商盛开看到自己这般模样，赶紧转身回了屋子。

没过多久，商盛开死而复生的事情便传遍了整个村落。有人把口信捎给了昨天给他诊治的大夫，据说那大夫惊得下巴差点儿掉到地上，连连说着"真是个奇迹"。

复生的桥段孙小圣已经听了太多遍，早没了什么新鲜感。令他们感到匪夷所思的是，从商京辉提供的情况来看，商盛开根本没有作案时间。他的整个昏迷的状态，基本都有村民和商京辉做证。更何况前天晚上鲁克斌是晚上八点多才回的村，而依照商京辉所言，从那时开始的几个小时内，商盛开都在家中的堂屋里"挺尸"。

孙小圣沉默了一会儿，认真而不失威严地盯住商京辉的眼睛。虽然他知道也许一时不能从那双青春的眼睛里读出什么，但他希望自己的注视能带给对方一种来自警察的压力。在这个与被调查对象的角逐中，身份是孙小圣首先要抓住的绝对优势。

"商京辉，你说的都是实话吗？"孙小圣十分严肃。

"是的。"

"但是商盛开向我们自首说，他前天晚上其实已经苏醒了，并且出门杀了鲁克斌。"孙小圣很直白地告诉了他。

商京辉浓浓的眉毛皱在一起，透出一股老成的疑惑："什么？怎么可能？你们没有搞错吧？"

"当然没有，是他自己承认的。他还拿出了一把刀，上面有血迹。他说那是自己杀害鲁克斌时所使用的凶器。"

"绝对不可能，"商京辉使劲摇头，"他根本没出家门，怎么杀人？"话至此处，商京辉的脸上竟然浮现出一丝嘲弄的冷笑，"他怎么敢杀人？"

口风竟然和村民们出奇地一致。看来商盛开窝囊软弱的性格，真是太深入人心了。

孙小圣想了想，用一种征求建议的口吻问道："如果真像你说的，商盛开没有杀人，他为什么要这样对我们说？"

商京辉想了想，脸上慢慢浮起一丝不易被察觉的微妙的不屑。

"可能是想表现一下自己吧。"

14

此时院子外的一处偏僻角落里，二赖子正冲李出阳支支吾吾，欲言又止。

"有事？"李出阳莫名其妙地看着他，下意识地掏烟。

二赖子瞅着李出阳的烟盒两眼冒光。李出阳把烟盒和打火机都递给他，二赖子喜不自胜地掏出烟点上，销魂地吸了一口，直说好烟。

说着他要把烟盒和打火机还给李出阳，李出阳说不要了。

"这怎么好意思。"二赖子挠挠脑袋。

"你有话赶紧说就行了。"

"啊，是这样，"二赖子眼珠滴溜乱转，"我要是配合你们工作，有没有啥实际的好处啊？比如你们能给我写个证明啥的，以后村里发东西，我能多领一份……"

李出阳胳膊一抱，很无所谓地看着他："你随意，我时间有限，你要说就说。但我提醒你一句，有什么话要是瞒着，回头影响了破案，一定饶不了你。"

"啊，"二赖子斜眼挠头，上前一步小声说道，"是这样，在商盛开出事的前一天，我在我们村外头的路边，看见鲁克斌把商盛开给打了。"

"哦？"李出阳没想到竟然是这方面的内容，赶紧问，"怎么打的？他们说什么没有？"

二赖子说，两人具体有什么交流他也不知道，但气氛很不好，鲁克斌还朝商盛开一直嚷嚷。

当时二赖子正从镇上走回来，快到村外，忽然听见那边传来男人的咆哮声。他循声望去，只见路边树荫下站着两个男人，看身形，很像商盛开和鲁克斌。结合当时的情境和后续发展，二赖子可以确认就是这二人无疑。

他看见在纷乱的稻草丛中，鲁克斌一脚踹向了商盛开。商盛开应声倒地，周围扬起一阵灰尘。

鲁克斌走近商盛开，一脸嘲弄地似乎说着什么。商盛开面露惊惧，坐在地上向后撤着身子。他好像碍于腿脚不便，一时无法起身。

鲁克斌硬生生地把他扯了起来。

二赖子说到这里，戛然而止。

"然后呢？"李出阳皱着眉。

二赖子咽了一口唾沫，摊手："然后鲁克斌就发现我了。他大喊着让我滚，我就赶紧跑了。"

李出阳看着二赖子这副猥琐模样，完全能脑补出他当时逃窜的仓皇景象。

"没了？"

"没了。"二赖子答道。

李出阳寻思着，鲁克斌羞辱商盛开不奇怪，但这个时间点卡得很玄妙。在鲁克斌揍了商盛开之后，一系列怪事就突然爆发了。那鲁克斌为什么要打商盛开呢？

这会儿孙小圣已经在院子里问完了话，叫李出阳进去。李出阳打发走了二赖子，进院悄悄知会了孙小圣二赖子透露的情况。孙小圣小声说道："会不会是在案发前，鲁克斌喝多了，或者纯粹是出于挑衅，把商盛开惹急了，导致商盛开大开杀戒？"

李出阳没有着急回答，而是瞥了一眼还未离去的商京辉，朝孙小圣抬抬下巴。

孙小圣赶忙冲呆立在门口的村支书说："啊，没事了，您也回去吧。"

村支书带着商京辉推门离去。孙小圣又跟李出阳复述了一遍商京辉的话，李出阳也听得疑窦丛生："现在想想也是。商盛开说自己当天夜里就苏醒了，耍了假死的鬼把戏去杀人，好像逻辑上也不大通——他既然要用杀鲁克斌来证明自己，那这事最后一定会像他后来做的那样，希望闹得尽人皆知，希望没人再看不起他。那他大可以光明正大地杀鲁克斌好了，为什么还给自己找不在场证明，然后费大力气藏尸体呢？"

"可不是嘛，而且这尸体转移得也太魔幻了，一点儿痕迹都没有。"

李出阳和孙小圣站在空落落的齐家祖宅里，一面抽烟一面探讨。

"但他交出的那把刀，和鞋子裤子上的血迹又怎么解释呢？"李出阳觉得古怪极了。

"血迹还没出鉴定结果，不一定就是鲁克斌的。"孙小圣想了想说。

"你是说鲁克斌不一定死了？"

"难说。"

孙小圣大胆推测了一下，认为鲁克斌没准儿压根就是出去避难了，说不定风平浪静之后，他又大摇大摆地回到村子里了。

而商盛开，也正是像村支书和自己儿子描述的那样，既没有作案的时间，也不具备作案的条件，只不过是在听说鲁克斌有可能被人做掉之后，出于一种为自己挽回尊严的心态，跳出来说自己是凶手。说白了，他就是一个搅局的。

这也能进一步说明，为什么他在所谓移尸和碎尸环节上撒谎，并对尸体去向含糊其词。因为他压根就没有杀人，也就不可能有处理尸体的操作。他要的，就是在村里众人面前展示他凶手的身份。就像上午回家指认现场时那样，他要扬眉吐气地吼出一句脏话，出出这些年一直压在心里的恶气。

他似乎得到想要的效果了。

但又能怎样呢？一旦鲁克斌全须全尾地回来，他不仅在警察面前无法交代，还会重新沦为大家的笑柄。

这会儿樊小超从院外打着电话推门进来，来不及挂断就对孙小圣汇报："丁雁心说经过 DNA 比对，商盛开裤子、鞋子上的血迹，和那把单刃刀上的血迹，确定都属于鲁克斌本人。根据那血迹的氧化程度来判断，那血是三十六小时至七十二小时之内从鲁克斌体内流出的。而案发当晚是两天前，所以在时间上，这把刀刚好符合作案凶器的条件。"

孙小圣一蒙："确定是鲁克斌的血？"

"是的。"

这就很吊诡了，这几乎把他们刚刚做出的假设推翻了。商盛开如果只是个蹚浑水的，那像凶器和血衣这样关键性的证据他又是怎样得到的呢？难道说鲁克斌还是死了？既是如此，商盛开能手握这两样关键证据，怎么可能不知道尸体的去向呢？

想要拼好一堆支离破碎的拼图，就必须要顾全到这张图画的每一处细节。细节可能是阴谋伪装的，但最终一定会撑起一个事实。这个案子现阶段可能存在的阴谋有两处，一处是商盛开伪装成凶手的阴谋，另一处是真凶杀人并转移尸体的阴谋。只有这两个阴谋并列存在，才有可能解释商盛开目前的古怪举动。这两处阴谋之间必然存在关联，而且关联就是那把带血的刀。

真凶把凶器给了他。至于他裤子上和鞋上的细微血迹，有可能也源于那把刀。

现在的局面变得似乎有些迷幻了：商盛开有可能没作案，凶手也很有可能另有其人。商盛开和凶手之间有可能达成了某种协作，然后出于很任性而且不顾后果的心态，商盛开要把事情揽到自己身上。

分析至此，李出阳忽然想起一个问题，摆手打断孙小圣："你先等一下，你确定那把刀就是凶器吗？"

孙小圣也拿不准，赶快给法医丁雁心打了一个电话，问她那把刀在本案中到底有多大的证据属性。孙小圣一开始认为，哪怕现在在没有尸体的情况下不能判定那把刀为凶器，它是不是起码也应该算个关键证据，但丁雁心马上反驳了他。

"我可没这么说啊，"丁雁心还是秉持着一贯严肃谨慎的态度，"我只是说，它符合凶器的条件，但没说它一定就是。因为仅凭氧化度，没法把血液的流出时间精确到和案发时间十分吻合的地步。再有，现在也没有充分的证据证明，就是这把刀杀死的死者。毕竟我还没有见到尸体啊。"

"那能算证物吗？"

"这个你得问吴良睿了。"丁雁心又开始任性地踢皮球。

孙小圣挂了电话，朝李出阳撇嘴。

"现在怎么办？"李出阳问。

孙小圣想了想，把门外站岗的樊小超等人叫进院子："这院子先封了，找人守着，明天，最晚后天吧，叫技术队的人过来看看。"

"好的。"

孙小圣又想起什么，问道："牛红豆、鲁克斌和商盛开这仨人的手机通信记录调取了吗？"

"鲁克斌的手机不在，只能去运营商那里调。从牛红豆和商盛开的手机上保存的通话记录来看，他们两人最后一次联络还是在两周之前，不排除记录有被删除过的可能性。要调取完整的，还是得通过运营商。"樊小超回答道。

"那还得经过技侦审批吧？"

"是，审批后大概两周能调取出来。"

"商京辉走了吗？"

"他好像要回家取点儿东西，已经走了。"

孙小圣对李出阳说："那咱们赶紧再去一趟商家，找商京辉聊聊吧，问问他爸最近有没有和什么可疑的人接触过。"

李出阳跟着孙小圣出了院子，边往商家方向走边说："商盛开接触什么人其实都是次要的，主要是要弄清楚商盛开是怎么弄到那把刀的。"

孙小圣好笑地看了李出阳一眼："你这问题问的，不弄清楚他接触了什么人，怎么知道是谁给了他那把刀？"

"我的意思是，从丁雁心的化验结果来看，那把刀上的血迹，极有可能就是鲁克斌失踪那晚流出的血，但那天晚上商盛开是什么状况，你又不是不知道。"李出阳很认真地答道。

孙小圣一想，是啊，根据商京辉提供的信息，前天晚上商盛开一直都待在家里，他是怎样同外界接触的呢？难道是通过堂屋后墙上的那个小窗？但谁又会煞费苦心地利用这种方式和他联络？更何况案发当晚，大家都知道他已经是医生宣布了"死亡"状态的人。

两人想了半天也没头绪，李出阳从背包里掏出一瓶水，边喝边说："既然想不出来，那一会儿问问商京辉就行了。咱们可以反向调查一下，鲁克斌除了商盛开，还有没有什么仇家。"

孙小圣说那可就多了，头一号就是牛红豆。牛红豆近年来已经和鲁克斌出现不睦，两人关系很可能已经岌岌可危。而牛红豆这些年来为鲁克斌付出太多，不仅葬送了名声，还毁掉了自己的家庭，她在心有不甘、愤懑不已的情况下，很有可能因为一时冲动，杀掉鲁克斌。甚至这项行动，没准儿她已筹谋许久。

她的这个念头，也很有可能被商盛开发现。这夫妻二人虽然貌合神离，但毕竟同住在一个屋檐下，对方心里打什么算盘，自己多少都能听到几声动静。商盛开尽管窝囊，神志却并不迷糊。自己老婆和老婆情人之间的关系走向如何，他心里不可能一点儿数都没有。

有些女人虽然嘴上不说，但心思全都写在眼里。商盛开发现了牛红豆与鲁克斌之间的裂痕，也读出了牛红豆对鲁克斌的恨意。甚至商盛开也可能通过一些别的途径，比如道听途说，比如偷听牛红豆给鲁克斌打电话，得知了牛红豆目前的处境。那么他就不难猜到牛红豆会对鲁克斌下手，再通过对一些细节的推敲，大致锁定了牛红豆干这一票的大概时间范围。

案发当晚就在这个时间范围之内。商盛开苏醒之后听说鲁克斌离奇失踪，家中也被一把火烧得精光。他八成就会得出鲁克斌已经命丧牛红豆之手的结论。

商盛开之所以不肯说出鲁克斌的尸体所在，是因为他根本就不知道牛红豆把尸体藏在了哪里。哪怕是他通过某种途径知道尸体在哪儿，他也不可能跟警方和盘托出。因为他担心警方在尸身上检测出真正凶手的证据，从而推翻他的招认。

"有这么邪乎吗？那商盛开也太能掐会算了。"樊小超在后面提出质疑。

"确实有点儿牵强。那会不会是这样，"李出阳提出了一个新想法，"这些都不是商盛开自己猜的，是有人亲口告诉他的，而这个人正是牛红豆本人。"

按照李出阳的新思路，牛红豆很可能是在杀掉鲁克斌之后，一时乱了章法，慌忙跑回了自己家。但家中大门紧闭，她又不敢惊动儿子，便跑到了堂屋后面，想从后墙上的窗户翻进屋来。事实上她也供述了，自己在被儿子关在门外后，曾通过那扇窗子确认了商盛开的处境。

等到她再一次要利用那扇窗户时，她发现自己真是慌乱得失去理智了，那窗户小得根本钻不进去人，她是无论如何也到不了屋内的。

与此同时，她也发现了一个诡异到令她怀疑自己眼花了的现象：她看到堂屋内，在昏黄的灯光下躺着的商盛开好像动了一下。

牛红豆吓了一跳。她以为屋里的死人要诈尸了。但她随后又冷静地琢磨和观察了一下，似乎看出了玄机。

商盛开并没有死透。

牛红豆使劲拍那扇窗户，直到把商盛开拍醒了。

所以商盛开苏醒的时候身边是有人的，那个人就是牛红豆。

但牛红豆不敢让商盛开给她从院子里开门，怕引起儿子的注意。这件事少一个人知道，就会少一分风险。于是牛红豆便隔着窗子，把自己杀人的事告诉了商盛开，希望商盛开能够帮自己出出主意。商盛开一开始不相信，直到牛红豆拿出了那把行凶用的单刃刀。

那把刀就这样跑到了商盛开的手里。

但这样推断，仍旧会面临两个逻辑上的问题。第一，尸体的去向。牛红豆是怎样在极短的时间内转移尸体的？如果按照之前大家的想法，商盛开一个男人，仅凭一己之力都很难做到，那身为一名弱女子的牛红豆，似乎更不可能完成。第二，按照这种逻辑，不就成了商盛开替牛红豆顶罪了吗？以他对牛红豆的仇恨，他会这样做吗？

出轨多年的老婆和老婆的情人互相残杀，他不坐收渔利，难道会因为一时意气，或者对老婆残存的感情，站出来声称自己是凶手？

如果真是这样，那牛红豆的反应似乎也不大对劲。她犯的是杀人藏尸的重罪，不管有没有人替她顶罪，她都应该远离此事，甚至去放一些烟幕弹，比如逢人便道鲁克斌跑路了，以淡化他死不见尸的古怪。她却在事后来到公安机关举报鲁克斌曾经杀人，令警察四处追查鲁克斌的下落，最后发现他可能死于非命。这不是置自己于险境吗？

所以牛红豆不太可能是凶手。

那还有谁有可能杀掉鲁克斌？商京辉吗？那在刚才的访问中，他就一定没有说实话。

"目前来看，商盛开自称是凶手这件事，如果有出于替人顶罪的目的，唯一能让他动这番心思的，只有自己的儿子。"李出阳说。

按理说，商京辉确实也有杀鲁克斌的动机。他除了憎恨自己的父母，应该也恨极了这一切的始作俑者鲁克斌。也许这种憎恨日积月累，就在案发当晚爆发了。案发当天商盛开横死，牛红豆一直失联，家中乱套的样子，一定又会成为村民们热衷的谈资。年轻的商京辉面子尽失，回想起这些年来遭受的种种不公，新仇旧恨一起涌向心头。

凌晨时分，他推开门，发现牛红豆不在。他猜，她一定是去找鲁克斌了。商京辉气得浑身打战，回到厨房里抄起一把刀，气势汹汹地奔鲁克斌家去了。

没想到牛红豆并不在鲁家。商京辉寻人不得，和屋内的鲁克斌发生争执。恣意狂妄的鲁克斌甚至还羞辱了这个已经丧失理智的青年。没想到几秒钟之后，他就成了青年的刀下亡魂。

商京辉跌跌撞撞地跑回家，进屋后，他发现了一个更为震撼的景象：商盛开苏醒了。

刚刚恢复意识的商盛开问儿子去了哪里。商京辉惊吓之余，坦白了自己杀人的事实。

商盛开听后，决定保全儿子，自己揽下罪名。他要过儿子行凶的刀，又编造好了一套应对警方调查的虚假证词，准备在警方发现尸体、纸包不住火的时候，供认罪行。

所以刚才接受访问的商京辉，实际上是在按照商盛开之前的布置，故意扰乱视听误导侦查。他的目的，就是为了隐藏自己是真凶的事实。

这种推测虽然能够解释商盛开获得鲁克斌死讯的途径以及后续他顶罪的动机，但转移和藏匿尸体的问题仍然存在——就算身材矮小的商京辉能够比较顺利地用刀捅死鲁克斌，他又是怎么处理掉对他来说人高马大的尸体的呢？

同样，如果把这种推测延伸下去，还会面临刚才假设牛红豆是凶手的那个疑问：商盛开为什么不把尸体的去向一起交代出来？如果商京辉真是作案人，他既然已经坦白了自己杀人一事，就没必要隐瞒尸体的去向。甚至，如果商京辉当时对于尸体的处置存在纰漏，商盛开还有充足的时间替他做善后工作。那么在这种大前提下，鲁克斌尸体的去向，商盛开多半是心知肚明的。

商盛开却以报复为名，拒绝透露藏尸地点。他的意愿真是如此吗？

孙小圣不太认可，摇着头说："那商盛开这顶罪手法也太拙劣了，给人一种明显功课没做足的感觉。做戏难道还不做全套吗？何况这还是给亲儿子顶罪。"

"那还能是谁杀了鲁克斌啊？"樊小超脑仁都疼了，边按太阳穴边说，"除了这一家子，还能有谁做这件事？"

孙小圣的思路渐渐明朗起来："我觉得有可能咱们形成了思维定式，光把目光集中到这一家子人身上了。别忘了，鲁克斌在村里村外也算是半个泼皮，仗着有点儿钱，没少惹是生非。恨他的人多了。"

"柴志顺的小弟？"李出阳想起了还有这么几号人物。

也许那晚商家三人谁也没去鲁克斌家。鲁家"迎"来的唯一一拨不速之客，就是柴志顺的几个小弟。

小弟是来帮大哥柴志顺出气的。鲁克斌玩弄了大哥的女人，令大哥在江湖上威望受损。于是大哥让这帮下手没轻没重的小弟，好好教训一下鲁克斌。

那么会不会是那三个小弟在鲁克斌家里耀武扬威，失手把鲁克斌打死了，随后他们又害怕事情暴露，把尸体运到了他们驾驶的金杯车上，然后一把火烧了犯罪现场，处理了鲁克斌的手机，做出他跑路的假象？

孙小圣记得他们在调取村子正门监控录像时发现，前天晚上并没有什么可疑车辆离开村子，除了那辆柴志顺小弟驾驶的金杯车。三个小弟很可能趁着月黑风高，用车把尸体运到山上某处，就地掩埋。鲁克斌就这样人间蒸发了。

那么商盛开把罪名揽到自己身上，就完全是出于要给自己正名的偏执想法。但问题是，商盛开是如何得到这么精准的情报，并且拿到了几个小弟杀害鲁克斌的凶器，从而做出这一系列荒唐举动的呢？

15

大家推论至此，一致认为这是目前最接近真相的假设了，因为它能够最大限度地解释尸体不翼而飞，而商盛开又拒不供述的疑问。至于柴志顺的几名小弟与商盛开之间的关联点，只能靠刘洵再去深入调查一下。

孙小圣当即给刘洵打了电话。

"商盛开手里有这把刀，就说明哪怕他不是作案人，至少也和这个案子有着千丝万缕的关系。如果他是凶手，他现在拒不交代藏尸地点，我们这边一时半会儿是问不出来的；如果他不是凶手，那么按照我们刚才的分析，牛红豆和商京辉是凶手的可能性也不大。最有可能的，还是柴志顺的那几个手下。"孙小圣对刘洵说。

刘洵表示认同，随即动身去了看守所，对柴志顺的三名小弟进行了讯问。

小弟的带头人名叫赵加雄，外号大雄，已经跟柴志顺混了十余年，进出拘留所和看守所无数次，几年前还曾经因为聚众斗殴和寻衅滋事被判过劳教。大雄一如既往地否认对鲁克斌行凶一事，他坚称案发当晚自己和弟兄们压根就没见过鲁克斌，即使见了，也不至于取他性命。他还说，杀人这种事他们从来不做，与其杀人，还不如敲他一笔来得实惠。

在此之前，刘洵也特地询问过技术队，在勘查大雄等人案发当晚驾驶的金杯车时有没有什么可疑发现。得到的答复是，车内没有血迹，也没有明显打斗过的痕迹。同时，车辆内外也没有近期经过洗刷的迹象。

"我说警察大兄弟，你觉得我们会因为这点儿事就弄死他吗？你看看我的前科，判得最重的一次，不也就是把人肋骨打折了吗？外人听起来挺恐怖，但你们内行人应该清楚，这也叫个伤？我们下手都很有分寸的，打打杀杀这些年，从没要过人命。否则我哪能混到今天啊。"大雄坐在看守所的铁椅子上，十分有底气地回答刘洵的问话。

"那你们当晚到达鲁克斌家时，他家是怎样一种状况？"

"这我早就跟你们说过了呀，"大雄表现出一脸无辜，"他家门没闩，我们直接推门就进去了，发现鲁克斌根本没在家，屋里啥也没有。"

"屋里的情况怎么样？"

"没怎么样，"大雄至今只是以为鲁克斌跑路了，所以对刘洵的问题有些摸不着头脑，"就是黑着灯，很平常的样子。"

"你们放火前开灯了吗？"

"开了呀，不开灯怎么找人。"

"发现屋里有什么奇怪的地方了吗，比如争斗痕迹之类的？"

大雄斜着眼睛回忆了几秒钟，答道："没有啊。屋里一切都挺正常的，我们还特意摸了摸桌上的茶杯、电视机和电脑机箱，发现都是冷的，然后我们才认为姓鲁的是很久之前就逃跑了，这才把他家打砸了一番，然后就走了。"

大雄又觍着脸管刘洵要了一支烟，深嘬一口，随后感激地补充了一些细节："我们是真没想把事情搞大。"

"火是谁放的？"

"真的不是我们啊，"大雄故意打着哭腔，也不知是佯装无辜还是真的无可奈何，"我都说了无数遍了，我们没想把事情搞大。纵火罪那么重，我们也犯不上。"

他说得好像也有几分道理。从大雄的"履历"来看，他以前除了打架斗殴寻衅滋事，还真没有过纵火前科。纵火罪一般三年起判，犯罪成本似乎是高了些。

刘洵一时没有章法，又跳回刚才的问题："你再给我好好想想，进屋后，屋子里到底有没有什么异常？"

大雄刚要张嘴，刘洵烦躁地声明："给我好好想了再说话！"

大雄半支烟吸完，脑袋一歪："哎！想起了一点儿！"

刘洵登时坐直了："什么？"

"他家堂屋地上好像湿漉漉的。"

湿漉漉？会不会是凶手用水处理过现场？刘洵示意身边的小白赶紧记好。

"别的呢？"

"别的就没啦。"

刘洵翻着勘查记录中鲁克斌家被焚烧后的样子，发现虽然屋内一片焦黑，但凭借着屋内地上的几处灰烬，好像也能看出现场在被焚烧前，似乎有被翻动过的痕迹。尤其是堂屋内的组合柜下面的几个抽屉，和卧室内衣柜、床头柜，都呈打开的状态。大雄在之前的供述中，承认曾经打砸过鲁家。但打砸只要搞破坏就可以了，现场这种景象，倒像是经过了一番洗劫。

难道他们还盗取了鲁克斌家的财物？只不过现场的细软物品都化为灰烬，作为主人的鲁克斌也人间蒸发，实在不好确认财产损失。

大雄马上否认了这个怀疑，称自己和手下没有盗抢财物的行为。

刘洵随后询问了大雄的两个共犯，那两人不仅案情叙述得和大雄差不多，还说自己从没见过商盛开和牛红豆。不过刘洵还是从其中一个叫飞子的小弟身上，取得了一些意外收获。

大雄应该是对刘洵撒了一个谎。他在走之前，确实翻动过鲁克斌的家。

这名叫飞子的小弟刚刚二十岁，人看起来有些憨，很可能是初入江湖就被大雄带沟里去了。他因为年龄尚小，禁不住刘洵的一通臭骂和吓唬，很快就交代出大雄曾在鲁克斌家堂屋翻箱倒柜的细节。

"他在翻什么？"

"不知道啊，可能是钱？我还问他来着，他敲了我脑袋一下，让我别多问。我们当时就猜他是不是想趁机找点儿值钱的东西啊，但最后没找出现金，也没发现什么特别值钱的能带走的东西。只有一个 iPad，他还没拿，估计也烧成灰了吧。"飞子半缩着脖子说。

现场确实发现了一台 iPad，没有烧成灰，只是化作了一块黑乎乎的板子，呈现在了勘查记录里。可见飞子没有说谎。

"你们拿别的财物没有？"

"没有。"

"说实话！"

飞子梗着脖子："真没有！大雄不让我们拿，说拿了性质就不一样了，就成了入室盗窃了。就他一个人在屋里乱翻了一通，最后也什么都没拿。"

刘洵一想，这不对啊。既然不是奔着打劫去的，那还翻个什么劲？难道他在找什么别的东西？

"大哥，您得这么想，"飞子很认真地辩解，"我们是奔着帮柴总出气去的，我们柴总，那是多大号人物啊！鲁克斌得罪了我们柴总，那绝对是吃不了兜着走。但我们作为小弟，要是到了他家偷东西，那得多掉价啊。"

刘洵一乐，想起之前他们三人还口风一致地否认私闯民宅是出于柴志顺的教唆，问道："那听你这么说，你们教训鲁克斌也是柴志顺授意的了？"

飞子慌忙摆手："没有没有！我是什么人物啊，平时都见不到柴总，只听大雄指挥。"

也就是说，没有找到商盛开和柴志顺或者大雄之间的关联点。虽是如此，但刘洵觉得还是找到了一个突破口，那就是大雄翻动现场的这个细节。他的刻意隐瞒，显然是要掩盖什么事情。

所以刘洵很快又提讯了大雄。

大雄对在现场寻找东西一事矢口否认，只说是临时起意，想寻一些值钱的东西，但最后什么也没有拿。

"你不是跟你小弟说拿了东西就算盗窃吗？"

"是啊，所以后来我良心发现了，也没拿。"

"于是就放火了？"

"嗯……啊没有，没有没有没有！您这算诱供吧？"

"诱个屁。"

不论刘洵再怎么动怒，大雄就是死咬着自己盗窃未遂的这一说法。这时一边的小白提示刘洵，刚才给那两个共犯看了牛红豆和商盛开的照片，大雄这边光顾问话了，他还没见过照片呢。

刘洵便掏出牛红豆和商盛开的照片，展示在大雄面前，问他认不认识，或者见没见过。

"没见过。"

大雄眼神飘忽，随口说道。

"你给我看仔细点儿！"

大雄渐渐把目光聚到了照片上。

"真是没见过。"

"你确定？"

"确定。"

刘洵收起照片，不再多问。因为他心里已经有了数。

他见到大雄的眼睛里，闪过了一丝莫名的恐慌。

16

孙小圣和李出阳走到胡同口时，听见里面传来一阵撕心裂肺的号叫。声音和牛红豆的很像，与此同时孙小圣还看到前方不远处停了一辆队里的便车，车外两名刘洵探组的同事正朝着胡同里做观望状。孙小圣明白了，看样子是刘洵刚刚派人把牛红豆放回来，还依照花姐的吩咐，专门在这儿盯着她的一举一动。

见孙小圣等人走来，那两名同事上前打招呼："刚进去五分钟，院子里就吵吵上了，我们过去看是怎么回事，牛红豆把我们轰了出来。"

这会儿胡同里也有不少闲人走到牛红豆家门口，朝院里张望。

孙小圣带着李出阳走到牛红豆家门口，拍门。半天门终于开了，门缝里牛红豆瞪着一双布满红血丝的眼睛，头发也乱得像鸡窝一样，问他们要干什么。

孙小圣通过门缝往院里一望，发现商京辉正梗着脖子站在院中央。见孙小圣和李出阳二人要进来，商京辉转身跑进了旁边自己的屋子。

"闹腾什么这是，刚回来就不消停，是不是非得给你抓回去你才老实。"孙小圣正儿八经地批评牛红豆。

牛红豆此时好像也乏了，两眼无神地走到院子中央，然后缓缓坐在之前被孙小圣等人掀翻的磨盘上，吭吭唧唧地抹眼泪。

孙小圣让樊小超等人先回车上，自己带着李出阳进了院子。

李出阳发现院子中央扔着一只耐克行李袋。他有些明白了，牛红豆一定是刚刚到家，撞上了正要离家出走的儿子。她规劝不得，估计还受了商京辉不少奚落，这才失控爆发。

牛红豆边哭边朝着商京辉屋子的方向叫骂："你个没良心的狗东西，忘恩负义的玩意儿！养你这么多年，你要在这个时候扔下我？你年纪轻轻，心咋就那么毒！"

商京辉在屋子里一声不吭。他的窗户还拉着窗帘，好像一双紧闭着的装睡的眼睛。

"我问你话呢！你他娘的给我出来！"牛红豆忽然跳起来，直奔那屋子的方向。李出阳赶忙拦住她，让她少安毋躁，然后朝孙小圣努了努嘴。

孙小圣走到商京辉屋子门口，推门，发现那屋门反锁着。他敲了敲门，里面没动静。他又拿出探长的劲头，使劲砸门："开门！"

门依然紧闭。孙小圣吼了一声："你这门我可一踹就开啊！"

没想到几秒钟之后，门开了。商京辉在门口晃了一下，又转身回了屋里。

孙小圣走进去，先闻到了一股微微的酒气，然后他在脚边发现了一只白酒瓶子。

"你喝酒了？"孙小圣很意外。

"有时晚上睡不着觉。"商京辉坐在床上黯然答道。

孙小圣抬眼望向整个屋子。拉着窗帘的室内昏暗无比，只有一张书桌、一个衣柜和一张单人床。虽然家具很少，他却在床下和墙边看到了篮球、乒乓球拍等体育用品，甚至还在床头看见了一把吉他和一张科比的海报。可见商京辉虽然性格孤僻，爱好却很广泛。封闭自己与热爱生活好像并不冲突，有的时候甚至还相得益彰。

孙小圣对这个愣头愣脑的小伙子越来越感兴趣了。

商京辉坐在床上低头看手机。手机屏幕的光映在他脸上，把他一双眸子照得闪闪发亮。

孙小圣靠在桌子边，低头问他："你平时用手机和他们联系吗？"

"谁们？"商京辉并没有抬头。

"商盛开，牛红豆。"

见孙小圣并没有以"爸妈"或者"父母"代指他们，商京辉似乎很认同，抬头看了他一眼："不联系。"

"微信不是好友？"

"他们都不知道我手机号。"

孙小圣好奇地看着他："那他们平时有事怎么找你啊？比如像商盛开昨天叫你今天回来配合我们工作。"

"打我们网点的电话。"

孙小圣点点头，话锋一转："商盛开最近有和什么人接触过吗？"

"你指什么人？"商京辉不明就里，一脸疑惑。

"比如……"孙小圣琢磨了一下，还是决定问清楚，"比如鲁克斌？"

商京辉很不可思议地看着孙小圣："你们还是认为他杀了鲁克斌？"

"是他自己说的，我们也在调查。"

"没见过他最近和鲁克斌接触，也没见他和别人接触过。"商京辉淡淡答道。

"事发前他有什么异常举动吗？"

"没有。"说到这里，商京辉几乎都是下意识在回答问题，似乎都没怎么走心。

孙小圣却很认可地点头，扭脸看着桌上摆着的两本中学物理书，改成闲聊模式："这是什么？"

"好多年前的课本，收拾行李时掉出来的。"

孙小圣拿起书随便翻了翻，发现是一本初中物理参考书。里面尽是自己似曾相识又几乎遗忘殆尽的物理知识，封面还画着电阻器和滑轮。

商京辉抬眼看见孙小圣在翻动自己的东西，非常不悦地起身把书抢过来，放在身后。

孙小圣好笑地说："又不是日记，也不能看？"

商京辉闷头不语，继续看手机。

孙小圣想了想，很认真地问商京辉："你要真是离家出走了，想过以后会过什么样的生活吗？一直在外面租房住？以你现在的工资，能养活得了自己吗？"

商京辉眼里闪过一丝黯然，但仍然显得很倔强："怎么养活不了，我一个月能挣三千，转正后挣得更多。"

孙小圣笑了，并且笑出了声。

商京辉有些气短地看了他一眼："你笑什么？"

"一个月挣三千，镇上租房你就得花掉一半工资吧？还有，你以后不成家了？你居无定所，上哪儿找媳妇去？你知道现在社会有多现实吗？别说你连房子都没有，到结婚时，你连彩礼都出不起，打算打一辈子光棍？"

"那就打一辈子光棍！"

"别说气话，"孙小圣微微摇头，"你要真奔着破罐子破摔去，也不可能还在业余时间学习成人自考。"

商京辉深深地低下了头。

孙小圣接着说："加油干，人一旦走上社会，就很难再静下心来学习了，从这点能看出你是一个对未来很有规划的人，那么聪明，又没到山穷水尽的地步，真不至于。人这辈子，终归是为自己而活的。"

商京辉把一直握着的手机放在腿边，深深吐出一口气。

"不冲别的，就冲自己上了这么多年学，也得坚持下去吧。但是没有院子里那位，你以后就是无依无靠一个人。别为了一口恶气和别人现在的眼光，就葬送了自己的大好前程。"孙小圣抱着胳膊说。

见对方不语，他又补了句："现在不想清楚，以后后悔了，再进这个门，可就得夹一辈子尾巴了。"

半晌，商京辉似乎琢磨明白了，他做出一副认命了的姿态，半推半就地说："我压根也没说要出走，我就是想拿几件厚衣服跑单时穿，现在天越来越冷了，我都挨了好几天冻了。"

孙小圣指着窗外："别跟我说，和外面那位说。"

李出阳此时正在院子里陪着牛红豆。他不似孙小圣那样健谈，只能和牛红豆大眼瞪小眼地干待着，场面颇为尴尬。好在孙小圣终于带着商京辉走出了屋，而且看商京辉的脸色，火应该已经被扑灭了。

牛红豆又瞪起了眼睛，张嘴刚要说什么，就被孙小圣厉声打断："你先闭嘴！"

牛红豆一时不明所以。

"你儿子说了，他不是离家出走，他就是想取几件厚衣服，你们闹误会了。"

"你听他胡说八道呢！"

李出阳捡起地上那只行李袋，打开拉锁，发现里面果然只有几件外套，并未见其他细软。他把袋子展示给牛红豆看："这回你该相信了吧？"

孙小圣也吃了一惊。可见商京辉并不是被自己说服了，而是一直心里有数，只不过现在才吐真言。这小子真是蔫有准啊。

虽是如此，牛红豆还是放心不下："谁知道他出了这个门之后会跑到哪儿去？要去也行，我跟他一块儿去镇上。"

商京辉脸拉得老长："你去干什么？你别跟我去！"

牛红豆脸一扭，看着孙小圣："警察大哥，你们行行好，送他去镇上一趟行吗？我怕这孩子瞎跑。"

"我不要，你把我当什么了？"商京辉暴跳如雷。

最后商京辉还是自己回镇上的出租屋了。虽然孙小圣千叮咛万嘱咐商京辉倒腾完东西赶紧回家帮着牛红豆料理事情，但商京辉望了望已经西沉的太阳，表示有可能在镇上住一晚，第二天再回家。

牛红豆无可奈何，坐在院子里唉声叹气。

孙小圣和李出阳也准备回队。但出门之前，李出阳忽然朝牛红豆说了一句连孙小圣都很意外的话："哎，你不准备跟我们说点儿什么吗？"

孙小圣和牛红豆一齐很迷惑地看着李出阳。李出阳面不改色，目光如炬地看着牛红豆。夕照的阳光映在他身上，令他整个人显得很庄重。

"啥意思？"牛红豆蹙眉反问。

"没什么，"李出阳淡淡答道，"我就是奇怪，你怎么一直不跟我们打听鲁克斌的下落。"

牛红豆眉头一松，好像意识到什么，又马上做出无所谓的样子："打听他做什么。以后他怎样也和我没关系。"

"哦，"李出阳也随意地点了点头，然后又道，"那商盛开呢？他怎么样以后也和你没关系了？"

"没关系。我跟谁都没关系。"牛红豆好像有几分狼狈似的转过身，向堂屋走去。

"还有一件事，"李出阳在后面锲而不舍地说道，"今天你在我们队里撒泼的时候，商盛开就在不远处的讯问室里。这你是知道的吧？"

牛红豆头也没回："那又怎样？我骂的就是他！"

"很好，"李出阳说道，"你把他骂哭了。"

牛红豆的身影停了半刻，随后飞快地开门进屋，再也没有出来。

孙小圣随李山阳出了院子，问李出阳刚才对牛红豆说的话是不是真的。

李出阳说："是。"

孙小圣觉得很奇怪。按他的理解，商盛开听见了牛红豆的呼号叫骂，即使不起身反击，也应该据理力争或者不屑一顾，根本不可能触动情绪。他之前可是对牛红豆恨之入骨的啊，怎么可能轻易被这个与自己有着不可调和矛盾的女人骂哭？他真的废物到这份儿上了吗？还是有什么不可言喻的苦衷？

结合之前他们听说的鲁克斌有可能揍过商盛开一事，孙小圣和李出阳决定再去一趟看守所，好好跟商盛开交谈一番。

傍晚时分，他们在看守所递完提票，看着民警把商盛开带了出来。商盛开又一次坐在了铁椅子上，微微低头，面无表情。阴影中，他的眼睛像深夜里的鱼，虽然目光有些涣散，却散发着一丝不苟的警惕。

孙小圣开门见山："商盛开，你出车祸前一天，在你家的自留地里，碰见鲁克斌了吗？"

商盛开抬了头。他张了张嘴，却没发出声音。也不知道是走神，还是思路没跟上的缘故。

孙小圣又重复了一下问题。

"碰见了。"

"当时是怎么回事？"

"没怎么回事。"

商盛开嘴上答着，脑子里却不由自主地回放起当天发生的一切。他记得那天日头有些烈，虽然气温不高，独自走在回村路上的他，身上穿的秋衣秋裤却都被汗水浸透了。他正准备坐到路边歇歇，忽然远处传来了令他极为敏感的嘶哑男声。

"呦，今天没课？"鲁克斌穿着一件皮夹克，戴着顶城里挺流行的渔夫帽，悠然自得地向他走来。商盛开下意识地往远处望了一眼，发现鲁克斌的皮卡车就停在后边。也不知道这厮是碰巧路过，还是跟踪了他一路。

商盛开因为走得太累，再加上碰见了带给他无数屈辱的鲁克斌，胸口泛起一阵难以抑制的恶心。他没说话，扭头走开。

"站住！"鲁克斌拿出一贯的流氓架势，吼了一嗓子。

商盛开缓缓转过身。

"你躲什么呀，这儿又没有别人，我还能吃了你？"鲁克斌漫不经心地冷冷笑道，"再说了，人民教师光明磊落，又没干什么亏心事，有啥见不得人的。"

商盛开脸上不自觉地抽动了一下。胸口那阵恶心的感觉更加泛滥了，他强压着一口气，把目光对准鲁克斌的脸。当明确地看到这个人的五官和表情后，他又觉得十分刺目。正是这张脸，挡住了他人生中的所有光亮，也正是这张脸，代言了他心中长久憋闷的屈辱。他实在是看不下去这魔鬼一般的面容了。

他把脸扭到一边。

鲁克斌此时却有点儿急躁起来，他上去就踹了商盛开一脚："我他妈跟你说话呢，听见了吗？"

商盛开倒在地上，后腰似乎被石头硌了一下，一时间疼得钻心。他抓起掉在一边的眼镜，慌乱地重新戴好。

鲁克斌步步紧逼，商盛开以为他要继续动粗，下意识地往后挪动身子。鲁克斌虽然也不是什么高大魁梧之人，但身子灵巧，而且力大如牛，与商盛开对垒简直就是降维打击。这也是两人虽然势如水火，但从未发生过正面冲突的原因。鲁克斌曾经放言，弄商盛开就如同杀小鸡仔，手还没使劲呢，脖子就断了，多没意思。

今天不知为何，他反常地咄咄相逼。商盛开的预感非常不好。

没想到鲁克斌并没有继续下手，只是将他扯了起来。商盛开注意到，他的左手大拇指上贴着一枚创口贴。

忽然鲁克斌听到身后有脚步声，回头一看，二赖子正在不远处的树荫底下看戏。鲁克斌喊了一嗓子："滚蛋！"

二赖子落荒而逃。

鲁克斌松开商盛开，脸色一变，又帮他掸了掸身上的土。商盛开呼吸急促，嘴唇发抖，几乎对他的每一个动作都有种想要防备的下意识反应。

鲁克斌向前一步，死死地瞪着商盛开："哎，我问你，你恨不恨我？"

商盛开浑身一抖，嘴里吐不出半个字。

"问你呢！"鲁克斌又咆哮起来。商盛开的头发几乎都要立起来了。

"我……"

"我问你，恨不恨我？"鲁克斌看了一下四周，似乎有点儿警惕地放低了声音。

商盛开还是说不出话。那一刻他才发现，与其说恨鲁克斌，他更恨的是现在这个软弱无能的自己！

鲁克斌低头皱眉，很嫌弃地安抚他："你就照实说。"

"恨。"商盛开只是动了一下嘴，声音自己都没听到。

"大点儿声。"

"恨。"

鲁克斌笑了，那一瞬间很开心似的："你是去山上烧香了吧？许愿赶紧让我死？"

"没有。"

"有什么不敢承认的，不就当个破代课老师吗，还怕让人知道自己求神拜佛？"

商盛开一时不知说什么好。

鲁克斌渐渐收住笑："那我就满足一下你的愿望。"

商盛开疑惑地看着对方。

鲁克斌点了根烟，嘴里吐出浓浓的烟雾，好像等着商盛开领旨一般，很有压迫感地看着他。

"我欠了一笔钱，估计一时半会儿还不上了。"鲁克斌脸上露出严肃的表情。事态对他来说好像确实有几分严重。

"……我也没钱。"商盛开小声说。

"没说找你借，卖你家十个院子都抵不上这账。"随后鲁克斌眼珠一转，表情又轻松起来，"其实我也不是没钱，钱我有，但干这个就太可惜了。所以我得去外地躲一阵，可追账的还在啊，那帮孙子可真是挺烦人的。回头你就找警察说，你把我杀了。反正你想杀我也不是一天两天的事了，现在到你表现的时候了。"

商盛开目瞪口呆，大脑一片空白。

鲁克斌这会儿拿出一个塑料袋，透过袋子，商盛开发现里面装的是一把刀。商盛开浑身像过电一样抖了一下。

"这刀上有我洒的自己的血，你就把这个交给警察，说是凶器。你就说，捅了我三刀，把我给宰了。"鲁克斌一本正经地说着。

"那怎么行，"商盛开几乎是脱口而出，"那警察要问尸体在哪儿，怎么办？"

"你就拒不交代尸体，或者说扔河里漂走了，都行。我都替你打听好了，警察找不到尸体，是结不了案的，最后到了检察院，也是补充侦查，最起码能拖个大半年呢，到那时候我就回来了，你也就无罪释放啦。"鲁克斌说得轻描淡写。

商盛开隐隐觉得，事情不可能这么简单。就算鲁克斌最后能够按时回来，自己恐怕也会因为胡说八道被法院判刑。而且他寻思着，鲁克斌真是要躲债吗？躲债的话，半年后回来，不还是没钱还账吗？所以他半年后可能回来吗？

鲁克斌这会儿有点儿不耐烦了："哎，我说行不行啊？"

"警察不可能相信我的……"商盛开嘟囔道。

鲁克斌扇了商盛开一个耳刮子："你他妈的听不明白人话啊！"随后他放低声音，"你就按照我说的，说把我杀了，碎了，扔河里了，不会说？后山那条引水渠，经过水库后还往外省延了一百多公里呢，警察找不到不是很正常吗？"

看来鲁克斌已经筹谋很久，志在必得了。商盛开小声问："那你到时候不回来咋办？"

"不回来，我他妈傻啊，"鲁克斌啐了一口，"我家在这儿，根儿也在这儿，能一直在外头漂着？我在外地多挣点儿钱，自然会回来还账。"

商盛开觉得自己整个身子都像灌了铅，腰都直不起来了。他想到了一个很严重的问题："但是，我家京辉……"

"你儿子都那么大了，你还不放心他？再说了，他不是还有他妈呢吗？哦，对了，这个事可不能让牛红豆知道，"鲁克斌补充道，随即嘿嘿一笑，"你应该懂我的意思。"

"我……"

鲁克斌的眼睛又跟鹰似的瞪了起来："我告诉你啊姓商的，我可不是跟你商量，我也知道你在担心什么。你放心，这回你配合我弄这事，回头那件事我就给你了了。"

"了了？怎么了？"商盛开胸口怦怦直跳。

"你说呢？等我回来自然给你了了。"鲁克斌瞥他一眼，"不过丑话说前头，这回你要是不帮我，我他妈一旦被人发现行踪，人身受到威胁，可就直接奔公安局了。到了那儿，怎么说可就由不得我了。"

商盛开只觉得一阵天旋地转，四周也因此变得惨白一片。从前他觉得自己已经够倒霉了，没想到生活不仅仅是一路下坡，还有悬崖、峭壁和深渊。越是抗争，越是挣扎，似乎就下坠得越厉害。他恨不得跳过这跌落的痛苦过程，马上粉身碎骨。

"喂，想什么呢你？"孙小圣的高声问话把商盛开拉回现实。

"哦，没什么，家里的烂事。"商盛开挤出一丝无奈的笑，"这两天我们家京辉没什么事吧？"

"没事，他挺好的。"李出阳说。

"那就行。"

"你刚才说，鲁克斌在田地里，什么都没跟你说？那他过去找你是什么意思？"孙小圣盯着商盛开的眼睛，希望从里面捕捉随时可能出现的闪烁。

"没什么意思，他就是路过，烦得无聊了，过去捉弄一下我。他经常这样，可能这么做对他来说很爽吧。"商盛开很冷静地回答。

本来这堂笔录是冲着确认商盛开作案的直接原因去的，但不知为什么，做完笔录，孙小圣和李出阳反而都有种感觉：商盛开越来越不像是凶手了。

如果真的是因为在案发前鲁克斌打了他，导致他痛下狠手，他必然会主动交代这件事情。毕竟这个细节符合他所承认的作案的大逻辑，也能给他补充一个很重要的动因。但他一直隐瞒到现在，直到孙小圣主动提起才漠然承认。甚至从他的反应上，也看不出他内心对这件事有什么抵触或波澜。

他不是自尊心很强吗？不是恨之入骨吗？怎么挨了仇人一顿臭揍，却能泰然处之，甚至聊起此事，还显得不太介意的样子？

如果不是精神分裂，那他就一定是在隐瞒什么。他隐瞒的东西，会是触发他听到牛红豆怒骂时痛哭的根源吗？那牛红豆知情吗？

给商盛开做完笔录，孙小圣和李出阳在看守所门口碰见了刘洵。刘洵刚刚提讯完大雄等人，告诉了他们今天讯问的大致收获。他还着重强调了大雄看见商盛开和牛红豆照片时表情出现的异样，他认为这是一个可以深挖的重点。

"虽然大雄什么都没说，但我觉得肯定有问题，你们一定得关注一下。"刘洵得意极了，好像办成了什么大事。随后他招呼两个手下上了警车。

"他脑子有包吧。"李出阳看着他的背影说。

"是啊，"孙小圣也哭笑不得，"哪有把俩人照片一块儿给嫌疑人看的？这完全分不出嫌疑人是对谁有异常反应啊。"

"你觉得是谁？"

"不好说，"孙小圣坐进驾驶室，打火，看着一侧也已经坐好了的李出阳，"我猜有可能是商盛开？"孙小圣打开车子大灯，缓缓开出看守所的大铁门，"人是大雄杀的，但两人之间达成了默契，商盛开为了泄愤，把罪名揽到了自己头上。所以大雄是绝对不可能把商盛开供出来的。反之，商盛开也是如此。"

"那连商京辉都做了伪证。商盛开不会把儿子牵连进来吧。"李出阳已经有些犯困了，但还是强打精神地发表悖论。

"他们不一定是在案发当晚才达成合作的，有可能是在案发之前，也有可能是在案发之后。"孙小圣的精神头倒还很旺盛，说着说着自己都觉得越发盘根错节了，"柴志顺，或者大雄，很可能下了一盘大棋。他们决定把鲁克斌除了，但杀了人就有风险，一旦警察来查，就需要有个顶包的，这个顶包的人找商盛开来做再合适不过了。虽是想到了这一步，但大雄做这件事时还是留足了余地，他们把现场也毁了，然后做成鲁克斌跑路的模样，本以为警察不会往凶杀案上怀疑，可没想到出事后，牛红豆突然冒出来，到公安局把鲁克斌给'点炮'了，咱们才重点关注起鲁克斌的行踪，怀疑他有可能被杀了。这会儿柴志顺意识到，必须要用之前留的那步后手了，要不然全完蛋。所以事后商盛开就按他们之前商量好的，站出来承认杀人。"

"尸体呢？那商盛开为什么不把尸体在哪儿供出来？"李出阳盯着前方窗外影影绰绰的树影问道。

"我觉得尸体可能真被碎了，也被扔到河里了，只不过商盛开怕咱们发现真凶的痕迹，不敢交代真正的抛尸地点，当然也就更不能说出来真正的碎尸场所。因为那样他根本圆不上自己的谎言。"孙小圣觉得自己已经把这事琢磨得差不多透了。

李出阳看着窗外夜色，打了一个哈欠，皱眉不语。

孙小圣继续说着："甚至柴志顺可能还给了商盛开一些好处，让他来做这件事。毕竟单凭对鲁克斌的恨意，可能还不会计商盛开下这么大决心。有利益在里头，他多半才会来做这件事。"

说到这里，孙小圣已经慢慢减速，随后把车停在路边。

"要不咱们回看守所，去会会大雄那帮人？"他看着一侧半天没说话的李出阳。

"利益在里头，"李出阳咂摸着这句话，"你觉得什么样的利益，会令商盛开动心？"

"钱？一大笔钱？"孙小圣觉得除此之外没别的了。这年头，钱虽不万能，但往往是能让人在动摇中做出决定的一剂猛药。

没想到李出阳说道："有可能不是钱。"

"那是什么？"

"有可能是胁迫。"李出阳揉了揉眼睛说。

17

牛红豆手臂一抖，手机应声掉落。

她慌忙捡起，对着话筒那头又是一通询问，却发现对方已经挂断关机了。她心急如焚，来不及过多思考，跑到院子门口，推门刚要出去，又马上改变了主意。随后她迅速关门，在院内四处搜索着什么。最后她来到墙角一处木头垛边，抽出了一把许久没使用过的斧子。

斧子很沉，牛红豆的手腕被坠得酸痛。她没想到堂屋后墙上的这副窗框竟然镶得这样结实。这扇窗户当年是为了通风而留的。那时候农村冬天还都是生炉子，炉子往墙外会探出一个烟筒，后来烟筒撤了，墙上的洞还在。牛红豆就让商盛开把那洞改成了一扇换气窗，又因为怕招贼，还故意把窗户造得很小。没想到当年自认为高瞻远瞩的设想，给今天的自己造成了这么大麻烦。牛红豆一边挥斧一边懊悔。

好在那木框子年久失修，已经有些中空了，经过她一番克制地敲打，这副单开的小窗框终于被击落到墙外。

一时间屋内暴土扬尘，呛得她咳嗽不已。但她马上拼命压制住这种生理反应，生怕守在胡同口处的警察听见一丝一毫。

那辆刑警队的便车把她送回后就一直停在胡同里。车上的侦查员们似乎压根也没想掩饰盯梢这件事。或许作为一名神经兮兮又撒泼打滚的举报者，她牛红豆也到不了让警察们万般戒备的程度。他们只不过想让她安生两天，消停点儿，别再整出些扰乱办案的动静。

牛红豆在八仙桌子上摆好凳子，然后跟攀岩一样，动作笨拙地爬了上去。凳子有些摇晃，吓得她如同石化了一般，在上头立定许久。然后她扒着后窗，大概测试了窗口的尺寸。嗯，差不多可以容下她整个人。

三五分钟的尝试后，牛红豆狠狠地摔在了屋后的墙根下。没办法，摔是避免不了的，窗子没有空当给她错身子，她只能任由自己从墙上掉下来。但她没想到这区区不到两米的高度，摔得竟如此疼，她身上每一处骨头关节都如同被灼烧一般，半天都无法缓解。

牛红豆趴在地上缓了好几分钟，气终于喘匀了些。她尝试着翻了个身，拿出钱包里的平安符，使劲攥在手里，好一阵念叨。

她望着群星璀璨的夜空，不由自主地陷入了回忆。

她是一个多月前发现表哥有"外遇"的，当时她正在县城一处商场里给儿子挑选生日礼物，随后她看见表哥带着一个年轻妖娆的姑娘出现在不远处的化妆品柜台前。那女人发型讲究，妆容精致，穿着一身看上去价值不菲的呢子大衣，举手投足大方利落，牢牢挎着表哥的胳膊。女人都有第六感，牛红豆能感觉出这女人不是一般人物，至少不是表哥以前在网上或者酒吧里随随便便就能勾搭上的那种。

那天她跟踪了他们，直到那个女人回到在县城的住处。

随后牛红豆以生病为由，跟表哥请了两天假，悄悄去那女人家楼下盯她，然后她发现那女人平日里去县城的一家渔具店上班，好像还是那家店的老板。那家店叫小可渔具店，牛红豆特意去店里假装挑钓竿，还脸不变色心不跳地跟那女人要了一张名片。名片上写着那女人的名字——梁小可。

年轻漂亮的女老板。牛红豆暗暗在心里画了重点。

平安夜的前两天，牛红豆问表哥有什么安排。表哥说要去山西要一笔账，说算好了那欠债的人平安夜肯定回家陪老婆过节，他要出其不意地杀过去，还让牛红豆帮他订了当天的高铁票。牛红豆想了想，心里有了一个主意。

平安夜那天晚上，牛红豆没有回家，而是来到了梁小可店外，观察她的一举一动。她发现梁小可关店之后，去了县城一家很有名的西餐厅，见了一名看起来大佬气势十足的男人。那男人戴着金表，拎着名包，很有衣冠禽兽的派头，身份明显比鲁克斌这种小老板高出不止一个量级。牛红豆在餐厅外等他们酒足饭饱，打车跟在他们后面，一直跟到了一处挺高档的小区。

那里似乎是那个大佬的住处。经过牛红豆进一步的跟踪和侦察，她知道了大家都管那个大佬叫"柴总"，还发现他在县城经营着好几家娱乐场所，也不知道是股东，还是罩场子的。但这些都不重要，重要的是牛红豆发现，柴总好像跟梁小可的关系很不一般，虽然两人看起来像父女，但私下里腻歪极了。梁小可在柴总面前好像比在鲁克斌面前更能撒娇卖嗲。牛红豆猜，柴总有可能是网上说的那种"金主"，梁小可的店八成就是他投资开的。要不梁小可图什么呀？

带着这些猜测和怀疑，半个月前的一天，牛红豆鼓起勇气，走进了柴总的店里。

她对前台直接说，要见柴总。前台打了柴总的电话，柴总一头雾水。牛红豆跟前台说，告诉他，我要跟他说点儿梁小可的事情。

柴总说："让她进来。"

牛红豆进了柴总所在的台球室。柴总正在白炽灯下戳球，周围几个小弟端茶递水，其中一个叫大雄的，正拿着火机要给柴总点烟。见她进来，柴总盯着她看了一会儿，然后问她是谁。

"梁小可是您女朋友吧？有人打了她的主意，我特意来告诉您。"牛红豆早就想好了台词，甚至不等柴总反应过来，就把手机中偷拍的鲁克斌与梁小可约会的照片递给柴总。

柴总皱着眉看了会儿，把手机传给自己身边的大雄看，然后扭过头问牛红豆："你什么意思啊？"

"没什么意思。怕您吃亏。"他的反应不像牛红豆想的那样激烈。牛红豆告诉自己要保持镇定。

柴总笑了，身边几个小弟这才敢跟着笑。

"我吃什么亏？梁小可又不是我老婆，你这么爱替我操心？"柴总意味深长地说。他似乎对眼前这个作风诡秘又很耐看的女人很感兴趣。

这会儿大雄看着手机屏幕说话了："这人有点儿像斜街那家叫什么兄弟连棋牌店的鲁克斌。"大雄似乎对巴掌大的县城了若指掌。只要是活跃于县城商圈里的人物，都逃脱不了他的法眼。

牛红豆点点头。

"你是他老婆？"

"不是，我是他家的会计。"

柴总似乎明白了什么，让大雄把手机还给牛红豆。

"你去查查，是什么时候的事。"柴总瞥了一眼大雄。他似乎对这件事也不是丝毫不介意。或者说，在众小弟面前，他不过问一下好像面子上也过不去。

"不用查了，有两三个月了，"牛红豆故意把时间说得夸张了些，"鲁克斌还经常去梁小可家里过夜。"

柴总听了，接过大雄递的烟，吸了一口，没说话。周围一时静得怕人。牛红豆觉得自己四肢渐渐发凉，眼睛也不知道该往哪儿看，只能佯装无辜地低下了头。

半晌，柴总说："梁小可也不算是我的女人，你想多了。"

"哦。"牛红豆轻声答了一句，转身要走。

"不过，弄那姓鲁的一下也不是不行。"柴总这会儿微微笑了，又冲大雄使了一个眼色。大雄冲在场的其他小弟做了个手势，小弟们鱼贯走出台球室。

屏退左右后，柴总又冲牛红豆说道："你应该也不傻，知道我也不愿意被当枪使。"

"嗯，我会回报您。"牛红豆硬着头皮说。

"怎么回报？"

"您先说说，能怎么弄他？"

柴总想了一下，征求大雄的意见："你说呢？"

"绑出来，抽一顿，或者等那俩人再约会时堵屋里，拍点儿照片什么的，都行。"

听这口气，梁小可好像确实不是柴总的心头肉。牛红豆有些失望，但她还是尽快思索着下一步对策。

"咱们也算认识了，那就打开天窗说亮话吧，"牛红豆抬起头，直面柴总的目光，"你们借着这件事绑了他，教训一顿，并且趁机在他家给我找一件东西，行吗？"

"什么东西？值钱吗？抢劫可不行，我们是正经人。"柴总冷不丁地笑了。

"不值钱，一文不值。"

"哦？那是什么？"

牛红豆凑近他们二人，小声说了几句话。

柴总和大雄脸上登时有些变色。随后柴总重新审视起牛红豆那张看似人畜无害的脸，口气变得警惕起来："为什么要这玩意儿？"

"您就说行不行吧。"

"那你怎么回报我？"如果说之前柴总是在调侃她，那这回则是很正式的谈判了。

牛红豆想了想，说："二十万。够吗？"

柴总皱起了眉头："你能有这么多钱？"

牛红豆点点头："别忘了，我是他的会计。"

柴总让牛红豆留了一个电话，还说这期间别来找他，事成之后他会让人主动联系她，一周左右能搞定。

牛红豆回到鲁克斌身边，开始策划伺机从保险柜里转移现金。但很快她发现了一个严峻的问题：鲁克斌最近好像欠了一大笔账，资金链突然出现了断裂，随时都有倾家荡产的危险。所以那几天鲁克斌对现金管控得很严，每天都愁容满面地清账，似乎在做最坏的打算。

牛红豆好几天都没找到机会。

又过了几天，牛红豆有些着急了，这样下去万一柴总那边得了手，她可没法交代。摆在她面前的有两条路：一条是找到柴总，取消交易；一条是破釜沉舟，想尽办法搞到钱。牛红豆暗自思索良久，选择了第二条。因为如果此时突然中止和柴总的合作，会横生很多变数。柴总是个阴晴不定的大人物，不可能被她牵着鼻子走。而且他们多少已经知道了她的秘密，开弓没有回头箭，她只能硬着头皮把事做成。

她想到了一个办法，就是在下班后的深夜，偷偷回一趟店里，从保险柜里把钱取出来。她记得那里面还存着十几万的现金，自己回家再凑凑，二十万应该还是能凑够的。

没想到等她准备行动的那天，发生了两件事。一件事是表哥着急忙慌地要闭店，不知道是在躲柴总的报复，还是债主的追击。另一件事是她回家后，竟然听说商盛开死了。

那天晚上，牛红豆坐在家门口失神许久。死亡对她来说不是一个陌生的词。父母去世的时候，她还是个孩子。那时候死亡对她来说只是一个概念，这个概念改变了她后来的生活模式，也定义了她近乎孤儿的身份。她那时候对死亡并不恐惧，甚至不觉得残酷。因为在她看来，她的人生就是从那时开局的，她就是这种命，能活则活，自己也没有加以评判的余地。人一旦有个万般困苦的童年，以后对很多事情都会看得很开。

所以在后来姥姥死时，牛红豆也没有过多悲伤。姥姥突发急症时，高烧不退，昏迷着胡言乱语。请来的医生说她是肺炎，但姥姥始终认为是家里填井冲撞了神仙，要惩罚她。所以姥姥坚持不去医院，说："如果不是我，也会是你和盛开，甚至是京辉。是我不是挺好吗？我本身已经是土埋半截的人了。"

牛红豆记得那是十多年前一个阳光明媚的上午，姥姥虽然精神上比之前有了些好转，但最后还是在她和商盛开的陪伴下走了。走得安详而得体，一副寿终正寝的模样。这令牛红豆得到了些许安慰。那时她作为一个农村人，对死亡忽然有了很灵性的感悟。人这一辈子，不论生前显贵还是落魄，终究躲不过一死。死亡不仅是自然规律，还是上天赐予生命的最大的公正。

想到这里，牛红豆对商盛开的死多少有些释怀。

然后她忽然想起自己还有一件大事没做。她抬手看表，这会儿已经凌晨一点，她现在赶紧往县城赶，说不定还来得及。她擦干眼泪，在山道上一路跋涉，以最快的速度来到镇上，然后很幸运地打到了一辆回县城的出租车。等她下车来到店门口才发现，鲁克斌的小道消息竟然很准，这会儿店铺的门面已经被砸得一片狼藉。她慌忙开锁进去，打开保险柜一看，里面竟然空空如也。可见表哥还是先行一步，把现款都转移了。

牛红豆觉得大事不妙。

18

为了寻找商盛开与柴志顺之间的关联点，孙小圣决定再去调查一趟柴志顺。见李出阳睡眼惺忪的样子，孙小圣知道他昨晚没休息好，便让他和黑咪先回队休息，自己则带着樊小超去往县城柴志顺的住处。

李出阳迷迷糊糊地回了宿舍，脱了衣服躺在床上，虽然满是困意，却一直不能入睡。辗转反侧之际他打开手机胡乱翻看，不经意间翻到之前在商盛开家堂屋和卧室里照的那几张照片。照片都是他随意拍摄的，为的是在没有头绪之时从里面获取一些破案灵感或者思路。

但许是照片拍得过于随意了，或者之前有了先入为主的印象，那些照片每张看起来都特别自然，并没有什么异样。尤其是堂屋和卧室里那些散乱摆放的细软用物，以及墙上贴着的纸张照片，都和一般农村家庭的状态别无二致。很难想象在这么一个普通的生活环境内，竟然发酵出了这么多难以解释的怪事。

李出阳翻着照片，发现一张拍摄的堂屋的照片中，有那张张贴着的佛像。他这才意识到，这不仅是一个普通家庭，还是一个供奉着佛像，有着所谓精神寄托的家庭。可见所谓信仰，对他们这种人家来说，无非就是谋财求福、利欲熏心而已。佛家所说的缘起缘灭，四大皆空，他们真的知道吗？如果知道，想必也不会发生这么多闹剧和纠葛了吧。

李出阳把目光停在那张佛像上。忽然他发现佛像边上还写着一竖行之前他没留意的小字。他把照片放大，看见那小字由上至下写的是：

"四十五世黄龙慧南禅师"。

李出阳暗自思忖，这应该就是这个画像中人的身份。"四十五世"不用过多臆测，那后面的"黄龙慧南"就是这位禅师的法号？四字的法号他还真没听说过。他打开手机网页，随意搜索了一下，发现"黄龙"应该是禅宗的一个支派，又称"黄龙宗"，发源于江西隆兴。而黄龙派的创始人，正是画像上这位禅师，法号慧南。

等一等。李出阳脑子里忽然闪现出了什么内容。

商盛开好像就是江西人。

李出阳越琢磨越精神，干脆打开台灯，起身穿衣，然后来到办公室。随后他在电脑中搜索商盛开的电子笔录，从中找到商盛开的户籍地。果不其然，商盛开正是江西隆兴人。而联想到之前商盛开称那张慧南法师的画像是牛红豆的姥姥的遗物，李出阳觉得不大对劲。会有如此巧合的事情吗？

李出阳换了一台电脑，想了想，敲击键盘，在网页上搜索有关慧南禅师的内容。检索出来很多结果，基本都是一些人物简介和参禅悟道的经历，他也不知道这些内容的真实度有多高，只能先走马观花地滚动阅览。不知为何，他冥冥之中总感觉这个禅师好像和商盛开之间有一些说不清道不明的联系。

随后李出阳点开一个名叫"黄龙慧南禅师语录"的链接，发现里面是一篇文言文的禅修作品，联系题目和上下文，作者很可能就是这位慧南禅师。

"眼未明者，总在里许。从上古圣，无非入生死坑中……"文章内容晦涩，李出阳眯眼细读，仍是不解其意。

李出阳又往后跳了几段，看到："青萝龛缘，直上寒松之顶；白云淡泞，出没太虚之中。"

完全搞不懂是什么意思。

李出阳想了想，正想把文章关掉，忽然发现后面有一句话有点儿眼熟："人人尽握灵蛇之珠，个个自抱荆山之璞。"他记得高中有一篇选读课文好像说过，"灵蛇之珠"应该指的是隋朝一个非常有名的宝物，讲的是隋侯给一条有灵性的蛇治伤，蛇伤愈后从江中衔出一颗大宝珠报答他。这颗宝珠还曾记载于《淮南子》中，其珍贵程度在历史上一度与和氏璧齐名。

而"荆山之璞"便是和氏璧的典故。讲的是春秋时期一个叫卞和的人，在荆山上捡了一块自认为是璞玉的石头，坚持进献给楚王，结果两代楚王均不识货，以欺君之罪先后砍掉了卞和的左右脚。后来卞和抱着石头在山下哭了三天三夜，终于吸引到新继位的楚文王的注意，随后楚文王剖开卞和的石头，发现里面果然是一块罕见的美玉，加工后，命名为"和氏璧"。

所以这句话的意思应该是：人人都以为自己手中握有灵蛇之珠，家家都认为自己抱有荆山的宝玉。联系上下文，"灵蛇之珠"和"荆山之璞"好像指代有才华，意思是乱世中每个人都自诩很有才干。这有点儿怀才不遇的意思。

李出阳有点儿看入迷了，迫切想知道文章想表达什么观点。没想到再看几个字，他整个人忽然如被雷击中一般，彻底怔住。

牛红豆坐了公交车来到县城。摔坏了屏幕的手机终于再次响起，她按照一个陌生男人在电话里的指示，走到了一处巷口。

她最害怕的事情发生了，因为昨天自己手机一直关机，柴总以为她背信弃义，派人到镇上商京辉的出租屋守着，把回去的商京辉绑架了。

四周灯红酒绿，牛红豆心急如焚，刚刚从窗户坠落的疼痛感又从身体各处蔓延开来。她几乎要休克在这阵阵冷风中了。

她唯有使劲按着挂在胸口的平安符，祈祷佛祖能够保佑他们母子。她心里万般懊悔没有陪儿子一起回镇上，但事已至此，也只能赶紧找柴总解释清楚。她按照电话中的要求，没有报警，也没有找别人同行。她之所以这样听话，也是想搞清楚一个问题：柴总的人到底弄没弄到她要的东西？她如果亲眼见了那东西，那当场写张欠条也是可以的。

可能是有人在远处监视了形单影只的她，确认无误后，才与她接上了头。

一辆别克轿车停在牛红豆的身边。她打开车门，发现儿子安然无恙地坐在后座，边上还坐着一名剃着光头的男子。那男子懒洋洋地瞥了她一眼，在她要义无反顾地上车之际，喝了一声："等会儿！"

牛红豆和车里的商京辉都下意识地一抖。

这会儿司机的窗户摇了下来，露出了一张同样很青皮的面孔。这张面孔自己好像曾经在哪儿见过——想起来了，就是上次在和柴总见面的台球室里。看来他也是柴总身边的核心人物之一。牛红豆心下一凉，自己真是摊上大事了。

司机面无表情："手机呢？"

牛红豆哆哆嗦嗦地掏出来。

"关机。"

牛红豆赶紧照做，操作了好半天才成功。

司机指指她身后："扔到那里面去。"

牛红豆回头一看，才发现有个垃圾桶。她迅速把手机投了进去。那一瞬间她才联想到，儿子的手机肯定也被这样扔掉了。他们母子这下只能听天由命了。

"把两个兜的里子掏出来。"

牛红豆同样照做。这帮人怕她身上藏有武器。

她被批准进了车。车子缓缓启动，牛红豆赶紧搂住儿子的肩膀。儿子这回明显被吓到了，虽然不发一言，却没有抗拒她的动作。她能感到怀中瘦瘦的身子在微微颤抖。那一瞬间，牛红豆百感交集。她好像至少有七八年没有这样拥抱过儿子了。在她的印象里，儿子自从进入青春期，开始有了自我意识，开始慢慢介意周围人对自己的看法后，就越来越抗拒她。那时候她经常感慨：孩子们为什么非要长大呢？就永远保持着蹒跚学步时的模样，难道不好吗？

也许是看出了他们母子被吓得不轻，后座上的光头开了口："你们别慌，都是朋友嘛，"光头感觉很好玩似的笑道，"干吗整得跟被绑票似的，我们是那种人吗?！放轻松。"

"柴总呢？"牛红豆声音小得跟蚊子似的。

"柴总？"光头假意惊讶，"这事跟柴总没关系啊。是咱们之间有点儿事没整明白啊。我们给你搞到了东西，兄弟也被警察拘留了，听说还是你向警察点的炮。"

商京辉好像听出牛红豆搅和进了什么乱子里，一脸惊讶地看着她。

"我没有，我举报的是鲁克斌。"牛红豆早就准备好说辞。

"少来这套！你是不是也欠我们一些东西？"光头横眉立目。

"我要的东西在哪儿？"牛红豆缩着脖子。

"先带我们拿钱，一手交钱一手交货。早知道你这么没信誉，那天就应该把你一脚踹出去。"

正说着，汽车停住了。牛红豆这才发现，这是到了鲁克斌棋牌室门口了。棋牌室还是前天那倒霉模样，变了形的卷帘门吃力地咬着地面，好像下一秒里面就会冲出丧尸来。

青皮司机下了车，把牛红豆一侧的车门拉开，居高临下地看着她："走吧，去拿钱吧。"

"钱……没在这儿。"

"在没在这儿也得看看。下来！"

牛红豆战战兢兢地下了车，拿出钥匙，带青皮走进店里。不多时，两人又都出来了。光头见回到车上的两人两手空空，顿时明白了什么："里面没有？"

两道目光聚集到了牛红豆身上，几乎把她瞪掉了一层皮。牛红豆不敢多想，一手护住儿子的脸，一手搂着儿子的肩膀。

"钱在哪儿呢？"

"……在我家。"牛红豆灵机一动，既然家门口有警察，那就直接回家好了。

光头朝青皮使了个眼色。青皮重新发动车子，在夜色中行驶起来。

不一会儿，牛红豆觉得不对劲，他们好像没向她家村子驶去，而是盘盘绕绕地走了山路。不一会儿，就到了半山腰。

山真高，星星似乎都更明朗了。牛红豆坐在车内，虽然感受不到寒冷的夜风，但她似乎能从窗外黑乎乎的空气中，看到疾风凛冽呼啸的狂野姿态。

山峦和树木快速后退，意味着局面越发失去控制。牛红豆心急如焚，思索着下一步可能面临的状况。这座山盘过去是一大片废弃的矿场，有很多废弃的矿坑和厂房。再往前开，就到了省道，四周更是荒芜一片。他们到底要去哪儿？

"走错了……"牛红豆小心翼翼地试探。

"没走错。"胖子悠然自得地说。只有满怀阴谋又胜券在握的人，才会用这种口气说话。

牛红豆觉得不能再任事态这样发展下去了。因为她忽然想到了一个问题：如果他们真的找到了那样东西，怎么可能还来绑架他们母子？

"就是错了。"牛红豆又说了一遍。

"你他妈烦不烦？"光头瞪着牛红豆，"再唠叨就给你从窗户扔出去。你儿子你就永远都见不到了。"

牛红豆死死地搂着商京辉。她感觉到商京辉的身子抖得越发厉害了。估计他到现在还没吃晚饭呢。儿子近年来虽然跟她关系疏远，但她从没让他受过一刻的委屈。哪怕他不再喊她妈妈，不再跟她诉说心事，甚至不想与她交流，但她还是尽着一个母亲最大的责任。她会时不时把钱放在他的桌上，把洗好的衣服叠好，平整地放入他的衣柜，会给他挑选生日礼物。但为了避免尴尬和没趣，她从没把这些东西亲手交到过他的手上。

"这是要去哪儿啊……"商京辉显然也意识到情况不大对头，壮着胆子问了身边的光头一句。

也许是出于吓唬人的目的，光头换了一副面孔，阴笑道："我带你去个好玩的地方，过了这座山，我们老板有一栋大别墅，咱们可以在里面做一些有趣的游戏。"说着光头又瞅了一眼牛红豆，"当然，这也得看你妈妈的态度，什么时候带我们拿了钱，什么时候游戏才能结束。"

牛红豆还未搭腔，商京辉就断然拒绝："我不去。"

"那可由不得你。"

商京辉忽然挣脱牛红豆的臂膀，大声质问："你为什么会欠他们这种人的钱？你做了什么事？"

牛红豆怕这愣头青的话会惹恼光头，赶忙去捂他的嘴，没想到商京辉竭力反抗，在座位上挣扎乱叫："我要回去！停车！把车停下来！"

"停车也是下来抽你，给我消停点儿！"前排开车的青皮扭脸骂道。

光头抬手要扇商京辉巴掌，被牛红豆一把挡了回去。商京辉趁这会儿冲到前排两个座椅之间，晃动青皮的肩膀："停车！我要下车！"

光头去抓商京辉的头发，牛红豆身上不知哪儿来一股牛劲，冲着光头猛推一把。青皮气急败坏地大叫起来，光头怒目圆睁，伸手好像要从兜里掏什么东西。牛红豆怕他亮出什么武器，赶忙又去搂儿子。此时对面突然开来了一辆开着远光灯的大车，青皮慌忙打方向盘，但为时已晚，车子一头冲向路边。

车内所有人都大声惊叫，青皮狂踩刹车。在巨大惯性的冲击下，青皮一头撞在了风挡玻璃上。玻璃应声而裂，整个前风挡上像被蜘蛛织了网，几乎彻底崩碎。要不是牛红豆紧紧搂着商京辉，估计他会从两个前座的空隙间摔出车外。

车子悬停在山道边缘。下面就是好几百米深的山涧。山涧里漆黑一片，像一个无底深渊，正在死死凝视着车里的他们。

空气慢慢冷却下来。牛红豆脑袋磕在前座的靠背上，一时头疼欲裂。但她还是第一时间询问儿子有没有受伤。

商京辉浑身哆嗦，大气都不敢出一口，半天才答了一声没事。

牛红豆稍微往座椅上靠了靠身子，整个车厢传来巨大的晃动。看来车子只是处于一种脆弱的平衡状态，哪怕是打个喷嚏，都可能会令车子坠入深渊。

牛红豆的脸上黏糊糊的，也不知道是自己流血了，还是沾的别人的血。她用手飞快地抚摩儿子的头部和后背，想确认有没有伤口，这时儿子另一侧忽然响起了动静。在他们还没有反应过来之际，牛红豆看见那一侧的后门忽然打开了，车内灌入刺骨的冷风。

牛红豆下意识地叫了一声。

声音未落，只见一个黑影匍匐着摔出车门。原来光头并没有晕倒，强烈的求生欲令他打开车门，向外逃去。

车厢后部失去了很大重量，车头瞬间大幅向下倾斜，底部传来一阵强烈的摩擦声音。牛红豆和商京辉尖叫不止，好在车子又慢慢稳住。

牛红豆大口喘气，感觉呼吸都不是自己的了。她像过电一样浑身抖动。车子似乎又向下倾斜了一个弧度，深渊离他们近在咫尺。牛红豆瞅着儿子身边半掩着的车门，定了定神，对儿子说："我数一二三，你就跳出去，我在后面推你。"

商京辉哭着答道："我的腿好像骨折了，动不了。"

完了，全完了，牛红豆欲哭无泪。这荒郊野外，还远离公路，她和儿子身上没有手机，也没法到前面拿那个男人的手机。哪怕他们不掉进悬崖，估计也会在这车上被冻死、饿死。这相当于钝刀子砍头，还不如一下来得痛快。

这种恐怖至极的体验，最近一次感受还是在二十年前。

那时她还在表哥店里卖龙虾。有一天她准备下班了，店里忽然来了一名熟客。这熟客是个烫着鬈花头的女人，穿着挺鲜艳的羽绒背心和羊绒衫。牛红豆记得她住在陈庄，没有工作，她的丈夫身体好像也不大好，但她花钱挺大手大脚的。但这回鬈花头女人来店里不挑龙虾，而是直接闯进柜台，要跟牛红豆理论。她说自己丈夫吃了店里的小龙虾，肠癌复发了。

牛红豆被逼到了厨房角落，无可奈何地问道："凭啥证明是吃我家小龙虾吃的？"

鬈花头蛮不讲理，一口咬定就是牛红豆卖的龙虾有毒，下了化学药品。还说网上都写了，吃这种小龙虾就是慢性自杀，谁吃谁完蛋。

牛红豆说不可能。

鬈花头一边推搡牛红豆一边谩骂，说她丈夫现在住院费加手术费至少五万，这个钱得他们店里出。今天要是拿不出钱，那往后他们就别想做生意。

鬈花头撒泼耍赖，下手没轻没重，牛红豆小臂都被她抓花了。万般无奈之际，牛红豆抓起案板上一把切薄饼的刀，握在手里自卫，对鬈花头宣告说再过来就刺她。

没想到鬈花头不吃这套，而且这样似乎更中她下怀。鬈花头一把攥住牛红豆握刀的手，使劲往自己脖子边拽："你扎呀！你扎呀！有本事，你扎我一口子，我让你养一辈子。"

牛红豆被摆布得晕头转向，错乱之际，刀竟然捅破了自己右手手掌，鲜血哗啦一下子甩得到处都是。她吓了一跳，一把将鬈花头推到对面放半成品的铁柜子前。鬈花头摔倒在地之际，柜子顶上一个放置许久的酱料坛子就在晃动中倾斜而下，直中鬈花头的脑瓜顶。

咣当一声，坛子碎成八瓣，鬈花头恍了两秒神，随后整个人像喝醉了一般，软绵绵地躺倒在了地上。

她的姿势很诡异。脑袋和脖子呈一种常人根本做不到的弯曲度。

牛红豆的身体也软了下来。要不是鬈花头的样子始终强烈刺激着她的大脑，她还不知要瘫软多久。她哆哆嗦嗦地拿起手机，想拨120，但最后还是拨了表哥鲁克斌的号码。

一股冷风把牛红豆拉回了现实，她迷迷糊糊中忽然感到身后传来一片光亮。车外开始有了脚步声，不一会儿，一张脸出现在了车窗外。牛红豆以为自己做梦了。因为窗外的人，竟是之前跟她打过多次交道的刑警孙小圣。孙小圣身后跟着一个他的同事。

牛红豆的疑问比惊喜来得更快　些。他们是怎么找到这里来的？

19

在牛红豆家盯梢的侦查员晚上去牛红豆家房后的树丛里小解，扭头一看，竟发现牛红豆家后窗破了，窗框还扔在地上。侦查员觉得大事不妙，和另一名同事敲商家大门得不到回应后，翻墙而入，发现里面人早就不见了。

此时孙小圣正在柴志顺家里访问，地点是县城一处比较高档的洋房小区。柴志顺前两年在这里置了一户大平层，为了装有文化内涵，还走古典装修风格，屋里屋外布置得像能直接拍古装剧一般。柴志顺总是自诩正经生意人，所以对警察的来访表现出莫大的重视。孙小圣和黑咪就坐在红木太师椅上，喝着柴夫人给泡的碧螺春，给柴志顺认真做了一堂笔录。

柴志顺否认见过牛红豆，更否认见过商盛开。

眼见话题马上要绕到梁小可身上，柴志顺找了个借口让老婆回避。这位柴夫人四十岁上下，保养得当，能说会道，据说也不是柴志顺的原配。

老婆走后，柴志顺压低声音对孙小圣说："我说警察兄弟，我不是已经跟你们说了吗，我不可能为了梁小可那种女人杀人放火的。她一个开渔具店的，我们之间最多就是玩玩，能有啥？"

"咱们之间也别打哑谜了。你手底下人做的事，你不可能不知道吧？"孙小圣瞅着他。

柴志顺贼眉鼠眼地笑了一下："他们也是事后才告诉我的。"

"他们没跟你提过牛红豆或者商盛开？"

"没有啊。"

"你知道鲁克斌有可能被人杀了吗？"

"什么？"柴志顺脸色一变，"死了？"

孙小圣点点头："很有可能。"

"这不会吧，"柴志顺舔了一下嘴唇，不知说什么好似的，"怎么可能死呢？那天晚上他也不在家啊——哦，是我那几个兄弟后来跟我说的。"

孙小圣故意不做回应。

"听你的意思，是尸体还没找到？"柴志顺绷不住了，终于问了一句。

"找到疑似作案的凶器了，尸体估计不会被藏得太远，过两天一发臭，自然就出来了。"

柴志顺一时语塞，但表情上还是故作轻松。孙小圣在椅子上换了个舒服的姿势，观望四周："我说柴总，听说你手底下好几个场子呢，这家大业大的，肯定不止这么一处产业吧。"

柴志顺谦虚地摆摆手。

"这事业发展得多顺啊，可万一被几张臭嘴给毁了，就太可惜了。"孙小圣忽然语出惊人。

柴志顺不是傻子，自然听得出孙小圣在影射大雄等人。虽然心有疑惑，但他毕竟是江湖老油条，不至于马上被唬住，只是不咸不淡地说道："那不会，也不能说什么就是什么啊对吧。白的说不黑，方的说不圆。怎么回事就是怎么回事。"

这会儿柴志顺的老婆忽然走了出来，直奔客厅的窗户去。

"你怎么出来了，不是让你跟屋里回避吗？我配合警察工作呢。"柴志顺有点儿烦躁。

柴夫人拉着客厅落地窗边的窗帘绳，话里有话地说："啊，我把窗帘拉一下，一会儿我要洗澡了，几点了都。"

孙小圣忽然愣了一下，瞅着那慢慢合上的窗帘回不过来神。他忽然想起了什么事情。

黑咪捅了捅孙小圣。

孙小圣反应过来，给了黑咪一个眼神，然后起身朝柴志顺示意："没关系柴总，有些内容如果这次想不起来，回头想起来了随时联系我。"跟柴志顺握手之际，孙小圣又凑近他耳边说了句："斗殴啊，滋事啊，都是小事，自己作为小弟不给大哥添麻烦，也是江湖规矩。但杀人可就不一样了，不甩甩锅，算成自己被人教唆，那万一判死刑了可就亏大发了。"

柴志顺低声道："我可没让人杀过人。他们也犯不上为这点儿破事杀人。"

"有一种杀人，叫误杀。"

柴志顺整个人僵了一下。

孙小圣把身子摆正，很事务性地说："那我们走了，有事联系。"

此时孙小圣和柴志顺的手机竟然同时响了。

孙小圣走到一旁接起，是刘洵的电话，他在电话里告诉孙小圣牛红豆逃走一事，问孙小圣这边有没有什么头绪。

孙小圣心头一乱，但还是强装镇定，看了柴志顺一眼，发现他比自己更严重，接电话不过半分钟，脸色已经变得煞白。虽然他已经拿着手机远远走开，但从他的听筒里，还是能听出一个男人在穷尽全身力气，说着"车祸""救命"之类的词。

"你们在哪儿？喂？"柴志顺手都打哆嗦了。

对方忽然没了音。

孙小圣似乎明白了什么，赶紧问道："怎么了？"

柴志顺整个人颓丧下来，缓缓放下手机。

半晌，他失魂落魄地跟孙小圣说了句："我有个情况得告诉你一下。"

两个小时后，孙小圣终于从自己车上找到了一根牵引绳。正当他准备开自己的汽车把悬崖边的车用绳子拉上来时，他发现了一个很不好的事实，没有牵引钩。

"拴排气管上行不行？"黑咪蹲在那辆别克车的后面，发现只有排气管上能系绳子。

"试试吧。"

但没想到绳子不仅很难拴上，汽车还因为受到触碰，又向山涧滑动了半米左右。眼看整个车子就要栽下去了，孙小圣急得满头大汗，赶忙停止手上的动作，又打了一遍道路救援的电话，但客服人员好像始终没听明白他描述的具体位置。

孙小圣走到车子后门边，问牛红豆这里到底是什么地方。

正说着，不知车里的人又做出了什么动作，车子又向下探了一点儿。

孙小圣倒吸凉气，五内俱焚。瞅这架势，现在哪怕再有根羽毛落车上，车子可能都禁受不住了。

牛红豆大喊着："你先把车门拉开，能拉开吗？"

那车门并没有关死，孙小圣轻轻拉开，看见里面牛红豆抱着商京辉，前座的司机东倒西歪，似乎已失去生命体征。

牛红豆朝孙小圣喊了一声："你把我儿子接住，我现在把他推出去。"

孙小圣叫了句："你疯了！那这车马上就会掉下去！"

"现在不这么做，一会儿就都掉下去了。"牛红豆朝孙小圣瞪眼睛。看上去她已经深思熟虑过了。

商京辉忽然哭了出来。牛红豆拧他的耳朵："哭什么哭？现在什么时候了还哭？"

一定还有别的办法，孙小圣百爪挠心地想着，然后他走到牛红豆一侧的车门边，试图打开车门。如果这扇门也可以打开，他和黑咪便能从两侧把他们母子同时救出来。

为了不再次引起汽车向下滑动，孙小圣轻咬牙关，试着慢慢打开车门。

但不知是力道不够，还是因为车祸把门锁震坏了，那门竟然纹丝不动。他不敢再使蛮力，怕万一牵一发而动全身，整辆车子会彻底失控，从而跌落下去。

牛红豆在车里大叫起来："你过来接着他啊！"

孙小圣重新打开商京辉一侧的车门，看着里面无助的母子，一时间失了方寸。难道真要像牛红豆说的那样，为了救一条命，就把另一条命推入深渊吗？这和杀人有什么区别？他觉得自己的灵魂受到了极大的拷问。

难道就因为他们是母子，所以要满足他们这种孤注一掷的要求？人死不能复生，当然也就不会后悔。但作为生者，他孙小圣以后难保不会为了今天这个举动而痛心疾首。

夜风呼啸，孙小圣腿肚子都开始打哆嗦。更令他抓瞎的是，时间不等人，不知是风太大的原因，还是本身车头过重，车子又开始向下滑行。

"没办法了，只能这样了，不能都死呀。"黑咪在一边焦急地说道。

孙小圣打开车门。

牛红豆一边往车门处推着商京辉，一边哭着说道："孙警官，我和鲁克斌确实好过，但那时是年幼无知。自打结婚之后，我就一直和盛开踏实过日子，但二十年前不小心在店里杀了那个女人，鲁克斌帮我处理了尸体，他收起了那女人当时穿的羽绒背心，因为那衣服上有我的血，他就威胁我继续跟他好，这么多年一直拿这个威胁我。"

听到此处，尽管孙小圣心中还有万般疑惑，他却一句话也问不出来。他只觉得自己鼻子发酸，整个人也充满了一股机械的蛮劲，努力伸手够向商京辉的手。

牛红豆泪流满面。

"你们不要冤枉盛开了，鲁克斌是我杀的，真的，我那天晚上去管他要那件衣服，他死活不给我，我就拿刀捅死了他。"

虽然明知道这是谎言，但孙小圣仍听得热泪盈眶。

"我把尸体扔了……扔到山里了……你们去找吧……"

孙小圣终于抓紧了商京辉的胳膊。

商京辉忽然大叫起来："我不出去！我不出去！"

牛红豆甩手给了他一记耳光："赶紧给我滚出去！"

商京辉痛哭起来。

"妈对不起你。以后好好工作，闯出去，不要留在这里。还有，"牛红豆虽然语速飞快，但仍不时被哭腔打断，"不要恨你爸，他一直在保护咱们。"

"我没有，其实我……"商京辉眼泪噼里啪啦地往下掉，泣不成声。

车子忽然下坠。

黑咪帮孙小圣扶车门，但身子仍被下落的车子带得趔趄。孙小圣瞅准时机，一把薅住商京辉的胳膊，使劲往出拽。也不知道是商京辉下肢动弹不得，还是本身在抗拒拖拽，孙小圣始终拽不出他。

最后时刻，牛红豆使劲推了商京辉一把。

商京辉整个人顺着孙小圣的力道，终于被拖出车厢。与此同时，车子再也悬停不住，在一片哗啦啦的摩擦声中，向前方无边的黑暗一头冲了下去。

20

李出阳带着樊小超走出看守所。他们是凌晨两点过来的，跟商盛开不知不觉谈了许久。此时天上已经出现一抹光亮。空气中似乎飘动着什么，李出阳抬手一探，发现下雪了。

他们赶到事发现场时，周围已经停满了警车和救护车。李出阳走进警戒线，发现孙小圣正坐在一辆救护车里，他对面坐的是商京辉。商京辉目光呆滞，一副灵魂出窍的样子。

一些救助人员从斜坡上陆续抬出了两副担架，担架上的一男一女浑身血迹，生死未卜。据说离这里一公里左右的地方，还发现了一个光头男人。那人满身是血，好像已经死亡多时，被发现时整个人几乎都粘在了柏油路面上。

孙小圣一身灰土，头发也乱得不成样子。李出阳坐在他身边，给他递了一瓶水。

孙小圣朝商京辉努努嘴，李出阳把水递给他。

天空慢慢亮了起来。孙小圣手机响了，接起一听，是技术队的吴良睿。吴良睿在电话里告诉他："尸体找到了，和你猜的一样，就在齐家那口井里，套在一个麻袋里面。里面还有一把刀。"

鲁克斌的尸体。

除此之外，吴良睿还在麻袋里面发现了一样东西。孙小圣知道后，扭脸朝向商京辉，目光如炬地看着他。

"不想跟我说点儿什么吗？"孙小圣问他。

"我什么都不知道。"商京辉低头。

孙小圣冷冷一笑。

"怎么回事？"李出阳问道。

"你还记得咱们在鲁克斌家火场勘查的时候吗，当时发现了一根鲁克斌用来健身的棍子和两只杠铃，当时没觉得什么，后来我在柴志顺家看他老婆拉窗帘才突然想到，如果那棍子和杠铃是用来作为上肢拉伸的健身器，那除了绳子被烧没，还少样工具啊。"

孙小圣说着，语调忽然变得低沉起来："少了一个滑轮啊。"

商京辉不由得浑身一震。

"滑轮已经在井里找到了。上面有两枚很清晰的指纹，只要带你回去比对一下，想必你就没什么可说的了吧？"

商京辉双颊抖动，呼吸急促。

孙小圣继续说道："那把火也是你放的吧？当时在你房间里，我闻见了酒气，看到了酒瓶，你还告诉我你是喝酒助眠，实际上是你为了祛除屋里的柴油味道，在屋里洒了白酒吧？"

商京辉身子一阵发凉，焦虑的情绪反而慢慢消退了。案发时的回忆，就像电影结束后的字幕一样，缓缓升到了他的眼前。

那天晚上，他因为害怕，并没有彻夜守在商盛开身边，而是回了自己的屋子。但他根本睡不着觉，听见屋外一点儿风吹草动都害怕得不行。浑浑噩噩中，他忽然听见院子里有动静，他扒开窗帘，竟然看到了他以为是做梦的画面。

本已经死去的商盛开忽然出现在了院子里，身上还穿了一件夹绒袄。

商京辉在恐惧之余，也充满讶异。因为在他还没有彻底断定闹鬼了的时候，商盛开竟然轻声打开街门，离开了院子。

商盛开蹑手蹑脚的样子并不像是什么魂魄飘散的模样，一走一跛的步态也和平时无异。他走的时候还悄悄关好了门，一副出去办事的模样。

商京辉的恐慌渐渐消散，他随后也走出门，悄声跟在了商盛开的后面。

那晚月亮很圆，商盛开形单影只，走在寂寥无人的村路上。商京辉身形灵巧，一路上隐藏得很好，直到商盛开敲开鲁克斌的家门，他都没发现儿子一直跟在他的身后。

商盛开走进那院子后，里面半天都没传出什么动静。商京辉心中的不安达到顶点。他预感不会有什么好事。

正当他逼着自己做什么决断的时候，商盛开出了门。他身上的外套不见了，走路也明显乱了节奏。他走后，那街门还一直敞着，鲁克斌半天都没出来关门。

商京辉虽然有些害怕，但在好奇心的驱使下，还是一步步走近鲁克斌的家，直至进了那扇已经敞了许久的大门。

院子里扔着一件衣服，正是之前商盛开穿的那件夹绒袄。上面黑乎乎的，还泛着亮光。商京辉蹲下一看，那上面满是鲜血！

衣服旁边，还扔着一把刀。那刀商京辉很熟悉，就是他家里平时用来削萝卜的匕首。

他吓坏了，下意识地往开着灯的堂屋望去，远远地他看见地上似乎躺了一个人。

商京辉的头皮都炸了。脑中的一切疑问都被打穿，他好像突然明白过来什么事。原来商盛开深夜过来，是要跟鲁克斌拼命的。

但他为什么选择今天来？为什么一向甘受欺凌的他突然有了这种决心？商京辉脑中又凌乱起来。

不能让尸体就这么放着。商京辉抑制住心中的恐慌，强迫自己集中精力，他要解决好这个烂摊子。首先他在院子里找到了一个装菜籽的大麻袋，费尽九牛二虎之力把鲁克斌的尸体装了进去。在把袋子封口前，他忽然意识到还差了些什么，又赶紧把地上的血衣和那把刀也一股脑地塞进了袋子。

然后他清洗了堂屋里沾血的地面，又试图擦拭家里的一些家具。他以前看外国刑侦剧，那些犯罪分子就是这样涂抹掉指纹的。

但这样还远远不够——必须要给尸体找到一个足够隐蔽的去处。藏在这个院子里肯定不行，但他又没有办法凭借一己之力把尸体拖出去。商京辉忽然想到，鲁家的东侧似乎是一处空置多年的院落，如果能把尸体暂时转移到那里，或许还能拖延被发现的时间。可当他看到那两三米高的院墙，又十分泄气。这么高的墙，自己在墙角堆些杂物也只能将将翻越过去，想要再坠上一具六七十公斤重的尸体，简直是天方夜谭。

商京辉在院里四处搜索，终于在那棵树上的自制健身器上找到了突破口。随后他翻上了院墙，往旁边那荒废的小院里看了一眼，拿定了主意。

首先他跳到那处院落里，打开井盖，摇动辘轳，取下了绳子末端的铁桶。随后他又把辘轳向反方向摇动，把十几米的绳子拿在手里，然后又翻墙回了鲁克斌家。

他把树上健身器上的滑轮摘下来，套进绳子里，又把绳子拴在树上。接着他又在树和墙之间的滑轮底部绑上了装有鲁克斌尸体的麻袋。

院墙上覆盖着琉璃瓦，可以最大限度地减少绳子摩擦的阻力。旁边荒废院落的古井辘轳，又是一个天然的滑轮。再加上装上的坠有尸体的滑轮，就形成了一个定滑轮和动滑轮结合的滑轮组。这是物理课上曾学过的内容。

他翻墙到了隔壁院子里，使劲转动井上的辘轳，坠有鲁克斌尸体的滑轮就不断上升。他这样做，至少节省了大概三分之二的力气。

当装有尸体的麻袋升到了顶端，他就把辘轳上的绳子固定好，然后骑在院墙上，把尸体拖到了这个荒废的小院里。

他把尸体投在井里，又往井里扔了很多砖石。随后他盖好盖子，把刚才布置的机械装置一一拆除。当他又重新翻进东侧小院，把滑轮也扔到井里时，他忽然有了一个担忧：即使成功藏匿了尸体，但案发现场那些指纹、毛发、血迹，真的就一点儿都不会暴露吗？警方的刑侦技术很先进，一定会发现什么纰漏。

此时他忽然听见鲁克斌家好像进来了一拨人。这些人时不时说着"让那小子跑了"。

商京辉猜测，可能是一帮追债的。他躲在隔壁墙根底下，大气也不敢出。

半个小时后，那些人离开了鲁家的院子。商京辉看看手表，此时大概三点半钟。他脑中忽然跳出了一个念头：既然刚才一直担心现场会留下痕迹，那么何不一把火烧了院子，栽赃到那些追债人的身上？

他清楚地记得，自己刚才在寻找杂物攀墙时，看到了一桶柴油。

李出阳怎么也没想到，竟然是商京辉替商盛开处理了现场。以他对商京辉的印象，商京辉是绝对不会为了父亲做出这么不计后果的举动的。但他随后也想明白了，虽然这个少年对自己的父母从来横眉怒目，不屑一顾，但他在内心中是在意他们的。

自尊心迫使他与父母对立，但真正处在危急时刻时，他又会义无反顾、悄无声息地去守护家人。这种守护充满着矛盾的自我意识，一方面他愿意为家人奉献一切，另一方面他又绝不能对他们表现出一丝一毫的关爱和热忱。他从心底里希望他们平安无事，他也宁愿这份安宁与自己无关。但一旦这份安宁遭受威胁，他就必须挺身而出，去保卫这对虽然至关重要，但表面上一定和自己泾渭分明的父母。

案发当晚如此，昨天晚上也是如此。当牛红豆误以为他要离家出走，对他责备不已时，只有他自己知道，他绝不会离家出走。他要保护已经孑然一身的母亲，然后伺机处理荒院里藏匿着的尸体。

但他不能说。如果他说出了这份心意，就好像会捅破心里的一层什么纸，令他浑身不自在。

多年以来，只有他知道父母明明是相爱着的。但他不能理解母亲和鲁克斌的关系以及父亲对此事的态度。有时他看见他们一起说话、谈笑的背影，他忽然就会问自己："我是这对夫妻的什么人？虽然他们对我很好，但我好像就是有理由敌视他们。如果不敌视，那我自己在大家的眼里，是不是也会成为无耻之徒？"

他也会问自己："假如我不是他们的孩子，假如他们的孩子另有其人，那我是不是可以永远脱离他们，再也不接近他们？"

他忽然觉得自己做不到。每每想到此处，他就有些想哭，恨自己的软弱。

现在他知道了事情的真相，他更加痛苦绝望。原来父母一直有着无法言喻的苦衷，这些年为了他受尽了非议和屈辱。

一滴眼泪从商京辉的眼角滑落。

孙小圣此时觉得有点儿奇怪。商盛开明明一直忍耐着鲁克斌，一直为了保全妻子、守护儿子而暗自承受，怎么会突然一夜之间就爆发，然后牛红豆也再不顾后果，宁可承认自己是从犯，也要到公安局举报鲁克斌？

李出阳回忆起昨晚在看守所里，面对商盛开时的场景。

李出阳首先开了口："你其实和牛红豆一直感情非常好，对不对？"

商盛开面目严肃，摇头。

李出阳说："你家墙上那幅慧南禅师画像，其实是你的，对不对？"

商盛开愣住，不语。

"夜来风起满庭香，吹落桃花三五树。"李出阳向他说着自己在网上看到的修禅语录，"人人尽握灵蛇之珠，个个自抱荆山之璞。"

商盛开的呼吸忽然急促起来。他觉得李出阳的声音好似慢慢放大了千万倍，此时竟有震耳欲聋的感觉。

"不自回光返照，怀宝迷邦。不见道。"李出阳徐徐说道。

商盛开用一种完全无法形容的表情看着李出阳。

"慧南禅师是第一个提出回光返照这个概念的人，想必你也是清楚得很吧？"李出阳平静地看着对面坐着的男人，"我打听过了，牛红豆的姥姥临死前，也曾经短暂地清醒过，所以你们对于这个事情深信不疑。"

商盛开短暂地错愕之后，眼圈瞬间红透。案发那晚的所有画面，失控一样地在他眼前凶猛闪过。

那晚他苏醒了。他看到了身边的寿衣和孝服，随后他回忆起了车祸的经过。他意识到自己还会马上死去。

他在衣服里藏了刀，十分明确地奔向鲁克斌家。鲁克斌由于忙着跑路，并不知道他之前假死的事。把他迎进门后，鲁克斌没好气地问他过来作甚，他直截了当："先把东西给我。你答应给我的。"

鲁克斌知道他在要那件沾了血的羽绒背心，破口骂道："不是他妈的跟你说了吗，事成之后再给你。"

"我现在就要。不然我就不做那事了。"他表现得异常强硬。

"你他妈的疯了吧？"鲁克斌一把把他推到沙发上，抄起茶几上的遥控器就往他脸上抽，"他妈的爱干不干。我明天就去公安局把那臭娘儿们举报了！"

"你给不给？"他顶着火辣辣的疼痛，瞪着鲁克斌。

鲁克斌彻底失去耐心，铆足了劲往他脸上又是一阵狠抽："你他妈的怎么这么牛×？"

他从衣服里掏出刀子，亮在胸前："你给不给?!"

鲁克斌愣了一下，随即不屑地笑了："行啊，你小子长本事了啊，你捅啊，你牛×你就捅啊？谁他妈怕谁啊？你媳妇你不顾了？儿子也不管了？啊？让他妈他们彻底一辈子恨死你？你个傻……"

"噗"的一声。鲁克斌觉得自己腰间一凉。

紧接着还有第二下，第三下。

他行动飞快，动作麻利。在梦里，在脑海里，他对这个画面已经演习过无数遍了。

鲁克斌倒地后，商盛开站在屋子里如梦如幻。没想到他在短暂复活的时间里，真干成了这件大事。他这辈子的所有意义，都凝聚在这段神奇而悲伤的时光里了。

他真想放声大笑。他脱下一身血迹的衣服，扔掉了行刺用的刀。他不需要隐瞒和逃脱，因为他马上还会死去。或者说，现在的他，已经是一个死人了。他没想到，当一个死人，竟然能比当活人更加洒脱奔放。

他跪倒在院子中央，眼含热泪，朝着西方三叩九拜。他希望佛祖能够宽恕自己，就算是不能宽恕，他也乐意到地下接受一切惩罚。在信仰和现实面前，他终究还是选择了后者。一息尚存之际，他发现只有自己的双手，才能真正守护自己深爱着的人。

他回了家，躺在原来被人们摆放的地方，等待死亡的真正降临。但死神似乎忘了他这茬事，他半天也没有再次失去意识。随后他听到屋外有动静，然后他走到窗前一看，儿子竟然从院外走了进来。

他预感不太好。因为他闻见了一股柴油味儿。

商京辉听李出阳叙述到此处，已经泪流满面。

"他为了保护你和你妈以后不再受鲁克斌的威胁和欺负，想利用好这有限的'复活'时间，去解决掉你们未来可能面临的麻烦，所以才会突然做出杀掉鲁克斌的举动。而你妈也正是以为你爸是'回光返照'，想在他有限的还能存活的时间里，了却他的心事，让他能够没有遗憾地离世，才去公安局举报鲁克斌。"李出阳说。

"你爸猜到是你处理了尸体之后，怕我们突然去镇上找到你，把你问供了，才拿出之前鲁克斌想要让他报假案的刀子，承认自己杀了人。但他并不知道尸体被你藏到哪儿去了，所以才一直对于尸体的去向闪烁其词。"孙小圣说。

李出阳看了孙小圣一眼，继续对商京辉说道："与此同时，你爸还用签订离婚协议的方法给你妈传递信号。你妈知道，你爸要与她离婚根本不可能是出于本意，他一定是获了罪，不想连累她和儿子。然后她才猜到，你爸以为自己还会死去，并且真的杀了鲁克斌。这时候她才确认鲁克斌是真死了，所以才跟我们改口，说自己并没有胁从作案。"

"他们，他们……"商京辉哭得上气不接下气，"他们完全可以告诉我是怎么回事啊。可是他们谁都没对我说。"

"他们不敢对你说，因为他们怕这种迷信的想法，会招致你的反感。或者说，他们……他们怕你瞧不起他们。"

商京辉呜咽着捧脸痛哭，再也说不出一句话。

这会儿樊小超从远处跑来："孙哥，急救车那边说有个掉下山崖的人醒了，你要不要过去看看？"

"是谁？"孙小圣立即跳下车。

他话音未落，只见身后蹿出一个人影。那人影朝着那边的两辆急救车飞快奔跑，手上还有抹眼泪的动作。正是商京辉。

孙小圣忙追了上去。

李出阳走出车外，看着天空中飘落的雪花，轻轻伸出了手。

雪花很美，但落在掌心，也消失得飞快。